구비문학이란 무엇인가

김의숙 · 이창식 공저

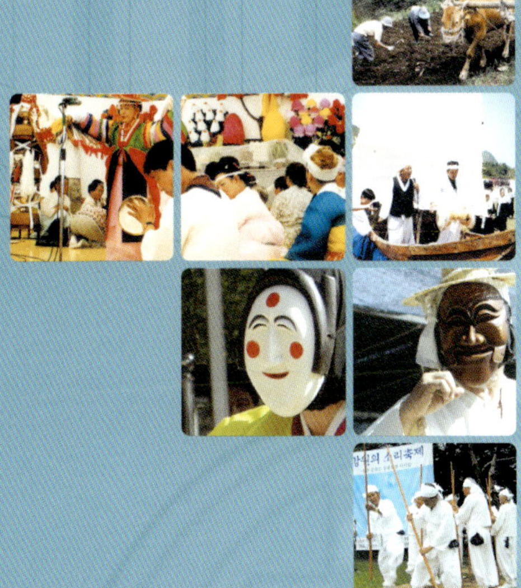

푸른사상

구비문학이란 무엇인가

2004년 8월 25일 1판 1쇄 인쇄
2004년 9월 1일 1판 1쇄 발행

지은이 • 김의숙 · 이창식
펴낸이 • 한 봉 숙
펴낸곳 • 푸른사상사

등록 제2-2876호
서울시 중구 을지로3가 296-10 장양B/D 202호
대표전화 02) 2268-8706(7) 팩시밀리 02) 2268-8708
메일 prun21c@yahoo.co.kr / prun21c@hanmail.net 홈페이지 //www.prun21c.com
ⓒ 2004, 김의숙 · 이창식
ISBN 89-5640-260-4-03810

값 18,000원

*저자와의 합의에 의해 인지 생략함

강원도 철원군에서 전승되는
임꺽정 전설을 토대로 한 조형물.

김삿갓 설화가 전승되는
강원도 영월군 하동면 김삿갓 유적지.

단종이 태백산신령이 되었다는 설화를 근거로 매년 열리는 대왕신령굿.

강원도 화천에서 구비문학 조사를
하고 있는 필자들.

〈밭가는소리〉를 부르며 밭을
가는 화천군 정봉석 소리꾼.

〈모찌는소리〉를 부르며 모판에서 모를 찌는 충북 진천 사람들.

충북 단양군에서
〈띠뱃노래〉를 부르는 박정석 소리꾼.

〈길쌈노래〉를 부르며 가사노동을 하고 있는 모습.

〈정선아라리〉을 부르는 강원도 정선사람들.

〈회다지소리〉를 부르는
강원도 횡성사람들.

경을 읽으며 병을 고치고 있는 모습.

강릉단오제에서 굿을 하고 있는 빈순애 무녀.

〈하회별신굿탈놀이〉에서 백정이 소를 잡고 있는 모습.

오티별신제 허재비놀이

원주 치악제 굿판에서 벌어진 신장굿.

안동국제탈춤페스티발에서 공연된 은율탈춤.

민속극 공연이 끝나고 이어지는 뒷풀이 마당.

구비문학이란 무엇인가

김의숙 · 이창식 공저

머리말

  구비문학은 기록문학과 달리 이 땅에 살고 있는 다수 사람들의 구비전승물이다. 구비문학에는 민중의 삶과 꿈이 녹아있다. 우리는 이들의 삶에 늘 가까이 있었다. 이들의 삶 속에서 학문의 세월을 보냈다. 때로는 현장에서 이들과 어울리기도 하고, 때로는 이들의 이야기와 노래를 강의실로 끌어와 가르치면서 문학의 논리도 찾아보고, 때로는 지방정부의 무형문화재나 축제 세미나에서 격론을 벌이기도 하였다.

  우리는 '문학이란 무엇인가' 또는 '구비전승 또는 민속이란 무엇인가' 나아가서 '이 둘은 어떻게 만나서 존재하는가' 등 밑도끝도 없는 여러 질문을 던지고 그 대답을 찾아보면서 많은 시간을 보냈다. 이런 가운데 구비문학 하위갈래의 관심분야를 발로 뛰면서 개척해 왔고, 앞으로도 우리는 구비문학의 숲을 누비며 이 땅에 살고 있는 민중의 표현양식을 끊임없이 탐색할 것이다. 우리는 이 책의 문면마다 그들의 마음과 발자취를 입으로 받아 글로 새겼다.

  이 책은 우리 문학이나 구비전승물에 대하여 우리 스스로 연구하는 경험을 쌓고, 필요한 자료를 확보하고, 수준 높은 이론을 창조하는 데 있어 길잡이인 셈이다. 우리 두 사람은 이 책을 통해 같은 학문의 길을 걷는 학연과 학연으로 맺어진 즐거움을 수행자처럼 정진하여 누리고자 하였다. 우리 각자는 민속제의(民俗祭儀)와 유희민요(遊戲民謠)에 전공 화두를 둔 것처럼 때론 국문학의 인접학문에까지 도전적 의지를 내보였다.

웰빙 사회에서는 지역문화의 정체성(正體性)에 대한 논의가 어느 곳에든 활발하다. 우리의 정신적 가치로서 문화창조의 에너지는 결국 인간다움을 올바르게 발견하는 일에 다름 아니므로 여느 분야보다 국문학 또는 민속학(民俗學)과 같은 분야가 이런 이론적 바탕을 제시할 수 있으리라 믿는다. 더구나 구비문학에는 민중의 신명나는 판이 있고 누구나 공감하는 지혜의 사유가 축척되어 있다. 구비문학의 본질에 접근하면 할수록 신명나는 문화창조의 모형을 찾을 수 있다. 구비문학을 향유했던 민중들은 비록 세련되지 못한 채 다소 거칠지만 삶의 경험을 통해 예지와 신념을 드러내고 신명을 지피면서 어두운 역사의 뒤안길을 슬기롭게 견뎌 왔던 것이다.

우리는 구비문학을 향유했던 민중을 여러 곳에서 같이 만났다. 강릉 단오제의 굿당, 화천 산천제 현장, 속초 외옹치 서낭당, 횡성 정금마을 소리방, 태백산 천제당, 삼척 해서낭당, 춘천 소양강 나루터, 영월 동강 어라연 등에서 만나 민중들의 이야기와 노래, 몸짓 그리고 넋두리까지 함께 관찰하면서 자료 속에서 공통분모를 찾아보고 이를 구비문학의 이론으로서도 제시해 보았다. 우리는 『구비문학이란 무엇인가』에 이끌려 이 책을 펼쳐 보는 독자에게 민중의 전통 세계와 열린 생각에 대하여 친근하게 들려주고 싶었다. 그 동안 이와 비슷한 몇몇 책이 선보인 바 있지만 지나치게 전문가들의 전유물로 나열된 인상이라 비판받아 왔다. 대체로 누구나 공감하는 안내자 역할을 다하지 못하였던 것이다. 이러한 연유를 해결하여 우리와 동시대에 살고 있는 모든 사람들과 더불어 구비문학의 현장, 민중의 미학을 손쉽게 느끼면서 살아가는 즐거움을 나누어 가지고 싶어 구비문학의 길눈이 자리를 하고자 뜻을 모았다.

그래서 우리는 『구비문학이란 무엇인가』를 염두에 두고 갈래별로 물음에 답하기로 하였고 공통된 의견을 모았다. 총론은 기왕의 업적을 개괄하면서 방향을 제시하였다. 설화, 민요, 무가, 판소리, 민속극 갈래는 최근 성과를 부분적으로 반영하였다. 속담, 수수께끼, 속신어를 묶어 구비단문론으로 하였다. 그리고 현지조사 방법론과 더불어 구비문학 활용론을 추가하였다. 구비문학의 현장에서 우리는 자주 만나 오순도순 같은 목소리로 깨알 같은 이야기보따리를 풀었으나 완벽한 교과서의 전범이 되지 못한 듯하다. 하지만 우리의 이야기에 잠시 귀 기울인 독자는 우리의 이야기가 그나마 구비문학의 진국에 가장 신선하게 다가온 느낌이라고 입맛을 말하리라 보았다.

이 책은 거듭 말하지만 처음부터 구비문학 공부에 뜻을 둔 독자들을 위한 개설서로 구상된 것이다. 언젠가 누군가의 손으로 진정한 주체적인 우리문학의 이론이 나온다면, 이 책과 같은 것들을 바탕으로 해서 나올 수밖에 없을 것이다. 일반 독자도 현지조사의 핵심 요령을 알 수 있도록 하였고, 현대 구비문학의 변화도 파악할 수 있도록 하였다. 우리처럼 문학과 민속의 현장을 발로 밟으면서 터득한 문학경험을 거울삼아 정리한 책은 지금도 절실하지만 앞으로도 더욱 소중하리라 믿는다. 우리 실정에 맞는 첫 구비문학론 안내서인 셈이다.

끝으로 우리는 이 책이 이 방면에 업적을 먼저 낸 분들의 성과에 힘입은 소산이 크므로 고마운 뜻을 전하고 싶다. 편집 과정을 도와준 안상경, 최명환, 송진규, 이영우, 김영선 등 도반들의 힘이 컸다. 또 야무진 책을 만들어내는데 최선을 다해준 한봉숙 사장님, 편집부 여러분과 출간의 기쁨을 함께 하고 싶다. 주변 지인들에게 이 책 서두에서 감사 인사를 드린다.

2004년 7월 화천 화음정사에서

김의숙 · 이창식

구비문학이란 무엇인가   차례

제3장 민요론民謠論

제4장 무가론巫歌論

제5장 판소리론

구비문학이란 무엇인가   차례

제6장 민속극론民俗劇論

제7장 구비단문론口碑短文論

제8장 구비문학 현지조사와 활용론

제1장 총론 : 구비문학이란 무엇인가

1. 구비문학(口碑文學)의 뜻과 갈래

예로부터 우리 민족은 세계의 어느 민족보다도 흥(興)과 신명이 많았다. 부족국가시대부터 노래와 춤을 생활 속에서 향유하였다. 그래서 항간에 노래와 춤이 항상 끊이지 않았다. 일연의 기록인 ≪삼국유사≫의 우사절유택(又四節遊宅) 조(條)를 들어본다.

> 제 49대 헌강대왕 때에는 성안에 초가집은 하나도 없고 집은 이웃과 서로 처마와 담이 붙어있었고, 노래소리와 피리소리가 길거리에 가득 하여 밤낮으로 끊이지 않았다.

第四十九代憲康大王代 城中無一草屋 接角連墙 歌吹滿路 晝夜不絕

또 중국측의 기록인 ≪삼국지(三國志)≫ 〈동이전(東夷傳)〉의 한전(韓傳)조에도 가무와 음주를 즐기는 민족임을 밝히고 있다. 하늘에 제사지내고

난 다음 종합예술적 공연을 하였던 민속이다.

> 오월에 파종을 마치고 귀신에게 제사하였다. (그때는) 함께 모여 노래하고 춤추며 술 마시기를 밤낮으로 그치지 않았다. 그 춤은 수 십 인이 일어나 서로 따르고 땅을 밟되 굽혔다 폈다하는데 손발이 서로 맞고 율동과 박자가 탁무와 같았다. 시월에 농사를 마치고도 역시 그렇게 하였다. 신령을 믿었으며, 국읍에 한 사람을 세워 하느님께 드리는 제사를 주관하게 하였는데 '천군'이라 하였다. 또 나라에는 별도의 장소가 있었으니 '소도'라고 하였다.

> 五月下種訖 祭鬼神 群聚歌舞飮酒 晝夜無休 其舞數十人 俱起相隨 踏地低昂 手足相應 節奏有似鐸舞 十月農功畢 亦復如之……

사람들이 "노래하고 춤추며 술 마시기를 밤낮으로 그치지 않았다"에서 '노래하고 춤추며'는 곧 가무(歌舞)이니, 이때에 구연되고 행위 된 '가무'야말로 한국 구비문학의 원초적인 모습이다. 시골의 사랑방에서는 땅에 어둠이 깔리고 하늘에 뭇 별이 하나 둘 나타나기 시작하면, 화롯가에 둘러앉아 과거의 시공(時空)으로 자취를 감추어 버린 옛날이야기를 하나하나 불러내어 재생시키었다. 그리고 먼동이 트면 옛스러운 노랫가락들이 지겟다리를 두드리면서 구성지게 불러대는 농부의 쉰 목소리로 되살아났다. 또 그 옛스러운 것들은 베를 짜거나 물레를 돌리면서 맵디매운 시집살이를 달래느라 읊조리는 여인들의 넋두리로, 혹은 신들린 무당이 제의의 마당에서 읊조리는 창(唱)으로, 판에서 놀고 부르는 광대들의 놀이와 소리로, 그뿐만 아니라 즐거움과 지혜를 얻으려는 아이들의 말놀이로 되살아났다.

이처럼 흘러간 옛말과 소리들은 한(恨)과 흥(興)을 주면서 민간 전승(民間傳承)하는데, 그것에는 이야기인 설화를 비롯하여 민요·무가·판소리·

민속극·속담·수수께끼·속신어 등이 있다. 설화는 사랑방의 이야기꾼
들이나 할머니로부터 이웃이나 손자로 전승되는 옛날이야기이며, 민요는
서민들의 애환이 섞인 소리이고, 무가는 청배나 공수를 읊조리며 불러대
는 무당의 창(唱)이다. 광대들이 전문적으로 놀이판에서 부르는 소리는 판
소리이고, 판에서 가면을 쓰거나 인형으로 노는 놀이가 민속극이며, 비유
적인 언어를 사용하여 날카로운 풍자와 엄숙한 교훈을 주는 것은 속담이
고, 설정한 문제에 상상력과 지식을 동원하여 풀어보는 것이 수수께끼다.
그리고 금기·예조·주술성이 들어있는 민간신앙적 언어가 속신어(俗信
語)다.

　이들을 통틀어 국문학에서는 구전문학(口傳文學) 혹은 구비문학(口碑文學,
oral literature)이라 하고, 민속학에서는 구비전승(口碑傳承) 또는 민속문학(民
俗文學)이라 한다. 그리고 달리 민속문예·민간문학·적층(積層)문학·표박
(漂泊)문학 등으로도 부른다. 구전문학과 구비문학은 표현 수단이 문자가
아닌 말이며, 말로써 전승되기 때문에 생긴 명칭이다. 민속문학은 향유층
인 민간인의 삶의 역사가 생생히 담겼기에 향유자 및 내용의 측면에서
붙인 이름이며, 민간문학은 민간에서 창작되는 구두창작 곧 특수계층의
작가가 아닌 일반 민중에 의하여 창조·전승되는 서민의 창작물이라 하
여 붙인 명칭이다. 적층문학은 수백 수천 년 동안 시대에서 시대를 넘어
누적되어 온 문학적 유산이라는 뜻에서 붙여진 것이고, 표박문학은 시대
와 장소를 넘어 사방에 싹을 내는 유동성(流動性)이 강한 특성을 지녔기에
붙인 명칭이다.

　이상의 명칭 중에서 일반적으로 쓰고 있는 것이 구비문학(oral literature,
mundiche dichtung)이다. 결국 구비문학은 말로 새겨진 문학이다. 이는 글
로 된 문학인 기록문학(written literature, schriftliche dichtung)과 상대되는 것
인데, 말로써 전승하는 문학이되 그 생명의 영구성(永久性)에 가치를 두고

붙인 명칭이다. 근래에 대표적인 학술용어로 정착되었고 중국의 속문학 또는 민간문학, 일본 구승문예학 등과 같은 개념이다.

구비문학의 갈래에는 설화·민요·무가·판소리·민속극·속담·수수께끼·속신어 등이 있다. 설화에는 신화·전설·민담이 있다. 민요는 사설·곡조·기능으로 성립되는데, 노동요·의식요·유희요 등으로 나뉜다. 무가는 굿을 할 때 부르는 무당의 노래로서 신들의 일생담인 서사무가를 비롯하여 서정무가·교술무가·희곡무가 등이 있다. 판소리는 광대가 부르는 장편의 서사문학으로서 열두 마당이 있는데, 여기서 고소설인 판소리계 소설이 생겨났다. 민속극에는 가면극과 인형극(꼭두각시극)이 있으며, 속담에는 교도형·희롱형·지시형 등 삶에 지혜와 흥을 주는 여러 유형이 있다. 수수께끼에는 일반적인 문답식 형태 외에도 스무고개와 파자(破字)놀이 등이 있다. 그리고 속신어에는 금기어·길조어·주술어 등이 있다.

이상의 구비문학은 이야기와 노래 및 행위로써 전승하지만 기본적인 표현 방식은 언어다. 그러나 덕담이나 욕설 등은 전승하는 언어이기는 하지만 문학이 요구하는 비유나 상징이 결여되어 있으므로 구비문학에서 제외된다. 반면에 금기어(禁忌語)나 길조어(吉兆語)와 같은 속신어(俗信語)는 부분적으로 비문학성을 지니나, 내용에 상당한 상징성과 비유성를 지녔기에 구비단문문학에 포함시킨다.

2. 구비문학의 특질

문학은 교양과 즐거움을 준다는 두 가지 큰 기능을 지니고 있다. 사람들은 문학을 통해서 지혜와 지식을 넓히는 교육적 효과를 얻을 수 있을 뿐 아니라 즐거움을 통해 정서의 순화를 도모할 수 있다. 이러한 점으로 보아 구비문학도 여타의 문학과 다를 바 없다. 그러나 구비문학은 문헌에 기록되어 전하는 상층계층의 문학이나 당대의 지식인들에 의해 창작된 문학과는 달리 다음과 같은 몇 가지의 특수한 성질을 지니고 있다.

첫째, 구비문학은 말로 전승(傳承)하는 문학이다. 문학은 언어를 표현수단으로 하는 언어예술이다. 따라서 구비문학과 기록문학은 언어예술이라는 점에서는 같으나 전자는 말이 표현수단이고, 후자는 문자(글)가 표현수단이라는 점이 서로 다르다. 말로 된 구비문학은 어디까지나 말로 존재하며 말로 전승한다. 그것은 말로 존재하기 때문에 시간적이며, 일회기적(一回起的)이다. 그 상태로 존속될 수 없고 오직 전승이 가능할 뿐이며, 말로 전승하기 때문에 내용의 변질과 구성의 변화를 자연스럽게 수반한다. 한편 구비문학의 보존은 전승시키는 방법 외에 현장에서 '채록'하여 문헌에 기재하는 방법이 있다. ≪삼국유사≫나 ≪대동야승≫과 같은 문헌에는 다량의 구비자료가 기재(記載)되어 있음으로 해서 귀중한 과거의 구비문학을 살펴볼 수 있다. 이렇게 채록된 구비자료는 구연성이나 현장감은 없으나 구비문학의 본질은 갖추고 있으므로 구비문학 그 자체로 본다.

둘째, 구비문학은 구연성(口演性)과 현장성(現場性)을 지닌 문학이다. 구연(oral presentation)이란 어떤 상황 속에서 음성의 변화·표정·몸짓 등을 사용하여 말로 나타내므로 거기에는 구체적인 상황이 있다. 기록문학도 구연될 수는 있으나 그것은 단지 가능한 전달방식의 하나일 뿐이지 구비문학처럼 필요불가결한 것은 아니다. 구연은 일상적인 말을 그냥 하는 차원이 아니라 거기에는 말로 하되 억양의 고저나 음색이 다를 수 있고, 또 창으로 하는 구연방식도 있으며, 대화체로 하는 것도 있다. 같은 장르라 하더라도 구연자에 따라 구연방식과 구연상황이 달라서 작품의 감흥이나 내용까지도 다르게 된다. 이런 면에서 일단 문자로 기재된 구비자료는 구연성이 사라지므로 구비문학이되 구비문학으로서의 가치는 줄어든다.

한편 구비문학의 구연자들은 들어서 기억하고 있는 것을 말로 드러내고자 하는데, 기억력의 한계나 의도에 따라 구성이 달리 나타나게 마련이다. 실제로 구연자는 자기가 들은 대로의 윤곽에다가 보태기도 하고 또 새로 고쳐서 끼워 넣기도 한다. 이때 보태고 고치는 것은 구연자의 개성이나 의식에 따라 결정되는 것이니 일단은 창작으로서의 성격을 지닌다. 그렇더라도 그 작품은 최대 공약수적인 공통의 틀만 전승되고, 또다시 다른 구연자에 따라 가감되고 부분적으로 창작된다.

구비문학의 이해와 연구에서는 현장(現場)을 중요시한다. 기록문학의 연구가 문헌자료를 통하지 않고서는 불가능하듯이 구비문학 연구는 현장성을 감안하지 않고서는 성과를 얻을 수 없다. 특히 구비문학은 화자나 창자 그리고 시청자가 일체가 되는 일회성의 현장에서 생성되는 예술이므로 같은 작품이라도 현장이 다르면 상황이 다르기 때문에 대사나 감흥도 달리 나타난다. 따라서 구비문학의 현장성은 구연성과 상호 결합하여 효과면에서 중요한 요소로 작용한다.

셋째, 구비문학은 내용의 단순성(單純性)과 형식의 간결성(簡潔性)을 지닌 문학이다. 구비문학은 기억을 통하여 구두로 전승되는 문학이기 때문에 우선 그 형식이 간결하다. 간결하지 않고서는 기억의 한계 때문에 전해 주고 이어받는 데에 변형이 생기게 된다. 구비문학에 있어서 내용의 변질이나 여러 이형태(異形態)의 출현은 복잡한 형식이나 기억력의 한계에서 비롯된 것도 많다. 구전시키려다가 내용을 잊었을 때는 나름대로 창작하여 첨삭하고 각색하거나 아예 윤색하는 경우도 생긴다.

그렇다고 구비문학이 모두 간결한 것은 아니다. 속담이나 수수께끼가 단순하고 민요와 설화도 대체로 단순하나, 서사무가나 판소리 등은 분량이 길어서 한번에 완창(完唱)하여 내기가 힘이 들 정도로 복잡하다. 그렇더라도 그것의 구성은 소설이나 희곡처럼 입체적 구조를 지닌 것이 아니라 대체로 평면적인 구조를 지니고 있어서 간결하다고 하겠다. 이렇게 간결한 구조를 지닌 구비문학이기에 내용 또한 대체로 단순하다. 내용이 복잡하면 전승하기에 어려우므로 단순성은 필연적이다. 그렇다고 해서 내용이나 주제가 수준이 낮고 철학성이 없다는 것은 아니다. 그 중에는 당대를 비판해야 되기 때문에 고도의 비유와 상징으로 포장하고 있어서 문학적 내지는 역사적 진실을 찾아내어 이해하기가 극히 어려운 것도 있다.

넷째, 구비문학은 역사적인 창조물로서 민중의 역사 곧 민속(民俗)이다. 구비문학의 세계란 얼핏보면, 전혀 진실성이나 현실성이 없는 허구로 보인다. 그러나 사실은 그 이야기들을 형성시키고 변이시킨 사회적·역사적인 배경과 밀접한 관계를 맺고 있으므로 역사 자체이거나 역사적 창조물이다. 다시 말해서 문학이 허구적 틀에 속하는 것은 의심의 여지가 없으나 애당초 그 이야기의 어딘가에는 현실적·현장적 사건이 끼어들기 일쑤이므로 역사성이 짙다. 그리고 그 사건이란 당대인들에게 관심의 소재로 기능할 수 있는 것으로서 일단 조건에 맞추어 생성된 구비문학은 비록 끊임없는 변이를 거치기는 하나 끈질기게 생명을 유지하면서 후대에까지 전승된다.

문학 중에서도 구비문학은 생생한 민중의 역사인 민속을 포용한 문학이므로 역사와의 관계가 밀접하다. 특히 설화와 같은 구비문학은 이야기의 출현 시기, 사건과 인물에 대한 역사적 정보, 주변과 연루된 세계상의 구현, 나아가 그것을 증거하여 주는 구체적 물증이나 흔적까지 제시하여 때에 따라서는 역사 그 자체에 버금가는 사료(史料)가 되기도 한다. 그것은 구비문학의 구조가 많은 부분에 있어서 분명히 허구임에 틀림없으나 그 바탕은 현실을 묘사하고 진실을 담으려는 의도성에서 출발하기 때문이다.

이런 의미에서 역사와 더불어 전개되어 온 구비문학의 단계는 단순히 과거사실에 대한 흥미위주만의 이야기가 아니라 역사적 사실에 대한 민중의 복합적인 반응이고, 민중의식이 진보적으로 변화하여 온 자취이며, 봉건사회가 근대사회로 변모하는 과정을 드러낸 드라마이기도 하다. 따라서 구비문학은 문학사적으로만 의의가 있는 것이 아니고, 한국의 역사를 깊이 있게 이해하는 데 있어서 적지 않게 기여하며, 문헌자료 위주의 역사학이 간과하기 쉬운 측면을 보강하는 자료가 된다.

다섯째, 구비문학은 민중의 공동작(共同作)이다. 국문학은 향유층에 따라서 갈래가 달라지는데, 양반문학과 서민문학이 그것이다. 한 예로 고려의 경기체가는 양반문학, 장가인 속요는 서민문학으로 규정되고 있다. 전자인 〈한림별곡〉, 〈관동별곡〉, 〈죽계별곡〉 등은 양반층의 문학이고, 후자인 〈청산별곡〉, 〈서경별곡〉, 〈가시리〉, 〈동동〉 등은 일반 서민층의 문학이다. 전자는 처음부터 개인의 창작으로서 문자로 정착되었지만 후자는 작자를 모른 채 공동작으로 구전되다가 문헌에 기재되었다.

여기서 서민층의 문학 곧 민중문학이 구비문학이다. 민중이라는 주체가 삶의 현장에서 민요를 부르고, 설화를 이야기하며, 민속극을 즐겨왔다. 양반 지식층의 기록문학은 생활 자체와는 구별되는 지식이고, 품위가 있는 교양이기에 문학한다는 의식과 함께 창작되나, 구비문학은 이처럼 생활과 구별되지 않을 뿐 아니라 문학한다는 의식이 없이 민중에 의해 창작된다. 물론 어느 이야기나 노래가 최초로 만들어졌을 때는 개인의 독창성이 전적으로 개입하였을 것이다. 그러나 그것이 보편적인 작품으로 형성되기까지에는 숱한 사람들의 의견이 첨삭되는 과정을 거쳤을 것이고, 또 이런 과정이 반복되면서 기본틀이 형성되는 것이다.

구비문학은 다수의 민중들이 참여하기 때문에 지배계층이나 상류층의 의식이 아닌 민간인들, 곧 민중의 한(恨)과 흥(興) 그리고 신명이 자연스레 용해되어 있어서 그것을 통하여 민중의 삶의 실태를 볼 수 있음은 물론이고 그들이 지녀온 의식이나 진보된 생각들과도 만날 수가 있다. 달거리체인 〈동동〉에서는 세시풍속과 그것을 통한 정서를 볼 수 있고, 〈청산별곡〉에서는 현실적인 질곡과 그것을 타개하기 위해 설정된 이상세계 속에서 방황하는 민중들의 현실인식을 볼 수가 있다. 〈아기장수설화〉는 이상국을 건설하여 줄 민중의 영웅을 기대하는 민중의식을 반영하고, 수많은 〈효자설화〉는 효(孝)에 대한 고정관념의 표출이며, 각종 〈민속극〉은 양반에 대한 민중의 승리를 함축하고 있다.

이렇게 구비문학은 민중의 삶터와 가장 가까운 거리에서 형성되고, 또 그러한 현장에서 향유되어 온 이야기이기 때문에 민중의 생각들이 가장 쉽게 투영되어 있다. 그리고 거기에는 민중적인 의식이 개입되면서 민중의 승리로 귀결되거나 민중이 민족의 주체가 되어야 한다는 의식이 강하게 반영되어 있다. 지금 우리는 알게 모르게 문학 창작의 주체가 되어 구비문학을 창조하거나 전승하고 있으며 아울러 향유자로서 존재하고 있는 것이다.

여섯째, 구비문학은 가장 한국적인 정체성이 짙은 문학이다. 구비문학은 한민족의 주체인 다수 민중의 공동작이기에 우리 민족의 삶이 충실히 표출되어 있는 문학이다. 그것은 또한 민중의 정서가 그대로 함축되어 있는 문학이기에 가장 한국적이라고 말할 수 있다. 구비문학은 양반층의 기록문학이 민족적 성격을 도외시하고 중국의 문학양식과 취향을 추종할 때에도 초동급부(樵童汲婦)들은 시(詩)나 부(賦)에 대해 아는 바 없이 자신의 생활과 정감을 진솔하게 노래하고 이야기하였으니, 이것이야말로 민족적인 것이 아닐 수 없다. 그리고 이러한 민족적인 성격은 외래양식을 향한 추종과 예속을 극복할 수 있는 동력이 되었다. 가장 민족적인 것이 가장 세계적인 것이라는 보편타당한 진리에 의거할 때 우리의 구비문학이야말로 가장 한국적인 것이므로 세계적인 문학이다.

3. 구비문학의 위상

우리나라에는 세 부류의 문학이 있어 왔다. 그것은 표현수단에 따른 것으로서 말로 된 구비문학, 한글로 된 한글문학, 한문으로 된 한문학(漢文學)이다. 종래의 국문학적 관심은 이들 가운데 한글문학에 있었고, 연구도 그것을 위주로 전개하여 왔다. 그런 이유로 해서 한문학과 구비문학이 상대적으로 소홀히 다루어져 왔다. 그러나 한글문학은 한문학에서 큰 영향을 받았고, 또 구비문학에서 그 소재를 찾았다. 그리고 귀족적 편견에서 구비문학을 '천(賤)하다'고 하면서도 한문학으로는 기대하기 어려운 민족적인 장르나 형식을 거기에서 발견하고, 이를 세련화하는 과정에서 국어로 기록된 한글문학이 성립되었으며, 또 조선조 후기의 평민문학(平民文學)도 바로 이 구비문학에 기반을 두고 성장하였다.

이러한 과정에서 구비문학의 중요성에 대한 자각이 있었다. 서포 김만중(金萬重, 1637~1692)은 그의 ≪서포만필(西浦漫筆)≫에서 "나무하는 아이와 물긷는 아낙네의 소리 질러 화답하는 노래는 비록 속되다고는 할지언정 그 어느 편이 진(眞)이고, 어느 편이 가(假)인 것을 논한다면 소위 학사와 대부의 시(詩)니 부(賦)니 하는 것들은 한자리에서 논의할 바가 되지 못한다"고 하였다. 그리고 실학자들의 속담 수집 사업에 앞서 선구자적 역할을 한 홍만종(洪萬宗, 1643~1725)은 그의 저작인 ≪순오지(旬五誌)≫에서 "속담은 아이들과 아낙네들도 다 잘 아는 항간의 방언으로 만들어졌으면서도 현상의 본질을 꿰뚫고 있기 때문에 사회생활의 이모저모에 대해서 보편적인 타당성을 지닌다”고 하면서, 속담은 깊은 철학적 내용을 가지고 있는 만큼 그것이 통속적인 조선말로 만들어졌다고 해서 소홀히 여겨서는 안 된다는 결론을 내렸다.

연암(燕岩) 박지원(朴趾源, 1737~1805)의 이른바 〈조선지풍론(朝鮮之風論)〉과 다산(茶山) 정약용(丁若鏞, 1762~1836)의 〈조선시론(朝鮮詩論)〉도 결국은 이러한 자각의 일환이다. 연암은 “우리나라가 비록 변두리이기는 하나 그래도 나라가 적지 않고, 신라·고려가 소박하나 좋은 풍속이 많았다. 그런 만큼 방언을 문자로 옮기고 민요를 운율에 맞추기만 하면 문장이 이루어지고 진기(眞機)가 발현된다. 중국 것을 답습하지 않고 남의 것을 차용하지 않아도 현재 조선에 있는 그대로를 가지고 온갖 것들을 표현할 수가 있다”고 하였다. 다산은 시문에서 중국의 것만을 용사(用事)하는 사대적 누속(陋俗)을 버리고 선인들의 저서와 우리의 문자에서 사실을 채취하여 지방의 일을 고구하여 이를 용사할 것을 주장하였고, 중국식이 아닌 오로지 우리의 입맛에 맞는 시작(詩作)을 하면서 “나는 조선 사람이기에 기꺼이 조선시를 쓴다(我是朝鮮人 甘作朝鮮詩)”는 ‘조선시 선언’을 하였던 것이다.

구비문학의 국문학적 위치는 민중의 역사와 더불어 변천하여 온 구비문학의 장구한 생명력을 통해서도 살펴볼 수 있다. 우리의 국문학사는 위에서 언급한 세 부류의 문학적 영역의 관계가 변천하는 데 따라 몇 단계의 시대적 구분이 가능하다.

제 1기 − 문자가 없어서 구비문학만이 있던 시대.
제 2기 − 한문이 전래되어 지식층이 이를 사용하여 한문문학을 하면서 동시에 구비문학의 일부를 한자로 기록하고, 향가와 같은 차자(借字)문학이 등장한 시대.

제 3기 ─ 상류층에 한문의 사용이 보편화되어 상층의 한문문학이 성(盛)하고, 하층에는 구비문학도 번성하던 시대.

제 4기 ─ 한글이 창제되어 한문문학·한글문학·구비문학이 병존한 시대.

제 5기 ─ 신분제도적 사회체제가 무너지고, 한글의 보편화가 이루어지면서 한글기록문학이 크게 확대되며, 한문학이 새로운 변화를 보이고, 구비문학의 영역이 확대되는 시대.

제 6기 ─ 한문학이 쇠퇴하고, 한글문학이 전문창작인에 의해 정립되는 시대, 그리고 구비문학의 위상이 새로이 인식되는 시대.

이렇게 구분지어 볼 때 국문학의 근원이자 바탕은 구비문학이다. 제 1·2기는 통일신라시대까지, 제 3기는 고려시대가 주축이다. 제 4·5기는 조선시대의 흐름과 일치함을 알 수 있다. 구비문학의 태동은 곧 국문학의 시작이며, 구비문학은 한문학과 한글문학이 형성된 뒤에도 함께 공존하여 왔다. 그리고 그것은 다수의 민중이 향유하는 기층문학(基層文學)으로 존재하여 왔다.

한문문학은 한문을 아는 소수의 상류층 곧 귀족·관료·지식인들에 의해 형성되었는데, 전반적으로 그러한 사회계층의 성향과 더불어 발전하였으므로 대중화될 수 없는 폐쇄성을 지니고 있었다. 따라서 한문문학은 우리의 문학임에는 틀림없으나 주로 상류층에 국한된 작가나 독자층의 의식과 경험을 표현하는 데 치중하였다. 한글로 된 한글기록문학은 구비문학과 한문문학이라는 두 영역 사이에서 형성되었다. 이런 점을 단적으로 파악해서 "한글문학은 구비문학과 한문학 사이에서 태어난 튀기"라고 말한다. 그런 까닭에 한글문학의 연구는 두 영역과의 관련성을 무시한 채 그것만을 따로 떼어서 연구하기에는 한계를 느낄 때가 종종 있다. 이를테면 소설의 발달 과정은 설화·무가·판소리 등의 구비문학과 관련성이 있고, 한문소설이나 한문으로 된 가전체(假傳體) 및 야담류(野談類) 등과도 관계가 있기 때문이다.

한국문학사를 보면 구비전승하는 구비문학은 기록문학인 한글문학이나 한문학으로 다수 전환되었다. 그러면서도 엄청난 양의 구비물(口碑物)을 다 기록화할 수 없을 뿐 아니라 기재된 것이라 할지라도 여전히 민간 전승되었다. 서사민요·서사무가·판소리 중에서 판소리만이 소설화되고 나머지는 구전하는 데에 머물렀다. 민속극은 기록문학으로 전환되지 않았으며, 이와 대응하는 기록문학의 장르도 없었다. 이것은 정적(靜的)인 것을 숭상하는 귀족문화의 성격으로 인하여 극작가의 출현을 보지 못했다든가, 민속극이 지배층을 비판하는 대표적인 장르이기 때문일 것이다. 이외에도 속담과 수수께끼는 한문이나 한글로 기재되는 경우는 있어도 그것이 기록문학일 수 없는 것은 이들이 질문자와 대답하는 자 사이에 말놀이로 구연되지 않으면 존재가치가 줄어들기 때문이다.

구비문학은 어디까지나 구전하는 문학이므로 기록문학으로 전환하지 않아도 그 나름의 의의를 지니면서 참다운 가치를 발휘한다. 그것은 손쉽게 문학의 효용성인 교훈과 쾌락을 주며, 구연을 통하여 문학적 실감을 배가한다. 그리고 구비문학은 왕조 중심의 역사에서 소외되었던 민중의 역사로서, 또는 당대 여론(輿論)의 결집체라는 문학외적(文學外的)인 가치를 포함하므로 한국문학상에서 차지하는 위치야말로 참으로 높고도 크다. 그런데 오늘에 이르러서 구비문학이 전에 겪지 못했던 심각한 상황에 놓여 있으므로 구비문학의 문학적 위상이 흔들리는 위기에 처해 있다고들 말한다. 그것은 오늘날 듣고 즐기는 새로운 매체인 방송·영화·음반 등으로 말미암아 개인의 창작이 주류를 이루고 있는 데다가 아울러 개인적인 생활을 추구하는 현대인들이기에 민중이라는 공동체적 향유층이 적어져 간다는 데서 그 원인을 찾을 수 있다.

그러나 이러한 현상이 지속될지라도 구비문학은 결코 소멸하지는 않는다. 왜냐하면 처음부터 일부러 뿌리지 않아도 싹을 내며, 가꾸지 않아도 스스로 자생하는 것이 구비문학의 특질이기 때문이다. 지금 구비문학은 다른 방식으로 싹을 내어 생명력을 키우고 있다. 애초부터 거의 공동작이던 구비문학이 나중에 기재화(記載化)나 기록화 되던 전범에서 벗어나 지금은 개인의 창작으로서의 기록문학이 개인과 기록을 떠나 구전으로 전승하는 민중문학으로서의 구비문학으로 변신하고 있는 것이다. 곧 〈최불암시리즈〉, 〈사오정시리즈〉, 〈Y.S.는 못말려〉, 〈여고괴담〉, 〈UFO이야기〉 등이 그것이다.

· 〈최불암 시리즈〉

영어를 몰라 창피를 당한 최불암은 금동이를 데려다 놓고 영어를 배우기 시작했다. 드디어 그동안 배운 영어를 시험 보는 날이었다.

금동이 : 자, 제가 읽으면 해석해 보세요.
        I'm sorry.
최불암 : 나는 쏘리입니다.
금동이 : How do you do?
최불암 : 너 어떻게 그럴 수가 있니?
금동이 : May I help you?
최불암 : 너 5월에 나좀 도와줄래?
금동이 : Yes, I can.
최불암 : 네, 나는 깡통입니다.

· 〈사오정시리즈〉

ㅇ지렁이

　어느날 사오정이 길을 가고 있었는데, 63빌딩에 있던 지렁이가 침을 뱉었다. 아래를 지나가고 있던 사오정이 침에 맞았다. 화가 난 사오정이 하는 말, "야, 지렁이, 너 아래로 내려와." 겁을 먹은 지렁이는 63빌딩의 유리를 타고 63일을 걸려 내려왔다. 지렁이가 내려오자 사오정이 하는 말, "옥상으로 따라와!"

○박하사탕 100원어치
　한 가게에 손오공이 들어가서 박하사탕 50원어치만 달라고 하였다. 마침 높은 선반 위에 박하사탕이 놓여 있던 터라 가게 주인아저씨는 사다리를 가지고 와서 박하사탕을 주었다. 이어서 저팔계가 와서 박하사탕 50원어치를 달라고 하자 가게 주인은 다시 사다리를 가지고 와서 박하사탕 50원어치를 주었다. 잠시 후 사오정이 가게로 들어왔다. 아저씨가 "너도 박하사탕 50원어치 줄까?"하고 묻자 사오정은 "아니요"라고 자신있게 대답했다. 안심한 아저씨는 다시 사다리를 제자리에다 놓고 와서 물었다. "너는 뭐 줄까?" 그러자 사오정이 하는 말, "박하사탕 100원어치요."

　그런데 현대구비문학현장에서 등장한 이들 시리즈들의 특징은 시대상을 풍유하고 있다는 점이다. 따라서 이 시리즈들은 애초에는 개인의 창작이었으나 그 경계를 넘어 민중이 공동으로 향유하고 나아가 주제에 맞는 새로운 작품이 등장함으로써 구비문학의 특성인 공동작으로 정착하였다.[1] 그리고 항간에는 우리의 것을 찾자는 주체의식의 발로로 대학이나

---

1) 1970년대 이후의 구비시리즈는 크게 3기로 나누어 설명할 수 있다. 제 1기는 1970~1980년 말에 등장한 참새, 입 큰 개구리, 식인종 등의 시리즈이다. 이들은 포수와 참새, 뱀과 개구리 등의 대립구도를 통해 독재권력을 꼬집었다. 제 2기는 1980년대 말부터 1990년대 초반까지에 등장한 최불암, 간 큰 남자 시리즈인데, 이들은 나약하고 행동적이지 못한 기성세대나 가부장적 권위주의를 구설(口說)의 대상으로 삼았다. 제 3기는 1990년대 중반부터 개인 불안, 대화 단절 등을 소재로 올린 덩달이, 사오정, 나맞아 시리즈가 그것이다. 제 4기는 1990년대 후반부터 등장한 이른바 '엽기(獵奇)시리즈'이다. 이 시리즈들은 톡톡 튀는 개인의 개성을 중시하고 나아가 기성시대의 관념이나 억압으로부터의 무한한 해방을 소재로 다루고 있다.

광장에서 마당극과 무속굿들이 빈번히 공연되고 있고, 시대를 풍자하는 유비통신(流蜚通信)²)이 꾸준히 유통되고 있다. 미래에도 그 끈끈한 구비문학의 생명줄인 '전승'은 끊임없이 전개될 것이다. 디지털 속에서 구비문학은 또 다르게 변신하고 있다. 이는 현대구비문학의 또다른 영역이기도 하다.

4. 구비문학 연구와 자료

민족마다 문화적 주체성을 확립하려는 의도에서 20세기에 들어와 범세계적인 추세로 확산된 구비문학에 대한 연구는 특히 독일·핀란드·에이레 등지에서 왕성히 대두되었다. 한국에서는 일제의 강점기에 위기에 처한 민족문화를 소생시키고자 하는 민족주의적 문화운동의 일환으로써 손진태·송석하·임석재 등에 의해 1930년대부터 태동하기 시작하였다. 초기의 연구자들은 민요·설화·탈춤은 물론 무가까지도 후진성을 말해 주는 버려야 할 유산이 아니라 민중의 지혜와 창조력을 전하고 있는 것으로 재평가하여야 할 자랑스런 전통이라는 인식에서 출발하였다. 자료를 조사해서 자료집을 엮고, 또 괄목할 만한 연구성과도 이루었다. 당시

---

2) 유비통신이란 유언비어(流言蜚語)에 해당하는 구비물로써 한 시대의 실상을 풍자하는 기능을 지니고 있음이 특징이다. 군사정권시대의 독재자를 풍자한 유비통신 하나를 보자.
    강쇠 : 당신, 내가 시청앞 사거리에서 X대통령은 '돌'이다라고 외치고 다니면 무슨 죄목에 걸리는지 알아?
    옹녀 : 그거야 도로교통방해죄에 고성방가죄 또 명예훼손죄에 걸리겠지.
    강쇠 : 그건 약과야.
    옹녀 : 그럼 뭔데……
    강쇠 : 반역죄인 '국가기밀누설죄'!
    옹녀 : 우와……

의 성과를 대략 소개하면 다음과 같다.

> 엄필진, ≪조선동요집≫, 창문사, 서울, 1924.
> 손진태, ≪조선민담집≫, 향토문화사, 동경, 1930.
> ______, ≪조선신가유편≫, 향토문화사, 1930.
> ______, ≪조선민족설화의 연구≫, 을유문화사, 서울, 1949.
> 김소운, ≪조선구전민요집≫, 제일서방, 동경, 1933.
> 이홍기, ≪조선전설집≫, 조선출판사, 서울, 1944.
> 최상수, ≪조선지명설화집≫, 연혁사, 서울, 1946.
> 고정옥, ≪조선민요연구≫, 수선사, 서울, 1949.

구비문학에 있어서 다방면에 걸쳐 방대한 자료집이 발간되고, 본격적인 연구성과가 나온 것은 해방의 와중과 6·25의 소용돌이를 지나 1960년대부터다. 연구에 있어서는 원형(Archetype)론, 구조주의, 전파론, 유형론, 상징주의, 현장론 등 다양한 이론들을 차용하고 동원하여 방법론으로 이용하였다. 구비문학 전반을 소개하고 개설한 입문서나 개설서를 소개하면 다음과 같다.

> 고정옥, ≪조선구전문학연구≫, 과학원출판사(평양), 1962.
> 장덕순 외, ≪구비문학개설≫, 일조각, 1971.
> 김열규, ≪한국민속과 문학연구≫, 일조각, 1971.
> 조동일, ≪구비문학의 세계≫, 새문사, 1980.
> 김열규 외, ≪우리 민속문학의 이해≫, 개문사, 1980.
> 윤용식·최내옥, ≪구비문학개론≫, 한국방송통신대학, 1992.
> 김선풍(한국)·김금자(중국), ≪한국민간문학개설≫, 국학자료원, 1992.
> 김의숙·이창식 외, ≪민속문학이란 무엇인가≫, 집문당, 1993.
> 신동훈 외, ≪한국 구비문학의 이해≫, 월인, 2000.

《조선구전문학연구》는 북한에서 발행되었기 때문에 최근에야 학계에 소개되었지만 우리의 구비문학 장르 중에서 무가를 제외한, 구비문학 전반을 개괄한 최초의 연구서라는 점에 가치와 의의가 있다. 특히 여기서는 설화의 분류를 신화·전설·민담이라는 3분법에다 동화·우화·재담을 보태어 6분법으로 분류하여 논의한 점이 독자적이다. 그런데 이 책은 "인민은 언제나 가장 현명한 철학자이며 가장 탁월한 예술의 창조자이다. 지상의 모든 의의 깊은 비극들과 모든 위대한 서사시들은 인민의 집체적 재능에 의하여 창조되었으며 전세계의 찬란한 문화사는 바로 인민의 지혜와 그의 창조적 역량에 의해서 개화·발전하여 왔다"는 서론에서의 언급이 말해주듯 인민이라는 계급을 부각시키기 위한 작품을 위주로 해서 논의한 점이 문제점으로 지적된다.

장덕순 외 3인의 공저인 《구비문학개설》은 개념과 장르에 있어서는 해결해야 할 문제점을 지니고 있지만 구비문학에 대한 첫 입문서로서 이 분야 발전에 기여한 공적이 지대한 저술로 평가되고 있다. 거기에는 구비문학 연구방법 및 현지조사 방법까지 제시하여 입문서로서 갖추어야 할 조건을 구비하고 있다. 《한국민속과 문학연구》은 개설서나 입문서이기보다는 글자 그대로 민속과 문학의 관련성을 탐구한 연구서 곧 한국문학을 민속에 비추어 본 저술이다. 그것은 민속학을 위한 문학연구이기는 하나 우리의 학계에 민속과 문학의 긴밀성을 확인하여 주었고, 특히 '민속문학'이라는 용어를 새로이 사용하고 있다는 점이 주목된다.

《구비문학의 세계》는 개설서이면서 동시에 구비문학의 위상을 재확인하여 주는 연구서이다. 여기서 저자는 구비전승의 갈래를 넷으로 나누어 보고 있음이 독창적이다. 곧 말(옛말, 속담과 수수께끼), 이야기(설화라고 하는 신화·전설·민담), 노래(민요·판소리·굿노래), 놀이(무당굿놀이·꼭두각시놀음·탈춤) 등이 그것이다. 그리고 이 책의 특징 중의 하나는 각 론에 대한 연구에 앞서 총론에서 〈구비문학 현지조사 방법〉을 연구제목으로 설정하여 조사의 중요성과 방법을 상세히 논의하고 있다는 점이다. 《우리 민속문학의 이해》는 8인의 필자가 신화·전설·민담·무가·민요·민속극·판소리·속담·수수께끼 등 각자 전문 영역을 맡아서 다양하게 집필한 책이다. 통합 명칭으로서 민속문학이라는 용어를 채택하여 썼는데, 이는 '민간전승의 문학'이라는 뜻에서 사용하였다.

《구비문학개론》은 앞의 《구비문학개설》을 보완하고 구비문학에 대한 이해의 시각을 다른 각도에서도 찾으려고 한 논술적 개설서이다. 특별히 주목되는 바는 속담·수수께끼를 민간속신어(民間俗信語)와 함께 '구비단문(口碑短文)'이라는 갈래로 따로 설정하였으며, 금기어(禁忌語)나 길조어(吉兆語)를 '민간속신어'라 하여 민속문학에 포함시켰다는 것이다. 《한국민간문학개설》은 판소리·무가·민속극이 빠져 있어서 민속문학 전체를 이해하기에는 부족하다. 그러나 한국시가와 구전설화를 중점적으로 다룬 〈민간문학과 문헌문학과의 관계〉라는 항목을 설정함으로써 구비문학의 위상을 이해하는 데에 도움을 준다. 한편 이 책에는 《조선구전문학의 연구》에 보이는 것처럼 곳곳에 생경한 낱말이나 용어가 빈번히 나타나고 또 작품의 해석에 있어서 이념적인 평가를 내리고 있다. 반면에 중국 구비문학의 실례와 사례들을 많이 들고 있어서 우리 것과의 비교연구에 도움을 받을 수 있다.

《민속문학이란 무엇인가》는 구비문학 전반을 민속문예의 입장에서 논의한 개설서이다. 여기서는 구비문학이란 용어 대신에 민속문학이란 용어를 사용함으로써 제목뿐 아니라 내용에서도 구비문학의 민중생활사적 의의를 강조하고, 동시에 구비문학의 민족문학으로서의 위상을 부각시켰다. 《한국 구비문학의 이해》는 한국구비문학회 소장 학자들이 중심이 되어 집필한 개론서이다. 1971년 《구비문학개설》 이후 성과를 고루 담았다.

제2장 설화론說話論

1. 설화의 개념

설화(說話)란 간단히 말해서 '이야기'다. 그러나 단순히 발화(發話)를 뜻하는 '말'이나 '사설(辭說)'이 아니라 일정한 구조를 지닌, 말로 전달하는 꾸며낸 이야기다. 다시 말해서 설화는 허구적이며 서사적인 체계를 갖춘 문학적 이야기다. 따라서 신변잡담이나 역사적 사실은 설화의 범주에 들지 못한다. 그런데 '설화'는 대개 '옛날이야기'라고 하여 과거시간이라는 관념에 갇혀있는 어휘로 통용된다. 그래서 현실성이 없는 구태의연(舊態依然)한 만담(漫談)쯤으로 이해하는 측면도 있다. 그러나 지금의 시간도 지나면 금방 과거가 된다. 따라서 지금의 이야기도 금방 옛이야기로 되어 버린다. 옛날이야기는 현재와 오늘의 이야기며, 내일의 미래 경험적 이야기다.

이야기는 말하는 화자(話者)와 듣는 청자(聽者)가 있어야 성립한다. 이야기(이바구)가 '입'과 '귀'의 합성어임을 상기하면 이해가 가는 대목이다.

조선조에 등장하는 직업적인 강담사(講談師) 곧 이야기꾼은 화자와 청자의 관계를 설명해주는 자료이다. 설화의 개념을 보다 명확히 이해하기 위해서 설화의 몇 가지 특성을 살펴보자.

첫째, 설화는 구전(口傳)된다. 설화는 시간과 공간을 초월하여 입에서 입으로 전승한다. 이러한 구전성으로 인하여 본래의 이야기에 첨삭이 이루어지면서 지속적으로 변화한다. 따라서 설화는 한 유형(類型, type)의 이야기라도 화자에 따라 조금씩 그 내용이 다를 수 있다. 이때 각각 다르게 이야기되어지는 이야기 하나하나를 각편(各篇, version)이라고 한다. 각편들은 나름대로 독자성을 지니고 있지만 한 유형의 뿌리에서 탄생하여 분가(分家)한 가족으로서의 존재이다. 구전된 설화를 기록하면 문헌설화(文獻說話)가 된다. 문헌설화는 현장에서의 구전성과 구연성이 없다. 그러나 문헌으로써 전승하고 이것을 전승하는 과정에서 구연성이 다시 재연되므로 구비설화로 인정한다.

둘째, 설화는 산문으로 되어 있다. 설화는 노래가 아닌 말에 의해 전달되는 이야기이므로 산문적이다. 때로는 이야기의 어느 부분에 율문으로 된 노래가 들어가지만 규칙적인 율격을 지니지 않은 보통의 말로써 구연된다. 또한 서정주의 시집 《질마재신화》에 들어있는 〈신부〉에서 보듯이 설화를 율문으로 표현한 것이 없지는 않으나 그 본령은 어디까지나 산문이다.

셋째, 설화는 구연(口演)의 기회에 제한이 없다. 설화는 이야기를 말하고 들을 수 있는 분위기만 되면 언제, 어느 때나 쉽게 구연할 수 있다. 구비문학의 갈래 가운데 특정한 기회에 구연하는 노동요·무가·판소리·민속극 등과는 입장이 다르다.

넷째, 설화의 화자는 자격에 제한이 없다. 설화를 구연하는 화자는 판소리·무가·민속극에서 보듯이 특별히 수련을 쌓아야 담당할 수 있는 자격이나 능력이 없어도 구연이 가능하다. 들은 이야기를 옮길 수 있는 기억력의 소유자라면 누구나 전달자가 될 수 있는 것이 설화의 화자이다.

2. 설화의 기능

1) 감동과 교훈

"삶은 곧 이야기다"라는 명제가 있다. 인간은 이야기 속에서 태어나고, 이야기를 통해 성장하며, 이야기를 통해 무엇인가가 되어 간다. 그런 의미에서 이 명제는 "한 인간의 삶이란 자신만의 이야기를 만들어가는 과정"이라는 심리학 이론과 관련성을 갖는다. 최근에 ≪엄마의 행복≫이라는 제목으로 한 책이 출간되었다. 이 책은 시집간 큰딸이 아이를 키우면서 평생의 지팡이인 앞 못보는 부모의 크고 소중한 사랑에 대해 털어놓은 사랑의 이야기이다. 장님 부모에 대한 이야기를 요약하면 이렇다.

· 이야기 1

앞을 볼 수 없는 부부가 농사를 지으며 4남매를 장성시키고, 환갑이 넘은 나이에 손자손녀를 키우며 계속 농사를 지으면서 산다. 박씨 할아버지가 시력을 잃은 것은 열 살 때로 삼눈(눈에 핏발이 섬)을 앓았으나 제대로 치료를 못해 아주 못 보게 됐다. 지씨 할머니도 전쟁통에 손님마마(수두)를 앓고 난 뒤에 시력을 잃었다. 그래도 당시에는 희미하게나마 시력이 남아있었지만 첫째 아이를 낳고서는 그마저도 잃었다. 경기도 평택 서정리에 있는 점자학원에서 만난 인연으로 혼인해서 40년간 농사를 함께 지으며 4남매를 키웠다. 농사일은 주로 밤에 한다. 더듬더듬 일하는 것을 남들이 보면 답답해 할까 봐 일부러 그래왔다. "안 보이는 거야 매한가지니 밤에 일하면 오히려 시원하고 일하기도 좋아."

위의 이야기를 액면 그대로 받아들이면 역사적 사실이기에 설화일 수는 없다고 하더라도 설화적인 이 이야기를 통해서 정서적 감동과 삶의 교훈을 얻는다. 사람들은 이렇게 이야기를 통해서 감동하고 교훈을 얻어 새로운 세계에 눈을 뜬다. 이것이 바로 이야기의 역할이며 설화의 기능이다. 또 다른 이야기를 들어본다

· 이야기 2

로제 가로디는 프랑스의 저명한 지식인이다. 그는 당의 노선에 반발한 탓으로 1970년 제 19차 프랑스 공산당전당대회에서 제명당하였다. 가로디는 36년간 뛰어난 이론가로서 공산당에 충성하였기에 그 사건은 당시에 큰 뉴스꺼리였다. 기자들의 집요한 추적과 삶의 좌표를 상실한 비통함에 지친 그는 정처없이 차를 몰았다. 그리고 어느 곳엔가 멈추었다. 그런데 정신을 차리고 보니 거기는 20여년 전에 헤어졌던 여인의 집 앞이었다. 그 여인은 원래 수녀가 되려고 하였다. 그러나 천상의 하나님보다 헐벗은 지상의 인간을 구원하는 것이 중요하다는 가로디의 설득으로 연인이 되었고, 가로디가 레지스탕스로 활동하는 바람에 헤어지게 되었다. 가로디는 낡은 대문을 밀었다. 대문은 열려 있었고 무작정 들어간 현관의 식탁에는 두 명분의 식사가 차려져 있었다. 그때 한 여인이 나왔다. 자세히 보니 20여년 전에 헤어진 바로 그 여인이었다. "혹시 누구를 기다리고 있었소?" "그래요, 바로 당신이에요. 라디오로 당신 사건을 계속 듣고 있었지요. 쫓겨난 당신이 여기 말고는 달리 갈 데가 없을 것 같았어요. 이거 당신이 좋아하던 포도주와 호밀빵 맞지요?" 이윽고 가로디는 절규하였다. "사랑이 없으면 혁명도 없다."

이 서구의 이야기가 필자에게 기억되고 있는 것은 역사적 사실의 진위여부가 아니라 신화와 같은 장면 때문이다. 하필이면 그 집 앞에 도착하였을까? 20여 년 전 집을 어찌 기억하며, 어째서 이사를 가지 않았을까? 여인은 어떤 모습으로 변했을까? 사랑이 없으면 혁명도 없다고 한 것은

무슨 근거에서 나온 말일까?

·이야기 3

　　신부(新婦)는 초록 저고리 다홍치마로 겨우 귀밑머리만 풀리운 채 신랑하고 첫날밤을 치르기 위해 앉아 있었는데, 신랑이 그만 오줌이 급해져서 냉큼 일어나 달려가는 바람에 옷자락이 문 돌쩌귀에 걸렸습니다. 그것을 신랑은 생각이 또 급해져서 제 新婦가 음탕해서 그 새를 못 참아서 뒤에서 손으로 잡아다리는 거라고, 그렇게만 알곤 뒤도 안 돌아보고 나가 버렸습니다. 문 돌쩌귀에 걸린 옷자락이 찢어진 채로 오줌 누곤 못쓰겠다며 달아나 버렸습니다. 그러고 나서 사십년인가 오십년이 지나간 뒤에 뜻밖에 딴 볼 일이 생겨 이 新婦네 집 옆을 지나가다가 그래도 잠시 궁금해서 新婦 방 문을 열고 들여다보니 新婦는 귀밑머리만 풀린 첫날밤 모양 그대로 초록 저고리 다홍 치마로 아직도 고스란히 앉아 있었습니다. 안스런 생각이 들어 그 어깨를 가서 어루만지니 그때서야 매운재가 되어 폭삭 내려앉아 버렸습니다. 초록 재와 다홍 재로 내려앉아 버렸습니다. 〔서정주, ≪질마재신화≫ −신부−〕

　　사실여부의 판단은 진실 아니면 거짓이다. 진위(眞僞)를 판단하는 범위는 단순하다. 그러나 설화의 허구적 구조에 내재된 이미지는 무한한 상상력으로써만이 접근이 가능하고, 이미지에 대한 해석도 갖가지로 나온다. 사람은 자신의 이야기를 말하고 남의 이야기를 들으면서 산다. 이야기를 듣거나 읽으면 타인의 삶을 자신의 삶 속에 통합하게 되고, 타인의 경험을 통해 자신의 감정으로 간접적 체험을 하며, 자신의 발달단계를 인식하고 추진하는 힘을 얻는다. '이야기'라는 틀 속에서 인간의 삶을 파악하는 '이야기학'에서 신화나 심리학적 담론(談論) 외에 경영의 성공사례, 재판의 판례 등이 등장하는 것도 그런 연유이다. 다시 말해서 설화의 기능이란 문학의 기능이 그렇듯이 감동과 교훈을 주는 것이다. 따라서 설화는 언제·어디서·누구에게나 두루 통용되는 교과서이고 행복지침서

이며 지식의 창고다.

2) 민중의식과 시대정신

설화는 향유자에게 감동과 교훈을 주는 구비문학이다. 동시에 설화는 당대의 시대정신을 구현하여 보이고 마음 놓고 드러낼 수 없는 민중의식이 숨겨진 비밀의 곳간이다. 강원도에는 강원도 관찰사를 역임한 송강 정철에 대한 이야기가 다수 전승한다. 그런데 전승하는 이야기마다 평판이 나쁜 내용이다. 왜 그럴까? 송강에 대한 설화 몇 편을 본다.

· 심술끼 많은 송강

정철 감사가 여기 야양(양양) 지나갈 적에 야양 연창이라는 데가 역이거든, 연창역(連倉驛)에서, 상운역(祥雲驛) 얘기부터 내가 하지. 상원역에 와 보니까 양영들이 이 놋동에다 마카 마죽을 주어. 그래 보니까아, 상운이라는 데가 아주 부촌(富村)이란 말야. 이 옛날에 영님이 부자가 되면 양반 괄세한다고 그게 인제 주천당(酒泉塘)이라는 못이 있어. "이 저놈의 누룩 바우를 깨 바숴야 되겠다." 그래 역부를 데리고 와서 그 누룩 바우가 그렇게 누룩 싼 거 모냥 그렇게 옛날 왜 누룩을 왜 착착 쌓잖우? 그래 그놈의 역부를 들여서 꼭대기를 헤잡았어. 그래고 상운이라는 데가 그만 아주 집터가 되었어. 그런 일이 있어. 〔양양군 서면 오색리, 1982. 4. 5., 김선풍·김기설 조사, 김남수, 남·71〕

· 절 앞에서 담배 피우다 낙마(落馬)한 송강

정철 감사가 저 금강산 구경을 가다가 절에 들어가서 담배를 피우니까 중들이, "아, 이 저 부처님 앞에서는 담배를 못 피웁니다." "아, 왜 담배를 못 피운다는 말이냐? 담배를 피워서 부처 똥구녕에 슬슬 디밀으니, 아, 부처 똥구녕에 담배 연기를 보내도 멀쩡한데" "아, 그래도 못 피웁니다." 하니, "아, 미친 놈의 소리 한다."고. 그래고 또 나가다가 말

이 돌에 발꿈치가 채이면서 엎어져 내려 굴렀다는 그런 얘기가 있더라
고……〔양양군 서면 오색리, 1982. 4. 5., 김선풍·김기설 조사, 김남수,
남·71〕.

·무산(巫山) 12봉에 혈 찌른 송강

저 여기에 그전에 인제 정철이 정 감사가 산혈을 질렀다고 합니다.
산혈을 질렀다고 그러는데 여기 이 앞에 양양읍 앞에 이거 보이는 산
이 무산 12봉이라고 그래요. 예, 무산 12봉이구 무산(巫山) 12이라는 것
은 중국 양양에 정말이지만 저 산을 무산 12봉이라고 그러는데, 양양에
인제 인물이 잘 난다고 그래서 그 무산 12봉에다 쇠말뚝이를 박고, 또
염독을 박았다고 그랍니다. 소금독을…… 소금독을 이 단지에다 넣어
서 인제 거기다 묻어 놓으면 그 산 음기(陰氣)가 없어진다고. 그래, 그
런 얘기는 더러 있습니다. 그래서 그러면…… 여기 저 염독 박은 삼 꼭
대기 올라가면은 거 구탄봉(九歎峰)이라고 그러는데 구탄봉에 이렇게
내려 오면은 어, 거김에(거기에) 이제 묘가 있는데 그 묘가 우리가 보기
에도 자리가 좋은 것 같애요. 그 산 쓰구선 이제 양양에서 용마(龍馬)가
났다고 이 연창 여 대미소란 거김에서 용마가 났다구. 나서 울었다고
그래는데. 그 산을 서 노고 거기서 이제 자손에 김병윤이라는 분이 마
지막에 낳았죠. 마지막에 났는데 그분이 참 천하 장사라고 이런 분인데
양양에 인물이라고 그러죠. 양양에 인물이라고 그러는데, 났는데, 그래
서 인제 위험한 인물이 난다고 해 가지곤 그 산을 끊었대요. 그 산 주
룡을 끊으니까 뭐대줄기 같은 피가 내 뻗더라는 그런 전설이 있습니다.
사실이 원비롯되었는지는 몰라도 그래 지금은 거기에 가 보면 그 끊은
자리가 있어요. 산을 그렇게 그 내에 음기를 없앨려고 끊어낸 자리가
아직 남아 있습니다. 〔양양군 서면 오색리, 1982. 4. 15., 김선풍·김기
설 조사, 김남수, 남·71〕

주지하는 바대로 송강은 국문학사에 불멸의 자취를 남겼으며, 한때 조
선조의 정치사를 주름잡았던 큰 인물이었다. 그런 거물이 강원도 관찰사
부임한다는 것은 강원도의 영광이요 자랑이며 희망이었을 것이다. 그럼

에도 불구하고 송강의 설화에서는 부자마을을 시기하여 누룩바위를 깨뜨려서 가난하게 만들고, 절에 가서 예절이 없는 후안무치(厚顔無恥)의 짓을 하였으며, 큰 인재가 나는 것을 시기하여 혈(穴)을 찌르는 악역을 도맡아 자행한다. 민중들과 무슨 원수가 졌을까? 기대가 크면 실망도 큰 법이다. 강원도민들은 마음속으로 송강에게 큰 정치를 기대했을 것이 틀림없다. 그러나 송강이 강원도에 와서 뚜렷이 남긴 것은 명승고적을 찾아서 읊은 〈관동별곡(關東別曲)〉이었다. 그것은 분명히 길이 남을 위대한 문학유산이다. 그러나 당대의 가난한 민중들은 우선 배가 부르고 등이 따뜻한 것이 최고의 가치였다. 송강은 그것을 채워주지 못했다. 송강에 관련된 불순한 이야기의 정체는 바로 그러한 배경에서 연유한 것이다.

결론적으로 설화는 향유자들에게 감동과 교훈을 부여하는 기능을 갖는다. 아울러 당대 민중들의 역사의식이나 시대정신을 숨겨담은 문학적·예술적 그릇으로서 작용한다.

3. 설화의 갈래

1) 삼분법적 분류

대체로 설화는 3분법으로 하위분류해서 신화(神話), 전설(傳說), 민담(民譚)으로 나눈다. 현재 세계적으로 통용되고 있는 이 삼분법은 영국의 C.S.Burne이 1914년에 myth, legend, folktale로 분류하면서 비롯하였다. 인류학자인 Malinowski는 1926년의 논문에서 myths, legend, fairy-tale로 분류한 바 있다. 일본에서는 신화, 전설, 석화(昔話) 또는 신화, 전설, 민화(民話)로 나누는데 민담을 석화 또는 민화라고 하는 점이 다르다. 손진태는 "민족설화는 신화, 전설, 우화, 소화, 잡화의 총칭"이라고 하였으며, 조윤제는 신화, 전설, 설화로 분류하였다. 이상일은 신화는 전설이나 민담 이전의 양식으로 논의해야 한다고 주장하고 신화를 설화의 류개념으로 설정하였다. 그리고 설화의 종개념으로 정통민담, 준민담류(우수개 및 일화 기타), 전설로 삼분하였다.

그런데 보편적인 3분법인 신화, 전설, 민담에 있어서도 경계를 서로 넘나들고 상호 전환되기도 해서 분명하게 선을 긋기가 어려운 경우가 있다. 예를 들면 홍수(洪水)에 관한 어느 이야기가 홍수신화도 되고 때로는 홍수전설도 된다. 홍수이야기가 어느 한 지역의 지명과 관련되어 나타날 때는 전설의 성격을 띠지만 인류의 멸망과 기원 등의 내용을 포함하면 신화가 된다. 또 〈해와 달이 된 오누이〉는 이야기가 해와 달이 생긴 내력을 설명하는 점에 있어서는 신화이다. 그러나 하늘로 오르려던 호랑이가 동앗줄이 끊어지는 바람에 땅에 떨어져 죽으면서 흘린 피가 수숫대에 묻어 지금도 수숫대가 빨갛다는 증거물을 제시하는 점에서는 전설의 성격을 지니고 있다. 그리고 오누이가 하느님께 빌어 도움을 받아 해와 달이 되는, 흥미본위의 해피엔드로 나타나는 경우로 보면 민담에 가깝다. 어떤 이야기는 이렇게 분류상의 애매함을 지니지만 그래도 이 삼분법적 분류를 최선으로 여겨 널리 활용되고 있다.

2) 신화·전설·민담의 차이점

설화의 하위 분류인 신화, 전설, 민담은 각기 어떤 특징이 있으며, 상호간에 어떤 차이점이 나타나는가? 그 차이점을 6가지 면으로 살펴본다.

(1) 전승자의 태도

신화의 전승자는, 신화의 세계는 일상적 경험과 합리성을 넘어서 존재한다고 믿음으로써 신화는 진실하고 신성한 것으로 인식한다. 따라서 역사학자들이 〈단군신화〉를 어떻게 해석하든 간에 거기에 구애받지 않고 개천절을 국경일로, 홍익인간의 이념을 교육목표로 삼고 있는 것이다. 전설은 전승자가 신성하다고는 생각하지 않으나 진실하다고 믿고 실제로 있었던 일이라고 주장하는 이야기이다. 그때 진실성을 의심받으면 이야기에 제시된 증거물로써 뒷받침한다. 민담의 전승자는 민담이 흥미를 본위로 해서 꾸며졌기에 신성하다거나 진실하다고 생각하지 않는다. "옛날 옛적 호랑이 담배 먹던 시절에……"로 시작할 때부터 진실성을 상실한다. 그러나 민담은 재미와 함께 교훈적인 뜻을 담고 있다.

(2) 시간과 장소

신화는 일상적인 경험으로는 측정할 수 없는 어느 아득한 태초의 옛날과 신성한 장소를 무대로 해서 사건이 전개된다. 신성한 장소란 〈김수로신화〉의 구지봉, 〈단군신화〉의 태백산 아사달, 그리스 신화의 올림포스, 중국의 곤륜산, 유대의 에덴동산 등을 이른다. 신화의 신성성은 그러한 장소와 시간이 지니고있는 신성함의 발로이다. 전설은 구체적인 시간과 장소를 제시함으로써 진실성을 뒷받침한다. 이를테면 전설은 "조선시대 영조 임금때 경상도 밀양 땅 부사에게 딸 하나가 있었는데……" 식으로 전개되는 것이 보통이다. 여기서 보듯이 구체적인 시간과 장소가 등장함으로써 한결 현실감을 주고 진짜라는 인식을 갖게 한다. 위의 〈장자못전설〉에서 장자못은 화자가 사는 마을에 있는 저수지로서 막연한 장소가 아니라 바로 옆에 존재하는 구체적인 장소이다. 민담은 "옛날에 어드런 마을이 있는디, 앞집에는 가난하게 살고 뒷집에는 부자로 살더랍니다."에서 보는 것처럼 시간과 장소가 막연하고 추상적이다. 여기서 '옛날'과 '어드런(어떤) 마을은 지금 화자가 있는 곳이 아닌, 그가 경험해 보지 못한 장소이다. 이렇게 시간과 공간의 한계에 매이지 않기 때문에 작품의 세계가 자유롭게 전개되는 특징을 지닌다.

(3) 증거물

신화의 증거물은 매우 포괄적이다. 천지개벽신화에서는 '천지', 건국신화에서는 '국가'가 증거물이다. 〈단군신화〉의 경우에는 '한민족은 단군의 자손'이라는 의식이 증거물이다. 전설은 신화와는 달리 특정한 개별적 증거물을 갖는다. 전설의 증거물로는 자연물, 인공물, 또는 인물일 수 있는데, 전설은 이러한 증거물을 토대로 이야기가 꾸며진다. 산이나 바위에 관한 전설에 있어서 일반적인 산이나 바위는 증거물로서의 자격이 없고 이야기의 대상이 되는 특정한 산이나 바위가 증거물이 된다. 이때의 증거물은 전설을 떠나서도 알려질 수 있는 것이라야 한다. 만약 전설이 증거물을 잃으면 '민담'으로 전환된다. 민담은 이야기 자체로 완결되므로 구체적인 증거물의 제시나 입증이 필요하지 않다. 간혹 민담에 증거물이 제시되는데 그 경우에도 아주 포괄적이며 흥미를 유발하기 위해서 첨부한 것일 뿐이다.

(4) 주인공

신화의 주인공은 신(神)이거나, 초월적인 능력을 발휘하는 존재이다. 건국신화의 주인공은 인간이지만 신적인 능력을 지닌 존재로서 등장한다.

전설의 주인공은 시대나 지역의 제한을 받는 역사적인 인물이거나 사물 자체가 주인공이 된다. 그리고 전설의 주인공은 신화의 주인공보다 왜소하며 예기치 못한 사건을 성공적으로 극복하지 못하는 경향이 짙다. 민담의 주인공은 일상적인 인간이 대부분이다. 그러나 이들은 난관에 봉착했을 때도 끈기, 우직, 행운, 우연, 지혜, 조력자의 도움으로 극복하고 운명을 개척하여 나간다.

(5) 전승의 범위

신화의 전승은 씨족, 부족, 민족의 범위에서 이루어진다. 성씨(姓氏) 신화는 씨족에서 전승하고, 민족신화는 민족적으로 전승한다. 민족신화가 세계신화로 전파되는 경우도 있다. 그리스 로마신화나 이스라엘의 구약신화가 그 예이다. 물론 이 경우에는 신성성이나 진실성이 약화된다. 그러나 종교적인 믿음을 기반으로 전승할 때는 오히려 강화되는 경향이 있다. 전설의 전승은 증거물이 제시되므로 지역적인 범위에 머문다. 증거물이 전국적으로 알려져 있어서 전국적·민족적 전설로 되어있는 경우도 있다. 그러나 어느 특정한 지역에서 전승하는 것이 일반적이다. 민담의 전승 범위는 지역이나 민족에 국한되지 않고 범세계적으로 분포되어 있다. 전승은 공동적이 아니라 개인적으로 이루어진다. 따라서 〈이솝이야기〉처럼 다른 나라의 민담이라고 하더라도 흥미롭다면 약간의 수정을 가하여 우리의 민담으로 향유할 수 있다.

(6) 세계관

신화의 세계는 신령스런 능력을 지닌 존재가 세계의 질서와 문화를 창조하므로 숭고미를 지닌다. 따라서 전승집단의 행동반경을 지배하는 구심력으로서의 신앙이 요청되고, 나아가 집단의 대동단결을 도모하여 준다. 전설은 전승 범위에서 알 수 있듯이 지역을 기반으로 전승하기 때문에 지역적 유대감을 고취하여 준다. 그러나 주인공이 예기치 못한 사태에서 좌절하므로 운명론적 비극성에 이른다. 민담은 주인공이 예기치 못한 사태를 만나 좌절하기 직전에 조력자의 도움으로 사태를 극복하고 운명을 개척한다. 따라서 민담은 낙천적이며 희망적인 세계의 모습을 보여준다.

신화 전설 민담의 구분

분류 / 항목	신화	전설	민담
전승자의 태도	진실되고 신성한 것으로 인식	진실되었다고 믿고 실제로 있었다고 주장	신성성과 진실성을 인식하지 않고 오직 흥미를 주기 위해 구연
시간과 장소	태초의 특별하고 신성한 장소 및 시간	구체적으로 제한된 시간 및 장소	뚜렷한 시간 및 장소가 없는 것이 보통
증거물	매우 포괄적 증거물 예)천지창조신화—천지국가 창조 신화—국가	특정의 개별적인 증거물 예)자연물, 인공물, 인물	증거물이 없거나 아주 포괄적인 증거물
주인공	신 중심	구체적, 역사적인 인간 중심	일상적인 인간이나 인간적인 행동을 하는 동물, 기타 등
주인공의 행위	신적 능력 발휘	예기치 못한 사태에 좌절	인간적인 행동, 그러나 예기치 않던 사태에 이르러서는 초월자의 도움으로 운명개척
세계관	종교적인 숭고함	운명론적 비극성	희극적이고 낙천적 성향
전승의 범위	민족적(또는 씨족적, 부족적인 범위) 범위에서 전승	지역적 범위	범세계적, 범민족적
결 말	신격화 대우	비애적인 맺음	행복한 귀결

4. 설화 유형의 분류

설화의 분류는 문화의 체계를 이해하고 상호 비교연구를 위해, 또 자료 정리의 절실한 필요성 내지 방향 설정을 위해 필요하다. 그리고 설화 분류작업의 궁극적인 목적은 자국문화의 이해나 자료정리라는 측면을 넘어 범세계적인 설화군(說話群) 속에서의 자국설화의 위치나 전파 관계 및 고유한 문화가 빚은 원형(原型)의 설화군을 찾는 데 있다.

1) 서구의 설화 유형 분류

서구에서의 설화 수집은 19세기 그림(Grimm) 형제의 작업에서 비롯된 것으로 본다. 그리고 최초의 설화 분류는 1864년에 J.G.Von Hahn이 시도한 〈Griechische und Albanesische Mârchen〉이다. Hahn의 분류작업은 국한된 소수의 설화만을 대상으로 삼았으며, 설화 유형(tale type)과 화소(話素, motif)가 근본적으로 다른 것을 무시한 점 등의 약점을 안고 있다.

설화 분류의 모범으로 인정받고 있는 것은 1910년 핀란드의 Antti Aarne(1867~1925)가 발간한 《The Types of Folktale》이다. 이후 Aarne가 사망하자 Stith Thompson(1886~1976)이 그것을 수정보완해서 1928년에 《F.F.C.(Folkrore Fellows Communication)》 74호에 Aarne-Thompson의 이름으로 발표하였다. 이때에 사용한 설화의 총수는 587이며 유형(type)의 마지막 번호가 1960이었다. 그리고 이들이 설정한 유형은 연속적으로 번호를 붙여나가는 형식을 취하였는데, 아래의 분류표에서 보듯이 3개의 중요항과 거기에 따른 부제가 갈라져 나가는 형식을 취하였다.

이 분류의 발표 이후 Thompson은 '형식담'(2000~2399)과 그 맨 마지막의 '미분류담'을 중요항 IV와 V로 올리고, IV의 형식담(Formula Tales)의 부제에 누적담(累積譚), 꼬리따기담 및 기타의 형식담을 넣어서 1961년도의 《F.F.C.》(184호)에 증보판을 내었다. 이로써 1928년도 발표에 보이는 3개의 중요항이 1961년도의 증보판에는 5개항이 되었으며, 새로 수집한 설화를 추가하여 타이프의 번호가 2499까지 확장되었다. 1928년도의 《F.F.C.》에 발표된 분류표는 아래와 같다.

OUTLINE OF THE CLASSIFICATION OF TALES

Ⅰ. Animal Tales (동물담)

No.

1-99	Wild Animals (야수)
100-149	Wild Animals and Domestic Animals (야수와 가축)
150-199	Man and Wild Animals (인간과 야수)
200-219	Domestic Animals (가축)
220-249	Birds (조류)
250-274	Fishes (어류)
275-299	Other Animals and Objects (기타 동물과 사물)

Ⅱ. Ordinary Folk-tales (본격담)

300-749	A. Tales of Magic (주술담)
300-399	Supernatural Adversaries (초자연적 적敵)
400-459	Supernatural of Enchanted Husband(Wife) or Other Relatives (초자연적 주술에 걸린 남편이나 가족)

* 이 분류의 발표(1928년) 이후 Thompson은 1961년도 ≪F.F.C≫에 발표한 증보
  판에서 '형식담'(2000~2399)과 맨 마지막의 '미분류담'(2400~2499)을 중요항
  Ⅳ와 Ⅴ로 올리고, Ⅳ의 형식담(Formula Tales)의 부제에 누적담(累積譚), 꼬리

따기담, 기타의 형식담 등 셋을 넣었다.

2) 한국의 설화 유형 분류

한국 설화를 처음으로 분류하여 본 이는 미국 선교사인 Homer B. Hulbert이다. 한국의 민속문화만이 아니라 무속에도 깊은 소양을 지녔던 그는 1893년 7월 시카고에서 열린 제 3차 세계 박람회 국제민속학대회에서 〈Korean Folkrore〉라는 제목으로 발표하였다. 거기서 그는 한국인의 먼 조상은 북방과 남방에서 이동하여 한강유역에서 만났기 때문에 한국설화의 유형이 두 지역권으로 나뉘게 되었다고 하였다. 그리고 고대 영웅담의 기원으로 3가지 유형 곧 단군신화, 난생(卵生)설화에 해당하는 박혁거세신화, 제주도 삼성혈신화를 유형의 기준으로 들었다. 아울러 설화의 지역적 분포를 이해하기 위해서는 특유의 설화를 중심으로 설명하고 예로 삼을 수밖에 없다고 하면서 다음과 같은 13개의 타이프를 제시하였다.

- The miraculous origin of the ancient heroes.(고대 영웅의 신이한 탄생)
- Communications between the inhabitants of dry land and mermen.(인어와 육지인과의 친교)
- Divine beings walking upon the earth.(땅에 하강한 신령)
- The changing of men into beasts and of beasts into men.(짐승화한 인간과 인간화한 짐승)
- Simple myths.(단순한 신화)
- Omens of evil.(악마의 징조)
- Aid given by the dead to the living.(죽은자가 산 사람을 도움)
- Fabulous animals.(전설상의 동물)
- Virtue's reward.(선행에 대한 보답)
- Aid given by animals to men.(동물이 인간을 도움)

- Prophecies fulfilled.(예언의 실현)
- Stratagems.(술책)
- Miscellaneous.(기타의 일화)

그가 분류한 이 타이프는 소량의 자료만을 근거로 삼고 있고 또한 세부적인 부제항(副題項)도 없어 선명성은 떨어지나 Aarne의 분류보다 무려 12년이나 앞선다는 점에서 역사적 가치가 있다. 이후 한국설화의 분류를 본격적으로 시도한 이는 장덕순이다. 그는 〈설화의 분류와 한국설화 개관〉(1970)에서 보편성을 지닌 분류안을 제시하였다(분류1 참조). 1970년에 최인학은 한국설화의 유형을 6개 대항, 20개 부항으로 나누고 형(型) 번호 일람표를 첨부해서 분류안을 제시하였다. 6개의 중요항은 동물석화, 본격석화, 소화, 형식담, 신화적 석화, 기타(보유) 등이다. 1983년에 조희웅은 5대항 25부항으로 구성한 분류안을 제시하였는데, 모티프별로 항목을 제시한 점이 특징이다(분류2 참조). 1993에 김선풍은 8대항, 38부항으로 타이프를 나누어 분류하였다. 8대항은 기원담, 자연담, 인간담, 동식물담, 신앙담, 희극담, 비극담, 형식담 등이다(분류3 참조). 한편 조동일은 '잘 되고 못 되는 사연', '속이고 속는 사연' 등과 같이 순 한글로 된 분류표를 만들어 《한국구비문학대계》(정신문화연구원)에 채록된 설화를 분류하였다.

한국설화 분류 일람표

·분류1 - 장덕순

Ⅰ. 신화

  1. 운문신화　① 당신화(堂神話) ② 일반신화

  2. 산문신화　① 창세신화 ② 영웅신화 ③ 시조신화 ④ 부족신화 ⑤ 일반신화

Ⅱ. 전설

  1. 자연물(자연전설)　　① 육지 ② 하해(河海)

  2. 인공물(인공전설)　　① 유적 ② 유물 ③ 사찰연기담

  3. 보조분류(인간·동물)　① 인물 ② 인간행위 ③ 동물

Ⅲ. 민담

  1. 신화적내용 ① 신의 유래 ② 신의 이야기 ③ 우주 ④ 지형 ⑤ 인간 ⑥ 식물
           ⑦ 동물담(→동물담 ① 유래)

  2. 동물담　　① 유래 ② 대인간(對人間) ③ 대동물(對動物) ④ 상상동물

  3. 일생담　　① 태몽 ② 이태(異胎) ③ 출생 ④ 수업·시련 ⑤ 과거·출세
         ⑥ 결혼 ⑦ 병로(病老) ⑧ 사제(死祭) ⑨ 환생·소생

  4. 인간담　　① 형제·우애 ② 부(父)와 자(子), 효 ③ 부부, 열(烈) ④ 계모, 첩
         ⑤ 정욕
         ⑥ 사회 ⑦ 붕우·우정 ⑧ 내기

  5. 신앙가치담 ① 풍수 ② 점복(占卜) ③ 금기 ④ 꿈 ⑤ 운명 ⑥ 행복
         ⑦ 상별·은 ⑧ 불교 ⑨ 인공(인신공양)

  6. 영웅담　　① 괴물퇴치 ② 아기장수의 죽음 ③ 무장(武將)

7. 괴이담   ① 별세계여행(別世界旅行) ② 도깨비 ③ 귀신 ④ 둔갑 ⑤ 도술
               ⑥ 이상체질

8. 소화   ① 소화 ② 슬기(지략담) ③ 음담(淫譚)

9. 형식담

· 분류2 – 조희웅

Ⅰ. 동(식)물담

  1. 기원담 2. 고력담 3. 치우담 4. 경쟁담

Ⅱ. 신이담

  5. 기원담 6. 변심담 7. 응보담 8. 초인담 9. 운명담 10. 주보담

Ⅲ. 일반담

  11. 기원담 12. 일반담 13. 출신담 14. 염정담

Ⅳ. 소화

  15. 기원담 16. 풍월담(어휘담) 17. 지략담 18. 치우담 19. 과장담 20. 우행담

Ⅴ. 형식담

  23. 어희담 14. 무한담 25. 반복담(연쇄담)

· 분류3 – 김선풍

Ⅰ. 기원담   1. 인류기원담   20. 치우담

	2. 동물기원담	V. 신앙담	21. 풍수담
	3. 식물기원담		22. 점복담
	4. 자연(우주)기원담		23. 몽환담
II. 자연담	5. 지명담		24. 운명담
	6. 유적담		25. 구복담(求福譚)
III. 인간담	7. 신이담		26. 불교담
	8. 교훈담	VI. 희극담	27. 풍월담
	9. 영웅담		28. 과장담
	10. 희생담		29. 교활담
	11. 괴기담		30. 음설담(淫藝譚)
	12. 우정담		31. 지혜담(智慧譚)
	13. 출세담		32. 우행담(偶幸譚)
	14. 염정담	VII. 비극담	33. 금기담
	15. 효행담		34. 아장담(兒將譚)
	16. 일생담	VIII. 형식담	35. 반복담(反復譚)
	17. 퇴치담		36. 단형담(短型譚)
IV. 동식물담	18. 지략담		37. 무한담(無限譚)
	19. 경쟁담		38. 어희담(語戱譚)

5. 설화의 생성과 전파

설화는 언제, 어디서 발생하였으며 무엇으로부터 시작되었을까? 지금까지 설화의 생성기원과 전파에 관해서 여러 학설이 제기되어 왔다. 설화의 발생시기에 관한 학설로는 다음과 같은 것들이 제시되고 있다.

① 동물기설(動物期說)

② 몸짓언어시대설

③ 시적표현충동기설

④ 다신교기설(多神教期說)

⑤ 애니미즘기설

⑥ 애니마티즘(animatism)기설

① 동물기설은 인간이 진화하기 이전의 유인원(類人猿)과 같은 고등동물의 심리에서 신화가 발생했다는 학설로, Tito Vignoli가 주장하였다. 이는 신화발생의 기원을 가장 이른 시기로 상정한 학설이다. ② 몸짓언어시대설은 신화는 언어 이전에 기호나 상징이 모티프(motif)가 되어 생성되었다는 학설로, A. Churchward의 주장이다. ③ 시적표현충동기설은 인간의 마음이 시적(詩的)으로 신을 찬양하고 싶던 시기에 사제(司祭)에 의해 신화가 발생했다는 설인데, T. W. Rolleston이 주장하였다. ④ 다신교기설(多神教期說)은 영국의 인류학자 R. R. Marett의 학설인데, 신화 속에 보이는 명칭, 개성, 성격 등이 다양한 것으로 보아 신이 여러 종류이므로 다신교시대에 발생하였을 것으로 보는 설이다. 이것은 설화의 발생시기를 가장 늦은 시기로 상정한 것이다. ⑤ 애니미즘기설은 만물에는 영혼이 깃들어 있다는 원시적 애니미즘에 기반을 둔 대중적 사고에 의하여 설화가 생성되었다는 학설인데, 이것은 E. B. Tylor의 주장이다. ⑥ 애니마티즘(animatism)기설은 애니미즘기 이전의 시대 곧 모든 만물을 생명체로 보는 애니마티즘기에도 신화가 존재했다는 학설이다.

설화가 무엇으로부터 발생했는가에 대하여는 자연신화학파, 인류학파, 심리학파, 제의학파 등의 주장이 있다. 신화학파(mythological school)로 불리는 독일의 Adalbert Kuhn, 영국의 Max Muller 등은 신화는 바람, 해, 구름, 벼락 등의 자연현상을 의인화하는 데서 비롯한다고 주장하였다. Edward Tylor와 Andrew Lang 등 인류학파는 이미 사라진 원시문화가 남긴 흔적이 설화라고 주장하였다. 그리고 유사한 설화가 세계적으로 분포되어 있는 현상은 인류의 정신적인 공통성과 문화발전 과정의 유사성 때문에 생긴다는 다원발생설(多元發生說)을 주장하였다. 우리의 〈장자못전설〉에서 며느리가 뒤를 돌아다본 결과로 '돌'이 되는데, 구약성서 〈창세기〉 19장의 '소돔과 고모라'에 등장하는 선지자 롯의 아내가 뒤를 돌아다본 결과로 '소금기둥'이 되는 이야기는 다원발생설에 해당한다.

심리학파 또는 정신분석학파는 설화의 기원을 심리적인 현상에서 찾고자 하는 학파이다. Wilhelm Wundt는 설화가 꿈이나 몽환상태에서 생겨났다고 하였고, Sigmund Freud는 억압된 성적(性的)(libido) 무의식의 발로로 설화가 발생한다고 하였다. 주지하는 바대로 프로이트는 그리스의 오이디푸스신화를 어머니에 대한 아들의 성적 친근성과 아버지에 대한 성적 적대감의 발로로 해석한 것으로 유명하다. James Frazer에 기반을 두고 Jane Harrison 등에 의해 확립된 제의학파(祭儀學派)는 "신화는 제의의 구술(口述) 상관물(相關物)"로 단정하고 제의에서 신화의 기원을 찾았다. 이 학설은 신화 이외의 설화 전반에 적용할 수 없는 점이 한계이다.

그러면 설화는 어디서 기원하였을까? 이에는 일반적으로 인구기원설(印歐起源說), 인도기원설, 역사지리학파설 등이 있다. 인구기원설은 인도와 유럽의 각국 언어가 인구공통조어(印歐共通祖語)에서 유래하였듯이 각국의 민담도 인구공통신화의 본향(本鄕)으로 상정하는 아리안(aryan)에서 유래한 것으로 보는 설이다. 이 학설은 설화에 관한 학문적 연구를 처음으로 시도한 그림(Grimm) 형제가 제기하였는데, '아리안설'이라고도 한다. 인도기원설은 산스크리트 연구자인 독일인 벤파이(Thodor Benfey)가 그림 형제의 인구기원설에 반론을 제기하면서 대두된 설이다. 벤파이는 인도설화의 번역집인 ≪Panchatantla≫를 간행하던 중 유럽 각국의 설화와 유사한 것들이 거기에 다수 수록되어 있는 것을 발견하고 모든 민담의 생성과 전파가 인도에서 출발하였다고 주장하였다. 인도기원설은 다원발생설과 대치되고 또한 분명히 입증할 수 있는 사실적 근거도 약해서 가설(假說)로 남는 경우가 허다하지만 우리 설화의 기원을 찾는 작업에 기여하는 바가 크다.

실례로 인도기원설에 바탕을 둔, 〈고려장(高麗葬)설화〉에 대한 필자의 견해를 보자. 설화로 보면 고려시대에는 고려장제도가 있었다. 그러나 고려 곧 한민족은 예로부터 유교와 불교가 성했던 나라인데 두 종교가 모두 '효(孝)'를 중시한다는 점에서 고려장이 있었다는 것은 어불성설이다. 고려사에 보면, 예종(11년)이 천수사에 행차해 태후의 명복을 빌었으며, 목은 이색이 편찬한 ≪농상집요(農桑輯要)≫에는 "고려 풍속에 장례 때나 제사 때에 고기를 먹지 않고 소식(素食)한다"는 기록이 있다. 국왕이 절에 행차해 태후의 명복을 빌고, 민간 풍습에 장례 때 고기를 먹지 않을 정도로 경건하게 지내는 상황에서 고려장제도가 존속하였다는 것은 믿기 어렵다.

그렇다면 〈고려장〉 이야기는 어디서 유래하였을까? 그것은 ≪잡보장경(雜寶藏經)≫(제1권)을 통해 이야기만 들어온 것으로 보인다. 불경의 내용에 의하면, 그 옛날 기로국(棄老國)이라는 나라가 있었는데 그 나라에는 집안에 나이 많은 노인이 있으면 멀리 갖다 버리는 법이 시행되었다. 어떤 관리가 늙은 아버지를 나라의 법대로 버리려고 하니 자식된 도리로 차마 그럴 수가 없었다. 그래서 곰곰이 생각하던 끝에 땅을 파고 은밀히 방을 만들어 그 안에 모시고 때를 맞춰 공양하였다. 그때 천신(天神)이 왕에게 어려운 문제를 내었으나 해결하지 못해 곤란한 지경에 처했을 때

관리의 부친이 해결하여 줌으로써 그런 제도가 없어졌다는 것이다. 불경에는 이와 유사한 이야기가 두 편이나 더 있다.[1]

설화의 기원과 전파에 대한 또다른 주장은 크론(K. Krohn)이 창시하고 아르네(A.Aarne) 등이 계승한 이른바 핀란드학파(Finland school) 또는 역사지리학파의 학설이다. 이 학파의 연구방식은 우선 유사한 설화를 수집해서 최대공약수적인 원형(原型)을 상정하고, 그것을 통해 그 설화의 본향(本鄕)과 성립 연대를 찾는다. 그리고 타지역에서 변형되어버린 자료 및 이동경로를 추적하는, 실증적인 방법을 취하였다. 이러한 방법론은 앤더슨(W. Anderson)과 톰슨(S. Thompson)에 의해 보다 구체적으로 진척되어 범세계적으로 주목을 받았다. 그러나 이 학설은 설화의 다원발생적 가능성 무시, 원형 찾기의 무리, 검증없는 추론의 배제로 인해 비판을 받고 있다.

6. 설화의 구조

설화에서의 구조(構造)는 설화의 각 부분이 상호간에 어떤 관계를 지니면서 작품 전체를 이루는 틀을 말한다. 다시 말해서 구조란 전체 안에서 각 구성요소들이 유기적(有機的)으로 맺고있는 동적(動的)인 관계이다. 구조는 내부적 구조와 진행적 구조로 나눈다. 전자는 전체에서 부분으로 내려오는 하향적·수직적·종적 구조이며, 후자는 구술의 시작부터 끝까지 시간적으로 진행하는 횡적 순서구조를 이른다. 여기서 후자는 plot 곧 '구성'이라고 한다. 이 둘의 틀 속에 담겨져 있는 것이 내용이다.

시간적 순서구조인 진행적 구조에는 발단부, 전개부, 결말부 및 증거를

---

1) 인도판 고려장형(高麗葬型) 이야기는 부처가 한결같이 부모 공경의 공덕을 찬탄하는 것을 보고 제자들이 부처님 전생에도 그렇게 공경한 사례가 있었으면 듣고 싶다고 하자 부처가 제자들에게 들려준 교훈적인 말씀이다.

제시하는 증시부(證示部) 등 4단계가 있다. 내부적 구조는 설화형(說話型), 삽화(挿話, episode), 모티프(motif)로 나누어 접근한다. 혹은 유형(類型, type), 모티프(motif), 화근(話根, root), 화소(話素, tale element) 등으로 나누어 설명하는 경우가 있다. 이들 용어의 개념을 알아보자.

설화형은 다른 설화와 판별이 되는 독립적인 구성과 내용이 있는 설화의 최고단위다. 설화형은 삽화를 전제로 한다. 그렇다고 반드시 여러 삽화가 있어야 하는 것은 아니다. 간단한 설화형은 삽화가 하나이므로 분석할 때 설화형 → 모티프로 분석이 된다. 삽화는 설화형을 구성하는 대등적 하위 설화형이며, 모티프로써 구성된다. 곧 삽화는 유형보다는 작고 화근보다는 큰 설화의 단위인데, 이것은 하나의 갈등이 시작되어 해결되기까지의 과정이 들어있는 단위이다.

모티프는 톰슨이 정의한 바대로 "전승시키는 힘을 지닌 최소의 요소이다." 다시 말해서 모티프는 가장 짧은 내용을 가진 이야기의 알맹이다. 모티프는 특이하고 인상적인 내용으로 되어 있어서 쉽사리 파괴되지 않고 쉽게 기억되며, 독립적인 생명을 갖는다. 따라서 '사람', '사람과 사람의 결혼'은 모티프가 될 수 없으나, '혹부리영감'이나 '사람과 뱀의 결혼'은 특이하므로 모티프가 될 수 있다. 그런데 모티프는 이야기를 만들 수 있는 무한한 가능성은 있으나 형상화 이전의 관념적 형태에 머물고 있어서 모티프 스스로의 힘으로는 이야기의 형성이 불가능하다. 그래서 플롯(plot)의 개입이 불가피하게 된다. 모티프에 줄거리가 개입하게 되면 플롯의 구성력에 의해 소재가 선택되고 동원되어 그 과정에서 이야기의 골격이 갖추어진다. 이렇게 모티프의 개입으로 형상화된 이야기의 최저단위의 골격을 화근(話根, root)이라고 한다.

화근은 모티프를 전제로 한다. 보충설명을 하면 화근은 이야기를 진행시키는 요소이며, 모티프는 이야기의 관념을 집약시키는 요소라고 할 수 있다. 화소(話素)는 모티프를 구성하는 최하위단위로서 설화를 6하원칙으로 나눈 것이다. 그리고 전체 설화에 작용하는 독자적인 단일의미가 있기 때문에 설화의 의미와 상징성 해석, 구연자의 방언, 어의 변화 등을 고찰하는 데에 많은 도움을 준다. 화소가 구조의 하위단위로 설정된 이유를 구체적으로 들어보면 다음과 같다.

    ① 同一類話型의 화소를 통해서 類話들의 분석 및 정리 기준 설정
    ② 미발견설화의 예진(豫診)
    ③ 설화의 구전문학으로서의 서사적 성격 파악
    ④ 설화의 의미와 상징 해석
    ⑤ 변화의 한계와 법칙 추출
    ⑥ 祖上說話의 재구, 전승, 전파, 발생지의 고찰
    ⑦ 개인어, 방언, 어의변화의 고찰
    ⑧ 설화의 전(소설화, 연극화, 詩化 등) 과정의 파악 〔최래옥, 구비문학
    개론, p.28~9〕

이상의 내용을 종합하여 보면, 모티프에 플롯(줄거리)이 작용하여 화근(話根)이 형성된다. 그리고 화근에 다시 플롯이 작용하여 하나의 독립된 이야기 곧 유형(type)이 성립된다. 화소는 모티프를 구성하는 최하단위이지만 독자적인 단일의미가 있기 때문에 설화의 의미와 상징성 등을 이해하는 데에 도움을 준다. 그러면 〈나무꾼과 선녀〉 설화에서 화소를 찾아본다.

    a옛날 어느 b산골에 가난한 c나무꾼이 살고 있었다. at하루는 산에서 나무를 하고 있는데 d사슴이 달려와 지금 e포수에게 쫓기고 있으니 숨겨달라고 하였다. 나무꾼은 사슴을 f나무더미 속에 숨겨주었다.

위에서 밑줄을 그은 부분이 화소(話素)이다. a와 at는 시간화소이고,

c,d,e는 인물화소이며, f는 사건화소다. 다음으로 모티프와 화근의 실례를
들어본다.

[모티프]	[화근話根]
· 사슴구원	— 나무꾼이 포수에게 쫓기는 사슴을 구해 주었다.
· 선녀옷 감추기	— 나무꾼은 사슴의 말대로 선녀의 날개옷을 감추었다.
· 선녀와결혼	— 날개옷을 잃은 선녀는 나무꾼과 결혼하였다.
· 금기	— 아이 셋을 낳기 전에는 옷을 주지 말라는 금기를 어겼다.
· 승천	— 나무꾼이 두레박을 타고 하늘로 올라갔다.
· 시험	— 장인 장모 등이 시험을 부과하였다.
· 변신	— 변신한 장인을 찾아야 했다.
· 조력자의 도움	— 선녀가 시험에 통과하도록 도와주었다.
· 동물의 보은	— 쥐가 시험에 통과하도록 도와 주었다.
· 하강	— 어머니 생각에 천마를 타고 지상으로 내려왔다.
· 금기	— 말에서 내리지 말라는 금기를 어겼다.
· 변신	— 나무꾼은 수탉으로 변했다. 〔최운식, 한국설화연구, p.32〕

· 〈문제 1〉 다음의 〈울산바위전설〉을 유형, 설화형, 삽화, 화근,
모티프, 화소 등으로 분석하여 본다.

　　옛날에 조물주가 강원도 땅에다 천하의 명산 하나를 만들되 봉우리
수를 꼭 1만 2천으로 할 계획을 갖고 전국의 산봉들 중에서 응모의 뜻
이 있으면 모월 모시까지 모이라고 사발통문을 보냈다.
　　이때 경상도의 울산지역에서 산봉의 왕자라고 뽐내던 울산바위가
이 소식을 듣고 주위의 산과 바위에게 응모하여 가는 뜻을 거만스럽게
밝히고 떠났다. 그런데 그는 몸이 워낙 육중한지라 걸음이 더디고, 지
치고 피곤해서 외설악의 한 곳인 지금의 자리에서 하루를 쉬었다가 가

기로 하였다.

다음날 그는 서둘러 금강산 어귀에 이르니 다른 산봉들이 되돌아오는 것이 아닌가. 그래서 이유를 물으니 봉우리가 다 차서 되돌아온다고 하였다. 심히 낙심한 울산바위는 그래도 암산(岩山)의 왕이라고 자부하던 터이라 조물주에게 늦은 이유를 아뢰고 금강산의 주역자리 하나를 만들어 내라고 하였다. 조물주가 울산바위의 모습을 보고 안타까이 여기면서 "그만하면 족히 금강산의 주역자리를 맡을 만하나 이미 자리가 다 찼으니 산자락의 단역이나 맡을 수밖에 없노라"고 하였다.

이에 울화가 치민 울산바위는 되돌아오기 시작하였다. 그는 도중에 곰곰이 생각하니 떠나올 때 큰소리를 탕탕 친지라 다시 고향으로 돌아갈 수는 없는 노릇이었다. 그래서 전번에 머물렀던 외설악으로 가서 주역노릇을 하는 것이 낫겠다고 생각하고 찾아와 머물게 된 것이 지금의 울산바위라고 한다.

한편 울산사람들은 바위가 없어진지라 수소문하여 알아보니 금강산에도 없어 찾던 중에 양양의 속초에 있는 것을 알고서 양양현에서 매년마다 산세를 받아갔다. 그러자 양양에서는 과중한 세금 때문에 인민과 관청이 몹시 허덕이게 되었고 그 걱정이 심각한 지경에 이르렀다. 또다시 세를 받으러 올 때가 되자 고을의 현감은 수심에 쌓였다.

그때 사또의 어린 아들이 부친의 고민에 대하여 그 이유를 알고자 여쭈었다. 사또는 지나는 말로 돌아가는 이야기를 자초지종 들려주었다. 그랬더니 소년은 아주 쉬운 걸 가지고 걱정한다면서 자기가 해결할 것이니 세금을 받으러 오는 사람들을 대면시켜 달라고 하였다. 사또는 상황이 급박하고 또 평소 아들의 총명을 믿어온 터이라 혹시나 해서 아들의 뜻에 따르기로 하였다.

소년은 그들에게 정중히 인사하기를 "부친이 출타 중이라 제가 대신해서 손님을 맞이하게 된 것을 용서하여 주십시오." 하였다. 그리고 "울산에서 온 바위산이 우리 땅에 버티고 있어서 농사를 지을 수가 없어 피해가 극심하니 지금까지 받아간 세금에 대해서는 말하지 않을 것이니 당장에 가져가십시오."라고 당당히 말하였다.

이에 갑자기 답변이 궁한 그 사람들이 "좋다. 우리가 가져갈 터이니 재로 곤 새끼로 바위를 묶어놓으면 우리가 지고 가겠다"고 억지를 부리면서 갔다. 현감이 괜히 혹을 더 붙였다면서 걱정을 하자 소년은 동민들을 모아 새끼를 꼬아서 바닷물에 흠뻑 적신 뒤에 기름을 발라 바위를 묶고 나서 새끼에 불을 붙이면 재로 꼰 새끼가 된다고 그 비방을 알려 주었다. 곧 새끼줄을 바닷물에 푹 담가놓으면 간수를 넣어 두부를 만드는 것처럼 응고하는 성질 때문에 재가 되어도 흩어지지 않는다는 것이었다. 현감이 그 방법대로 하였더니 과연 그대로 되었다.

며칠 후에 온 울산의 관리들은 억지로 만들어낸 문제를 빌미로 세금을 받아 가려고 했는데 그 문제가 깨끗이 풀려있는 것이 아닌가. 그렇게 되자 그들은 더 있다가는 어떤 봉변을 당할지 몰라 허둥지둥 내빼었다. 지금도 잘 보면 울산바위의 윗부분에 줄지어 까맣게 된 곳이 있는데, 그것은 그때 새끼의 불에 그을린 흔적이라고 한다.

7. 신화의 세계

1) 신화의 개념

신화란 신에 관한 신성에 대한 이야기로서 '기원을 설명하는 것으로 믿어지는 이야기'라고 정의할 수 있다. 이 정의항을 구성하는 내용인 기원, 설명, 믿음, 이야기 등은 신화를 특징짓는 핵심적인 개념들이다. 먼저 기원이란 말은 역사라는 말과 관련될 수 있다. 신화는 신이나 영웅, 문화적 특징이나 신앙 등 그것을 보유하고 있는 집단의 우주론적이며 초자연적인 전통에 대한 기원을 이야기한다. 신은 물론, 유형, 무형을 불문하고 그것이 존재하게 된 근본 내력을 전해 주는 것이 신화이기 때문에 신화는 역사라 할 수 있으며, 특히 기원적인 역사를 말해 준다.

둘째, 설명이란 말은 사실을 밝힌다는 뜻에서 학문과 관련된다. 과학적인 관점에서 보면 신화의 내용은 매우 불합리하고 환상적이지만, 그것을 둘러싸고 있는 상징과 비유를 벗기고 나면 원시적 사고의 인식태도와 양식을 알 수 있다.

셋째, 신화는 신앙을 기저로 하여 형성되고 믿어지는 것이기 때문에 종교적 상관물이다. 신화의 특성으로 들 수 있는 신성성, 신비성, 초자연성, 상징성 등은 모두 종교적인 특성이기도 하다. 신화는 그것을 믿는 사람들에게 종교적인 교의이다.

넷째, 신화는 하나의 이야기라는 점에서 문학작품이다. 비록 신의 말이라 하도라도 그것이 전해지는 방식이 서사문학의 형태를 취하고 있지 않으면 그것은 신화가 아니다. 신화는 많은 문학 갈래들 중에서도 가장 풍부한 상상력이 용해되어 있는 문학이다.

2) 한국 신화의 분류

신화에 대한 분류는 각 연구자의 기준에 따라 다양하게 나타난다. 신화를 일률적인 기준만으로 나누게 되면 그 일면만을 볼 뿐이므로 가능한 다양한 기준을 세워 체계적으로 분류할 수 있는 방법이 고안되어야 한다. 이러한 과정을 통해서 얻어진 결과는 신화의 전체상을 드러내는데 도움이 된다. 여기서는 대표적인 몇 가지만을 들어 한국 신화에 대한 개괄적인 분류를 제시해 본다.

(1) 전승매체에 따른 분류

① 문헌신화

이들 신화들은 본래는 구전으로 전하던 것들이나, 국가나 왕족 또는 성씨 등의 역사를 편술하려는 기록 주체가 있어 문헌에 실리게 된 것들이다. 예를 들면 ≪삼국사기≫, ≪삼국유사≫, ≪제왕운기≫, ≪동국이상국집≫, ≪고려사≫, ≪세종실록지리지≫ 등에 많은 건국신화, 시조신화들이 실려 있다.

② 구전신화

지금까지 구비전승되고 있는 신화들로 굿판인 무의(巫儀)에서 불리는 무속신화, 공동체신앙인 동제의 기원담으로 말해져 온 당신화, 민간 속에서 전해져 온 일반 구전신화 등이 있다.

· 〈다자구할머니신화〉

옛날에 이 다자구 할머이가 도둑을 잡고 있었는데. 나라에서 자꾸 세금이 안 올라가다가 인제 세금이 잘 올라가이까 이걸 도둑을 누가 잡았는지 수소문을 해서 그 사람의 공을 세울라고 안만 찾아도 사람이 없었어. 그런데 그 나라 임금이 어느 임금인지 그건 확실히 모르고 그 임금에 이 다자구 할마이가 현몽을 했어. 꿈에. "그 도적을 잡은 사람이 아니고 나는 이 죽령 산신인데 내가 잡았으니까. 나의 공을 알라면은 서울에서 연을 띄워서 연 앉는 자리에다가 내 사당을 지가지고 춘추로 제를 올리다고" 이랬거든. 그 이튿날 문무대신을 전부다 불러다 그 조회를 했거든. 그래 가지고 연을 맨들어 가지고 띄윘는데 첫 번에 연이 어디 와 있나면, 요 밑에 당동 뒤에, 지금 서낭당 있어요. 거 와 앉았거든. 거 와 앉았는데 그 서울서 이제 대신들이 니리와 보니까 거는 이제 집이 개찹고 개소리도 듣기고 이래가지고 고만 여는 안된다 이래 가지고 그 연을 뱃기 가지고 날렸거든 거서 날렸는데 요 자리에 큰 옻남기 있었다고, 그 옻남게 와서 앉았는데 와 보이께 터도 좋고 이래서 여다 이제 사당을 맨들어 짖지.

(2) 사회적 기능에 따른 분류

① 종교신화

신이나 종교적인 의례에 대한 기원이나 영험담 등을 설명하는 종교적 기능을 맡고 있는 신화로 무속신화나 당신화류가 여기에 속한다.

② 정치신화

정치적 이데올로기의 강화나 통치구조의 정통성 주시를 위한 목적을 기반으로 하는 신화들로 건국신화류가 대표적인 것들이다.

· 〈박혁거세신화〉

예전에 진한(辰韓)에는 육촌이 있었다. 하나는 알천(閼川) 양산촌(梁山村)이니 남쪽은 지금의 담엄사(曇嚴寺)이다. 촌장은 알평(閼平)이다. 처음에 (하늘에서) 표암봉에 내려오니 이가 급량부 이(李) 씨의 조상이다. 전한(前漢) 지절(地節) 원년 임자(B.C.69) 삼월 초하루에 6부의 조상들은 각기 자제들을 거느리고 알천의 언덕 위에 모여서 의논하였다. "우리들은 위에 다스릴 임금이 없으므로 백성들은 모두 방자하여 마음대로 하게 되었소. 어찌 덕 있는 사람을 찾아 임금으로 삼아 나라를 세우고 도읍을 정하지 않겠소." 이에 높은 곳에 올라 남쪽을 바라보니 양산(楊山) 밑 나정(蘿井) 곁에 이상한 기운이 전광처럼 땅에 비치는데 백마 한 마리가 꿇어 앉아 절을 하는 형상을 하고 있었다. 그곳을 찾아가 살펴보니 붉은 알 한 개가 있었으며, 말은 사람을 보고서 길게 울고는 하늘로 올라갔다. 그 알을 깨어보니 사내아이가 나왔는데 모습이 단정하고 아름다웠다. 놀라고 이상히 여겨 동천(東川)에서 목욕시켰다. 몸에서 광채가 나고 새와 짐승이 따라 춤추며 천지가 진동하고 해와 달이 청명해지므로 그 일로 인하여 그를 혁거세왕(赫居世王)이라 하였다. 위호를 거슬한이라 하였다. ― 이는 서술성모(西述聖母―娑蘇)가 낳은 바이니 그러므로 중국인들이 선도(仙桃) 성모를 찬양한 말에 "현인을 낳아 건국하였다"는 말이 있음이 이것이다. 계룡(鷄龍)이 상서로움을 나

타내어 알영을 낳았다는 이야기도 또한 서술성모의 현신(現身)을 말한
것이 아닐까?

　당시의 사람들은 다투어 치하하였다. 그리고 이제(하늘에서) 천자가
내려왔으니 마땅히 왕후를 찾아 배필을 삼아야 할 것이라고 하였다. 그
날 사량리의 알영정(閼英井) 혹은 아리영정(娥利英井)에 계룡이 나타나
왼쪽 갈비에서 계집애를 낳았는데 모습과 얼굴은 유달리 고왔으나 입
술이 닭의 부리와 같았다. 월성 북천으로 가서 목욕시키니 부리가 떨어
졌다. 그 때문에 그 내를 발천(撥川)이라 한다. 남산 서쪽에 궁을 짓고
두 성스러운 아이를 받들어 길렀다. 사내아이는 알에서 나왔으며 그 알
은 호(瓠)와 같았다. 향인들은 호를 ‘박’이라고 하는 까닭에 ‘박’(朴)으로
성을 삼았다. 여아는 그가 나온 우물 이름인 ‘알영’으로써 이름을 지었
다. 두 성인이 13살이 되자 오봉(五鳳) 원년 갑자(B.C.57)에 왕과 왕후로
삼았다. 나라 이름을 서라벌(徐羅伐) 또는 서벌(徐伐)이라고 하고 혹은
사라(斯羅) 또는 사로(斯盧)라고 했다. 처음에 왕후가 계정(鷄井)에서 탄
생한 고로 계림국(鷄林國)이라 하였다. － 일설에는 탈해왕 시대에 김
알지(金閼智)를 얻을 때에 닭이 숲속에서 울었으므로 후세에 와서 신
라의 국호로 정했다.

　나라를 다스린 지 61년만에 왕은 하늘로 올라가고 7일 후에 그 몸뚱
이가 땅에 흩어져 떨어졌는데 왕후도 또한 세상을 떠났다. 나라 사람들
이 합장하고자 하니 큰 뱀이 쫓아와서 방해하였다. 그래서 머리와 사지
를 각각 장사지내어 오릉(五陵)을 만들고 또한 사릉(蛇陵)이라고 했으니
담엄사의 북릉이 바로 그것이다. 태자 남해왕이 왕위를 계승하였다.

③ 윤리신화

　선과 악을 대비시킨 한국의 창세신화류와 인류의 갱생을 말하는 홍수
신화류 등은 일종의 종말론적 신화 이념을 전하는 것들로 사회윤리적 기
능을 맡는다.

(3) 기원대상에 따른 분류

① 우주기원신화

천지나 일월성신의 기원을 설명하는 신화를 일반적으로 우주기원신화라고 부른다. 그러나 특정한 산이나 섬 또는 바다나 강의 기원을 설명하는 것도 있고, 초월적 세계의 저승의 기원을 설명하는 것도 여기에 속한다. 창세가나 남매일월신화 등이 있다.

· 〈개벽신화(開闢神話)〉

태고에 음양(陰陽)이 갈라지지 아니하고 홍몽한 채 오래 닫히어, 천지는 혼돈하고 귀신도 매우 슬퍼하고, 일월성신(日月星辰)도 잡것에 싸여 질서가 없고, 바다는 흐리고 깊어, 뭇 생물은 자취를 찾을 길이 없고, 우주(宇宙)는 다만 암흑의 큰 덩어리일 뿐이었다. 물과 불은 서로 밀치기 수백 년이었고, 상계(上界)에는 마침 한 큰 주신(主神)이 있었으니 환인(桓因)이라 하였다. 온 세상을 다스리는 헤아릴 수 없는 지혜와 능력을 가지고 있었으나 그 형체는 나타내지 아니하고 가장 높은 하늘에 자리잡고 있었다. 그 있는 곳은 수만 리나 떨어져 있는 곳이지만 늘 환하게 빛나고 그 아래에 다시 수많은 소신(小神)들을 거느리고 있었다.

환(桓)이란 광명 곧 환하게 빛나는 것으로 그 형체를 말함이요, 인(因)이란 본원 곧 근본으로서 만물이 이로 말미암아 나는 것을 뜻함이다. 이때에 주신이 두 손을 마주잡고 곰곰히 생각해 말하기를 "이제 우주라고 하는 큰 덩어리가 어둡게 닫힌 지 이미 오래다. 혼원(混元)한 기운에 싸여 낳고 길러지기를 바라니 만일 때를 맞추어 열지 아니하면 어찌 헤아릴 수 없는 공덕을 이룰 것인가" 하고 이에 환웅천왕을 불러 우주를 여는 일을 행하도록 명을 내렸다.

환웅은 그곳을 떠나 여러 신들을 독려하여 각자 크게 신통함을 나타내게 하니 다만 풍운이 어둡고 검푸르고 깊으며, 번개가 줄기져 번쩍이고 우뢰와 벼락치는 것만 보게 되었다. 그러자 옥녀가 실색하고 모든 귀신들이 도망치니 이때에 천지가 열리고 하늘과 땅이 비로소 나누어

지게 되었다. 이에 해와 달에게 명하니 해와 달은 바퀴처럼 서로 구르고 돌아 고운 빛을 하늘과 땅에 비추게 하였다. 해를 가게 해서 낮이 되게 하고 달을 가게 해서 밤이 되게 하고 또 별들에게 명하여 하늘에 돌게 하고 사사(四時)를 정하게 하여 햇수와 날수를 다스리게 하였다.

이로써 하늘과 땅이 나누어지고 해와 달이 돌도록은 하였으나 땅에는 물과 불이 정해지지 못하고 바다는 혼돈하여 쌓인 기운이 열리지 못한지라 한 큰 주신이 두번째로 환웅천왕(桓雄天王)에게 명하여 크게 법력(法力)을 나타내게 하니 다만 땅덩어리와 물가가 보이더니 비로소 땅과 바다가 정해지게 되었다.(… 중략 …)

이렇게 개벽(開闢)된 세계에서 화기(火氣)는 감춰지고 물은 움직여서 만물이 번성하였다. 이리하여 십만 년의 세월이 지나자 일대주신 다시 뭇 신들을 모아 그들의 공덕을 치하한 후, 천지 사이에 만물의 어른인 사람을 만들도록 명하였다. 이에 환웅천왕이 명을 받고서 수많은 신들로 하여금 하계(下界)로 내려가 다스리되, 잘못이 없는 다음에야 천지의 신령스럽고 빼어난 성품과 곧고 밝은 기운을 분별하여 많은 사람을 만들도록 하였다. 일대주신은 네번째로 환웅천왕에게 "사람과 만물을 다 만들었으니 인간세상에 내려가 하늘을 이어 가르침을 세우고 만세토록 후생(後生)의 모범이 되게 하라"고 하였다. 이에 천왕은 천부인(天符印) 세 개와 풍백(風伯)·우사(雨師)·운사(雲師) 등 삼천 명의 무리를 이끌고 태백산 박달나무(檀木) 아래 내려와 군장(君長)이 되니 이가 곧 신시씨(神市氏)다.

② 인류기원신화

인간 또는 남녀의 기원을 설명하는 신화다. 우리나라의 창세가나 남매론신화가 여기에 속하는 것들이다.

③ 문화기원신화

총체적 개념의 문화와 관련된 제반 요소의 기원을 설명하는 신화다. 신화 자료 중에서 가장 많은 자료가 여기에 속한다. 〈단군신화〉 같은 한국의 건국신화가 그 대표적 예다.

3) 신화원형과 신화의 세계관

신화는 상징이라는 베일에 감싸여 있기 때문에 일상적인 언어와는 다른 매우 허황되고 불합리한 이야기로 되어 있다. 그러나 상징들의 두터운 피막을 파헤치면 그 속에는 원형이 숨겨져 있다. 이러한 원형은 보편성의 원리와 직결된다. 인류가 가진 신화가 지역과 시대에 따라 각기 다르지만 그 심층에는 보편적이며 항구적인 의식이 흐르고 있다. 이러한 공질적인 의식은 구체적인 신화소(神話素)에 반영되며, 보편적인 상징을 낳게 된다.

그러나 보편적인 상징으로서의 원형이 있는 것에 반해서, 문화적 상관물인 신화는 해당 문화권에 따른 개별적 상징도 역시 가진다. 곧 민족이나 문화권에 따라서 저마다 세계상이 다르며, 생활양식이나 문화의 발전과 더불어 변화되게 마련이다. 한국의 신화는 한민족의 세계상을 표상하고 있다. 그러나 표상은 단순하지 않다. 서사구조와 상징체계를 통해서 표출되는 것이기 때문에, 우리가 세계상을 이해하기 위해서는 한국의 신화에 대한 서사구조와 상징체계라는 문법에 익숙해 있어야 한다. 그럴 때만이 신화가 담고 있는 원형이나 세계상을 인지하게 된다.

예를 들면 무속신화 속에 들어 있는 현세주의 건국신화에 집약된 지배논리, 당신화에 들어 있는 자연과 문화의 상관성, 인류기원신화 속의 타계관, 창세기와 같은 우주기원신화에 들어 있는 천부지모(天父地母)와 소우주론적 층위 등은 한민족의 삶에 대한 태도와 경험세계에 대한 인식이 집약된 세계상으로 추출될 수 있는 것들이다. 그러나 이들 세계상이 그냥 얻어지는 것은 아니다. 앞에서 말한 신화의 문법체계를 분석한 후에라야 비로소 알 수 있다.

신화는 민족의 사상, 문화, 역사 모두를 담고 있는 매우 응축력이 강한 설화다. 그 신화를 말해 온 언중(言衆)에 관한 제반 사항을 담고 있기 때문에 신화가 가진 세계상을 발견하는 일은 민족 정체성 발견에 해당되는 일이다.

8. 전설의 세계

1) 전설의 개념과 증거물

전설은 전승적인 근거가 마련되어 있어서 하나의 설(說)이 전승상에 인정된 이야기라 할 수 있다. '설'은 말로 하는 이야기되, '화(話)'나 '담(譚)'과 달리 일정한 설득력을 가지고 있는 것이다. 곧 '설'은 객관적 근거를 갖추어서 어떤 사실을 해명하고 설득하는 교양 위주의 앎의 이야기라 할 수 있다. 전설은 다른 이야기들보다 과거 사실을 해명하는 성격이 강하며, 해명의 설득력을 확보하기 위해 구체적인 상황 속에서 일정한 증거를 확보하고 있다는 특성을 지닌다.

· 〈단종을 암매장한 엄흥도〉

　단종이 역적으로 몰려 사약을 받고 죽자 단종의 시신은 동강에 버려졌다. 그러나 누구도 시체에 손을 대지 못하고 속으로만 애를 태웠다. 이때 충성심이 강한 영월 호장 엄흥도는 그의 어머니를 위해서 준비해 둔 수의(壽衣)와 관을 지게에 지고 가서 단종의 시신을 강물에서 거두어 염습(殮襲)을 하였다. 그리고 입관한 후 지게에 지고 잔다리와 능말 사이에 있는 군등치를 넘어 영월 엄씨들의 선산인 동을지산으로 향하였다. 때는 음력 10월 하순이므로 동을지산의 푸른 소나무 가지 위에는 이미 함박눈이 쌓였고 살을 저미는 듯한 북풍이 몰아쳐왔다. 호장 엄흥

도가 잠깐 쉴 장소를 찾고 있는데, 다행히 언덕 위 소나무 밑에 숨어있
던 노루 한 마리가 사람의 인기척에 놀라 달아났는데 그 자리를 보니
눈이 녹아 있었다. 그는 단종의 시신이 들어 있는 관을 그 자리에 놓은
채 땀을 닦으면서 긴 호흡을 하고 주위를 살펴본 후 사람들의 눈에 띄
지 않는 더 깊은 산골짜기로 들어가려고 했지만 관이 얹혀있는 지게가
움직이지 않는 것이었다. 그는 마음 속으로 "아 이곳이 명당인가 보구
나."라는 생각을 하면서 노루가 앉아 있었던 그 자리에다 단종의 시신
을 암장하였다.

전설의 구연 방식은 '임란 때 이여송이 말을 타고 제비원 앞길을 지나
가다가' 하는 투로 '임란'과 '제비원 앞길'이라고 하는 구체적인 시기와
장소를 밝힐 뿐 아니라 '말이 움직이자 않아서 칼로 제비원 미륵불 목을
치고 지나갔는데, 지금 보면 그때 떨어진 목을 다시 붙여 놓은 흔적이 있
고 아직도 목 둘레에는 당시에 흘린 핏자국이 남아 있다'고 하는 식으로
이야기하여, 전설을 사실로 입증할만한 증거물을 분명하게 제시한다. 이
렇듯 전설은 증거물과 관련된 이야기라는 사실에서 증거물의 종류에 따
라 전설의 갈래를 나눌 수 있는데, 인물전설, 자연물전설, 풍속전설, 지명
전설, 장수전설, 사찰전설 등이 그 예다.

2) 전설의 구조

전설의 독자성으로 주목할 만한 세계관적 특성과 문학적 형상성의 미
묘함은 구조적 특징에서 잘 드러난다. 전설의 구조적 특징은 세 가지라
고 정리할 수 있다. 우선 이야기꾼의 '의식'과 '표현'에 관한 구조적 관계
가 두드러진다. 전설의 이야기꾼은 그 내용을 사실로 의식하고 이야기하
되 실제로 표현되는 줄거리는 사실로 믿기 어렵도록 이야기한다. 전설에

는 초월적 경이가 내포되어 있기 때문이다. 결국 이야기꾼은 전설 속에 갈무리되어 있는 초월적 경이를 사실로 받아들이면서 이야기하는 셈이다. 전설은 이처럼 의식과 표현의 대립적 구조에 의하여 생산되고 전승되는 것이다. 이러한 양자 사이의 대립구조는 전설의 전승력을 담보하는 가장 긴요한 장치인 것이다.

다음으로 초월적 경이와 관련된 구조다. 전설은 한결같이 초월적 경이를 통해서 비합리적인 무엇을 추구하다가 마침내 합리적인 것에 부딪쳐서 좌절하는 구조로 이루어져 있다. 〈쌀 나오는 구멍〉 전설을 보기로 들어본다. 어느 암자의 바위 구멍에서 끼니때마다 쌀이 꼬박꼬박 흘러 나왔는데, 한 스님이 욕심이 나서 구멍을 크게 확장시켰더니 그 때부터는 물만 나오게 되었다고 한다. 이처럼 전설은 초월적인 것을 추구하다가 합리적인 것에 부딪쳐 좌절되는 이야기 형식으로 되어 있다. 여기서 초월적인 것은 이야기하는 사람들의 기대이며, 합리적인 것은 증거물과 관련된 이야기이므로 증거물의 현실적 제약 속에서 초월적 경이가 표현될 수밖에 없다. 그러므로 증거물을 둘러싸고 초월성과 현실성, 비합리성과 합리성의 구조적 긴장 관계 속에서 이야기가 생성되고 전승되는 것이 전설이라 하겠다.

셋째로 주목되는 전설의 구조는 등장인물의 성격과 결말의 반전 관계이다. 전설에는 예사사람보다 뛰어난 사람이 주인공으로 등장하기 일쑤다. 그러나 이야기의 결말은 인물의 탁월성과 반대로 좌절하거나 실패하는 쪽으로 나타난다. 결말이 좌절로 끝나는 가장 전형적인 구조를 보이는 것이 〈아기장수 전설〉과 〈오장군 전설〉이다. 아기장수는 갓난아기 상태에서 비범한 역량을 보이지만 한 차례도 그 능력을 발휘해 보지 못한 채 관군이나 부모의 손에 죽고 만다. 오장군은 전쟁이 끝나 할 일이 없자, 말과 화살의 경주를 시키고 말이 화살보다 늦었다고 말의 목을 베어

버리는 실수를 저지른다. 뒤늦게 깨달은 오장군은 자결하고 만다. 아기장
수나 오장군은 한결같이 긍정적 인물이므로 불행한 결말에 이르는 것이
전설의 한 속성인 비극성을 내포하고 있다.

· 수주면 도원리에 태어난 아기장수

옛날 영월군 수주면 도원리 손씨 집안에 남자아이가 태어났는데, 갓
난아이답지 않게 골격이 크고 당당하였으며, 겨드랑이에는 날개가 돋
았다. 아이는 하루가 다르게 자라 삼일이 지났을 때, 저 혼자 걸어 다
니는 것은 물론 방안의 선반 위에 올라가는 등 마음대로 돌아다녔다.
손씨 부부는 남자아이가 태어나 기쁘기 한량이 없었지만, 아이가 자라
는 모습을 보고는 덜컥 겁이 나기 시작했다. "여보, 아무래도 예사 아
이가 아니어요. 우리같이 미천한 집안에 저런 아이가 태어나다니 어쩜
좋아요." "글세 가뜩이나 나라 안이 어수선한데, 만약 우리 집안에 저
런 장수 기질의 아이가 태어난 걸 알면 관가에서 가만있지 않을 것이
오."

집안 식구들은 어쩔 줄 몰랐다. 그러는 사이에 이 소문이 마을에 퍼
졌다. 마을의 지각있는 노인들도 모두 근심스런 표정으로 "그렇지 않아
도 장수가 태어나 나라를 뒤집으려 한다는 소문이 자자한데, 장수 아기
를 출산했으니 손씨 집에 앞으로 닥칠 일이 걱정되는군."하며 수군거렸
다. 손씨 집안에서는 눈물을 머금고 그 아이를 죽여 버려야 했다. 아기
장수가 역도(逆徒, 역적의 무리)가 되어 멸문지화(滅門之禍, 가문이 멸
망하는 큰 재앙)를 당할까 두려웠기 때문이다. 그런지 3일 후 그 마을
동쪽의 후미진 곳에 있는 깊은 못에서 우렁차게 말의 울음소리가 들려
왔다. 이에 마을 사람들은 모두 아기장수를 태울 용마가 났다고 말하였
다.

그 용마는 아기장수를 찾아 사방으로 날아다녔다. 하지만 아기장수
는 이미 죽었으니 어찌하랴. 결국 용마는 주인을 찾지 못하고, 수주면
무릉리 동북쪽 강 건너 마을의 벼랑에서 슬프게 울부짖다가 나왔던 곳
으로 되돌아와 죽었다고 한다. 그래서 용마가 나왔던 못을 용소(龍沼)
라 하며, 그 옆에 용마의 무덤까지 있다고 한다. 또 무릉리의 강 건너
마을은 용마가 울부짖은 곳이라 하여 명마동(名馬洞)이라 부르고 있으

며 지도에도 그렇게 표기되어 있다.

3) 전설의 성격

전설을 이야기하는 과정에 구체적인 묘사나 사실을 해석하고 의미를 부여하는 방향은 전승자에 따라서, 또는 시대적 상황에 따라서 얼마든지 달라질 수 있으므로 역사학에서 사료를 해석하는 것과 같은 상상력 내지 사유적 기능을 가지는 것이다. 그러므로 전설은 문학적인 예술성을 지니면서 역사학이 담당하는 기능도 적극 수행하는 것이다.

때로는 전설이 단편적인 내용의 사료나 주관적인 편견으로 기술된 문헌의 한계를 보완하고 문헌사료에는 드러나지 않는 역사적 사실의 이면을 꿰뚫어 볼 수 있는 길을 마련해 주기도 한다. 전설은 민중의 입장에서 역사적 사실을 자연스럽게 전달할 뿐 아니라, 역사에 대한 비판적 인식을 함축하고 있기 때문이다. 역사학의 방향이 중앙과 지배층 중심의 정치사 연구에 머물러 있지 않고 지역 중심의 민중사 및 생활사까지 포괄하는 쪽으로 나아가야 한다면, 전설을 역사연구의 자료로 적극 끌어들여야 할 것이며, 전설 연구에 대한 역사학적 방법론까지 개척해 나가야 할 것이다.

전설은 그 자체로서 민속학의 중요 영역이지만 다른 영역들과 밀접한 연관성을 가진다는 점에서 또 다른 민속학적 성격을 지닌다. 말을 바꾸면 전설은 역사적 사실만 근거로 해서 생성되는 것이 아니라, 민속적 사실을 토대로 생성되거나 민속적 사실과 현상을 설명하는 목적으로 생성·전승되기도 하는 까닭이다. 따라서 전설 자체가 민속의 중요 영역인 동시에 민속의 또 다른 갈래다. 민속 영역들을 이해하는 데 중요한 자료 구실을 하는 것이다. 이른바 풍수전설이 가장 구체적 보기이다. 이를테면 첫날밤 신방지키기를 하는 유래라든가, 팔월 추석에 강강술래를 하고 정월 대보름에 놋다리밟기를 하게 된 내력을 설명하는 전설은 이들 민속을 이해하는데 긴요한 자료의 가치를 지닌다.

이처럼 전설은 민속놀이와 관혼상제, 세시풍속 등에 관한 유래를 설명하는 외에 민속사회와 민속신앙 등 민속 전반에 걸쳐서 그 유래와 의미에 대한 민중적 인식을 두루 드러내 준다. 보기삼아 민속신앙과 관련된 전설을 보면, 가장 대표적인 것으로 마을의 서낭신 유래를 말하는 전설이라든가 무신(巫神)이 좌정한 내력을 이야기하는 전설, 그리고 풍수나 도깨비, 기우제 그리고 남근바위에 얽힌 전설들을 들 수 있다. 이러한 전설들은 여러 가지 민속적 사실에 대한 이해의 통로를 마련하는 가장 긴요한 자료가 된다.

4) 전설의 세계관

전설의 내용을 굳이 물적 증거물을 통해서 사실을 입증하려는 것은 전설 속에는 사실로 간주하기 어려운 내용이 있기 때문이다. 전설은 사실로 받아들이기 어려운 '초월적 경이'를 반드시 내포하고 있다. 증거물의 성격에 따라 전설의 종류를 가리키듯 초월적 경이를 어떻게 이야기하느냐에 따라서 전설을 가르기도 한다. 초월적 경이가 설명되지 않고 기이함 그대로 남는 전설, 이를테면 〈아랑전설〉같은 것을 '괴기전설' 또는 '세속전설'이라고 한다면, 초월적 경이가 부처님의 조화나 고승의 도술로 설명되어 종교적 해석이 가해지는 전설, 이를테면 〈사명당전설〉 같은 것은 '종교전설' 또는 '신성전설'이라 할 수 있다. 선성전설과 세속전설은 처음부터 나뉘어져 전승되는 경우도 있으나 전승과정에서 이야기꾼이 이야기하는 방식에 따라 가변적으로 결정되기도 한다. 곧 이야기꾼의 구체적 표현에 다라 전설의 갈래가 달라진다. 그러나 어떤 전설이든 합리성을 벗어나 초월적으로 표현된다는 점에서 공통성으로 보인다. 그러므로 전설은 사실로 '의식'되는 이야기가 사실답지 않게 초월적으로 '표현'되는 이야기라 할 수 있다.

·제천 의림지의 유래

옛날 의림지가 생기기 전에 이곳에 부자집이 있었다. 하루는 이 집에 스님이 찾아와 시주할 것을 청하였다. 그런데 이 집 주인은 탐욕스러울 뿐 아니라 심술도 또한 사나왔다. 한동안 아무 대꾸도 없으면 스님이 가버리려니 했는데 탁발스님은 가지 않고 목탁만 두드리고 있는 것이었다. 심술이 난 집주인은 거름 두엄에 가서 거름을 한 삽 퍼다가 스님에게 주었다. 스님은 그것을 바랑에 받아 넣고선 머리를 한 번 조아리더니 발길을 돌리는 것이었다. 그런데 이것을 집안에서 보고 있던 며느리는 얼른 쌀독에 가서 쌀을 한바가지 퍼다가 스님을 뒤쫓아가서 스님에게 주며 시아버지의 잘못을 빌었다. 스님은 그것을 받더니 며느리에게 이르는 것이었다. 조금 있으면 천둥과 비바람이 칠터이니 그러면 빨리 산속으로 피하되 절대로 뒤돌아 보면 안된다고 하였다.

이 소리를 듣고 며느리는 집으로 돌아왔다. 그랬더니 집안에서는 집주인이 하인을 불러 놓고 쌀독의 쌀이 동이 났으니 누구의 소행인지 대라고 호통을 치고 있는 것이었다. 며느리는 시아버지에게 자기가 스님이 하도 딱해 퍼다 주었다고 아뢰었다. 시아버지는 크게 노하며 며느리를 뒷방에 가두더니 문에 자물쇠를 채워 밖으로 나오지 못하도록 해 버렸다. 그런데 갑자기 번개와 천둥이 울리고 세찬 바람과 함께 비가 쏟아지기 시작했다. 며느리는 광속에서 안절부절 못하는데 더 요란하게 번개가 번쩍하고 치더니 잠겼던 광문이 덜컹 열리는 것이었다. 며느리는 탁발승의 말이 생각나 얼른 광속을 빠져나와 동북쪽 산골짜기로 도망치기 시작했다. 얼마쯤 달려가던 며느리는 집에 남아 있는 아이들이 생각이 나서 뒤돌아 보지 말라던 스님의 말을 잊고 집이 있는 쪽을 뒤돌아 보았다.

그 순간 천지가 무너지는 듯한 굉음이 울리더니 며느리의 몸은 돌로 변해갔으며 집이 있던 자리는 땅속으로 꺼져서 온통 물이 괴고 말았다.

물이 고인 집터가 의림지이며 며느리가 변해서 돌이 된 바위는 우륵이
가야금을 타던 제비바위(연자암) 근처 어디엔가 서 있다는 것이었다.

9. 민담의 세계

1) 민담의 개념

민담은 이야기하는 이나 듣는 이가 모두 신성하다고 여기지 않으며 참
이라고 전제할 필요도 없는, 그래서 "옛날 옛적 호랑이 담배 먹던 시절에
말이지……"라는 식으로 시작하는 흥미 거리의 이야기다. 민담의 주인공
은 일방적 범인(凡人) 혹은 그 이하의 인물이되, 갖가지 난관에 부딪혀도
다행스러운 계기와 도움을 통해 이를 극복하고 행복한 결말에 도달한다.
민담의 세계에 불가능이란 없다. 그것은 동화적인 천진성이 모든 어려움
을 이겨내는 이야기로서, 어떤 고난도 넘어설 수 있고 또 넘어서야 한다
는 민중들의 낙관적 상상력의 표현이다.

2) 민담의 특징

민담의 형식과 내용상의 특징을 이루는 주요 항목들로서 화소(話素)의
유사성, 동일요소들의 반복성, 줄거리 진행상의 연상성 등을 들 수 있다.
민담에서는 이런 요소들이 표현과 형식, 구조적 특징과 긴밀해 연관되어
있다는 점에서 더욱 중요한 의미를 지닌다.

우선 동일 화소가 민담에서 자주 나타나고 있는 점을 주목할 수 있다.
화소는 설화가 전승될 수 있게 하는 어떤 힘을 지닌 가장 작은 구성요소
다. 이것은 설화를 통해 자주 두드러지나 예외적인 설화구성단위로 여기

서는 사물, 신기한 동물, 관념, 행위, 인물의 특징, 정형화된 인물, 구조상의 특징 등이 포함된다. 화소는 이처럼 이야기를 이루게 하는 관심을 끌 수 있는 여러 특징적인 소재와 내용을 두루 포함한다고 할 수 있다.

다음으로 동일 요소의 반복현상은 설화 갈래들 가운데에서도 특히 민담에 두드러진 현상이다. 이러한 형식성은 구비적 산문성을 띠며, 여러 사람에 의해 기억되기 쉽고도 문학적 흥미를 효과적으로 표현해야 하는 민담의 여러 요인들에 의한 것이라 할 수 있다. 이는 크게 서두와 결말의 형식, 반복의 형식, 대립의 형식, 연쇄적 형식 등의 서술체계를 지닌다.

민담의 서두와 결말부분이 일정한 형식성을 띠고 있음은 세계적으로 널리 확인된다. 이야기를 시작하면서 "옛날 호랑 담배 피던 시절에"라고 하거나 "그 사람 잘 살다 엊그제 죽었다"라는 표현으로 이야기를 마치는 예가 그것이다. 반복은 인물이나 상황 또는 사건이 2회 이상 거듭 나타나는 경우를 말한다. 대립의 방식은 상황이나 인물에 의해 주로 나타난다. 선악, 빈부, 현우, 남녀, 대소, 관민 등의 대립이 구현되는 방식들이다.

끝으로 민담의 진행방식상의 특징으로는 비슷한 사건의 반복적 진행 형식성을 뚜렷이 보여준다는 점을 들 수 있다. 이러한 반복적 진행은 더 세부적으로는 연쇄적, 누적적, 점층적 형식성을 띠고 있다. 민담진행상의 이러한 형식성들은 민담의 서사문학적 효과를 구현하는 데 상호 유기적인 역할을 적절히 수행한다고 할 수 있다.

3) 민담의 분류

민담의 분류는 기준을 세우기에 따라 여러 가지로 달라질 수 있으나 여기에서는 동물담, 본격담, 소화(笑話)의 3분법에 따라 간략한 윤곽을 소개하면서 한국 민담의 사례를 언급하고자 한다.

　동물담은 말 그대로 동물에 관한 이야기 혹은 동물이 주된 행위자로 등장하는 이야기다. 이를 다시 동물유래담, 본격 동물담, 동물우화로 나눈다. 이 가운데서 문학적으로 보다 흥미로운 것은 뒤의 두 가지이다. 특히 동물을 의인화하여 인간 세계의 갈등을 표현한 본격동물담 중 일부는 민담으로 머무르지 않고 조선 후기 일부 소설에까지 차용되었다. 〈토끼전〉, 〈장끼전〉 등이 이런 부류의 소설이다.

　본격담은 인물의 특성과 사건 해결 방식에 따라 현실담과 공상담으로 나뉜다. 현실담은 어느 정도 경험적 현실성을 띤 이야기인데 비해, 공상담은 초현실적인 인물과 사건으로 이루어진 이야기다. 아래의 자료는 세계적으로 널리 분포되어 있는 〈천냥짜리 점〉 유형의 이야기인데, 공상담류 중에서도 예언담 부류에 속한다. 얼핏 보기에 이상하기 짝이 없는 가르치는 것들의 의미가 드러나는 과정에 이야기의 묘미가 담겨 있다.

　　전에 내외가 살았는데 안에서는 베를 짜고 남자는 장에 가 양식을 팔아왔다. 용한 점쟁이가 장에서 법석치는 것을 보고 생각하기를, 나도 쳐 봤으면 좋겠는데, 점을 치면 복채가 비싸서 쌀을 못 사 집에도 못 가게 되었지만 점을 쳤다. 점괘가 "마음이 위태롭거든 목적지까지 가지 말고 되나오거라. 무섭거든 춤추거라. 반가워하거든 살살 기거라"고 그 남자가 집에를 못 가고 도망을 가는데 큰 강이 앞을 막아 배를 타게 되었다. 배는 사람이 몰아야 가는데 기다리다가 사람이 차서 떠났다. 바람 불고 날이 꾸무럭 해지고 돌개바람이 불어 배가 뒤집힐 듯했다. 점괘 때문에 "아이 무서워 못 가겠다. 돌아가자"고 야단을 했더니 "정말 못 가겠느냐?" "아 그래도 나는 안 간다" 할 수 없이 도로 갖다 주고 배가 중간쯤 가다가 돌개바람이 불어 휘덕 뒤집혀 그는 점쟁이 말이 맞다고 생각했다. 그 길로 산골길로 가다 보니 집도 없고 첩첩 산중에 초입부터 해골이 쓰러 문드러져 되나오자니…… 들어 갈수록 해골이 널렸다. 첫 번에 뭐가 똥그랗게 굴러와서 장따구를 쳐다봉께. 키가 구십 척도 더 큰 것이. 눈이 화등잔같이 큰 것이 춤을 췄다. 그래서 "무서우면 춤을 추라"는 점괘를 생각하고 같이 덩실덩실 춤을 췄더니 차차 작아져서 사람만하게 되어 보고 웃으며 "나는 소원이 다 풀렸다. 당신 때문에 원이 풀렸다. 나는 마초귀신이나 하도 천상에서 죄를 많이 져서 구천상제님께서 네놈 얼굴 보고 춤추는 놈이 있으면 죄 풀리리라 하고 말한 다음에 춤추는 사람이 없어 한이더니 당신 때문에 원 풀었으니 당신의 소원이 무에든지 들어 주겠다"고 하였다. 남자가 "부자가 되고 싶다" 하자 귀신이 "그러면 동삼밭을 가리켜 줄게⋯⋯" 하고 "고개 고개 넘어 양지쪽 꼭대기 바위가 삐딱한 데 동삼밭이 있을 것이다" 해서 말대로 찾아가 뽑으니 무 같은 동삼이 한정없이 나왔다. 하도 좋아 한 망태기 가지고 집에 갔다. 마누라가 반가워했다. 또 "반가워하거든 살살기라"는 점괘 생각에 살살 기었더니 마루 밑에 시퍼런 칼을 든 괴한이 있었다. 그 사이에 다른 남자를 데리고 살려고 했던 것이었다. "아하 나 죽일라고⋯⋯ 내 이짐도 내 아내도 자식도 다 줄테니 나와라"고 하니 괴한이 나왔다. 남자는 다 버리고 동삼을 팔아 서울에 와서 잘 살았다.(조희웅 채록)

소화(笑話)는 다른 나라의 경우에 비해 우리 민담에서 훨씬 다채롭고 많은 비중을 차지하는 듯하다. 과장담, 치우담(痴愚譚), 사기담, 모방담, 투쟁담으로 세분되는 소화의 하위분류 가운데서도 특히 골계적 면모를 이해하는 데에 중요하다. 구두쇠 자린고비, 방귀 잘 뀌는 며느리, 바보 사위, 실수하는 사돈 등 전통사회에서 아직도 친숙한 평민적 민담으로부터 〈고금소총(古今笑叢)〉류의 골계담에 이르기까지 인간의 어리석음, 변덕스러움, 건망증, 실수 등 갖가지 결함에 관련된 소화들은 상당히 많은 비중을 차지한다. 이들 소화가 대체로 차가운 풍자의 공격성보다는 해학적 관용의 분위기를 띤다는 사실에서 우리는 한국인의 전통적 생활 감각과 인간관의 한 단면을 짐작해 볼 수도 있을 것이다.

4) 민담의 세계관

　민담에 등장하는 주인공들은 대체로 평민이거나 그만도 못한 비정상의 인물들이다. 그런데 이들은 미약하고 저열한 사태로 이야기에 등장해서는 어떠한 역경도 척척 극복하면서 마침내 소원하는 모든 것들을 다 성취하는 것으로 그려진다. 민담에는 주인공의 좌절이나 패배가 없다. 아무리 모자라고 저능한 인물이라 해도 그는 끝내 성공하고 만다. 민담 줄거리의 이러한 전개는 민담이 인간의 능력에 대해 긍정하면서 그러한 가능성을 무한히 펼쳐 보이려는 관심의 소산임을 말해준다. 한마디로 민담은 인간의 능력을 긍정하며 모든 현실적인 문제들을 낙관적으로 받아들이려는 태도를 지니고 있다고 할 수 있다.

　이러한 등장인물이 성취하는 결말은 인간이 지닌 욕구의 무제한적 충족이라는 측면에서 주목된다. 민담은 하층민을 등장시켜 삶의 성취 과정을 그리되, 성취된 결말은 거의가 기대 이상의 상황, 곧 행복한 결말과 의외의 행운이라는 모습으로 드러난다. 이는 민중의 무의식적 소망의 자유로운 실현이라는 의미를 띠는 것임을 뜻한다. 민담 속의 보상이나 행운은 경험을 통한 합리성에 바탕을 둔 것이 아니며 잠재된 욕구의 일방적인 투사일 뿐이다. 그 때문에 민담에서의 행운은 다다익선의 원리에 따르며, 그래서 크고 많을수록 좋은데, 이렇게 볼 때 사회적 억압으로 누적된 불만을 지배계층의 몰락을 통해 그리고 잠재된 욕구의 자유로운 성취를 통해 민중들의 사유세계를 자유로이 펼쳐 보이고 있는 점이 민담이 지향하는 가치관이며, 이런 점에 대한 폭넓은 공감이 민담의 전승력을 지탱하는 중요한 힘이라 할 수 있다.

❀ 참고문헌

김사엽, ≪정송강연구≫, 계몽사, 1950.

김선풍 외, ≪민속문학이란 무엇인가≫, 집문당, 1993.

김열규 외, ≪민담학개론≫, 일조각, 1982.

김의숙, ≪강원도민속문화론≫, 집문당, 1995.

박성의, ≪송강·노계·고산의 시가문학≫, 예그린출판사, 1978.

성기설, ≪한일민담의 비교연구≫, 일조각, 1979.

이창식 편, ≪온달문학의 설화성과 역사성≫, 박이정, 2000.

장덕순, ≪한국설화문학연구≫, 서울대출판부, 1970.

장덕순 외, ≪구비문학개설≫, 일조각, 1971

조동일, 〈한국 설화의 분류체계와 잘 되고 못 되는 사연〉, ≪구비문학≫ 6, 한국
        정신문화연구원 어문학연구실, 1981.

조동일, ≪인물전설의 의미와 기능≫, 영남대 민족문화연구원, 1980.

조희웅, ≪한국설화의 유형적 연구≫, 한국연구원, 1983.

조희웅, ≪설화학강요≫, 새문사, 1989.

최래옥, 〈설화와 그 소설화 과정에 대한 구조적 분석〉, 서울대학교 석사논문,
        1968.

최래옥·윤용식, ≪구비문학개론≫, 한국방송통신대학, 1992.

최운식, ≪한국설화연구≫, 집문당, 1991

≪한국구비문학사연구≫, 박이정, 1998.

한국구비문학회편, ≪한국구비문학선집≫, 일조각, 1977.

1. 민요의 개념과 특징

민요는 노래이면서 소리다. 민요가 불리는 현장에서는 노래보다 소리라고 한다. 소리는 민요의 현장에서 널리 쓰이는데, 이 말은 단순히 율동으로 노래한다는 뜻만이 아닌 원초적인 데서부터 나온 신명풀이와 한풀이라는 뜻을 함축하는 듯하다. 노래는 그 성격이 매우 다양하다. 노래나 소리는 이들이 구비전승의 작은 갈래로서 음악적인 율동으로 이루어져 있다는 공통점을 지니면서 실제로 어떤 노래인가 하는 데서는 아주 다른 점이 있다. 따라서 민요란 일반 민중 속에서 저절로 전승되는 민속시가(民俗詩歌)를 두루 일컫는다.

민요의 정의도 민요가 다른 무가, 판소리, 고사풀이, 잡가와 구분했을 때 더욱 뚜렷하게 드러난다. 무가는 무당이 부르는 것이고, 판소리는 광대가 부르는 것인데 민요는 보통 누구나 부르는 것이다. 민요의 비전문적인 성격은 그만큼 민중의 취향에 부합된다는 것이며 일상생활에서 하는 일이나 행사와 밀접하게 관련되어 있다는 것을 말해 준다. 민요는 노래의 보편적인 형태를 지니고, 무가나 판소리는 노래의 전문적인 형태라고 할 수 있다.

민요는 전국 어디서나 들을 수 있고 누구나 부를 수 있기 때문에 민속학 또는 구비전승의 율문(律文) 갈래 중에서 가장 보편적이고 일반적인 노래의 자질을 지니고 있다. 노래 부르기 자체는 표현이고 또 광의의 비유이거나 꾸며진 사건으로 이어지는데다가 음악적인 리듬이 더 첨가되므로 심리적으로 격양되는 그 무엇이 있다. 격양된 정서는 일상생활의 경험을 새롭게 인식하는 계기가 되고, 부를 때의 정서적 감흥에서 일상의 삶에서 느끼지 못했던 강렬한 정신교감을 가지게 된다. 이렇게 민요를 부르거나 듣는 삶은 민요의 다양한 측면에서 안에 숨어 있는 뜻도 표출하고 현실의 이모저모에 대하여 즉흥적으로 반응하기도 한다. 민요는 그 자체를 둘러싸고 있는 다양한 요소에 따라 구비전승의 다양한 특질을 두루 보여주는 것이다. 따라서 민요는 기층집단의 민중들 속에서 저절로 자생하는 삶의 소리, 생명의 소리, 신명의 소리 그것인 것이다.

민요는 설화와는 달리 노래이기에 음악이면서 문학이고, 문학 갈래로는 구비율문이다. 특정한 개인의 창작이거나 아니거나 창작자가 문제되지 않는다. 특별한 수련을 거치지 않고서도 배울 수 있을 만큼 기억력의 부담이 적고 단순하다. 사설이나 창곡이 지역에 따라 노래 부르는 사람의 취향에 맞게 달라지고, 노래 부를 때의 즉흥성에 따라 매우 다양하다. 이처럼 민요는 문학이고 음악이며 동시에 민속이다. 문학으로서 민요는 민속 문학의 한 영역이며 일정한 율격을 지닌 구비시가의 특징을 지니고 있다. 음악으로서 민요는 민중이 즐기는 민속음악의 토착 갈래이고 전문 노래꾼이 부르는 것과 구분된다. 민속으로서의 민요는 구비전승(口碑傳承)

의 하나로 생활사와 관련이 있고 집단적인 주술문을 통하여 연행되는 점에서 독자적이다. 민요는 이 셋의 유기적 결합으로 존재하는 것인데 셋을 따로 떼어서 말할 수 있는 것은 아니다. 이 셋을 동시에 고려할 때 살아 있는 민요를 만날 수 있고 그럴 때만이 민요를 입체적으로 이해할 수 있다.

민요의 민속적 특징을 구비전승으로서 민중의 생업이나 세시풍속놀이, 통과의례 등과 맞물려 있다는 것이다. 그만큼 민중의 생활에 밀착되어 있어 민중의 정서적 감정이 여느 양식보다 풍부하다. 이는 민요의 기능과 상관되는 것인데 민요가 전통 사회에서 존재하는 이유도 되며 동시에 민중에 의해 공동작으로 생산된다는 측면도 강조한 것이다. 두레나 공동의례 그리고 대동놀이와 같은 집단적인 행위를 통하여 불려지는 기회가 많은 것도 지적할 수 있다. 민요의 이런 존재양상은 민요사회에서 민요가 생산되고 수용되면서 그 사회조직과 문화양식을 반영한다는 뜻도 된다. 민요사회에서의 민요 위상은 전통적인 생활에 일정한 민속적 기능으로 자리잡고 있어 민중의 민속예술이고 역사적 산물이라는 데에 있다.

민요의 음악적 특징은 누구나 공감하는 노랫가락에 실려서 불려진다는 것이다. 전통적 노래 방식에 적합하도록 그 율격이나 형식이 다듬어져 있다. 그만큼 민중의 생활 취향에 가까운 창악(唱樂)이므로 누구나 즐기는 노래이다. 또 민요의 창곡이 지역에 따라 나타나므로 향토성이 짙다. 이를 민요권(民謠圈)으로 말할 수 있다. 경기민요, 남도민요, 강원민요, 영남민요, 제주민요 등으로 나눌 수 있을 정도의 각기 독자적인 성향을 띠고 있다. 예컨대 경기민요는 〈산타령〉, 〈창부타령〉, 〈한강수타령〉처럼 맑고 경쾌하여 부드러운 느낌을 주고, 남도민요는 〈농부가〉, 〈진도아리랑〉처럼 발성 자체가 굵고, 꺾는 소리가 비장한 느낌을 준다. 서도민요의 〈수심가〉, 함경민요의 〈애원성〉, 강원민요의 〈정선아라리〉, 경상

민요의 〈메나리〉, 제주민요의 〈오돌또기〉 등은 각각 지역적 스토리를 바탕으로 저마다 색다른 정취를 자아내고 있다.

민요의 문학적 특징은 사설에 국한된 것이지만 구전성과 서정성을 표출한다는 것이다. 사설은 율문시가의 형식적 기본형을 보여주는 모체이다. 사설은 가창구조에 의해 시처럼 행이 있고, 연(聯)이 있다. 연은 주로 후렴이 개입되는 분절체 형식이 있고, 구분되지 않은 연속체로서 짧은 것에서부터 긴 것까지 다양하게 존재한다. 어휘의 반복과 대립, 공식구 표현, 처음과 맺는 방식 등이 시적 구조를 이루는 데 유기적으로 결합되어 있다.

민요와 보편적인 갈래인 서정민요에 관한 서정시적 소리꾼의 변형인 시적 자아를 중심으로 정서 표출 방식을 유형화하여 보여준다. 소리꾼은 삶의 현장과 자연의 심상을 끌어와 비유 또는 상징, 주제 실현 등에 대하여 어떻게 표현하는가를 문학의 본질로서 감상할 수 있다. 이밖에 서사민요나 덕담, 문답민요, 동요 등도 서사문학적 성격이나 언어놀이의 문학적 효과를 자연스럽게 표현한다. 이처럼 민요의 구비문학적 가치는 정서적 정화나 서정성을 민중이 직접 경험함으로써 공동체적 정신교감을 이루는 구실을 하는 데 있다.

2. 민요의 기능과 분류

민요의 사설은 기능과 창곡 그리고 창자(唱者)와 함께 존재한다. 민요의 존재양상은 이들을 서로 동시에 고려할 때 온전히 드러난다. 민요가 무엇을 목적으로 구연되는가는 어떤 기능으로 존재하는가와 맞물려 있다. 이 과정을 이해하는 일은 기능을 중심에다 놓고 창곡, 가사, 창자와 결부하여서 입체적으로 파악하는 것과 같다.

민요의 분류 역시 민요의 체계적 정리를 위한 일이거나 민요의 실상을 효율적으로 이해하는 일이거나 간에 반드시 이루어져야 한다. 왜냐하면 민요의 분류에 대한 체계 없는 자료 정리나 이론 전개는 무의미하기 때문이다. 민요의 분류는 민요와 관련된 다양한 요소로 각각 분류할 수 있다. 지금까지 적지 않은 분류안이 제시되기도 했으나 만족할만한 대안이 나온 것은 아니다. 그렇다고 계속 미룰 일도 아니므로, 이 글에서는 기능별 분류가 여느 분류보다 합리적이고 왜 자료를 정리하는 데 바람직한가를 소개하고, 실제로 기능별 분류를 통한 한국 민요의 실상을 제시해 본다.

민요의 기본적 갈래는 일정한 생활상의 기능에 따라 셋으로 나눈다. 흔히 기능요(機能謠)가 그것인데, 크게 노동요(勞動謠), 의식요(儀式謠), 유희요(遊戱謠)로 나눈다. 노동요는 일의 진행 과정상 부르는 것인데, 일을 하면서 노래를 부르면 행동통일을 할 수 있고, 흥겨워서 힘이 덜 들도록 하는 것이다. 격렬하고 힘든 동작은 일제히 같이 하면서 부르는 집단노동요는 사설이나 악곡이 단순하게 반복되고, 이와는 달리 느린 동작을 혼자하면서 부르는 개인노동요는 표현이 다채롭고 내용이 풍부하다. 노동요의 대표적인 〈모내기소리〉, 〈논매기소리〉, 〈보리타작소리〉, 〈길쌈노래〉, 〈해녀노래〉 등을 들 수 있다. 의식요란 통과의례 또는 세시의례(歲時儀禮)를 거행하면서 부르는 노래이다. 널리 전승되는 것은 장례절차에 따르는 〈상여소리〉, 〈덜구소리〉인데, 이들 노래는 죽은 자의 명복과 유족의 슬픔을 달래는 것을 중요한 기능으로 하고 있다. 세시의례에 따르는 것은 정월 초순에 농악대가 집집마다 돌며 마당 밟기를 할 때 부르는 〈지신밟기소리〉가 널리 알려진 것이다. 유희요는 놀이를 하면서 부르는 노래인데, 놀이의 주체가 누구냐에 따라서 아동유희요와 성인유희요로 나눌 수 있다. 특히 아동들이 하는 놀이는 대부분 노래를 필요로 하며, 흔히 동요라고 불리는 것은 대부분 아동유희요이다. 〈대문놀이노래〉, 〈어깨동무노래〉, 〈잠자리잡기노래〉 등 놀이에 따라 불리는 노래들이 그 좋은 예이다. 또 여성의 집단유희면서 세시의례를 행할 때 부르는 〈강강술래〉, 〈놋다리밟기노래〉, 〈월워리청청〉 등은 유희요 가운데 전승력이 비교적 강하다.

1) 노동요

민요의 기본적인 모습은 민중의 생활에서 일정한 기능을 하는 것이고, 그 가운데 노동요가 생산적인 생활에 큰 비중을 차지한다. 노동요는 일의 지루함을 잊고 일의 효율을 극대화하기 위해서 부르는데, 흔히 '작업요' 또는 '일노래'라고 한다. 전통사회에서 노동이 거의 전 영역에 걸쳐 구비되어 있었고, 노동의 방식에 따라서 서로 다른 방식으로 존재하였다. 누구나 노동의 현장에서 어떠한 노래든지 부를 수 있겠으나, 민요 가운데서도 오랫동안 집단적으로 전승되어온 노래만을 한정해서 노동요라고 칭하고 있다.

노동요는 민중의 일터에서 노동의 효과적인 진행을 위하여 필요하다. 행동통일을 하면서 일사분란하게 움직이며 일을 진행해야 하는 경우에 노래가 일의 효율성을 높이는 역할을 한다. 목도메기의 '영차 영차'나 보리타작의 '에호 에호'라는 소리를 통해 일정한 손발을 맞추므로 일의 효과를 가져 올 수 있다. 노동요의 본디 모습은 이처럼 단순한 율동에서 시작했으나 점차 사설이 길어졌으리라 생각된다. 길쌈삼기나 물레질, 절구질 등 혼자서 반복적으로 행하는 일에서도 손놀림에 따라 노래를 부른다. 이때는 후렴구 있는 노래가 아니고 대체로 노래의 가락을 반복하며, 사설 자체는 노래 부르는 이의 취향에 따라 달라질 수 있다.

노동요에 있어서는 동작의 수행과 노래의 연행이 동시에 이루어지기 때문에 행위와 노래가 분리되지 않으며 어느 한쪽이 다른 한쪽에 우선한다고 말하기는 어렵다. 노동요가 불려지는 현장을 보면 일의 형태와 관련 동작에 따라 노래 사설이 연장되면서 배분된다. 그러나 노래의 율동과 노동의 동작이 반드시 일치하지 않는 경우도 있다. 모내기나 삼삼기 할 때 여러 사람이 한 자리에서 일하지만 각자 임의대로 손을 놀릴 따름이지 동시에 손놀림이 일치하지는 않는다. 일꾼들은 노래를 관습적으로 전제하면서 같이 일하는 즐거움을 노래 사설로 삼는다. 노동요는 일터에서 일꾼에게 일의 육체적 고됨을 덜어주는 구실을 할뿐만 아니라 정신적인 면까지 고양시키는 측면이 있다. 전통사회에서 품앗이 관습의 두레는 노래를 함께 부르며 공동노동을 극대화시킨 조직이었던 것이다. 그만큼 민중은 노동의 현장에서 공동으로 일하고 공동으로 노래함으로써 정신적인 유대감을 형성한 것이다. 이 점은 의식요나 유희요와는 달리 노동요가 과거 전통사회에서 존재할 수 있었던 바탕이기도 하다.

일의 모습은 노동요를 부르는 사람들의 조직, 노래를 부르는 가창방식과 밀접한 관련을 가지고 있으므로, 이에 따라서 노동요를 구분해서 드러낼 수 있다. 노동의 형태는 노동을 하는 사람들이 일제히 같은 동작을 해야 하는 것인가, 아니면 동작은 제각기 해도 좋은가, 일을 이끄는 사람과 다른 사람들이 구분되는가 아니면 누구나 동등한 자격으로 일을 하는가, 공동노동인가 아니면 개인노동인가에 따라서 나눌 수 있으며, 이러한 기준을 적용시켜 보면 몇 가지 경우가 분명하게 드러난다.

일제히 같은 동작을 하며, 누구나 같은 자격으로 일하는 공동노동, 예컨대 목도메기 같은 것을 하면서 부르는 노동요는 사설이 없고 후렴구만으로 이루어져 있는 것이 예사이다. 후렴구는 오랜 관습에 따라 고정되어 있으며, 노동에 참가하면 힘들지 않고 바로 익힐 수 있다. 이러한 것은 노동요 중 가장 단순한 형태이며 음악적으로나 문학적으로나 자세하게 고찰할 만한 내용을 갖추지 못했다.

집단적인 동작을 하며, 지휘자가 있어서 노동과 노래를 함께 이끌어나가는 공동노동, 가령 도리깨질과 보리타작이나 상여메기 같은 것을 하면서 부르는 노동요는 사설과 후렴구로 이루어져 있다. 지휘자가 앞소리꾼 노릇을 하고 다른 사람들은 뒷소리꾼 노릇을 하면서 부르는 메기고 받는 민요이다. 앞소리꾼은 선창자 또는 메기는 사람이라 하고 뒷소리꾼은 후창자 또는 받는 사람이라고 한다. 선창자는 사설을 노래하면서 일을 지휘하는 한편 일하는 사람들이 하고 싶은 말을 대변하고, 후창자는 여음만 되풀이하면서 일에 열중한다.

그러면서 보리타작을 할 때에는 선창자인 목도리깨꾼이 자기 자신도 도리깨질을 하면서 모든 일을 주선하고 후창자인 종도리깨꾼은 선창자가 이끄는 대로만 하지만, 상여메기를 할 때에는 선창자는 상여 위에 오르거나 옆에 서서 노래 사설로 흥을 돕기만 한다.

일군들	어이
도리께 들세	어이
보리타작 우리하세	어이
에호에호 에호에호	
어깨가 짓슷	에호
오김이 주춤	에호
힘써 때리라	에호
넘어간다 보리도	에호
여기도 알보리	에호

저기도 알보리   에호
　… (중략) …

—〈보리타작소리〉

일꾼이 제각각 일을 하지만, 지휘자가 있어서 노동과 노래를 함께 이끌어 나가는 두레노동, 가령 논매기 같은 것을 하면서 부르는 노동요는 사설과 여음으로 이루어져 있다. 선창자는 사설을, 후창자는 여음을 노래하는 점도 마찬가지다. 차이점은 선창자는 사설이 노동의 동작 자체를 지휘하는 것이 아니므로 일과 관련이 없는 내용으로도 자유롭게 구성될 수 있다는 데에서 작아진다. 논매기노래의 선창자는 일에는 익숙하지 않아도 그만이며, 노동의 현장에서 사람들 앞에 서서 춤이라도 추면서 목청 좋은 소리로 노래 사설을 잘 엮어낼 수 있으면 그것으로 자신의 역할을 온전히 수행하는 것이 된다.

분담된 몫대로 일을 하며, 누구나 같은 자격으로 일하는 공동노동, 예컨대 모내기 같은 것을 하면서 부르는 노동요는 사설만으로 이루어져 있다. 누구든지 어떤 사설을 노래 부르면 다른 사람들도 따라서 부른다. 사설은 노동 행위와 직접 관련된 것이 아닐 수 있으나, 오래 전승되어 널리 알려진 것이기에 쉽게 따라 부를 수 있다. 경우에 따라서는 노래를 부르는 사람들이 양쪽으로 나뉘어져서 노래를 한 줄씩 주고받으면서 부르는 교환창의 형태를 택하기도 한다. 주고받는 소리로 부르는 노래는 그 자체가 노래 한 편이 끝나도록 되어 있는 짧은 형식이다.

모야 모야 노랑모야 니 언제 커서 열마 열래
이 달 크고 훗달 머서 칠팔월에 열매 연다.

이 논에라 용신님아 천석 만석을 마련을 하소
천석 만석이 많소마는 일천석이나 불아주소

　　　　　　— 경상남·북도지역 〈모심는소리〉

　대체로 개인적인 것일 수도 있는 노동, 이를테면 삼삼기 같은 것을 하면서 부르는 노동요는 사설만으로 이루어져 있는 것이 당연하다. 그러나 개인 노동일 수 있는 것도 필요에 따라서는 함께 모여 할 수도 있는데, 이 경우에도 노래의 형태가 크게 달라지지 않는다. 혼자 노동을 하면서 부르는 노래는 부르는 사람이 듣는 사람이므로 노동의 동작에 맞추어서 가락은 고정되어 있는 편이나 사설은 임의대로 택할 수 있다. 여럿이 같은 곳에서 노동을 하는 경우에는 듣는 사람들의 요구나 관심에 따라서 사설을 택하고, 제창인 다같이 부르기를 하기도 한다.

　특기할 만한 것은 노동이 격렬한 동작을 요구하면 노래는 간단한 것이 되풀이 될 수밖에 없고, 노동이 완만한 동작으로 이루어지면 노래는 복잡해질 수 있다는 점이다. 문학적 형식을 구분하는 율격론의 음보(音步)를 들어서 말하면, 간단한 노래가 2음보(인식에 따라 1음보)로 이루어져 있다면, 복잡한 노래는 3음보 또는 4음보로 이루어져 있다. 2음보로 이루어진 노래는 형식의 변이가 허용되지 않고 정해진 음보를 반드시 되풀이해야 하지만, 3음보 또는 4음보로 이루어진 노래는 더러 음보를 바꿀 수가 있기 때문에 형식이 다소 자유로운 편이다. 노동과 관련되어 이렇게 정해진 형식은 시가 율격 전반의 공통적인 기반으로 작용된다. 다같이 4음보인 노래도 〈모내기노래〉, 〈해녀노래〉처럼 두 줄 형식의 대구로 짧게 끝나는 것이 있고 〈길쌈노래〉처럼 길게 이어진 것도 있는데, 앞의 것은 시조 형식에 부응되고, 뒤의 것은 가사 형식에 부응된다.

이논배미 모를숭거
감실감실 영화로다
우리동상 곱기길러
갓을씨와 영화로세

— 〈모내기노래〉

하날에다 베틀놓고
구름잡아 잉어걸고
짤각짤각 짜느라니
편지왔네 편지왔네
한손으로 받아들고
두손으로 펼쳐보니
시앗죽은 편질러리
올타고년 잘죽었다
보기반찬 비리드니
소곰반찬 고숩고나
무슨병에 죽었드냐
분홍치마 발키드니
상사병에 죽었다네

— 〈베틀노래〉

문학 갈래의 개념에 따라 살필 때 노동요에는 교술민요, 서정민요, 서사민요 등이 두루 나타난다. 노동의 내용과 직접적인 관련을 가지고 필요한 내용을 서술하는 것은 교술민요라 할 수 있고, 일하는 사람의 느낌을 나타내는 데 관심을 가진 민요는 서정민요라 불러도 좋다. 서사민요는 완만한 동작으로 길게 이어지는 노동을 하면서 부르는 노래에서 발견되는데 〈길쌈노래〉, 〈엮음아라리〉 등이 그 예이다.

우리집에 시어머니 날보고 삼베질삼못한다구
앞남산 광솔괭이로 날만꽝꽝 치더니
한오백년 다못살구선 북망산천 가셨네

— 강원도지역 〈엮음아라리〉

오래 전승되어온 일마다 대부분 노동요가 있었겠으나, 생활이 달라지면서 노동의 종류나 방식에 변화가 일어나, 노동요를 조사하고 연구하기 시작했을 때에는 이미 찾아보기 어렵게 된 것도 있다. 노동의 종류나 방식이 지역에 따라서 차이가 있는데, 전국적인 규모의 조사를 한 다음 그 성과를 비교하여 고찰한 업적이 요구된다. 이 두 가지 조건에 따른 한계는 있으나, 노동의 종류에 따른 노동요의 종류에는 일의 현장에 의해 다양하게 나타난다. 농사일을 하면서 부르는 농업노동요는 밭농사에 관한 것과 논농사에 관한 것에 따라서도 나눌 수 있으며 또한 심기, 매기, 거두기에 각기 관련된 것으로도 구분할 수 있다.

밭농사의 일노래는 강원도의 산간이나 제주도 같은 밭농사 위주의 지역에서 널리 부르고 있으며, 그 밖의 지역에서도 뚜렷하지 않은 편이다. 예컨대 심기노래는 밭농사의 경우에 밭갈이를 할 때 부르는 것이고, 논농사의 경우에는 못자리에서 모를 뽑아내면서 부르는 〈모찌기노래〉와 모를 심으면서 부르는 〈모내기노래〉이기에 대조적인 형태를 보인다. 〈모찌기노래〉는 가지 수도 한정되어 있고 널리 부르지 않으나, 그냥 〈모노래〉라고도 하는 〈모내기노래〉는 논농사를 하는 마을이면 어디서나 아주 다채롭고도 풍부하게 전승되고 있다. 거두기 노래는 밭농사 쪽의 〈보리타작노래〉만이 보인다. 〈밭갈이노래〉나 〈밭매기노래〉가 없는 고장에서도 널리 전승되고 있고, 논농사 쪽의 것은 발견되지 않는 데 본디부터 그런 현상을 보인 것은 아니다.

아리야 아라리요 / 아리 아리 고개를 넘어가네
노세노세 젊어노세 / 늙구야 병들면 못 노느니
심어 주게 심어 주게 심어 주게 / 오종종 줄모를 심어 주게
이슬에 아침에 만난 동무 / 석양 전에야 이별일세
반달 같은 해 점심코리 / 여게도 뜨구나 저게도 떳네
천하지대본은 농사란데 / 농사짓기를 힘씁시다
점심 때를 모르거든 / 갓을 쓰고서 숙여보세

— 강릉지역 〈아리랑〉

위 노래는 모심을 때 소리를 일에 맞추어 구연하는 것이다. 〈아리랑〉
이라고 하지만 〈모심기노래〉이고, 일꾼들은 이 〈아리랑〉을 불러야 손이
잘 나간다고 말한다. 이처럼 여럿이 하는 일에는 논일이든 밭일이든 노
래가 따라야 일터가 신명났다.

어업노동요는 농업노동요만큼 폭넓게 전승되지는 않는다. 강원도의
〈배젓기노래〉, 〈멸치후리기노래〉, 〈그물당기기노래〉 같은 것이 그 예이
며, 〈그물당기기노래〉는 그물을 손으로 당기면서 부르는 것과 기계로
당기면서 부르는 것으로 나뉘어져 있다. 제주도의 〈해녀노래〉도 어업노
동요의 한 갈래라고 보아야 하겠으나, 노동의 현장에서 직접 구연되는
것이 아니라 노동을 하는 사이사이에 불려 진다는 것이 특징적이다.

지가 산지다 / 우리 동무들 / 잘두나 하구나
여싼자
동지야 섣달에 / 기나긴 밤에 / 님두나 안 온다
으여싼자
매레치가야 / 죽어야지만 / 내가야 산다
에싼자

동지나 섣달에 / 기나긴 밤에
마누라 생각 / 저절로 나구나
여싼자

— 강원도지역 〈멸치후리는소리〉

　주로 남성들이 하는 그 밖의 여러 형태의 일은 합쳐서 잡역이라고 부
를 수 있는데, 잡역노동요라 할 수 있다. 가마, 목도, 상여 등을 메고 가
면서 부르는 운반노동요, 땅을 다지거나 말뚝을 박거나 달구질을 하면서
부르는 토목노동요, 산에 가서 나무를 하거나 꼴을 베면서 부르는 채취
노동요 같은 것들이 이에 속한다. 〈상여소리〉와 〈회다지기소리〉는 장례
절차에 따라서 부르는 것으로서 노동요이자 의식요인데 다른 어느 것들
보다도 오늘날까지 잘 전해지고 있다.

어화청춘 소년들아 백발보고 웃지마라
덧없이 오는백발 머리끝에 희막하고
귀밑에 희막허네
어화세상 벗님네야 이내말씀 들어보소
젊어서 곱던얼굴 분결같이도 허여지고

— 강원도지역 〈상여소리〉

어허 넘차 덜구야
인제 가면 언제 오나
저승길이 멀다더니
대문 밖이 저승일세

— 강원도지역 〈회다지소리〉

　땅을 다지면서 부르는 노래는 그 땅이 집터인 경우에는 지신밟기를 겸

할 수 있다. 말뚝을 박으면서 부르는 노래는 흔히 〈망께소리〉라고 한다.
'망께'라는 쇳덩이에 줄을 달아서 여럿이 함께 끌어당기면서 부르는 것
이다. 산에 가서 나무를 하면서 부르는 노래는 지방에 따라서 〈어사용〉,
〈나무꾼소리〉라고 한다. 태백산맥 지역에서 들을 수 있는 이 노래는 혼
자서 신세 타령을 하는 구슬픈 가락과 사설로 이루어져 있다. 여성의 노
동요로서는 〈길쌈노래〉가 가장 널리 알려졌다. 길쌈을 하는 과정에서 실
을 뽑으면서 부르는 〈삼삼기노래〉와 〈물레질노래〉가 있고, 베를 짜면서
부르는 〈베틀노래〉가 있다.

물리새 가리새 골미새/ 늙으신네 노리개
인지 새 분새 골미새/ 처녀님에 노리개
돌미삿갓 실동서/ 불농군에도 노리개
붓대 들고 책 가분데/ 서낭 선배 노리개

— 〈노래기타령〉

구름잡어 베틀놓고 베틀다리 네다리오
큰아가다리 두다리요 바람잡어 잉예걸어
잉예떼는 삼형제요 비개는 육천개요
눌림떼는 독신이요 하나짜고 두합짜구
삼세합을 짜고나니 난데없는 편지왔네
일본우수로 납작받아 베껴보니
울어머니 죽었다고 부고왔네

— 〈베틀노래〉

성님성님 사촌성님 시집살이 어떻든가
시집살이 좋다마는 행주초매 적삼일랑

눈물한테 다젖었다

— 〈시집살이노래〉

　흔히 〈노래기타령〉이라고 하는 〈물레질노래〉다. 사람들이 늘 갖고 다니거나 만지는 물건들을 노리개로 표현한 것인데 물레가 할머니들의 차지였다는 것을 알 수 있다. 할머니들은 손이 메말라 고치를 쥐고 실을 뽑을 때 손에 달라붙지 않아 물레질 할 때 젊은이들보다 유리했다. 〈베틀노래〉는 베를 짜면서 부르는 것이기도 하고, 베를 짜는 과정을 노래로 엮어 보이는 것이기도 하다. 어느 것이나 여성노동요는 사설이 특히 풍부하고 여성 생활의 여러 가지 사연을 잘 나타내고 있어서 널리 주목된다. 내용을 모아서 〈시집살이노래〉라고 하는 것도 대부분 길쌈노동요이다. 신세타령류의 노래는 노동요에서 파생되어 이미 노동요가 아닌 가창유희요(歌唱遊戱謠)의 한 갈래가 된다.

　여성노동요는 이밖에 방아를 찧고, 맷돌질이나 절구질을 하면서 부르는 것도 비교적 널리 분포되어 있는 편이다. 〈방아타령〉은 원래 이러한 노동요였는데, 일찍부터 가창유희요로 전환되기도 하였다. 제주도 지방에서는 〈맷돌방아노래〉도 흔하지만, 여자들이 갓 제도에 필요한 양태를 만들면서 부르는 〈양태노래〉를 풍부하게 전승하기도 한다. 또한 여성노동요에는 〈자장가〉와 〈빨래노래〉도 있다. 〈자장가〉는 아이에 대한 애정을 표시하는 노래이지만 노동요로도 볼 수 있다.

자장 자장 자장가야/ 우리 애기 잘도 잔다
금자동아 옥자동아/ 수명장수 부귀동아
금을 주면 너를 살소냐/ 녹을 주면 너를 살거나
부모에게 효자동이/ 일가친척 회목동이

형제간에 우애동이/ 동네방네 유신동이

— 〈자장가〉

위의 노래는 남자 어른이 부른 〈자장가〉다. 그가 어렸을 때 어머니가 소리를 듣고 배운 노래라고 한다. 자장가에는 흔히 아이가 커서 잘 되기를 바라는 어른들의 마음이 들어 있다. 말하자면 그 시대 어른들의 세계관이 자장가의 노랫말로 나타나는 것이다. 이러한 노래를 모두 합쳐서 여성의 일상노동요라고 부를 수 있다.

노동요는 최초의 민요이고, 다른 여러 가지 민요를 파생시킨 모체라고 할 수 있다. 인간의 일은 생활의 가장 기본적인 행위라는 점에서 일과 관련된 노래 그 자체는 인간의 문화창조에 대한 본질을 규명하는 데 있어서 중요한 의의를 지닌다. 더구나 민요와 같은 민중 중심의 구비전승물이라는 점에서 노동요는 철저히 기층문화의 대표적인 표현양식으로 작용해 왔으며, 우리 문학사에서 시가(詩歌)의 상보적인 역할을 해온 점 또한 주목된다. 그렇지만 오늘날 노동의 현장이 바뀌어 일의 방식이 달라지고 산업사회에서 전통사회의 노동요는 위기에 처해 있다. 이러한 노동요의 전승위기는 과거 민중의 생활사가 달라졌다는 의미도 되지만, 산업사회에서 민중 대다수가 노래하는 주체자나 창조자로서의 지위를 상실하게 된 것이다.

2) 의식요

의식요란 의식(儀式)을 거행하면서 부르는 민요를 말한다. 의식요에는 주로 사람의 일생에 따르는 통과의례와 일 년 동안의 세시명절에 따르는 세시의례를 거행하면서 부르는 것이 있다. 의식을 거행하면서 부르는 민요 중에는 의식 자체가 지닌 세분화의 성향으로 말미암아 기능상 복합적인 성격을 지니는 것들이 있다. 예컨대 〈지신밟기노래〉나 〈다리 밟기노래〉는 지신을 누르고 새해 축원하는 행사에 불려지는 민요이지만, 정월 보름을 전후하여 풍년을 점치고 춤출 때 노래한다는 유희적인 취향을 지니고 있다. 그렇지만 의식요에 국한하여 말할 경우 무엇보다 세시의식과 장례의식이 대표되므로 민간신앙과 밀접한 노래를 말한다.

의식요의 부르기는 의식의 일부로 주술적 측면이나 기타 의식 진행상의 목적 실현을 위하여 하는 것이다. 의식을 거행하면서 부르는 노래에는 무가나 불가(佛歌)가 있는데, 이 또한 넓은 의미에서는 의식요라 할 수 있다. 그런데 무가나 불가가 종교적 특수 집단의 노래인데 반해, 민요로서의 의식요는 비전문적인 민중의 노래라는 점에서 차이가 있다. 다만 민요 중 무가 〈성주풀이〉에서 민요화한 것이나 불가 〈회심곡〉에서 민요화한 〈상여노래〉는 의식요인 것이다. 이런 점에서 의식요의 작은 갈래는 의식의 변별성에 따라 세시의식요, 장례의식요, 신앙의식요로 나누어진다.

세시의식요는 세시풍속과 관련된 것인데, 세시명절의 주기성에 따라 불려지는 노래이다. 주로 인간 생존의 필수 조건인 복과 안녕을 기원하는 언술을 지닌 것이다. 의식의 단위와 내용에 따라 세시의식요는 가정 중심의 노래와 집단공동의 노래로 다룰 수 있다. 전자는 가신(家神)에 대한 집단 공동의 신앙을 바탕으로 한 노래이고, 후자는 마을의 공동제의에 참가하여 부르는 노래이다. 흔히 〈고사풀이노래〉, 〈안택노래〉, 〈지신밟기노래〉, 〈기우제노래〉 등이 그것인데, 주로 태평이나 농사의 풍년을 기원하는 것이다. 〈안택노래〉와 〈성주풀이〉는 집 안에서 비손으로 진행되는 의식의 형태나 가족성원의 소원성취를 기원하는 내용에서 불린다.

세시의식요로 대표되는 것으로 〈지신밟기노래〉는 농경사회에 널리 행

하여진 지신밟기나 서낭굿을 할 때 대지의 신인 지신을 위로하고 농가의
초복(招福)과 농사의 풍년을 비는 것이다. 이는 무가인 성주덕담(城主德談)
의 사설이나 기능과 유사점을 보인다. 주로 농악대가 풍물을 치며 마을
의 집집을 돌면서 지신을 밟은 과정에서 부르기 때문에 거행장소에 따라
그 사설은 다양할 수밖에 없다.

> 지산아 지산이 자신 밟아 눌리자
> 천년 성주 만년 성주 성주 근본 알아보자
> 성주 부친 개회부요 성주 모친은 옥질부인
> 성주 부인 거동 보소 영감이 사십인데
> 한 점 혈육 전혀 없어 불공이나 드려보자
> 명산대천 찾어가서 사면으로 살펴보니
> 산도 좋고 물도 좋은데 백일기도 드려보자
> 세월이 여루하여 십 작이 잠시로다
> 열 삭이 지나가니 뒤동자가 탄생하네
> 귀동자 이름 질 때 어느 느가 지었을꼬
> 우리나라 임금님이 성주라꼬 불렀다고
> 이 성주 거동 보소 금실금실 정성하야
> 글공부에 힘쓸라고 짖 세부터 글을 배워
> 십오 세에 통달하니 세상천지 만물 통지

— 영남지역 〈지신밟기소리〉

이처럼 〈지신밟기노래〉는 세시의식요 중에서 가장 많은 각편과 전국
적인 분포를 보여주는데, 이는 세시의식 중에서 정월 보름께 가장 널리
행하여진 현상에서 비롯된 것이다. 노래의 연행은 농악대의 지휘자격인
상쇠가 선창하고 농악대 구성원들이 후창하면서 부르는 것이다. 메기고

받는 소리를 통해 각종 축원의 사설을 보태고 있다. 부분적으로는 소리보다 〈고사풀이〉처럼 낭송하는 경우도 있다. 이외에도 〈고사반노래〉나 〈걸궁노래〉, 〈서낭제노래〉도 대체로 〈지신밟기노래〉처럼 주로 정월보름, 백중, 추석을 전후한 농경의례에서 불려지는 것으로, 농악대 중심의 걸립 기능에 부합하는 노래들이다.

장례의식요에는 〈상여소리〉와 〈달구질소리〉가 있다. 〈상여소리〉는 〈행상소리〉라고도 하는데, 장례 때 시신을 상여에 싣고 장지까지 운반하면서 부르는 노래이다. 선창자는 요령을 흔들면서 민요가사를 선창하고 상여를 멘 사람들은 후렴을 받는다. 〈상여소리〉의 후렴은 지방에 따라 다소 차이를 보인다. "어허 어허 어여차"(강원), "오호이 오화"(경기), "어화 어와 어어호이어화"(경북 상주), "어노 어허노 어리가리 넘차"(전북 정읍) 등이 있다. 그러나 노래말은 대체로 인생무상을 한탄하고 왕생극락을 기원하는 회심곡류의 가사로 이루어져 있다. 〈상여소리〉는 시신을 운반한다는 점에서 노동요로도 볼 수 있으나, 장례라는 의식의 일부로 진행되기에 의식요임에 분명하다. 〈달구질소리〉는 장례 때 시신을 땅에다 묻고 달구질을 하면서 부르는 노래이다.

<blockquote>
에헤라 달히
광중안에 육지원님들 이네말씀 들러보소
광중안에 육지원이요 광중밖에 나혼자인데
먼데손님 듯기좋게 가차운 손님 보기좋게
창포밭에 금잉어놀 듯 금실금실 놀어보세
      (생략)
일가친척 많다한들 어느누가 대신가며
자식들이 많대한들 어느자식 대신가랴
일직사자 월직사자 대문앞에 당도하여
</blockquote>

성명삼자 부르는 소리 삼간대청이 울리누나

인생공덕 쌓은후에 극락전에 입시하여 영생복록 누리리라

태백산이 주봉이되여 봉화산이 솟아 오며

좌청룡 무백로 삼강이 들렀으니

천하대지가 분명하다

아들낳면 삼형제요 정승한다 날것인데

— 횡성지역 〈회다지소리〉

위의 노래는 널리 알려진 〈달구질소리〉인데, 삶의 무상감과 명당 선망의 풍수의식을 교차시켜 망자의 입장에서 죽음을 말하고 있다. 망자인 화자는 산자들에게 죽음의 허망함과 생전의 인간도리를 강조하고 있다. 이처럼 의식요 가운데서도 회다지는 장례일을 하면서 죽음의 통과의례를 진행하는 수단인 것이다.

묘를 축조한다는 점에서 토목노동요라고 할 수도 있으나 봉분을 다지는 일은 노동보다는 의식이라는 점에서 의식요로 분류된다. 선창자는 북을 치면서 노랫말을 선창하고 달구질하는 사람들은 달굿대로 묘를 다지며 후렴을 부른다. 달구질을 하는 동안 망인의 사위나 조카 등을 데려다가 봉분 위에서 춤도 추게 하고 산역(山役)꾼이 담뱃값이나 술값도 추렴한다. 〈달구질소리〉의 노랫말은 답신가류의 산천풀이와 유택 명당풀이로 짜여진다. 그밖에 동투잡이를 할 때 부르는 〈동투잡이요〉나 간단한 축원 등도 의식요에 포함되며 특히 〈고사풀이〉와 혼합되어 전승되고 있다. 그러나 이러한 의식요는 대체로 무가에서 파생된 것으로 순수민요라고 보기는 어렵다.

신앙의식요는 때에 따라 진행되는 의식에서 불리어지는 것에서 확인할 수 있듯이 신앙 곧 믿음을 중시하는 노래이다. 이는 주기적으로 되풀이되는 의식에 불려지는 노래가 아닌 신앙행위 그 자체를 중시하는 노래라는 점에서 장례의식요와 다르다. 믿음의 근거가 어디에 치중되는가에 따라 달리 나타나는데, 불교에 근거하면 불교의식요, 무속신앙에 근거하면 무속의식요, 민간의 일반 속신에 근거하면 속신의식요인 것이다. 불교의식요에는 〈회심곡〉, 〈염불노래〉, 〈보념〉처럼 불교의식에 관계된 것으로 민간생활에 불교가 널리 전파되어 토착화하면서 형성된 것이 있다. 무속의식요는 무속의식에 따라 무가가 민요화하여 불려지는 노래를 일컫는다. 예컨대 〈조상굿노래〉나 〈샘굿노래〉는 실제 구연의 무가와 거의 같은 구성으로 되어 있지만, 민요의 틀을 유지는 것만 무속의식요로 한정한다. 속신의식요는 민간의 속신(俗信) 관념에 따른 노래이다. 이때 속신은 민간의 불교신앙이나 무속신앙과 같이 민간신앙의 하위범주로 설정한 개념이다. 이에 포함할 수 있는 노래는 〈산신에비는노래〉, 〈농토잡이노래〉, 〈액풀이노래〉, 〈눈티없애는노래〉 등이 있는데, 민중의 생활에서 오랫동안 적층된 믿음에 따라 불려지는 것이다.

3) 유희요

유희요는 놀이를 하면서 놀이의 진행을 위해 혹은 놀이에다 즐거움을 보태기 위해 부르는 노래이다. 놀이는 삶을 살아가는 과정에서 현실의 어려움을 극복하고 삶에 활기와 즐거움을 준다는 기능을 지니고 있다. 놀이는 단순히 쉰다는 의미를 떠나서 노동력 재생산을 위한 필수적인 수단으로 파악된다. 이러한 놀이에 노래는 삶의 재미와 즐거움을 극대화시키면서 놀이하는 주체의 세계관을 드러내는 구실을 한다. 놀이를 통해 공동체 구성원끼리 거리를 좁히고 화합을 다지는데, 이때 노래는 이들

간의 유대감을 최대화하는 수단이기도 하다.

놀이라고 해서 모두 노래를 동반하는 것은 아니지만, 놀이의 성격에 따라 노래를 동반하는 것이 있고 그렇지 않은 것이 있다. 그렇지만 우리 전통사회에서의 놀이에는 진행 과정에서 언제나 노래가 빠지지 않았고, 노래 부르기는 그 자체로서 놀이의 범주에 드는 것이다. 노래 부르기는 소극적인 의미로서만 파악할 것이 아니라 놀이의 속성인 심심풀이로서 정서 교감과 흥의 발현이 구체화된 것으로 보아야 한다. 이런 관점에서 노동요나 의식요에서 이행되어 부르는 유흥적인 민요도 기존에서 비기능요로 다루는데, 취흥적 성격을 강조하여 유희요의 작은 갈래인 가창유희요(歌唱遊戱謠)를 설정해야 할 것이다.

눈이 올려나 비가 올려나 억수장마질려나
만수산 검은 구름이 막 모여든다

명사십리가 아니라며는 해당화는 왜 피나
모춘 삼월이 아니라며는 두견새는 왜 우나

아우라지 뱃사공아 배 좀 건너주게
싸리골 옥동백이 다 떨어진다
떨어진 동백은 낙엽에나 쌓이지
사시장철 임그리워 나는 못 살겠네

(후렴) 아리랑 아리랑 아라리요
아리랑 고개 고개로 나를 넘겨주게

— 정선지역 〈정선아라리〉

〈정선아라리〉는 밭일이나 빨래하는 일터에서도 부르지만 혼자 기분을 전환할 때나 잔치마당에서 흥청거리며 부르는 민요로 알려져 있다. 실제로 정선지방의 창자들은 특정한 사람이 따로 있지 않고 누구나 〈정선아라리〉를 부르며 삶의 애환을 달랬다. 이같이 노래 부르는 자체가 놀이 본능에서 나왔으니 가창유희요의 실상은 그 폭과 넓이가 크다고 볼 수 있다.

놀이의 양상과 놀이가 언제 이루어지는가에 따라 세시풍속과 관련하여 주기적으로 연행되는 세시유희요와 일상적으로 생성되는 일상유희요로 크게 나눌 수 있는데, 그만큼 세시유희요는 세시의 본질인 민속적 의미를 강하게 드러내고 있다. 곧 풍요와 다산을 예측하거나 감사하는 것에서부터 재미와 흥미를 추구하는 형태까지 넓게 보이고 있다. 반면에 일상유희요는 놀이의 방식과 그 목적에 따라 경합유희요, 언어유희요, 가창유희요로 나눌 수 있고, 세시유희요에 닿아 있으면서 일상유희요의 성격을 보이는 가무유희요도 작은 갈래로 설정할 수 있다. 경합유희요는 겨루기나 다툼이 개입되는 놀이에 따른 노래이다. 언어유희요는 일정한 대상이 없으면서 노래의 사설 곧 말놀이 자체가 놀이의 수단으로 진행되는 경우이다. 가창유희요는 이른바 비기능요라고 말하는 유흥민요인데, 본디 기능을 갖고 있지 않으나 일정한 기능이 없어 술 마시고 춤추면서 어울려 노는 판에 특별한 절차를 무시하고 임의대로 부르는 노래이다. 이는 민요의 현장에서 기능 간의 넘나듦에 따라 자연스럽게 불려지는 것이므로 노래 부르기 자체가 놀이의 속성에 부합되는 것이다. 가무유희요는 흔히 여성유희요로서 춤과 어울리는 소리노래인 것이다. 세시놀이 가운데서 가장 큰 부분을 차지하는 것은 정월 대보름이나 추석날 밤에 여자들이 마당에 나와 춤추며 노래하는 윤무 일종이다. 〈돈돌날이〉, 〈강강술래〉, 〈놋다리밟기〉, 〈월워리청청〉 등이 대표적이다. 여성들의 집단 윤무는 풍년을 기원하는 제의(祭儀)의 성격을 띠는 한편, 평

소에 눌려 지내던 여성들의 스트레스를 풀고 마음껏 놀 수 있는 기회
였다.

> 강강술래 어디 갔다
> 우리 마당에 찾아왔네
> 팔월이라 한가웃날
> 저 달이 떴다 지드록 놀세
>
> — 호남지역 〈강강술래〉

> 달아 달아 밝은 달아 / 이태백이 놀던달아
> 저기 저기 저 달 속에 / 계수나무 박혔어소
> 금도끼를 따듬어서 / 옥도끼를 찍어내여
> 초가삼간 집을 지어 / 양친부모 모셔다가
> 천년 만년 살고지고
>
> — 영남지역 〈월워리청청〉

여인들은 정월대보름이나 추석 등의 명절에 강강술래를 하며 하룻밤
을 잘 놀았다. 여자들은 처녀나 유부녀를 가리지 않고 모두 나와 손에 손
을 잡고 둥글게 돌면서 갖가지 동작을 하고 놀았는데 〈강강술래〉에서 보
듯이 '저 달이 떴다 지도록' 놀았음을 알 수 있다. 〈월워리청청〉도 〈강강
술래〉처럼 여자들이 정월 대보름이나 추억 때에 보름달 아래서 둥글게
돌면서 부르는 달과 연관된 노래이다. 중요한 것은 〈강강술래〉나 〈월워
리청청〉을 부르며 언제나 보름달 아래서 놀았다는 점이다. 이것은 풍농
을 기원하기 위한 의례로 시작된 놀이라는 사실을 증명한다. 곧 이는 세
시의례이면서 여성의 집단유희이므로 세시유희요와 변별성은 뚜렷하지
않고, 유희요의 특성을 대표한다는 점에서 주목된다.

유희요는 놀이의 주체에 따라 아동유희요, 남성유희요, 여성유희요로 나눌 수 있는데, 남성유희요와 여성유희요는 앞에서 말한 바와 같으며 다만 아동유희요가 성인유희요에 비해 놀이 비중을 더 갖는다는 점에서 놀이 차원에서 새롭게 인식해야 한다. 아동들의 놀이는 대부분이 노래를 필요로 했다. 흔히 동요(童謠)라고 일컫는 것이 아동유희요에 해당한다. 아동들의 경우 놀이를 하면서 지내는 시간이 전체 생활의 대부분을 차지하는 만큼 노래 부르기 자체는 놀이이면서 교육적인 활동인 것이다. 아동유희요는 〈어깨동무노래〉, 〈대문놀이노래〉, 〈잠자리잡기노래〉 등에서 보듯 노래만 부르는 것이 아니라 동작이나 행위가 동시에 진행되므로 아동의 성장 과정에서 신체단련의 의미도 큰 것이다.

> 우리집 옆집 도둑괭이가 연지곤지 바르고 눈섭 그리고
> 속옷이 없어서 사러갈 때에 한강다리 건너가다가
> 사람들이 많으니까 쏙 들어갔다네 (얼른 - 감춰라)
>
> — 경기지역 〈공놀이노래〉

위에서 제시된 〈공놀이노래〉처럼 동요 자체를 아동유희요라고 볼 수 있다. 아동들은 이 노래를 부를 때 작은 공을 계속 치다가 ~가, ~고, ~에, ~가의 끝부분에서는 오른발을 들고 공을 다리 밑으로 넘었다 다시 받아치면서 반복하다가 '얼른 감춰라'에서는 치마폭으로 공을 받아 넣는다. 이 놀이는 공을 이용하여 중추신경운동과 유연성 단련을 통해 신체발달에 도움을 주고 또래들끼리 노래를 통해 율동도 익히는 전형적인 동요 부르기이다. 따라서 유희요와 동요는 긴밀한 관련을 맺고 있다. 동요의 본질은 놀이를 떠나서 존재할 수 없다.

아동들은 조형유희, 풍소유희, 언어유희 등에 따라 사설을 달리 부르지

만 그 본령에는 놀이하는 성향이 동일하다. 조형유희요는 어떤 사실을 재료로 해서 조작하여 어떤 형상을 만들거나 하여 소기의 결과를 이루는 놀이에서 불려지는 노래이다. 풍소유희요는 인물이나 동물 등 사물의 특징이나 사람의 유별난 버릇을 대상으로 해서 웃음을 촉발하고 무엇에 빗대어 꼬집는 놀이에서 불려지는 노래이다. 언어유희요는 일정한 대상이 없으면서 노래의 사설 다시 말해 말 자체가 놀이의 중요한 수단이며 대상이기도 한 노래이다. 말놀이가 강조됨으로써 평이한 사설로 이루어지지 않고 부르기 까다로운 사설로 구성되거나 파격적인 논리로 진행된다는 특성을 지닌다. 특히 언어유희요는 정치적 성향을 띠고 있다는 점에서 참요(讖謠)와 관련이 있다.

아동유희요는 동요 자체이면서 참요의 본질을 갖고 있다는 점에서 주목된다. 참요는 그 연원과 기능에서 동요와 중복되면서 언어유희의 상징성에 기대어 불려지는 노래이다. 참요의 정치적 기능을 강조하면서 정치민요라고 설정할 수 있지만 정치적 기능 자체가 언어유희에서 비롯되었기 때문에 큰 의의가 없다. 참요의 특성에는 예언, 사회비판, 여론형성, 선전선동 등의 기능에 의해 전승되거나 연행되는데 이런 기능도 언어유희로서 집단적 언술의 대중화 방식에서 나온 것이다. 참요의 전파는 동요의 원초적 주술형태에 1차적으로 의존하는 것이고, 성인층에서 이를 활용하여 현실참여의 간접화 표현을 한다는 2차적인 측면도 지적할 수 있다. 실제로 참요는 주로 아동들의 노래인 동요로서 불려지는데, 유희방식이 문자풀이를 위주로 하느냐, 아니면 말대답, 말 잇기, 수수께끼, 소리흉내, 말 뒤집기 등 말장난과 말 자체의 은유화 방식으로 하느냐에 따라 그 성격이 둘로 나뉘어진다. 순수동심 위주의 말놀이에 국한되는 경우와 성인 세계를 흉내 내거나 현실적인 문제가 무의식중에 개입되어 말의 풍자적인 측면이 강조되는 경우가 그것이다.

3. 민요의 역사적 변천

민요는 지금도 불리고 있지만 인류가 집단생활의 조짐을 나타낼 때부터 생겨났다. 문자 발생의 이전에 인류의 생활사 시작과 함께 생성된 것이다. 본디 원시 종합예술의 한 형태로 존재하던 것이 갈래별로 분화되면서 '노래'라는 고유의 영역이 확보되었다. 본능적인 노래 부르기의 방식은 원시인일수록 많았다. 사냥을 하거나 농사를 지으면서 같이 움직이고, 수고를 덜면서 기쁨을 나누고, 성과를 기대하는 노래 부르기가 초기부터 필요하였다.

이런 전통은 구석기, 신석기 시대에서 부족국가 시대까지도 거의 그대로 이어져 오면서 점차 문자기록에까지 나아간 것이다. 상고시대인 부족국가에는 각기 고유의 제천의식(祭天儀式)이 있었다. 부여, 고구려, 동예, 삼한 등에서 국중대회를 하면서 큰잔치를 벌였다는 데서 민요의 구실을 찾을 수 있다. 실제로 남녀가 무리지어 노래 부르고 춤추었다 하고, 이 시기의 농경생활상 생산노동을 집단으로 할 때 자연스럽게 민요의 구실이 요구되었을 것이다. 고인돌을 운반하면서 또는 흙을 파면서 단순한 소리도 반복하면서 긴소리도 주고받았다고 하는 데서 노래의 문화적 행위는 이루어진 것이다. 상고시대의 민요는 이처럼 '음주가무'에 뭉뚱그려 존재하고 신을 즐겁게 하고자 하는 제의적(祭儀的) 원초관념과 오신적 성향이 두드러지게 나타났을 듯하다. 그러다가 고구려, 백제, 신라가 통치체제를 정비하고, 제도권에서 음악문화를 공식화해 나감에 따라 민요의 실상이 달라졌다. 예악사상이 위정자들에게 새롭게 인식되자 민요 중에서 일부는 궁중악곡으로 수렴됨으로써 관련내용이 문자화되었다. 궁중악곡으로 채택되지 못한 나머지 대부분 민요는 민중의 생활 속에서 끈질기게 전승되었다. 그렇지만 상대시대나 삼국시대의 문헌자료에 대한 부족 현상으로 그 모습을 구체적으로 알 수는 없다. 그 대부분은 어떤 내용인지 알기 어렵고, 〈정읍사〉만은 후대까지 전승된 사설이 한글로 표기되었다. 예컨대 고구려의 〈내원성가〉, 〈명주가〉, 〈연양가〉, 백제의 〈지리산〉, 〈선운산〉, 〈방등산〉, 그리고 신라의 〈도솔가〉, 〈회소곡(會蘇曲)〉 및 ≪삼국사기≫ '악지(樂志)'에 열거한 것들이 있다. 이들 노래들은 대개 사설이 전하지 않고 관련 설화를 통해서 부분적인 내용만을 알 수 있을 뿐이다.

〈구지가〉나 방아타령인 〈대악〉의 기록으로 보아, 신라시대의 민요에는 집단적인 주술의 노래와 개인적인 서정의 노래가 두루 있었다고 보여 진다. 이 안에는 주술적·제의적 면이 엿보인다. 향가의 초기 형태로 알려진 〈풍요〉는 민간에서 전승되는 순수한 민요의 모습인데, 진흙을 운반하면서 불상을 만들 때 불렀다는 점에서 의식(儀式)과 노동의 현장에서 널리 이런 노래가 불렸다는 사실을 상기시켜 주고 있다. 이 시기의 민요로 특이한 사실은 불교의 전파와 관련된 노래가 민중들에게 불려졌다는 것이다. 원효가 널리 유행시킨 〈무애가〉가 그것이다. 일반 민중들에게 불교를 전교하기 위한 방법으로서 노래를 이용하였음을 알 수 있다.

삼국시대, 통일신라시대의 민요적 전통은 고려 초기에 그대로 이어졌으리라 생각된다. 통일신라에서 고려시대로 넘어오면서 상층에서는 중국 문화를 적극 수용하여 문학에서는 귀족적 성격의 한시(漢詩)를, 음악에서는 당악(唐樂)을 정착시키고 다시 아악을 들여오자 상하층 문화의 간격이 현저히 벌어지고 민요가 새롭게 부가될 수 있는 여건이 크게 제한되었다. 이러한 원인으로 말미암아 고려시대의 민요는 극히 적은 편이다. 그런데 고려 후기에 이르러서는 그나마 민간에서 부르던 노래가 궁정으로 들어가 이른바 교방가요(敎坊歌謠)로서 모습을 탈바꿈한 까닭에 이 시기의 노래의 성격을 알 수 있다. 궁중의 속악정재에서 불려지는 속악가사(俗樂歌詞)를 이루었으니, 〈청산별곡〉, 〈상저가〉, 〈동동〉, 〈서경별곡〉, 〈가시리〉 등이 그것이다. 이들 자료를 직접적인 민요 그 자체로 보는 데는 무리가 있으나, 곡조와 사설 양면에서 민요적인 구조와 형태를 확인 할 수 있게 한다.

고려 전기에는 민요의 수집과 이해에 소홀히 하였지만 고려 후기에는 일부 지식인들이 민중의 삶에 관심을 표방함으로써 민요에 관련된 기록을 남겼다. 일연을 비롯하여 이제현, 민사평, 안축, 이곡, 최해 등이 그들이다. 이제현과 민사평의 이른바 《소악부》의 민요 한역화 사례를 통해 비록 한자로 기록하였지만 당대 민요의 상황을 알 수 있다. 이제현의 《소악부》 중 제주도 민요를 채록하고 있는데, "밭둑의 보리 거꾸로 열리거나 말거나 / 언덕의 삼 잎 두 갈래로 찢어지거나 말거나 / 옹기와 하얀 쌀 가득가득 싣고서 / 북풍에 두둥실 뱃사공 오기만 기다리네(從敎壟麥倒離枝, 亦任兵麻生兩山支, 滿載靑瓷兼白米, 北風船子望來時)"에서 보듯 당대 제주도 민중의 풍자적 의식과 사상 감정을 확인할 수 있고 시대의 변화를 확인할 수 있다. 또 이 시기에 〈보현사〉, 〈장암〉, 〈목책요〉, 〈아야가〉 등 정치의 실상을 꼬집는 참요가 널리 유행하였다.

조선 전기에는 세종을 비롯한 역대 군왕의 민심파악을 위한 민요 채집이 이루어졌고, 이는 오로지 유교적인 이념에서 나왔기 때문에 순수한 민요 조사와는 거리가 있었다. 조선왕조는 성리학을 지배적인 이념으로 내세워 전대 문화를 정리하면서, 속악가사의 곡조를 계속 이용하여, 사설은 민요와 점차 멀어지게 되었다. 아악도 재정리하여 예악을 확립하고자 하였으며, 나라의 권위를 상징하는 시가문학인 악장(樂章)과 같은 갈래를 마련하였고, 그 결과 본디 민요의 사설도 민요 그것이 아닌 방향으로 변개되었다.

　　민요를 수집하여 정치에 참고한 것은 민심의 동향을 파악하고 교화의 정도를 가늠하는 데 있었다. 세종 때 박연(朴堧)은 음악에 조예가 있어 나라에서 악의 정리에 힘써야 한다는 상소를 올리고 민요의 수집에 관심을 기울였다. 세조 때 세조 자신이 농가(農歌)에 관심을 기울여 강릉에서 농부에게 노래를 시키기도 하였다. 강희맹은 농가 중에서 뽑은 〈선농구〉 14수로 시를 엮었는데, 이는 민요의 현장감이 보인 점에서 그 의의가 크다. 또한 〈선농구〉의 발문을 살펴보면 강희맹이 민요의 맛과 형식을 살리기 위해 얼마나 애를 썼는가 하는 점도 엿볼 수 있다. 〈선농구〉에서 보여준 민요의 수집 방식은 후대에 좋은 전례가 되었으며 한시로서의 익재의 ≪소악부≫와 마찬가지로 훌륭한 예술로서 인정받았다. 또 이 시기에 기생들이 부르던 노래도 한역된 것이 전하고 〈모내기노래〉라고 전하는 민요 한 수가 여러 문헌에 보인다. "옛적의 이러하면 형용(形容)이 나마 실가 수심이 실이 돼야 구뷔구뷔 매쳐이셔. 아모리 푸르려 하되 끗간대를 물래라"는 시의 형식으로 남아있지만 서울 청파역 부근에서 농사를 짓는 농민이 주로 불렀다고 한다. 이외에 아이들이 부르는 동요 가운데 정치적 변화의 조짐을 알리는 참요가 있다고 믿어서 기록한 것도 있다.

　　조선후기에는 여느 구비전승도 그러하듯이 이 시기의 민요가 전대와 다른 양상으로 나타난다. 사회변동과 문화구조가 조선전기와 크게 달라지면서 민요가 사회에 적극적인 구실을 하였다. 민요 사회에서 민중의 역량이 커지고, 지식인들의 문화인식이 달라지고, 더구나 민중의식의 각성이 민요와 같은 구비전승을 통해 온전히 표현되었다. 달라진 민요의 여건을 민속악의 발흥과 국문시가의 활발한 진작 그리고 한시에서 민요적 취향이 나타난 데 영향을 미쳤고, 민요 자체가 조선 후기 시가의 독자적 양식을 마련하는 데까지 이바지하였다. 민요의 자료는 사대부가 지은 문집에 참요, 노동요, 만가, 자장가 형태로 한역되어 전하고 소설이나 가사 및 판소리에 삽입되어 국문으로 전해지기도 한다. 문인 중에서 민요를 제재로 한시(漢詩)를 짓거나 민요적 취향을 보인 악부시(樂府詩)를 쓴 이가 있다. 정약용이나 이옥, 이학규가 그 대표적인 인물이다. 이들은 민요를 한시를 통해 조선적인 것을 추구하고 민요의 문학적 자질을 적극적으로 수용한 것이다.

참요는 전대와 비슷한 관심으로 나타났지만 조선후기의 사회변동과 맥락을 같이 하여 오히려 풍자성이 강화되었다. 이는 장희빈과 인현왕후의 역사적 사건을 예리하게 비판하고 있는 "미나리는 사철이요 / 장다리는 한철이라"를 비롯하여 〈남산요〉, 〈슬프곤〉, 〈홍경래요〉, 〈녹두새요〉 등 많은 각편들이 쏟아져 나왔다. 동요 부르기에 기대면서 은유적 장치를 통해 앞으로 일어날 사태를 예견하거나 당대의 비리를 꼬집기도 한다. 〈모내기노래〉, 〈산유화〉 등의 노동요는 농사짓는 현장에서 불리는 것을 채록한 것이다. 그러면서 삶에 뒤틀린 사연과 역사적 전설도 사설에 수용하여 나타내고 있다. 어느 특정한 지역에서 일정한 생활상의 기능과 함께 전승되던 민요가 그 곳을 일탈하여 널리 전파되고, 고정된 기능에서 벗어나 유흥적으로 불리게 된 사실은 커다란 변화이다. 교통이 열리고 지역 간의 교류가 빈번해지자, 지방의 노래가 전국적으로 불려지는 노래 항목으로 등장하게 되고, 반대로 서울의 〈서울아리랑〉을 어디에서도 부르게 되었다. 진도지방의 〈진도아리랑〉이 서울에서 불리고, 함경도의 〈어랑타령〉이 남쪽지방까지 불려졌다. 사당패나 창우집단(唱優集團)과 같은 전문적인 소리패와 민요를 이동시키는 데 큰 역할을 했다. 무가였던 〈노래가락〉, 노동요였던 〈뱃노래〉, 〈오돌또기〉가 놀면서 부르는 유흥민요로 바뀐 사실이 이를 말해준다.

이러한 민요의 활발한 유통과정에서 조선 후기에 민요의 변종인 잡가(雜歌)라고 지칭되는 구비시가가 등장하게 된다. 비록 민요의 범위는 벗어났지만 그 본질은 민요의 연행방식에 닮아 있다. 조선후기 상업자본의 활성화와 시장의 확장은 민요를 전문적으로 부르는 소리꾼을 요구하게 되었고, 이를 민요의 사회사적 측면에서 보면 전문적인 놀이패의 등장은 당대의 필연적인 문화현상인 것이다.

〈산타령〉은 선소리패라는 놀이패가 맡아서 부르는 흥미로운 공연물로 나타난 것이다. 서울지방의 〈십이잡가〉를 통하여 음악적인 세련성과 문학적 수식을 보탠 측면을 발견할 수 있다. 전문 소리꾼의 촉진을 통해 전통적인 민요를 그대로 부르는 것을 '옛날 노래 부르기'라 하고, 새로운 종목으로 부르는 것을 '중년 소리 부르기'라고 말하였다. 조선후기의 다층적인 노래문화는 잡가뿐만 아니라 다양한 변종의 구비갈래를 보여준다. 13세기에서 20세기 초에 널리 불린 〈경복궁타령〉, 〈노들강변〉, 〈도라지타령〉 등의 각편들은 새로운 공연물로 나타났거나 누가 지은 신민요이다. 이들 신민요는 노동의 현장과 멀리 이탈하여 떠도는 모습이 되었지만 당대의 세태를 잘 반영하여 드러내주고 있다.

조선후기 이후 민요가 가진 비판적인 기능은 일제 식민지 시대에서는 일제에 대한 항거의 의지를 표현하는 구실로 바뀐다. 전통사회의 노래는 본디 가지고 있던 민족 정서를 집약하여 보여주다가 주권 상실의 현실성 때문에 훼손, 굴절 상태로 나타난다. 현실에 대한 당대 민중의 비극적인 인식이 긍정적으로는 저항의지로 나타났지만, 부정적으로 식민 사관의 개입에 의해 감상적 비애감으로 민요의 가치가 전도하게 되는 면도 드러났다. 민요의 부정적인 인식은 그 이후에도 줄기차게 영향을 미쳤고 최근에 와서 민요의 본질적인 측면이 온전하게 드러나고 있다.

더구나 1920년대 이른바 민요시 운동도 민중의 주체적 역량을 간파하지 못한 채 지식인의 막연한 낭만주의 세계관에 편승하여 민요를 수용함으로써 실험 차원에 머물고 말았다는 사실에서도 이러한 사실을 확연히 알 수 있다. 김억, 김소월, 홍사용, 김동환 등에 의해 민요의 표현과 정서를 받아들여 민요시를 이룩하자는 시도는 당대의 민요만큼 적극적인 저항의지도 표현하지 못하고, 그렇다고 민요적 발상을 통해 현대시의 깊이를 더했다고 보기도 어렵다. 이 시기에 그나마 국학운동의 차원에서 민요가 수집되고, 민요에 관련된 글이 나왔다는 사실은 주목할 만하다. 일본에서 건너온 상업주의의 산물인 유행가 또는 대중가요가 보급되고, 다른 한편에선, 전통사회의 생활양식마저 달라지는 시기에 민요를 정리하고자 한 노력은 대단하다고 할 수 있다. 이처럼 민요의 역사는 단순한 노래의 사실을 기술하는 데 있는 것이 아니라 노래의 사회사를 창조적으로 말해주는 영역임을 알 수 있다.

4. 민요의 가창방식과 형식

1) 가창방식(歌唱方式)

민요는 다양한 방식으로 불려지는데 한두 가지 틀로 요약하여 말하기란 매우 어려운 일이다. 전통적인 민요의 일정한 틀에 대하여 노랫말의 구조와 그것의 가창구조를 중심으로 이해할 필요가 있다. 민요의 형식론은 문학의 율격론과 가창론이 맞물려 있는 것이다. 둘을 동시에 고려한 율격과 가창구성을 표현기법에서 다루어야 하나 이 글에서는 문학적 차원을 앞세워 정리하고자 한다. 우리 고전시가의 가창방식을 효과적으로 이해하고자 할 때에도 문학적 율격론이 우선하기 때문이다. 또 민요의 사설에 대하여 시적 운율성의 관점에서 바라보는 것이기도 하다. 결국 민요의 존재하는 당위성은 음악의 한 갈래에 있으므로 문학적 연구에서 음악적인 면을 소홀히 할 수 없는 것이다.

민요의 형식은 율격으로 출발하여 구연방식의 변화에 따라 나타나는 것이다. 구연방식은 연행 차원이며 그 자체가 가창구조 또는 가창방식과 관련을 맺고 있다. 민요의 작품이 구연현장에서 각편(version)으로 존재한다. 각편은 연행 차원에서 가장 작은 단위의 작품 한편 한편을 말한다. 민요채록에서 동일한 각편이라고 해도 실제 현장에서는 독자적인 각편(各篇)으로 존재한다. 각편에 대한 틀은 기본적으로 율격을 기본으로 하여 확대되거나 고정되는 것이다. 민요의 형식에 대한 미시적 접근은 각편의 형태와 연행 차원에서 각편의 변이 문제에 집중되는 데 있다. 곧 각편은 창자에 의해 똑같이 반복되기도 하고 연행 상황에 따라 변개되어 나타나기도 한다. 각편으로 불려지는 창곡에 지배를 받아 표면적으로 동일한 사설이나 실제 구연 분위기에 의해 조금씩 다른 사설로 나타난다.

그리고 민요의 형식은 민요가 전승되고 사회의 테두리 안에 종속되어 나타난다. 이를 일반적으로 구성론에 국한하여 알 수 있으나 민요의 전승차원에 관련이 있다. 구연방식에서 비롯된 각편을 민요사회에서 노래꾼의 공동작으로 반복되고 적층되는 과정을 통해 자연스럽게 일정한 전승문법을 가지게 된 것이다. 각편은 철저히 전승문법에 기대어 존재한다. 전승문법은 각편이 민요사회의 큰 틀 안에서 유지하도록 하는 구실을 한다. 이는 민요의 유형(類型) 차원인데, 민요사회에서 창자는 철저히 유형 차원의 전승문법에 기대어서 노래 부르고 노래를 즐긴다. 민요는 이런 전승문법을 간과하고는 존재하지 않고, 간과하였다면 민요가 아니다. 창자의 노래 항목은 민요사회에 기대어 있어 구연될 때에는 각편으로 가창되어 전달되는 것이다.

민요의 형식에 대한 총체적 파악은 이 두 차원을 동시에 유기적으로 고려할 경우 살아 있는 민요를 만나게 하고 민요의 본질에 접근하게 할 것이다. 각편 중심의 미시적인 형식과 유형 중심의 거시적인 형식은 민요사회를 염두에 두고 민요의 구비문학적 문법이 상호 관련되는 과정을 통해 드러내야 하는 것이다. 이 두 차원의 관점은 민요의 존재양상을 말하는 동시에 민요의 형식적 특질을 드러내는 데 효과적으로 이바지한다. 앞에서 민요는 사설, 기능, 창자, 창곡 등이 동시다발적으로 이어지며 존재한다고 설명한 바 있다. 민요가 존재되는 데 필요한 요소는 궁극적으로 각편과 유형으로 실현되어 나타난다. 이 네 요소에 대하여 형식을 중심으로 관련성을 이해하려면, 무엇보다 각편과 유형이 민요사회, 민요 현장에서 어떻게 표출되느냐를 파악해야 한다. 따라서 각편과 유형의 표출 방식으로서 가창방식은 민요의 실상과 맞물려 있다.

민요의 가창방식은 되받아 부르기, 메기고 받아 부르기, 주고받아 부르기, 혼자 부르기, 돌려가며 부르기 등 여러 방법이 있다. 되받아 부르기와 메기고 받아 부르기는 흔히 선후창이라고 하는 것인데 되받아 부르기는 선창자가 부른 사설을 후창자가 그대로 되받아 부르는 방법이고 메기고 받아 부르기는 선창자가 앞소리를 메기면 후창자가 일정한 후렴을 반복해서 부르는 방법이다. 주고받아 부르기는 이른바 교환창이라고 하듯이 선창자의 앞소리에 맞추어 후창자가 대를 맞추어 부르는 연행방식을 말한다. 혼자 부르기는 한 사람이 부르는 방법으로서 제창방식인 여럿이 한 목소리로 부르기와 동일한 개념이라고 할 수 있다. 끝으로 돌려가며 부르기는 윤창(輪唱)인데, 놀이꾼 여럿이 순서대로 돌아가면서 한 소절씩 불러가는 방식이다.

그런데 이런 가창방식은 민요를 둘러싸고 있는 여러 가지 요건들에 따라 달라질 수 있다. 이를 민요의 개방적인 요건이라고 할 수 있는데, 이를테면 창자의 수, 가창공간, 민요의 기능, 사설의 질, 놀이판의 참여범위, 사설의 전개방식 등에 따라 가창구조는 융통성 있게 유지되거나 조정된다. 전통적인 민요사회에서 가창방식은 기능에 철저히 지배되고 있고 기능에 따라 보수적으로 유지되고 있다. 민요의 본디 기능을 상실하면 가창구조도 변화가 일어나고 있다. 한 두 사람의 창자가 임의로 가창구조를 바꾼다고 가창구조가 갑자기 달라지지 않는다. 오히려 구연현장에서 가창구조가 임의로 달라지면 또 다른 놀이꾼이나 창자가 잘못된 가창구조를 지적하면서 전승문법에 맞는 가창구조를 조정하여 보여준다. 이를 노래 문법에서 연행 차원의 자율적 통제라고 한다. 이런 점에서 앞서 제시한 다섯 가지 가창방식은 일반적으로 관습화된 것이라고 할 수 있다. 가창방식은 민요사회에서 창자들이 어떻게 조직되어서 어떤 형태로 노래를 부르는가와 관련이 깊다. 가창구조란 그렇게 불려진 노래가 각편과 유형으로 실현되어 나타나는 틀을 말한다. 사설의 틀은 문학적 구조이고 창곡의 틀은 음악적 구조임을 알 수 있다.

(1) 되받아 부르기〔同一先後唱〕

되받아 부르기는 앞소리꾼의 사설을 뒷소리꾼이 그대로 되받아 부르거나 조금 변형시켜 그와 같은 사설을 받아서 부르는 방식이다. 메기고 받아 부르기 방식의 뒷소리 부분을 앞소리꾼과 뒷소리꾼이 번갈아 부르는 것과 같은 형식이다. 일의 현장에서 일꾼들은 이 되받아 부르기를 이용하여 일을 효과적으로 수행하는데 즐겨 활용하는 방식이다. 노동요의 〈목도소리〉나 〈맷돌소리〉는 사설을 앞소리꾼과 뒷소리꾼이 연속으로 주고받는데 이렇게 함으로써 일을 효과적으로 달성할 수 있다.

　　　　이여이여 이여도흐라
　　　　이여이여 이여도흐라

날랑은 낳은어머니
날랑은 날무사난고
가난ᄒ고 서난혼집의
가난ᄒ고 서산혼집의

— 〈맷돌노래〉

되받아 부르기의 가창목적은 일과 노래의 리듬을 맞추어 일의 박자와 질서를 유지하는 데 있다. 노래를 매개로 하여 일꾼이자 소리꾼은 일의 효율적인 성과를 수행한다. 노동요의 〈목도소리〉, 의식요의 〈상여소리〉, 유희요의 〈덕석몰이노래〉, 〈청어엮기노래〉를 부를 때 두 패로 나뉘어 목도메기, 상여 메고 가파른 곳 지나기, 놀이의 빠른 몸짓 율동을 수행한다. 이들 연행에는 참가 구성원 모두 힘과 동작의 균형을 요구하므로 노래를 통해 통일된 행위를 한다. 노래를 철저히 되받아 부르게 되므로 사설 자체가 단순하고 창곡도 비교적 단순하다. 소리꾼들은 그 지역에 전승되는 사설을 가창할 줄 알아야 일과 노래 현장에 참가할 수 있다.

어기여 어차 아하

제보자 : 이러면 인제 댐벼드는기여 목도꾼이

어기여 어차 아하
무겁다
어차
어흐흐 돌이 무겁다
어기여차 발 맞춰라
어기여 어차 아하
눈치 봐가며 발맞춰라

어기여 어차 아하
놓고

제보자 : 놓고 라는건 인제 쉬라는 겨.

— 〈목도소리〉

되받아 부르기 사설의 특징은 민요의 원초적 형식을 대체로 보여 주는 것이다. 노래 부르기가 노래 현장에서 행위의 조화를 이루는데 있으므로 철저히 구호나 영탄어가 중심을 이루고 있다. 앞소리꾼이 '어기여 어차 아하'하면 뒷소리꾼은 다시 '어기여 어차 아하'로 받음으로써 목도를 메든 상여를 메든 여럿이 움직이기에 대단히 수월하다. 사설의 어휘나 어구가 반복되고 앞사설과 뒷사설이 대구를 이루고 율격은 동일한 음보가 짝수로 반복되는 경우가 흔하다. 특히 율격은 2음보나 4음보 연속이 많은 편이다.

(2) 메기고 받아 부르기〔先後唱〕

메기고 받아 부르기 방식은 앞소리꾼이 앞소리를 메기면 뒷소리꾼들이 후렴으로 뒷소리를 받는 것이다. 앞소리꾼의 능력에 따라 사설의 길이나 변화가 결정된다. 후렴의 사설은 노래 부르는 현장의 내용이나 이용할 도구 등을 표현하고 있는 경우도 있지만 그와는 전혀 관계가 없거나 이해할 수 없는 것도 있다. 〈강강술래〉나 〈맷돌노래〉와 같은 노래를 부를 때 선창하는 앞소리는 앞소리꾼의 사설 중복이 다양하지만 뒷소리꾼의 소리는 고정된 형태가 많고 누구나 알고 있는 후렴이다. 대체로 앞소리꾼은 한 사람이고 뒷소리꾼은 여러 명에 이르기까지 다양하다.

신웅씨의 내신농사 / 상사디야
천하에도 대본이요 / 상사디야
비안온다고 한탄을마소 / 상사디야
비안오기가 만무로세 / 상사디야

— 〈논매기소리〉

옹헤야 옹헤야
어절씨구 / 옹헤야
얼씨구나 / 옹헤야
둘러 매치자 / 옹헤야
이짝 저쪽 / 옹헤야
툭 떨어졌다 / 옹헤야
잘 떨어진다 / 옹헤야
한단더쳐라 / 옹헤야
어딜가서 아들낳나 / 옹헤야

— 〈보리타작소리〉

메기고 받아 부르기는 노동이나 의식이 오랫동안 지속되는 경우에 많이 부르는데 〈논매기노래〉, 〈보리타작소리〉, 〈달구질소리〉 등이 그것이다. 또 집단놀이를 할 때 놀이꾼의 일정한 율동을 요구하면서 메기고 받아 부르면 전체가 질서와 조화를 이룰 수 있다. 앞소리꾼이 사설을 부르면 뒷소리꾼은 다같이 '강강수월래'나 '에이야라차'를 반복함으로써 놀이나 일의 효과적인 진행을 가능하게 한다. 특히 앞소리꾼은 가창력도 뛰어나야 하지만 기억력과 창작력도 갖춘 사람이어야 한다. 이를 민요사회에서는 '총기 있는 창자'라고 한다. 이 중에서 전문적인 쪽으로 이행한 사람은 그 고장의 명창(名唱)이라는 대접을 받는다.

메기고 받아 부르기 사설의 특징은 모든 행위를 동시에 이루어 무엇이 집중적으로 반복되도록 하여 효율성을 높이는 데 필요한 것이다. 노래 현장에서 전승자들은 이미 그 사설의 공감대를 가지고 가창하는 것이므로 고정된 노래 항목을 앞소리꾼이 재현도 하지만 즉흥적으로 창작할 수도 있고 뒷소리꾼은 누구나 길들여진 후렴을 동시에 반복한다. 앞소리 사설은 다양한 내용을 지니며 주변상황을 적극적으로 수용하고 있고 뒷소리 사설은 단순하고 폐쇄적인 고정을 지니고 있는 것이 많다.

(3) 주고받아 부르기〔交換唱〕

주고받아 부르기는 앞소리꾼이 앞소리를 부르면 뒷소리꾼은 그 앞소리에 대를 맞추어 받아 부르는 방식이다. 앞소리꾼이나 뒷소리꾼이 다 의미 있는 말을 변화 있게 노래하고 후렴이 없다는 점이 메기고 받아 부르기와 다르다. 주고받아 부르기에는 흔히 앞소리의 사설과 뒷소리의 사설이 문답이나 대구(對句)로 되어 있다.

한강수에다	모를부여	모쩌내기가	난감하다
뒷밭에	목화숨거	목화따기	난감하다
바다겉은	저모구자리	장구판만첨	남았구나
장구야판이사	좋건마는	둘이없어	몬두겠네

— 〈모찌는소리〉

이 형식은 주고받아 부르기의 뒷소리는 앞소리에 따라 달라지므로 거기에 익숙하지 않은 소리꾼은 참여할 수 없다. 곧 앞소리에 맞는 뒷소리를 받을 줄 모르면 노래 부르기에 끼어들 수 없다. 앞소리꾼과 뒷소리꾼의 수는 같거나 비슷하다. 그러나 때에 따라서는 앞소리꾼은 한 명이고 뒷소리꾼이 다수일 경우도 있다.

주고받아 부르기 방식은 〈모심기노래〉나 〈놋다리밟기〉에서처럼 앞소리꾼과 뒷소리꾼이 서로 대등한 입장에서 구연을 해나감에 따라 노래 현장의 제한이 심한 편이다. 앞소리꾼은 뒷소리꾼과 노래를 하면서 일이나 놀이를 하므로 소리꾼은 그 행위 자체에 적극적으로 참여하여 리듬을 조정한다. 양쪽이 대등한 관계에서 노래를 진행하기 때문에 리듬 그 자체만 보면 되받아 부르기와 거의 유사하다고 할 수 있다. 노래의 리듬과 행위 자체의 리듬은 일치할 수도 있으니 반드시 그런 것만은 아니다. 또 뒷소리꾼이 앞소리꾼의 사설과 대응되는 사설을 불러야 하므로 노래 현장의 여건에 철저히 지배된다.

주고받아 부르기 사설의 특징은 구연방식의 특수성에 기인하여 고정된 노래 항목이 있다. 앞소리꾼은 뒷소리꾼을 의식하여 사설을 불러야 하므로 사설도 마음대로 부를 수 없고 사설의 선택에 제한이 따른다. 그러기에 주고받아 부르기에서는 즉흥적인 창작사설이 별로 없고 일정한 내용과 순서의 전승사설이 많다. 민요의 폐쇄성 사설은 주고받아 부르기를 통해 전승되는 경우가 뚜렷하고 더구나 〈모심기노래〉, 〈놋다리밟기〉, 〈월워리청청〉 등의 사설은 모심기나 놋다리밟기 자체의 적층성으로 말미암아 고정된 노래 항목을 뚜렷하게 보여주고 있다.

(4) 혼자 부르기〔獨唱〕 또는 다같이 부르기〔齊唱〕

혼자 부르기는 소리꾼이 일방적으로 불러가는 방식이고 이는 근본적으로 여럿이 같이 부르되 앞소리와 뒷소리로 나누어 부르지 않는 방식과 같다. 소리꾼 혼자 부르는 것은 어느 노래든 다같이 부르기를 할 수 있다. 이 방식으로 부르는 것은 주로 여성노동요가 많은데, 〈밭매기노래〉, 〈물레노래〉, 〈베틀노래〉, 〈삼삼기노래〉, 〈나물뜯기노래〉, 〈맷돌노래〉, 〈자장가〉, 〈바느질노래〉, 〈빨래노래〉 등이 그것이다.

오늘달도하 심심하니 베틀이나 놓아를볼까
에헤야 베짜는아가씨 사랑노래베틀에 수심만지누나
밤에자면 야광단이요 낮에짜면 일광단이라
일광단야광단 다짜가지고 어느집총각에 시집을갈거나

— 〈베틀노래〉

곤드레 만드레 쓰러진 골로
우리야 삼동새 봄나물 가네

— 〈나물뜯는노래〉

〈아리랑〉, 〈신고산타령〉처럼 혼자 부르기와 메기고 받아 부르기의 구분이 불분명한 것도 있는데 〈쾌지나칭칭나네〉나 〈오돌또기〉는 주로 메기고 받는 소리이지만 후렴까지 혼자 부르기나 다같이 부르기를 할 수 있다. 그런데 후렴이 없는 노래는 메기고 받는 노래나 주고받는 노래로 바꾸어 부를 수 없다. 혼자 부르기나 다같이 부르기는 일이나 노래를 하면서 잔잔하게 읊조리는 소리이므로 노래 현장은 좁은 편이다. 소리꾼은 노래하면서 행위를 하므로 소리꾼의 행위자체에 대한 참여성은 직접적이다. 특히 가창유희요에 대한 혼자 부르기 방식이 많아서 본래 노래 현장에서 이탈한 경우가 빈번하다.

신고산이 우르르릉 함흥차떠나는 소리에
잠못드는 큰아기 밤봇짐만 싸누나
어랑어랑 어허야 어야디야 내사랑아

— 〈신고산타령〉

혼자 부르기 사설의 특징은 가창방식 자체가 자위적 기능이 강하기 때문에 개인적 정서를 주고 담고 있는 것이다. 〈밭매기노래〉, 〈물레소리〉, 〈베틀노래〉 등은 일을 하면서 소리꾼이 혼자서 혹은 다같이 불러 간다. 그 사설의 내용도 일과 관련된 내용이나 신세타령이 포함된다. 다만 일의 지속 시간이 긴 〈베틀노래〉 같은 경우는 일의 성격에 따라 서사적 구조를 띤 사설을 찾아 볼 수 있다. 이른바 유흥민요의 가창방식은 혼자 부르기 혹은 다같이 부르기를 통해 놀이판의 흥취를 고조시키고 자위적으로 향락하는 것이다.

(5) 돌려가며 부르기〔輪唱〕

돌려가며 부르기는 노래 현장에서 소리꾼들이 일정한 행위를 전제로 하여 한 사람씩 돌아가면서 부르는 방식이다. 혼자 부르기와 유사하다고 할 수 있으나 구연 과정에서 보면 근본적으로 다르다. 소리꾼은 일이나 놀이를 하면서 번갈아 노래함으로써 연속적으로 사설을 주워섬기는 데 익숙해 있어야 한다. 특히 지목된 소리꾼은 적절히 대응되는 사설을 통해 자신의 차례를 수행해 나가야 한다.

노래 현장에는 최소한 5~6명 이상이 모여야 하고, 무엇을 정해놓고 계속해서 읊조려 나가는 소리이므로 빠르고 신나는 노래놀이의 성격이 강하다. 노름과 관련된 놀이처럼 무엇을 걸고 하는 경우에는 속도감과 몰입에서 오는 정서적 쾌감을 준다. 이를 활용하여 유흥 공간에서 놀이꾼끼리 지목하여 돌아가면서 부르는 방식과 상통한다. 이를테면 〈곱새치기〉나 〈사스랭이노래〉처럼 동전이나 화투를 이용하여 숫자를 내면서 그 상응하는 노래를 부를 때 이 방식이 나타난다. 〈장타령〉이나 〈숫자풀이〉 〈한글풀이〉도 그 자리에 있는 소리꾼들이 숫자나 글자 그리고 특정 대상물들을 연상하여 순서대로 불러가는 것이다.

일자도 모르는 판무시기가 일본놈 사람치누나
이자나 한자 들고 보니 일월이 송송 해송송
삼월삼월 얼근년이 숭굴숭굴이 정만드는구나
사자나 한자 들고 보니 사시나 행차 바쁜길 점심참이 늦어간다
오촌댁이면 당숙모라지 오라버니 사정해도 담너머 가다가 시구나무 까시에 꼭 찔러 눈이 멀었네
육육봉 모란봉 개미허리 잘록봉 평양에 하서봉 강건너 모란봉 검정꾼에 망치봉 촌놈의 상투봉이다
칠구 척루가 한 줏돌이라 썩비고 가는 청룡도 두 눈 가리다
팔도 강산은 금강산이라 금강산 유점사 법당뒤라지
구월산 나물꾼다
장터에 께지면 큰 술집이라 장문안이 잘잘 끓는다

—〈곱새치기소리〉

일월이라솜솜 야상경 밤중에샛별이 돌아들적 임의생각 절로난다
나온다나오고 나오너라글신은 한글신 뒷장불림을 불레주소
이화도원은 만발해 이시사철에나 만든이 먹세먹으면 헤진다
나오고나오네 나오너라글신은 한글신 뒷장불림을 불려주게
삼고곡신에나 이심초 물틀책이많아 놀리고 샘이은성에는 싸장세 피제장을 넘어간다

나오고나온다 나오너라글신은 한글신 뒷장불림을 불러주소
사살쨍이는 말많고 사신에행차에는 바쁜지 조반차림이 늦는다
나오고나오네 나오너라글신은 한글신 뒷장의불림을 불러주소
오간천자문에 관훈장 적토마를 빗껴타네 오대산에는 심깨고 태백산에
는 탄깬다
나오고나오네 나오너라글신은 한글신 뒷장불림을 불러주소
육날며칠엔 탕감바알 새쩨갈보가는 반한다 유월유수는 해마도
나오고나오네 나오너라글신은 한글신 뒷장불림을 불러주게
(생략)

— 〈사스랭이소리〉

에~ 씨구씨구 들어간다 얼~ 씨구씨구나 들어간다
일자나 한자나 들고나 보니
일선에 가신우리 낭군~ 돌아오기만 고대~ 한다~
이자나 한자 들고나 보니 이승만이 대통령 함태영이나 부대통령~
삼자나 한자 들고나 보니 삼천만의 우리~ 동포 평화오기만 고대한다
사자나 한자 들고나 보니 사천이백에 팔십칠년 해방의 종소리 들려온
다
오자나 한자 들고나 보니 오천만에나 우리 국군 남한일대 대체된네
육자나 한자 들고나 보니 육이오 사변에 집을 태우고 천막생활이 왠말
이냐
(생략)

— 〈각설이타령〉

가갸하고 거겨하니 가에없는 임의몸에 그지없이 되었구나
나냐하고 너녀하니 날찾으리 없건마는 삼진사어린놈이 바둑두자 날 찾
는가
다댜하고 더뎌하니 달은밝아서 명랑한데 그내생각이 절로난다

라랴하고 러려하니 날아가는 원앙새야 널과날과 짝을짓자
아야하고 어여하니 아인삼척에 갈가마구 이리저리 날아든다
바뱌하고 버벼하니 밥은있어 좋건마는 그대가없어서 못살겠네
사샤하고 서셔하니 사랑하던 그대낭군 한양간게 원이로다
자쟈하고 저져하니 자지말고 부지런히해서 알선급제 하여보세
차챠하고 처쳐하니 차고차고 찬방안에 독수공방 홀로눕네
카캬하고 커켜하니 날랜검을 번쩍드니 원수주인놈 도망간다
타탸하고 터텨하니 타관살이다 하다보니 한본향을 잊었구나
파퍄하고 퍼펴하니 팥죽안에 우는새는 이리저리 날아든다
하햐하고 허혀하니 한나라의 용안대군 즐겁즐변에 찾아든다

— 〈한글풀이〉

돌려가며 부르기 사설의 특징은 기억하기 쉬운 내용이 압도적이고 유사현상이 활용되는 경구가 많다. 이른바 〈각설이타령〉의 구조와 같이 앞서 숫자가 제시되므로 그를 통해 소리꾼은 쉽게 사설을 구연할 수 있고, 경우에 따라서는 소리꾼이 임의로 사설을 창작하여 부르기도 한다. 따라서 사설은 주로 고정된 틀을 가지고 있으나 소리꾼이나 분위기에 의해 자유로운 표현방식이 개입되어 흥미를 자아내고 웃음을 촉발시키는 구실도 한다. 유희요 중에서 언어유희요가 이에 해당하고, 즉흥적인 사설의 차용이 심한 것이 그 특징이다.

2) 형식과 율격

앞에서 가창방식이 사설의 특징을 결정하는 데 중요한 구실을 한다는 것을 정리하였다. 가창방식은 노래의 창곡인 음악적 성격과도 깊은 관련

을 가지고 있는 것이다. 가창방식의 배분과정에서 나타나는 현상은 크게 두 가지로 볼 수 있다. 창곡이 민요가 성립되는 데 필수적인 요건이 되는 경우와 사설이 민요가 존재하는 데 필수적인 요건이 있는 경우이다. 전자는 메기고 받는 소리나 주고받는 소리 및 후렴이 있는 혼자 부르기 노래에서처럼 창곡의 선율이 풍부하고 음악성이 두드러진다. 후자는 후렴이 없는 혼자 부르기 노래에서처럼 창곡이 단순하게 반복되어서 노래한다기보다 읊어나간다고 할 수 있다. 그 각각을 선율민요(旋律民謠)와 음영민요(吟詠民謠)라고 할 수 있다.

민요는 소리꾼이 낭송한 사설을 창곡과 관련시켜 전달하는 것이기에 우선 암송이나 암기 방식이 간편해야 한다. 사설과 창곡이 형식으로 결합하는 과정에서 지루함을 덜기 위해 일정한 율격이 있어야 한다. 한두 가지 창곡에다가 여러 다양한 사설을 끌어와 불러도 무리가 없어야 한다. 민요의 리듬은 일정하지 않으나 대개 4구체 정도의 길이가 많으며 음수율은 한글 어휘의 음절수의 특징 때문에 3·4조나 4·4조가 중심이 된다. 이러한 기본적인 조건은 율격 형식과 맞물려 있다.

민요의 율격은 2음보 형식을 기본으로 하고 있다. 2음보에서 4음보로 확대하고 그 변형인 3음보 5음보로 나타난다. 음보는 율격의 기본단위이고 각편의 행이나 연, 나아가 형태를 결정짓는 가장 작은 요소이다. 음보의 인식은 음악적 형식과 반드시 일치하지 않고 오히려 현대시의 낭송성을 의식한 개념에서 비롯된 것이다. 음수율이 일정한 동량 음보율이 있고 호흡의 길이를 고려한 등장(等長) 음보율이 있다. 다만 여기서 율격은 문학적 측면에 우선하여 설정한 용어이므로 지나치게 음악에만 기대어서 말할 수는 없다. 여기서는 가창구조에 의한 형태를 염두에 두고 율격의 주된 형식만 이해하면 될 것이다.

우리 민요의 율격은 등장의 2음보 또는 4음보 2보격이고 흔히 논의되었는데 가창구조에 따른 음보 배분방식과 시적 구조에 따른 음보 배분방식이 반드시 일치하지 않는다는 데 문제가 있다. 음악적 측면에서 사설의 배분방식을 이해할 때에는 가창방식의 창곡 위주의 사설 율격을 찾고 문학적 측면에서 사설의 배분방식을 논의할 때에는 시적 자질로서 사설 율격을 정돈할 수밖에 없다. 이 관점을 변증법적으로 통합할 수 있는 민요의 율격론이 제시된다면 이상적일 것이지만 현재로서는 그렇지 못하다. 민요의 율격론에 대한 정립은 문학과 음악을 동시에 인식했을 때만이 가능하다.

민요의 각편에 대한 율격은 행, 연, 형태를 전제하지 않는 음보 설정은 무의미하고 더구나 가창구조도 무시할 수 없는 처지이다. 행과 연은 전통민요의 부르기에서 중요한 것은 아니었으나 율격의 음보를 설정하는 데는 반드시 인식되어야 할 시적 단위다. 소리꾼이 창곡으로 부르는 각편은 가창구조에 1차적으로 나타나는 민요작품이지만 그 사설을 형식적으로 이해할 때에는 시적 관념에서 발견된 것이다.

1행 안에 음보가 몇 토막으로 나뉘어 존재하는가는 사설의 내용이나 그 민요의 속성과는 관련이 있다. 일방적으로 국어의 어휘가 단어를 이루는 특징에 기인하여 3음절 또는 4음절이 음보를 이루고 국어의 통사구조상 1행은 2음보 또는 4음보가 주종을 이룬다. 이를 정격 2음보 기본율격이라 할 수 있다. 반면에 1행이 3음보 또는 5음보로 이행되는 경우는 창곡에 기인하여 변격을 이루어감에 따라 파격율격이라 할 수 있다. 파격율격은 비교적 자유롭고 선율적인 성향을 띠고 있다.

기본율격은 2음보이고 사설의 가창방식 상 4음보가 가장 흔하다. 2음보는 급박한 느낌을 주고 안정감을 주고, 4음보는 2음보보다 느리나 훨씬 안정감을 주고 있다. 예컨대 "우리 배사공 / 신수가 좋아서 / 암암팍 두물에 / 수만큼 벌었네"는 3음 2음보이고, "모야모야 노랑모야 언제커서 영화볼레 / 하루 크고 이틀 크고 감실감실 영화보세”는 4음 4음보이다. 후자는 시조나 가사의 4음보와 거의 동일하다. 2음보보다 4음보 율격은 대체로 안정감을 주고 음영적인 성향이 뚜렷하다.

변격율격은 3음보나 5음보라고 했는데 “이치의 사촌이 되지말고 / 민치의 팔촌이 되려무나”처럼 2음보나 4음보와 비교했을 때 훨씬 유동적이다. 그만큼 경쾌한 느낌을 주고 있는 바 〈아리랑〉, 〈둥당기타령〉 등과 같이 유흥민요 또는 가창유희요에 주로 나타난다. 고려속요도 이와 맥락을 같이 하며, 타령류 노래에 큰 비중을 차지하는 것은 선율민요의 개방적인 가창구조에 있지 않을까 한다.

고려속요의 민요적 성격은 분절체와 후렴구에서 찾아지지만 3음보의 경쾌한 리듬인식에서도 드러난다. “아리랑 아리랑 아라리요 / 아리랑 고개로 넘어간다 / 나를 버리고 가시는 남은 / 십리도 못가서 발병난다”는 3음보로 율독하는 것이 전체 틀 속에서 사설의 묘미를 찾을 수 있다. 그런데 이를 가창구조를 의식하여 4음보로 읽을 수도 있다. 다시 말해 첫 행의 ‘요’를 1음보의 길이를 차지한다고 보고 율독의 길이를 네 토막의 음보로 파악한 것이다.

이처럼 선율민요의 부르기는 음영민요를 바탕으로 변화해간 것이라고 할 수 있다. 실제로 민요사회에서 가창유희요인 〈방아타령〉〈한강수타령〉 등이 노동요인 〈방아노래〉〈뱃노래〉에서 나왔다는 것과 〈아리랑〉을 비롯하여 유흥민요들이 근세에 놀이판의 파격성에서 만들어졌다는 사실에서 그 근거를 찾을 수 있다.

5. 민요의 내용과 민중의식

1) 노동요의 세계

전통사회에서 노동요는 여러 가지 주어진 상황에 따라 다양한 구연방식으로 가창하게 된다. 노동요에는 일의 효과적 수행을 위해 구호적 기능이나 자위적 기능을 일반적으로 가지면서 표출되는 경우가 많다. 노동요에 반영된 내용은 일꾼들이 일의 현장에서 나타날 수 있는 여러 상황을 담고 있다. 일꾼들이 곧바로 소리꾼이므로 소리꾼이 노동요를 하는 경우 일의 기능에 지배될 수밖에 없다. 일꾼은 일에 대한 형태에 따라 노래 항목을 결정하므로 사설의 내용도 그 구연방식의 변인에 따라 다층적이다. 구연방식의 변인은 가창 공간, 소리꾼의 수, 일의 질, 민요의 일 기능상, 소리꾼의 일참여성 등이 있을 수 있다.

이런 다양한 변인 가운데 노동요의 존재는 일 자체의 효율성을 주는 요긴한 구실을 하는 데 있다. 일꾼들은 일하는 과정에서 이런 저런 생각을 다양하게 표현한다. 일하는 기쁨과 괴로운 일의 결과를 기대하는 마음, 일에서 벗어나고 싶은 심정 등 일과 직접적으로 관련이 있는 내용뿐만 아니라 일하는 이들이 일상생활에서 겪고 느끼는 여러 상념을 노래로 형상화한다. 노동요의 내용도 일의 원활한 진행을 위해 불렀기 때문에 처음에는 뜻이 없는 여음 위주에서 점차 뜻이 있는 사설이 붙어져서 풍부한 사설로 나타난 것이다. 뜻이 있는 사설은 시적 서정성을 풍부하게 지니고 있고, 이때 시적 자아는 민요사회의 구성원이고 노래 현상의 소리꾼이며 그들에 의해 창출된 상상력의 자아인 것이다.

노동요의 사설이 내용상 다양하여 문학적 형상화가 탁월하다는 사실은 노동 자체의 성격에서 기인하는 바가 크고 노동 현장의 제재를 근간으로 표현되는 것과 상통하기 때문이다. 노동요는 일의 종류와 그 성격에 따라 실제로 다양하게 존재한다. 전통 사회에서 주요 노동요는 농업, 어업, 상업 위주의 노래가 있고, 그밖에 벌채, 길쌈, 제분 등과 관련된 노래가 있다. 과거 민중의 생활사에서 이것들의 노동은 전래의 대표적인 생활이자 생계유지의 대상이었고, 특히 길쌈과 제분과 관련된 것은 부녀자 층에 늘 따르는 일과였다. 이에 반해 잡일과 관련된 노동요는 일자체가 규칙적이지 않은 데에 불려지는 것이다. 이를테면 운반, 토목, 수공, 제염, 가사 등과 같은 일에서 불려지는 노래들이 이에 속한다.

노동요의 사설은 일 자체에 부합되는 것과 일 자체와 무관하게 자유로운 인식을 표현하는 경우가 있다. 전자는 노동요의 노동부합형 사설이고 후자는 노동개방형 사설이다. 노래는 일의 기능에 맞물려 조절되므로 후자보다 전자가 많은 비중을 차지한다. 노동부합형 사설은 일의 수단이나 대상을 반영하면서 생산의 실천적 행위와 그 목적을 소중하게 표출하고 있다. 노동개방형 사설은 일상의 삶에서 오는 기분이나 평상시 현실인식을 간접화하며 자신들의 처지를 호소한다.

노동부합형 사설에는 노동력이 가해지는 구체적인 작업에 따라 다양하게 불려지는 노래들이 있는데, 〈모찌기소리〉, 〈모심기소리〉, 〈벼베기소리〉를 비롯하여 〈보리타작소리〉, 〈방아찧는소리〉, 〈고기잡는소리〉 등이 일의 대상에 의해 다양하게 존재한 것이다.

> 졌네 졌네 모를 한짐 졌네 / 여보소 계원님네
> 일삼져서 쪄업하세 / 졌네 졌네 너두나 한짐 졌으면
> 너두나 힌짐 졌구나 / 고추장을 찌려다가
> 당구장을 졌네 / 계란을 찌려다가

닭알을 쪘구나 / 백하젓 쪄오라니까
새우젓만 쪘구나 / 와르릉 처르릉
여기 또 한짐 쪘네

— 〈모찌기소리〉

심어라 심어라
종종모로만 심어라
심어라 심어라
마늘모로만 심어라
심어라 심어라
일자모로만 심어라

— 〈모심기소리〉

만경창파에 대해중에 대강우리가 떳단다
충청도라 갈대우물에 물바가지가 떳단다
한밭땅 목달미에 자진방아가 떳단다
너 암만 찧어도 헛방아만 찧는다

— 〈방아찧는소리〉

이들 사설마다 일에 사용되는 도구에서부터 일이 진행되는 과정, 거기에서 오는 일의 고통, 나아가 그 일을 성취하는 기쁨, 일의 궁극적 보람, 노동 대상에 이르기까지 진솔하게 드러낸다. 사설 속에는 민중의 삶에 대한 방식이 반영되어 있고, 일꾼으로서 민중은 생산활동을 하면서 삶의 자부심에 대한 견해를 구체적으로 제시고 있으며 작업을 효율적으로 수행하고자 하는 의지가 있다. 또한 일의 고통이나 현실적인 역압 속에서도 그들만의 본성을 유지하려는 긍정적인 인식이 담겨 있으며 역경을 쾌활하고 낙천적으로 극복하고자 하는 진취적 생각이 있고, 더불어 행복을 추구하려는 인화의식이 뚜렷하게 형상화되어 있다.

노동개방형 사설에는 노동하는 생산의 주체보다 역사의 구성원으로서 또는 사회의 자아로서 민중이 노래라는 표현매개를 통해 개인의 정서를 드러내는 방식이 반영되어 있다. 사람이 살아가면서 부딪치는 이별, 죽음과 같은 운명적인 정서나 제도권의 현실에서 야기되는 전쟁, 가난, 억압, 착취와 같은 사회적인 정서가 노동의 현장과 무관하게 수용되고 있다. 운명적인 정서는 이별이나 유랑 나아가 무상감 등이 주종을 이루는데, 자연이법에 순응하고자 하는 인식이 두루 나타나 있다. 자연의 순리야말로 현실의 한계를 이길 수 있고 현재의 괴로움을 떨칠 수 있다는 소극적 생각을 담고 있다.

해다지고 저문날에
우얀수자가 울고가네
어린동생 옆에끼고
잘데없어 울고가네

위의 민요는 유랑의 고통스러운 현실을 노래했다. 지는 해는 사람들로 하여금 돌아가 쉴 곳을 찾게 한다. 하지만 어린 동생까지 딸린 '우얀수자'는 '잘데'가 없어 하염없이 울고 있을 뿐이다. 이러한 처지의 형상은 바로 현실적 토대를 상실한 유랑민의 모습인 것이다. 유랑은 사람의 삶이 전면적으로 부정된 상황이며 따라서 그 고통은 매우 심각한 것이라 할 수 있다.

사회적인 정서는 민중의 생활상이 진실하게 반영된 것인데, 다수의 목소리가 적층되어 역사의 변혁과 그 미래까지 예견하는 경우가 있다. 여론과 맞물려 풍자적 기능이 돋보이는데, 왜곡된 현실이나 부조리한 단면을 은유화하거나 또는 직설적으로 드러내어 당대의 비극성을 실천적으로 고발하고 있다. 봉건사회의 모순과 그러한 제도에서 오는 인간의 존엄성 상실이나 억울함을 날카롭게 꼬집어 내어 형상화함으로써 사회적 발언을 하는 형태인 것이다.

노동지향형 사설과 노동개방형 사설이 동시에 결합되어 문학성도 돋보이게 하고, 삶의 진취적 모습을 드러내는 경우도 있다. 이들 사설에는 삶을 좀더 인간다운 쪽으로 개선하려는 의지가 담겨 있고, 비록 세련되지 못한 노래 양식을 통해 자신들의 내면을 드러내지만 삶의 건강성을 충실히 형상화하려는 흔적이 엿보인다. 품앗이나 두레, 계 등을 통해 집단적으로 이루어지는 노동현장에서 불리는 사설에서 단결과 우애, 동류의식 등의 덕목을 표현하고 있다. 이런 덕목의 노래를 통해 평상시 지연관계를 유지하고, 이런 관계는 역사적 변혁에 동시다발로 민중이 함께 어울릴 수 있는 정신적 공감대로 작용한 것이다.

2) 의식요의 세계

전통사회에서의 의식요는 의식 절차에 따라 불려지는 노래를 말한다. 의식요는 제의적 기능이 위주이나 제의의 형태에 따라 반영되는 관념이 다양하다. 의식요의 범위는 사설의 구성이나 전승자의 의식에 비중을 두어 설정될 수밖에 없다. 의식요의 포괄적인 범위는 의식을 거행하면서 소리꾼이 신이나 신성의 세계에 인간 존재의 생존을 위한 소망을 바라는 노래라고 정할 수 있다. 〈지신밟기노래〉, 〈상여노래〉, 〈회다지기노래〉는 일이나 놀이보다는 인간의 존재의 소망을 기원하는 의식에 더욱 접근되어 있기에 의식요의 범위로 간주한다.

시상천지 만물중에 사람밖에 또있는가
이세상에 나온사람 뉘덕으로 나왔는가
석가여래 공덕으로 부처님께 명을빌고
하나님전 명을빌고 아버님전 뼈를빌고
어머님전 살을빌어 이내인생 탄생허니
한두살에 철을몰라 부모은공 못되가고
인생시비 당도허니 덜통하고 애곡허다
인생시비 당도허니 어머님의공을 갚을손가
인간칠십 고래하니 눈어둡고 귀어두니
구석구석 웃는모양 절통하고 애곡하다
어제오늘 성턴놈이 저녁나절 병이들어
부르나니 어머니요 찾느나니 냉수로다
음성노용 찾어가서 백미서되 실고실어
개망대청 찾어가서 상탕에는 메를짓고
중탕에 목욕하여 하탕에 수족씻고
소지삼장 던진후에 비나이다 비나이다
하나님전 비나이요 부처님전 기도하요

— 〈상여노래〉

에호 달회오 에호 달회오
슬프고 슬프도다 / 에호 달호야
어찌하여 슬프던고 / 에호 달호야
이세월이 견고한줄 / 에호 달호야
태산같이 믿었더니 / 에호 달호야
백년도 못되어서 / 에호 달호야
백발되니 슬프도다 / 에호 달호야

어화 청춘 소년들아 / 에호 달호야
백발 노인 웃지마소 / 에호 달호야
덧없이 가는 세월 / 에호 달호야
낸들아니 어찌하리 / 에호 달호야

— 〈회다지기노래〉

의식요는 의식지향을 통해 언어가 주술적인 힘을 지녀 인간과 절대자 혹은 신의 세계 사이에 의식교환의 수단으로도 사용된다고 파악한 것이다. 그래서 노동요나 유희요는 그 대상과 벗어난 사설의 내용이 있을 수 있으나 의식요는 대체로 의식부합형 사설만 존재한다고 말할 수 있다. 의식 단위를 떠나서 존재하는 사설이나 창곡은 이미 의식요의 범주를 간주할 수 없기 때문이다. 의식은 신과 신성의 세계에 대한 인간의 소망과 믿음을 알리고 그것이 실현되기를 기원하는 신앙관념에서 나온 행위의 총체인 것이다. 이를 제의나 의례라고 흔히 말하는데, 이런 측면에서 세시의식이나 장례의식 및 신앙의식도 넓게는 신앙행위에 기초한 것이다. 세시의식은 세시풍속에 상응하여 가신, 동신(洞神) 등을 바탕으로 민간신앙의 행위이고, 장례의식은 유교위주에서 불교, 민간신앙에까지 걸쳐 있으면서 죽음의 통과의례에 국한된 신앙행위이며, 신앙의식은 불교, 점복이나 풍수, 음양원리에 의존한 주술적 신앙행위이다. 그런 행위를 할 때마다 각각 세시의식요, 장례의식요, 신앙의식요는 그렇게 불려지기 마련이다.

세시의식요는 세시명절에 행해지는 전통적 생활풍속으로서 주기성을 갖고 연례적으로 되풀이되는 의식에서 불리는 노래이다. 그 내용은 농경사회의 의례와 직접 관련이 있고 의식이 보통 놀이로 모의하는 행위가 많아 세시유희요와 결합되어 있는 경우가 흔하다. 거기에는 풍요와 다산을 예측하거나 신에 대해 감사하는 것이 다반사이다. 마을 중심의 집단 세시의식요는 마을신을 위해 마을의 수호와 안전, 그리고 마을의 풍농이나 풍어를 기원하는 것이고, 가정중심의 세시의식요는 가정의 연장자가 가족성원의 복을 소망하고 액을 막는 행위를 담고 있다. 전자는 〈지신밟기노래〉, 〈고사반〉, 〈서당굿노래〉 등이 그 대표적인 것인데, 신을 기쁘게 하고, 참가자인 민중의 심리적 안정을 갖는 것이다. 자신을 위로하고 농사의 풍작을 기원하는 신인합일의 감정을 노래하고 있다. 후자는 〈안택노래〉, 〈성주풀이〉처럼 집안의 가신에게 안택초복(安宅招福)과 수명장수 위주의 소원성취를 기원하는 내용이다.

고사 고사 고사로다 / 이세 태평은 후세(後世)로다
만복(萬福)을 점지할 때 / 국태민안(國泰民安) 시화연풍(時和年豊)
범윤자 돌아든다 / 이씨(李氏) 한양(漢陽) 등극시에
삼각산천(三角山川) 기봉(起峰)되고 / 학(鶴)을 눌러라 대궐 짓고
대궐 앞에는 육조(六曹)로다 / 육조(六曹) 앞에는 오형문 혜각사
각도(各道) 각읍(各邑) 마련할 때 / 왕심사 청룡(靑龍)되고
동구재 백호(白虎)로다 / 한강수(漢江水)는 조수가 되고
동적강수가 멀리 / 인왕산천 나린 줄기는
북으로 고였으니 / 홍천지(與天地)는 무궁되고
우리나라 금상님은 / 태평성대가 장안(長安)되고
은하(銀河)는 금여차일(今如此日)에 / 사바세계로다
　　　　　　　　　　(생략)

　　　　　　　　　　　　　　　　　　— 〈고사반〉

　　동방택신성조신(東方宅神成造神), 　　남방택신성조신(南方宅神成造神), 서방택신성조신(西方宅神成造神), 북방택신성조신(北方宅神成造神), 중앙택신성조신(中央宅神成造神), 감방택신성조신(坎方宅神成造神), 간방

> 택신성조신(艮方宅神成造神), 손방택신성조신(巽方宅神成造神), 이방택
> 신성조신(離方宅神成造神), 곤방택신성조신(坤方宅神成造神), 태방택신
> 성조신(兌方宅神成造神), 건방택신성조신(乾方宅神成造神), 일백이흑성
> 조신(一白二黑成造神), 삼벽사록성조신(三碧四綠成造神), 오황육백성조
> 신(五黃六百成造神), 칠적팔백성조신(七赤八白成造神), 구자제신성조신
> (九紫諸神成造神), 일삼칠구성조신(一三七九成造神), 구목위소성조신(構
> 木爲巢成造神), 일탐월탐성조신(日貪月貪成造神), 명당옥당성조신(明堂
> 玉堂成造神), 초운성조(初運成造) 내림하고, 재운성조(再運成造) 내림하
> 고, 대운성조(大運成造) 내림할 제, 초가성조(草家成造), 와가성조(瓦家成
> 造), 대막성조(大幕成造), 소막성조(小幕成造), 육만성조님(六萬成造任)은
> 사차가중(斯此家中)에 내림 도착하여 인간심중(人間心中) 풀으소서.
>   (생략)
>
>   — 〈성조풀이〉

장례의식요의 내용은 통과의례 중에서 죽음과 관련된 유일한 노래
이다. 통과의례 중 혼례나 환갑에서도 노래가 불려지기는 하지만 이는
의식의 분위기보다 놀이의 분위기가 강하다. 장례의식요로 널리 알려
진 〈상여소리〉나 〈달구질소리〉는 유교적 의식으로 진행되지만, 그 세
계는 불교적 사유세계가 짙다. 민중은 장례의식 자체를 민속적 행사
로 거행되고 그것은 상부상조의 생각에서 자신의 일처럼 치러지는 것
이다. 이 사설에는 민중의 보편적 인생관이 반영되어 있다. 숙명적인
운명관을 바탕으로 삶과 죽음에 대하여 인생관이 반영되어 있다. 〈상
여소리〉에는 산자의 입장에서 장례의 비애감과 죽은 자에 대한 위로
가 나타나 있다. 〈산염불〉과 〈회심곡〉은 불가(佛歌)에서 파생되었는데
인생의 허무감을 강조하여 생전의 선행을 일깨우는 것이다. 민중은 장
례의식요를 통해 고난의 현실을 내세로 이행시킴으로써 정신적 위안과
유한한 생명을 신심으로 극복하고자 하는 모습을 보인다.

천지천지 후난후에 세상천지 만물중에
사람위에 또있는가 여보시오 덕포님네
이내말씀 들어보소 이세상에 생긴사람
뉘덕으로 생겼는가 하나님전 은덕으로
아버님전 **뼈**를타고 어머님전 살을타고
칠성님전 복을타고 혜성님전 명을타서
석가여래 제도하야 이내일신 탄생허니
한두살에 철을몰라 부모은공 모르다가
이삼십에 당도허니 매혹한 고생살이
부모은공 갚을소냐

— 〈회심곡〉

신앙의식요는 주기적으로 되풀이 되는 의식에서 불려지는 노래인 점에서 세시의식요와 다르고, 일정한 절차가 강조되는 통과의례가 아닌 신앙행위 그 자체를 중요시하는 노래하는 점에서 장례의식요와도 본질적으로 다르다. 신앙의식요는 민중의 생활사에서 때에 따라 거행되는 의식에서 불려진 노래인데, 이는 삶의 경험에서 축적된 믿음의 소산에서 나온 전승물이라 할 수 있다. 불교취향의 〈회심곡〉이나 〈염불노래〉, 무속취향의 〈점복노래〉, 〈조상굿노래〉, 속신(俗信) 취향의 〈산신에비는노래〉, 〈귀신쫓는노래〉 등인데, 그 내용은 민간에서 지향하는 의례방식에 따라 나타난 세계관도 사뭇 다르다. 민간에 자리 잡은 불교신앙이나 무속신앙은 불경이나 무경(巫經)에 근거하나 이에 민간에 대중화되어 적층된 신앙관념인 것이다. 속신은 민중의 집단에서 고등종교의 신앙체계 이전에 있을 수 있는 현상으로 자연과 사물에 대한 믿음에서 나온 주술적 원리이다.

특정한 대상에 그런 의례행위를 함으로써 목적하는 바를 성취한 데서 나온 것이다. 자연물에 있는 특정 존재를 인간의 삶에 유리하도록 작용하는 힘을 믿는 것이다. 그 행위의 단위로서 노래가 중요한 구실을 한다. 주문에 가까운 목적행위가 언술로 표현되어 노래된 것이다. 그렇다고 일정한 신앙체계를 구체화할 수는 더욱 없다.

3) 유희요의 세계

유희요는 놀이를 하면서 삶의 이모저모와 놀이 자체에 대한 묘사를 통해 즐거움을 더하는 것이다. 민중은 유희요를 부름으로써 구호적 소리를 통해 집단적 놀이를 순조롭게 할 수 있고, 놀이 자체의 몰입을 자위적으로 누릴 수 있다. 가창유희요는 혼자 부르면서 즐거움을 만끽하므로 자위적 기능이 강하다. 그러나 여럿이 하는 놀이인 경우에는 노래가 구호적 기능으로 작용한다. 놀이는 민중의 생활사에서 일로 피로해진 몸을 쉬게 하고 노동력을 재생산하기 위해 하는 행동이면서 신(神)을 즐겁게 하기 위한 모의 행위이기도 하다. 놀이에서는 이러한 효과와 목적을 실현하기 위하여 다양한 사설이 불려진다. 인간에게는 본질적으로 놀이 지향의 문화행위가 있으며, 놀이는 놀이 행위에만 국한되는 것이 아니라 일이나 의식의 단위에도 늘 공존하고 있다. 좀더 확대하여 말하면 문화의 전 영역에 걸쳐 상징적, 원초적 모습으로 존재하고 있다고 말하는 것이 옳다. 노래 부르기 자체도 본질적으로는 놀이하는 것이므로 민중은 언어와 창곡을 통해 놀이의 세계를 표출한다. 놀이의 세계는 재미와 흥을 추구하면서 놀이의 목적에 부합되는 내용을 드러내고, 놀이에 일탈하여 일상의 현실인식을 표현하기도 한다.

유희요의 내용에는 놀이 목적에 일치한 유희부합형 사설이 있고, 놀이 자체보다 일상적인 정서를 드러내는 유희개방형 사설이 있다. 유희부합형 사설은 세시유희든 경합유희든 유희의 실제적인 진행양상이나 수단 및 방법에 상응하는 모습을 담고 있다. 이를테면 세시유희요로서 〈그네뛰기노래〉, 〈널뛰기노래〉, 〈윷놀이노래〉 등은 세시명절에 행하는 놀이에 주로 불려짐에 따라 놀이의 모습이나 그 구실을 돋보이게 하는 사설이 많다.

어부레이수나
오월이라 초단옷날
상탕에 목욕하고 중탕에 세수하고
삼단 겉은 요내 머리 상탕에 감아 빗고
오복사 댕기 디리고야
어부네이수나
주황노 저고리 임물 통처마 갈아입고
삼신버선 노랑 첨배기 담쑥 갈아 신고
군디나 밑에 가가주고 둔디에야 올라섰네
어부네이수나
앞산에는 잎이 피고 뒷산에는 꽃이 피고
한 번 굴려 두 번 굴려 심세 번 굴려
흰구름하고 희롱하네
어부네이수나

— 〈그네뛰는소리〉

위의 민요는 여인들이 단옷날을 맞아 목욕을 하고 머리를 감은 후 예쁜 옷을 입고 고운 신 신고 그네를 뛰는 모습이 매우 잘 그려져 있다. 이에 반해 유희개방형 사설은 놀이 방식이나 형태에 의존하지 않고 소리꾼이 임의로 사설을 끌어오기도 하고 다른 기능에서 불리던 노래를 가져다가 부르는 것이다. 그 내용은 주로 자기 정화나 심심풀이를 해결하는 여가로서 오락성이 돋보인다. 특히 가창유희요로서 유흥민요들은 풍부한 해학성을 바탕으로 현세 중심의 관념을 드러내기도 하고, 남녀의 애정관념에 대한 향락지향으로 나아가기도 한다.

> 인생이 일장춘몽인데
> 아니놀고서 무엇하나
> 임자도 청년 나도 청년
> 우리가 다 청년이 아니냐
> 청춘시대에 놀고보세

위의 민요는 얼핏 향락적인 유락처럼 보이지만 실제에 있어서는 놀이를 잘 하여 힘을 얻으려는 수단으로 노래가 불려진 사실을 알 수 있다. 유희요 중 유희부합형 사설은 민속적 의미가 뚜렷하여 제의나 생활의 향토적 색채가 풍부한 데 비하여, 유희개방형 사설은 오히려 애조적 여흥이나 즉흥적 감흥을 드러내고 있어 유동성이 심하다.

세시유희요에는 민속놀이에 주로 불려지기 때문에 풍요와 다산을 예측하고 감사하는 축제적 의미가 부각되어 있다. 제의적 기능과 오락적 기능이 복합되어 공동체의 축제 모습이 드러난다. 도구를 이용하거나 가무와 제의를 지향하더라도 본질적으로 신을 위한 오신적(娛神的) 기능이 강한 관계로 신명과 흥취가 잘 표현되고 있다. 경합유희요나 가무유희요도 주로 집단적으로 이루어지는 관계 때문에 신명과 농경의례의 제의성이 반영되어 있다. 민중은 이런 세시유희요를 통해 고통받는 현실 속에서 명절이 돌아오면 삶의 활력소를 얻기 때문에 신바람을 일으키고 속신관념에 기대어 생산성을 미리 예측해 보는 것이다.

〈고싸움노래〉, 〈줄다리기노래〉, 〈용호놀이노래〉, 〈강강술래〉, 〈놋다리 밟기노래〉 등은 도구를 이용하거나 동작을 가다듬어 농경사회의 공동체의식을 일깨우는 한편 양편의 모의 행위로 음양원리의 조화를 기대하는 심정을 보여주고 있다. 놀이의 기세를 올리고 놀이 자체의 집중에서 오는 희열까지 드러내어 일체감을 누리면서 초감각적 신명을 발산하는 것이다. 이 공동체 신명은 긍정적으로 나타날 때에는 집단 단결의 연대감으로 나타나고, 부정적으로 나타날 때에는 비생산적인 지연관계나 집단 이기주의로 나타난다. 그런데 전통놀이에 불려진 노래에는 후자보다 전자의 건강성이 강하게 표현되고 있다. 이 점에서 우리 민요가 유교적 순종성이나 향락적 열정성이 많은 비중을 차지한다는 것은 1930년대 식민사관의 혼착된 시각과 그 시기부터 민요 조사가 이루어져 당대의 어두운 현실이 간접적으로 반영된 자료에서 기인한다고 볼 수 있다. 오히려 전통사회에서 민중이 더불어 놀이하면서 삶을 긍정적으로 표출한 것과 오랫동안 누적된 열린 사유방식의 건강성을 찾아야 할 것이다. 집단유희요에 반영된 진취적 기상과 화합의식 그리고 동등한 입장에서 피어나는 신명 등은 우리 민요의 본디 모습이며 왜곡되지 않은 산 얼굴이 아닐까 한다.

언어유희요에는 민중의 파격적 논리와 언어를 수단으로 한 재미가 효과적으로 제시되고 있다. 속담이나 수수께끼에서 보여주는 말을 함축적 재치와 말놀이로서 연상방식이 창곡에 의해 표출된 것이다. 문자를 통해 무엇을 풀어가면서 재미를 보태는가 하면, 말대답, 말 잇기, 소리 흉내 등 말과 소리의 해학적 처리를 통해 홍미를 촉발시키기도 한다. 그러면서 언어전승의 공식구와 은유적 상징성을 통해 정치적 기능도 부각시킨다. 이른바 참요는 언술의 정치적 기능에 따라 민중의 여론을 제시하고 사회의 징조나 비판거리를 표현한다. 노래를 통해 무엇을 하라고 선전과 선동을 하기도 한다. 동요에 기대어 사회개혁의 의지도 나타내고, 왜곡된 현실에 대해 풍자하기도 한다. 이를 위정자들이 활용하여 정치적 변혁을 시도하고, 언술의 신비감을 통해 역사에 대한 반성의 기회도 제공한다.

마린 논에 우렁 진 논에 대수리
대수리는 껌더라 껌으면 까마구
까마구는 날더라 날면 비둘키
비둘키는 회더라 회면 영감
영감은 곱더라 곱으면 덕석
덕석은 질더라 질면 배암
배암은 물더라 물면 베룩
베룩은 뛰더라 뛰면 노리(노루)
노리는 붉더라 붉으면 대추
대추는 달더라 달면 엿방

— 〈말꼬리잇기노래〉

끝으로 가창유희요에는 민중의 패배의식과 취흥의 유락의식이 많이 나타난다. 본디 일의 기능이나 의식의 기능에서 이탈한 사설에서 이런 현상은 두드러지는데, 이런 노래들이 유흥 공간에서 많이 불려졌기 때문이다. 그러나 가창유희요로 환갑이나 결혼, 명절, 술판 등의 잔치 분위기에서 불려진 사설의 경우에는 그렇지 않다. 민중의 본능적 정서는 모든 인간이 그렇듯 놀이의 흥과 재미를 누리고 그런 감정을 고조시키는 것에 있다. 노래판의 분위기에 따라 즉흥적으로 반영하기도 하나 노래 부르는 과정에서 사태의 이모저모를 표현하고 노래꾼의 인생관을 반영한다.

노동요나 의식요, 집단유희요와는 달리 가창유희요는 노래꾼의 심리해

소 차원이 우선하므로 넋두리나 신세타령이 많을 수밖에 없다. 이런 경향은 가창자가 그 상황에 따라 쉽게 당대의 어두운 세태를 반영하고, 비생산적 향락주의로 전의될 수 있는 요건이다. 실제로 유흥민요는 유행가로 전락하고 생산적인 현장과는 점차 멀어진 것이다. 이런 점에서 민요의 내용은 유흥민요보다 민중의 삶과 밀착된 노동요, 의식요, 집단유희요를 통해 현장 중심으로 총체적으로 추출되어야 한다. 민요의 내용은 사설에 반영된 민중이 주체적 인생관이며 그들의 가치 사상 내지 민간사고라고 요약할 수 있다.

6. 민요자료의 분석과 이론형성

1) 민요자료의 분석과 의의

연구자가 현지조사를 마치고 돌아오면, 자료를 분석하고 해석하여 이론을 만들어가는 것이다. 이론을 형성하기까지 연구자는 1차적으로 수집된 자료와 참여 관찰의 기록을 통해 민요의 의미상의 내용분석(domain analysis)을 바탕으로 집중관찰을 한다. 2차적으로 1차적인 검토를 위주로 분류상의 내용분석(taxonomic analysis)을 하여 정선관찰을 한다. 그런데 민요 자료는 가변적이고 다층적인 특성을 지니므로 민요의 생산자와 수용자로서 연구자가 만나는 순간에도 가변적이고 다층적이라는 사실을 인식해야 한다. 민요자료를 둘러싸고 있는 여러 가지 가변적인 요소들까지 두루 인식했을 때 자료 분석의 궁극적 목적에 온전히 도달할 수 있다. 그러니 연구자는 민요의 가변적 성격이 구비전승의 특징과 직접 관련이 되기 때문에 현지조사에서부터 기존의 보고서에까지 검토하는 과정에서 수집과 정리 그리고 의미분석을 동시에 진행할 수 있다.

　연구자가 현지조사나 문헌조사를 해서 그 민요자료를 분석하는 목적
은 시각에 따라 다를 수 있으나, 결국에 가서는 민중의 전승문화의 특징
과 전승원리, 그 세계관을 밝혀주는 데 있다. 민요이론은 관찰 자료를 단
순히 요약만 해서는 밝혀 낼 수 없는 것이므로 관찰 자료를 기초로 하여
추론하고 체계적인 분석이 계속 검정되어 얻어진 결과이다. 올바른 민요
의 이론을 제시하기 위해 연구자가 늘 염두에 두어야 할 것은 민요의 실
상인데, 민요가 현장에서 존재하는 양상과 전통사회에서 전승하는 양상
을 총체적으로 인식하는 일이다. 이 점이 민요 연구에 있어서 현지조사
가 필수적인 까닭이기도 하다. 연구자의 관점이 달라지면 민요에 대한
현상 설명이나 해석도 달라질 수 있다. 더욱이 구비전승과 같은 자료를
다룰 때에는 생산자로서 제보자를 잘 만나야 소기의 성과를 거둘 수 있
다. 연구자의 이론이 새롭다고 해도 민요 자료를 제공하는 제보자가 잘
못 결정되면 자료 분석은 만족할만한 수준에 이르지 못한다. 따라서 연
구자는 민요를 둘러싸고 있는 다양한 요소들을 유기적으로 총체화하여
조사하고 그것을 의식하여 분석하는 것이 합리적이다.

<table>
<tr><td>형님 형님 사촌 형님</td><td>시집살이 어떱데까</td></tr>
<tr><td>이애 이애 그 말 마라</td><td>시집살이 개집살이</td></tr>
<tr><td>앞밭에는 당추 심고</td><td>뒷밭에는 고추 심어,</td></tr>
<tr><td>고추 당추 맵다 해도</td><td>시집살이 더 맵더라.</td></tr>
<tr><td>둥글둥글 수박 식기(食器)</td><td>밥 담기도 어렵더라.</td></tr>
<tr><td>도리도리 도리 소반(小盤)</td><td>수저 놓기 더 어렵더라.</td></tr>
<tr><td>오 리(五里) 물을 길어다가</td><td>십 리(十里) 방아 찧어다가,</td></tr>
<tr><td>아홉 솥에 불을 때고</td><td>열 두 방에 자리 걷고,</td></tr>
<tr><td>외나무 다리 어렵대야</td><td>시아버니 같이 어려우랴</td></tr>
<tr><td>나뭇잎이 푸르대야</td><td>시어머니보다 더 푸르랴</td></tr>
</table>

시아버니 호랑새요

동세 하나 할림새요

시아지비 뾰증새요

지식 하난 우는새요

귀 먹어서 삼년이요

말 못해서 삼년이요

배꽃 같던 요 내 얼굴

삼단 같던 요 내 모리

백옥같던 요 내 손길

(중략)

울었던가 말았던가
그것도 소(沼)이라고
쌍쌍이 때 들어오네.

시어머니 꾸중새요,

시누 하나 뾰족새요,

남편 하나 미련새요,

나 하나만 썩는 샐새.

눈 어두워 삼년이요,

석 삼 년을 살고 나니,

호박꽃이 다 되었네

비사리춤이 다 되었네

오리발이 다 되었네.

베개 머리 소(沼)이졌네.
거위 한 쌍 오리 한 쌍

— 〈시집살이요〉, ≪한국민요집≫ Ⅰ

대상 민요자료는 임동권의 ≪한국민요집≫ Ⅰ 139~140쪽에 있는 것이다. '형님형님 사촌형님'에서 시작하여 '쌍쌍이 때 들어오네'로 끝나는 〈시집살이요〉인데, 우선 이 각편을 다룰 경우 고려해야 할 최소한의 변수들만 이렇게 정리할 수 있다. 민요분석을 구체적으로 이해하기 위해 편의상 다음과 같은 도식을 제시해 본다.

(1) 전승된 〈시집살이요〉　　(2) 구연상황

(나) ↓　　　　　　　　　　(다) ↓

(라)　　　　　　　　　　　(마)

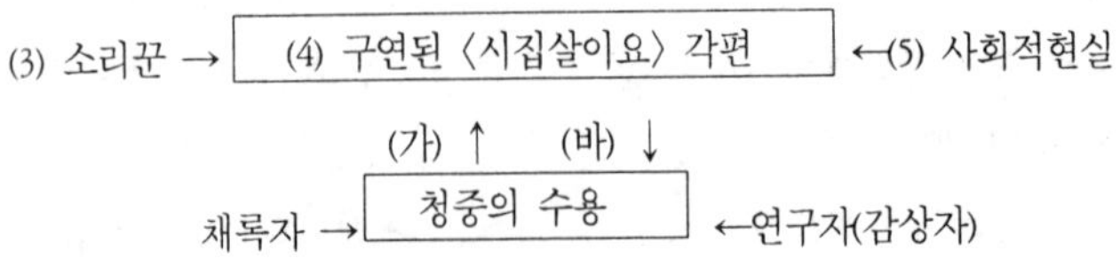


```
(3) 소리꾼 →  ┌─── (4) 구연된 〈시집살이요〉 각편 ───┐  ←(5) 사회적현실

                    (가) ↑      (바) ↓
                 ┌──── 청중의 수용 ────┐
       채록자 →  └──────────────────┘  ←연구자(감상자)
```

(가) 작품 중심의 구조주의적 관점인데, 채록된 〈시집살이요〉를 자립적 형식체로 보고, 작품자체로 수용하고 해석하는 입장이다. 이 각편의 채록본을 구조 분석하면 다음과 같이 요약된다. (1) 형님형님~더 맵더라 : 화제제시(시집살이 어려움)로 대화체의 기법을 사용하였고, 일상생활에서 접할 수 있는 고추를 소재로 하여 시집살이를 매운 맛에 비교했다. (2) 둥글둥글~썩는 샐새 : 시집 일의 고난과 시댁식구의 야속함을 대구, 열거, 반복 등 다양한 표현방법으로 형상화했다. 여러 시댁식구와 서정적 자아를 새에 비유했다. (3) 귀먹어서~다 되었네 : 노래꾼 집단의 삶에 대한 정감이 푸념하는 방식으로 표출되었다. 늙고 거칠어져 가는 신세를 대조, 직유를 통해 한탄하였고, 봉건적 사회상이 반영되었다. (4) 울었던가~들어오네 : 주제가 부각된 마지막 대목인데, 서정적 자아를 '소(沼)'에 비유하였다. 사랑의 주체임을 해학적으로 처리함으로써 슬픔을 극복하는 모습을 보여주고 있다.

(나) 위에서 (4)와 (1)의 관계를 전승과 변이 중심의 역사적 관점에서 살피는 시각이다. 〈시집살이요〉의 원형과 변이형에 대한 관심을 전제로 전승지역과 변이 과정을 추적하고자 한다. 자료의 가변성과 재창조의 어법을 해명해야 한다. 각편의 거시적 변수에 대하여 유형 차원에서 살피므로 민요의 전승론으로 집중된다. 문헌화된 자료라도 그 채록 이전과 채록 이후의 변화를 읽을 수 있는 근거가 되므로 소중하게 다룰 수 있는 관점이다. 연행된 작품과 전승된 작품의 관계를 역사·지리학적 입장에

서 논의함으로써 구비전승으로서 민요의 공동작임을 강조할 수 있다.

(다) (4)와 (2)의 관련성을 주목하는 구연상황 위주로 한 연행중심적 관점이다. 곧 노래가 구연되는 장소, 시간, 기능, 청중의 참여와 반응 등을 공시적으로 살피되 각편의 생산에 어떠한 영향을 주는가 하는 점에도 관심을 기울인다. 현장에 따라 노래가 어떻게 존재하고 현장의 분위기를 위해 노래가 좌우되는 요인을 탐색하는 것이다. 같은 노래현장 또는 사회구조 속에서도 연행의 구체적 상황에 따라 각편은 끊임없이 생산되고 수용된다는 사실을 논의한다. 〈시집살이요〉가 노래현장의 분위기나 주변 청중의 인식에 따라 달라질 수 있는데, 같은 각편이라도 연행상황의 차이에 의해 사설이 달라지는 현상을 볼 수 있다.

(라) 구연된 〈시집살이요〉와 소리꾼의 역사적 삶의 이력 및 그의 현실인식에 의해 각편을 해석하려는 시각이다. 기록문학의 작가론이라고 할 수 있는데 소리꾼이 전승된 자료를 어떻게 수용하고 재생산했으며 재생산의 근거를 마련하고 있는가에 대하여 그 사회적 위상이나 가족적 심리적 문제까지 따지는 것이다.

(마) (4)와 (5), 곧 구연된 〈시집살이요〉와 사회적 현실문제를 상호관계 속에서 해석하는 것인데 민속문학 사회학의 가장 고유한 영역인 것이다. 곧 봉건적 가부장제의 구조를 분석하여 〈시집살이요〉가 그러한 모순구조 속에서 비롯된 것이니 사회적 생산임을 드러낼 수 있다. 곧 〈시집살이요〉는 단순한 노래터를 확대시킨 '공동체 사회'에 불리어진 사회적 현상이라는 점이다. 민요의 사회적 의의는 민중이 사회적 생산으로서 노래를 부르기 때문에 각편과 사회적 현실 문제가 상호교호하면서 존재하는 데 있다. 이른바 민요사회의 역할이나 기능이 민중의 생활사에 어떻게 존재하고 그것을 통해 민요의 지향하는 세계가 무엇인가를 읽어내는 것이다.

(바) 구연된 〈시집살이요〉와 청중의 관계에 따라 〈시집살이요〉가 청중

개개인에게 어떻게 재해석되면서 수용되었느냐를 다루는 '청중 중심의 수용미학'적 관심이다. 앞의 다른 관점과 연결하여 해명하되 구연현장에서의 청중의 반응을 직접 관찰하는 게 중요하다. 청중의 개인적인 의식과 참여상태, 감상능력 그리고 현실인식과의 관계 등을 고려하여 민요의 수용양상이 검토되어야 한다. 노래현장에서 청중은 단순히 듣는 존재로 있지 않고 작품을 유통시키고 작품의 이탈을 조절하여 주고 공감대가 형성될만한 작품을 계승시키는 비평가이기도 하다. 이러한 수용상의 다양성을 검토함으로써 민요의 생산과 수용에 대한 폭과 깊이를 적극적으로 해명할 수 있다.

이상에서 다룬 바와 같이 민요를 둘러싼 다양한 요소에 대해 여러 각도에서 해석할 수 있다. 민요연구가 민속적 관점이든 문학적 관점이든 음악적 관점이든 민요를 향유하는 민중에 대한 과학적 해석이며, 그것 역시 고정되고 절대적인 단계에 머무르는 것이 아니라 끊임없이 새로운 해석을 요구한다. 연구자는 지나치게 기존의 틀에 얽매일 수 없고 민요의 다양한 변수와 더불어 가변성과 유동성을 고려하여 창조적으로 해석해야 하고 열린 학문으로서 연구를 수행해야 할 것이다.

2) 민요이론의 형성과 전망

연구자는 민요자료의 분석과 해석을 통하여 민중의 향유 문화에 대하여 보편적인 원리를 찾아내고 구비전승 상의 독자성을 설명할 수 있는 이론을 제기하는데 있다. 이론의 전개는 상상력과 창조적 활동을 계속해서 요구하기 때문에 개별연구 성과의 진보적 축적과정에서 이루어진다. 연구자는 사회와 역사를 초월하여 객관적이고 고립적으로 민요를 연구할 수 없다. 연구자는 민요가 존재하는 사회에서 당대의 역사관이나 가치관에 의해 민요를 이론화할 수밖에 없다. 민요의 학문적 성격이 현지조사 위주의 보고서를 바탕으로 귀납적으로 체계화하는 과학이라는 점에서 민요에 대한 단일사례 연구를 하고 여기서 모아진 사례연구를 비교 또는 상대연구를 하여 이론을 끌어내야 한다. 이론적인 양식화는 단일사례에서 얻은 자료를 바탕으로 해서 단순히 성립되는 것은 아니다. 다수의 상이한 사례들을 비교 연구하고 나아가 총체연구로 일반화할 때 독자적인 이론이 형성될 수 있다.

지금까지 민요는 문학·민속학·음악학에서 다루어져 왔고 독자적인 민요학(民謠學)이 성립될 시기에 왔다. 민요학의 독자적인 학문이 성립되려면 문학적 민속학적 음악학적 연구가 상보적으로 만나 민요의 실체를 드러내는 길을 열어야 할 것이다. 연구의 목적에 따라서 여러 방법이 새롭게 개발되어야 하고, 민요의 수집이나 이론에 대한 가설을 세우고 상이한 자료들을 비교 연구함으로써 이론을 검증하기 위한 방법과 기술들을 발전시키는 데 더욱 많은 관심을 기울이도록 해야 한다. 예컨대 한 마을에서의 조사연구나 한 고을에서의 조사연구가 광범위하게 이루어지고 특정 종목을 집약적으로 조사하여 관찰하고 가설을 검증하고 이러한 결과를 토대로 비교 검토하거나 총체적으로 연결시킬 때 민요의 이론이 심화될 수 있고 보다 풍부한 학문적 여건을 마련할 수 있다. 민요의 실상에 대한 연구자들의 적극적 인식을 상반된 자료와 해석적 차원에 머물고 있는 연구 수준을 한 단계 이상으로 세련시킬 수 있다. 민요학의 심화된 이론은 여러 민요자료에 대한 특성들의 상관관계에 대한 집중조사와 조사자료의 실증적으로 추상화된 성과를 창조적으로 드러낼 때만이 가능하다.

민요학의 이론 개발은 학문의 성격상 체계적인 자료수집이 필수적이고 단단한 이론을 내세우는 데도 필요불가결한 전제가 된다. 민요는 민족의 삶을 민족예술의 입장에서 표출한 구비전승의 유산이며 시가문학과 국악을 형성한 모태가 된다는 점에서 가치가 있다. 연구자는 민요가 민중의 삶에서 무엇인가, 동시대에서 민요란 어떻게 존재하는가 등을 진지하게 따져서 연구의 방향을 올바르게 설정해야 한다. 민요학이 민속문학 연구나 구비문학 연구 또는 민족음악학 연구에 바탕이 된다는 자부심을 가져야 한다. 민중의 삶에 대한 이론과 예술에 대한 이론을 변증법적으로 통합하여 축적된 자료보고서나 업적을 새로운 시각으로 반성하고, 다른 분야에서 개척한 성과를 창조적으로 수용하여 구체화할 때 민속예술학에서 민요학은 독자적인 영역을 가질 수 있다. 민요학의 고유한 이론이 다른 영역에까지 설득력을 얻을 때 민요학 연구자들은 학문적인 보람을 누릴 수 있다. 민요학을 올바르게 수행하기 위해 연구자들은 민요의 실상을 존중하면서 민요를 문화구조의 전체적인 양상에서 파악해야 할 구체적인 안목을 가져야 한다. 더구나 창조적인 연구자는 학문의 이론적 개척이 기존에 축적된 연구 역량과 학문풍토의 영향에 머물지 않는 바, 진취적인 문학관을 바탕으로 민요의 이론을 끊임없이 검증해나가야 할 것이다.

❀ 참고문헌

1. 민요의 개념과 특징

高晶玉, ≪朝鮮民謠研究≫, 首善社, 1949.

趙東一, ≪敍事民謠研究≫, 啓明大出版部, 1970.

任東權, ≪韓國民謠研究≫, 宣明文化社, 1974.

최　철, ≪韓國民謠學≫, 연세대 출판부, 1992.

2. 민요의 기능과 분류

金榮墩, 〈민요의 기능과 사설〉, ≪韓國文學研究入門≫, 知識産業社, 1982.

姜騰鶴, ≪族善 아라리의 研究≫, 集文堂, 1988.

박경수, 〈한국구비문학대계 수록 민요의 기능별 분류체계〉, ≪韓國口碑文學大系
　　　별책부록(3)≫, 韓國精神文化研究院, 1992.

李昌植, ≪한국의 유희민요≫, 집문당, 1999.

3. 민요의 역사적 변천

任東權, ≪韓國民謠史≫, 東國文化社, 1961.

鄭東華, ≪한국민요의 사적연구≫, 一潮閣, 1981.

金善豐 編, ≪한국민요 자료총서≫ 8권, 계명문화사, 1991.

최철·설성경 編, ≪민요의 연구≫, 정음사, 1984.

4. 민요의 가창방식과 형식

趙東一, ≪慶北民謠≫, 螢雪出版社, 1977.

李素羅, ≪韓國의 農謠≫제1~4집, 현암사, 1986~1990.

高惠卿, 〈전통민요 사설의 시적 성격 연구〉, 이대 대학원, 1990.

류종목, 〈민요의 구연방식과 기능의 상관〉, ≪오늘의 민요와 민중의 삶≫, 한국
　　　　역사민속학회, 1992.

5. 민요의 내용과 민중의식

金善豐, ≪韓國詩歌의 民俗學的 研究≫, 螢雪出版社, 1975.

金榮墩, ≪濟州島民謠研究≫, 조약돌, 1983.

金大幸, ≪韓國詩歌構造研究≫, 三英社, 1984.

김무헌, ≪한국민요문학론≫, 集文堂, 1987.

金烈圭, ≪아리랑…… 역사여, 겨레여, 소리여≫, 조선일보출판국, 1987.

朴敏一, ≪한국아리랑 문학연구≫, 강원대 출판부, 1989.

柳鍾穆, ≪韓國民間儀式謠研究≫, 集文堂, 1990.

이창식, 〈불교민요의 존재양상〉, ≪목멱어문≫ 5집 동국대, 1993.

申瓚均, ≪韓國의 輓歌≫, 삼성출판사, 1990.

羅承晩, 〈전남지역의 들노래 연구〉, 전남대 대학원, 1990.

6. 민요자료의 분석과 이론형성

임동권, 〈민속예술의 연구방법〉, ≪韓國民俗學의 課題와 方法≫, 정음사, 1986.

이지은, 〈민요 연구의 학문적 방향과 성격〉, ≪한국민요론≫, 집문당, 1986.

임재해, 〈민요의 사회적 생산과 수용의 양상〉, ≪한국의 민속예술≫, 문학과 지
　　　성사, 1986.
尹用植·崔來沃, 〈民謠論〉,≪口碑文學槪論≫, 한국방통대출판부, 1989.

제4장 무가론巫歌論

1. 무가와 굿

　무당이 굿판에서 구연하는 음악적 사설이나 노래를 무가라고 한다. 무가는 '무속제의의 구술상관물'로서 무경보다는 훨씬 문학적이다. 무가와 굿과의 관계를 구체적으로 이해하기 위해 우리나라 최대의 무속제전인 '강릉단오제'를 통해 확인해 본다.

　음력 5월 단오절을 전후하여 강릉에서는 예로부터 농사의 풍년, 험준한 산길의 행로안전, 시장경기의 활성화를 위해 남·여의 혼인의식을 모방해서 그 지역의 수호신인 대관령국사서낭과 홍제동여서낭 간의 연1회(年一回) 수일간의 합위의례(合位儀禮)를 치르는 큰 굿판이 벌어진다. 이 대제전은 민(民)·상(商)·관(官)이 일체가 되어 봉행하는데, 단오를 절정으로 한 행사이기는 하나 그 처음은 3월 20일에 제주(祭酒)를 담그면서부터 시작된다. 그리고 예전에는 4월 14일 술시에 국사서낭을 봉영하기 위하여 행렬의 선두에 악대를 대동하고 출발하였으나 지금은 그 다음날 아침 일찍 제관과 무당들이 차편으로 대관령 서낭사에 도착한다. 그래서 먼저 부근에 있는 산신각에다 쇠머리와 백설기 등으로 제시한 후, 서낭사로 옮겨서 쇠고기와 어물 등을 진설하고 홀기에 따라 국사서낭에게 드리는 제관들의 유교식 제사가 진행된다. 이것이 끝나면 서낭신을 위하는 무교식 제의인 무당들의 굿마당이 벌어진다. 그리고 신목(神木)으로 미리 보아둔 단풍나무에 신을 강림시키고, 이를 베어서 오색의 천을 걸어 옷을 입힌다.

그리고 맨 앞에 서낭의 위패를 받들고 다음으로 신목, 제관과 무당의 순으로 뒤따르며 강릉으로 내려온다. 오다가 국사서낭의 작은댁이라는 구산여서낭당에다 잠시 국사서낭의 위패를 합위시키고 굿을 한 후, 이어서 행렬이 강릉시가 초입의 홍제동에 위치한, 국사서낭의 본부인을 모신 정씨 여서낭사에 이르면 두 위패를 나란히 합위시키고 봉안제를 거행한다. 본격적으로 단오제가 시작되는 5월 3일이 되면 두 위패를 모시고 여서낭의 본가였던 정씨가에 들러 간단히 굿을 한 후, 강릉시내를 한 바퀴 돌아서 남대천백사장에 마련한 가설제단에 두 위패를 나란히 모신다. 제단에 제물을 진설하고 뒤쪽에 신목을 세우며 천막 위로 괫대(花蓋)를 높이 건다.

이때부터 남대천 일대에는, 마침내 5월 6일 오시가 되어 제단의 뒤뜰에서 단오제를 위해 만든 신대, 괫대 등을 불사르는 소제(燒祭)를 지냄으로써 수십만 인파로 흥청거렸던 대축제가 막을 내릴 때까지 시장경기의 활성화를 위한 흥행상업들이 대대적으로 벌어진다. 그때 민속놀이마당에서는 우리의 민속극 중 유일한 무언극(無言劇)인 관노가면극(官奴假面劇)이 공연된다. 그리고 가설제단에서는 무당들이 주재하여 보통 14거리에서 20거리까지의 굿거리 곧 부정굿 −당맞이굿 − 청좌굿 − 화해굿 − 조상굿 − 세존굿 − 성주굿 − 축원굿 −심청굿 −지신굿 − 군웅굿 −용신굿

-손님굿 -제면굿 -꽃노래굿 -등노래굿 -대맞이굿 -환우굿 등을 형편에 따라 가감하여 공연한다.

이때의 굿거리를 좀더 구체적으로 살펴보자.

- **부정굿** : 제의를 여는 서제(序祭)로서 제삿상에 배례하고 가무 후에 바가지에 물을 담아서 주변에 뿌린다. 이것은 제장(祭場)의 정화(淨化)의식이다.
- **당맞이굿** : 마을굿에서는 신대에다 당신(堂神)을 강신시켜 맞이하는 굿거리이나, 여기에서는 가창과 사설로만 진행한다.
- **화해굿** : 개개의 신들을 화해시키기 위한 굿거리이다. 청배와 공수놀이 등의 가무로 끌어 나간다.
- **조상굿** : 모든 조상신을 모시고 위하는 굿거리이다. 자손들을 잘 돌보아 줄 것과 재수를 비는 축원을 가무로써 행한다.
- **세존굿** : 흔히 중굿 또는 삼한시준굿으로 부르는 굿이다. 무당이 쾌자차림에 부채를 들고 장고에 맞추어, 귀한 집의 외동딸이 석가세존의 술법으로 잉태해서 삼태자를 낳고 삼신이 된다는 〈당금아기타령(제석본풀이)〉을 장황하게 가창한다. 이 거리에서부터는 중간 중간에 익살과 외설담을 섞어가며 청중을 웃긴다.
- **성주굿** : 가옥신인 성주(城主·成造)를 모시는 굿이다. 여기서는 무당이 쾌자에 갓을 쓰고, 솔씨를 뿌려서 키운 재목을 베어 집을 지은 후에 세간을 장만하고 호화롭게 집치장을 하는 내용의 〈성주풀이〉를 가창한다. 중간에 팔도 민요들이 삽입되어 유흥성이 고조된다.
- **축원굿** : 대관령국사서낭님을 4월 보름날부터 대관령에 모셔다가 여서낭사에다 모셨고 또 최씨댁에도 모셨다는 경위 등을 가창한다. 내외분께서 화합하시고 재수와 복을 베풀어 달라는 축원을 드린다.
- **심청굿** : 장구를 반주로 해서 ≪심청전≫과 유사한 줄거리를 길게 가창하는데, 장님인 심봉사와 심청이의 넋을 불러 위로하면 그 혼령

이 사람들의 안질을 없애고 눈총을 맑게 하여 준다는 것이다. 중간에 심봉사와 촌부들이 익살과 외설담을 수작하는 과정을 연출함으로써 청중을 웃긴다.

- **지신굿** : 오방토주지신굿이라고 하는 이 굿에서는 지신을 청배하여 어느 터전 어느 명당이건 재액이 없고, 농사와 장사가 잘 되게 해달라고 빈다. 또 자손들이 무사히 성장하고 성공하도록 돌보아 달라고 기원한다.

- **군웅굿** : 무당이 군웅(軍雄) 장수의 위력을 나타내기 위해 놋동이를 입에 물고 춤을 추므로 놋동이굿이라고도 한다. 군웅의 성격은 대체로 관직에 있었던 가업 수호신으로 여겨지며 여기서는 김유신 장군 또는 삼국지의 조자룡이나 관우 및 오방신장과 뭇 장수들의 이름이 등장한다. 이것은 장군신을 통하여 외부로부터 들어오는 재앙을 막고 강릉지역의 질서와 안보를 기원하고자 한 굿이다.

- **용신굿** : 동해의 용왕에게 어업상의 무사고와 풍성한 어획 및 마을의 안녕을 기원하는 굿이다.

- **손님굿** : 김달언이라는 부사가 홍역신인 '손님'을 잘 대접하지 않았기 때문에 자식을 홍역으로 잃고 망하게 된다는 줄거리의 장편 서사무가를 가창한다. 여기서는 무녀들이 새끼를 두른 대나무를 들고 다니면서 시주를 걷는데, 노파들이 자손을 잘 돌봐 달라고 대나무에다 지폐를 꽂는다.

- **제면굿** : 제민굿·계면굿 등으로 불리는 이 굿은 무녀들 자신과 단골의 무조신(巫祖神)인 계면할머니에 대한 굿이다. 여기서도 장편의 서사무가가 가창되는데, 그 내용은 이렇다. 전라도 김정승의 딸이 서울의 이정승댁으로 시집간 뒤 시아버지가 돌아가셨다. 그래서 지관이 택지(擇地)한 곳에 매장하였으나 3년 후에 이장하라는 명령을 지키지 않자 며느리가 병을 앓고 헛소리를 하기 시작하였다. 그때 한 뱃사공집에서 아이를 잃어 찾는데 며느리가 정승댁의 뒷고방 단지 속에 있다고 해서 찾아보니 과연 그런지라 며느리를 돌로 눌러 죽여 그녀가 무조가 되었다는 것이다.

- **꽃노래굿** : 굿마당의 종반부에서 행하는 오신(娛神)굿거리로서 이때는 굿

에 참여했던 모든 무녀들이 젯상을 장식한 지화를 빼들고 원무를 추면서 도는데, 대단히 화려하고 우아하며 풍성하다. 이때는 꽃노래를 부른다. 이 노래는 극락으로 가는 망자의 넋을 위로하고 기쁘게 하는 것으로 선창과 후창으로 나누어 가창한다.

- **등노래굿** : 제단에 달았던 등을 떼어서 꽃노래굿을 하듯이 등을 들고 등노래를 부른다(서정무가 참조). 이 무가는 망령들을 극락왕생시킨다는 내용으로 되어 있다.
- **대맞이굿** : 신을 보내는 송신(送神)굿거리다. 그간 대관령에서 내려와 있던 동안에 인간이 드린 정성을 기꺼이 받으셨는지 신의(神意)를 묻고 응답을 받는다. 그때는 신대가 흔들리고, 주무(主巫)는 "명년 이맘때까지 바람 타고 구름 타고 대관령 아흔아홉 구비를 올라가시라"고 하면서 자손들 부귀공명하고 안과태평하게 하여 달라고 축원한다.
- **환우굿** : 제장 밖에다 불을 피우고 지화를 모아 태우며 위패도 태운다. 불이 타는 동안에 제관들은 모여 절을 한다. 태울 것을 다 태우고 나서 제관과 무녀들이 제례복(祭禮服)을 벗으면 단오굿이 완전히 끝난다.

한편, 여기 단오굿에서는 환우굿으로 모든 제의가 끝나지만 동해안 어촌의 풍어굿이나 별신굿에서는 바닷가의 방파제로 나가 서낭대를 세우고 집집에서 차려온 젯상을 앞에 두고 바다를 배경으로 하여 용신제와 거리굿을 행사한다. 어촌 사람들에게 바다는 생존과 직결되어 있는 현장이다. 그래서 어업의 안전과 풍어를 기원하기 위해 단오제와는 달리 현장에 직접 나가 용신에게 제사하고 음식을 싸서는 바다로 던져 넣는다. 그리고 무녀 대신에 박수무당이 주재하는 '거리굿'이라 하는 일종의 소극(笑劇)이 펼쳐진다. 곧 바닷가에 서낭대를 세우고 용신을 위한 젯상 앞에서 손비빔과 축원을 하는 아낙네들의 비념이 끝나면 둥둥둥 두드리는 북소리에 맞추어 박수무당이 훈장·학동·봉사·어부·해녀 그리고 아이를 낳는 여자 등의 역할 곧 풍어를 향한 생생력상징제의를 수행함으로써 그간 금기를 지키며 긴장 속에 있던 마을 사람들을 웃기고 해방시켜 하나로 결합시킨다.

이상에서 살펴본 바와 같이 노래·춤·공수·헌공(獻供) 등으로 이루어지는 것이 굿이다. 헌공은 신령에게 술과 음식이나 희생을 바치는 것이고, 춤은 엑스터시 상태에 이르는 몸놀림인 동시에 신령을 기쁘게 하는 동작이며, 공수는 강신(降神)한 신령의 계시를 전달하는 언어이다. 그리고 노래는 곧 무가이다. 무가는 언어의 기능적인 측면에서 볼 때 청배·공수·축원·오신 등으로 나누어진다. 청배(請拜)는 신의 강림을 비는 무가로 사제자인 무당이 신내림을 비는 언어로 되어 있다. 서두에서의 축원과 개개의 신을 청하는 청배 및 서사무가가 여기에 속한다. 공수는 강림한 신이 무당의 입을 통해 소원을 비는 사람들에게 사설을 한다는 점이 특징이다. 따라서 이때의 경어체는 청배나 축원이 극존칭으로 되어 있는데 비해 '해라체'의 반말로 되어 있다. 축원에는 천도·치병·기복 등 여러 가지가 있다. 오신(娛神)에는 노랫가락·대감타령·창부타령 그리고 강릉단오굿에서 가창되는 등노래·꽃노래 등이 포함된다.

좀더 구체적으로 말해서 무당은 굿의 마당에서 제물을 헌공하고 화랭이의 장단에 맞추어 본풀이를 가창한다. 그것은 "어느 달 며칠, 어느 마을의 누가, 무슨 사유로 이 굿을 시작하여, 어떤 제차를 거쳐, 무슨 본풀이의 차례가 되었기로 본풀이를 올립니다."라는 내용의 사설을 노래하고 본풀이로 이어진다. 그 서두는 대개 "옛날 옛적 …" 식으로 시작하여, 주인공의 출생·성장·고행·성공·결연 등 영웅의 일생처럼 파란만장한 생애를 구술하고 드디어 신(神)으로서의 직능을 차지하여 좌정하는 것으로 결말을 맺는다. 이렇게 본풀이가 다 끝나면 "무슨 본풀이를 다 올렸습니다. 어떻게 하여 주십시오"라는 축원으로 넘어간다.

　제의 과정 중에서 이렇게 무가를 노래하고 축원을 하는 이유는 지금 축원하는 사항을 유리하게 지배하고 처리한 신의 과거 행적을 신화를 통하여 명확히 증거를 댐으로써 신이 그 축원을 들어줄 수밖에 없도록 하려는 데서 기인한 것으로 풀이된다. 따라서 무가는 축원하는 사항의 성취라는 공리적(功利的)인 기능을 주(主)로 하고, 자연과 인문사상(人文思想)에 대한 지식을 부여하며, 아울러 생활상의 행동을 통제함과 동시에 심미적 쾌락을 주는 부차적인 기능도 지니고 있다.

　무가는 예술의 장르 중 언어예술이며, 이를 문학적으로 분류하면 교술무가·서정무가·서사무가·희곡무가로 나누어진다. 교술무가는 축원무가류가 대부분을 차지하는데, 〈지두서〉, 〈조상해원풀이〉, 〈망자풀이〉 등이 여기에 속한다. 서정무가는 〈창부타령〉이나 〈꽃노래〉와 같은 민요풍의 가요로서 대부분의 오신무가가 이에 해당한다. 서사무가는 청배의 기능을 지니고 있는 무속신화로서 신이 되어 좌정하기까지의 과정을 전달하는 것이므로 청중에게 흥미와 재미를 준다. 우리나라의 대표적 서사무가에는 전국적으로 분포된 〈제석본풀이〉와 〈바리공주〉가 있고, 동해안의 〈심청〉, 전라도의 〈칠성풀이〉, 〈장자풀이〉, 제주도의 〈세경본풀이〉와 〈천지왕본풀이〉 등이 있다. 희곡무가는 굿놀이에서 구연되는 무극(巫劇)의 대본적인 성격을 지닌 것으로서 제주도의 〈영감본풀이〉, 〈세경본풀이〉, 경기도 양주의 〈소놀이굿〉, 동해안의 〈거리굿〉, 〈도리강관원놀이〉 등에서 찾아볼 수 있다.

　무가의 기원은 고대 부족사회의 무속제전인 영고·동맹·무천과 같은 '제천의식'에서 찾을 수 있을 것이다. 제천의식은 오늘날의 대동굿이나 별신굿 등과 같은 부족공동체의 무속제전이었다. 오늘의 굿놀이에서 무가가 가창되듯이 예전의 제전에서도 천신에게 축원하고 신의 행적을 가창한 무가가 있었을 것이다. 그리고 불교와 유교가 전래된 뒤 무속적 제전은 국가적인 행사의 자리에서 밀려나 마을이나 가정 단위의 행사로 하락하여 축소되었으므로 무가도 쇠퇴하고 변모하였을 것이다. 그런 연유로 천지창조신화와 국조신화가 쇠퇴하고 그 대신 가정이나 마을의 수호신에 대한 신화가 풍성하게 되었으며, 개인의 복을 비는 축원무가가 발달한 것으로 보인다.

그런데 무가에는 유교와 불교의 영향을 받아 불경이나 유교경전에 있는 문구들이 많이 삽입되었고, 부처·보살 등의 불교신과 옥황상제·오방신장과 같은 도교신들이 또한 무속신으로 편입되어 있다. 그렇더라도 무속의 중심적인 신격들과 그들의 역할기능은 달라지지 않았으며, 또한 무속 고유의 현세중심적인 사고체계도 변하지 않았으므로 무가는 우리 민족의 의식세계를 잘 반영하고 있는 귀중한 문화유산이다.

한편, 음악적으로 볼 때 무가는 해당지역의 민요에 많은 영향을 끼쳤으며, 특히 판소리나 산조 등의 예술음악 형성에도 크게 작용하였다. 그리고 기층(基層)의 음악언어를 사용하였기에 민간음악의 원초적 모습을 연구하는 데 있어서도 중요한 자료가 된다. 무가는 지역마다 사용되는 장단이 개개의 노래마다 다르나 선율의 구성음은 공통점을 가지고 있다. 이를 크게 나누어 보면 황해도와 평안도를 중심으로 한 서북형, 충남과 호남 및 경남의 서부지역에 해당하는 서남형, 함경도와 강원도 및 경상도의 동부지역에 해당하는 동부형, 그리고 제주도의 제주형으로 분류할 수 있다. 곧 서북형의 선율은 서양음계로 말하자면 레·미·솔·라·도로 되어 있고, 음악의 마침은 '수심가'조처럼 레 혹은 라에서 이루어지며, 도는 흘러내리고, 라는 떤다. 서남형의 선율은 미·솔·라·시·도·레의 6음으로 되어 있고, 라로 음악이 끝난다. 이때 미는 세게 떨고, 도는 시로 꺾고, 레는 도를 거쳐 시로 흘러내리는 '육자배기' 가락을 많이 쓴다.

2. 무가의 특질

무가는 무당이라는 전문직업인이 그의 무업을 수행하면서 가창하는 구비물이다. 무업은 직업이기는 해도 신성한 신사(神事)이기 때문에 무가는 아무 때 아무 곳에서나 함부로 불러지지 않고 반드시 제의의 현장에서만 가창된다. 그래서 배우거나 채록하는 데 어려움이 따른다. 그리고 무가는 전체적으로 단조롭고 길이가 길어서, 설화나 민요처럼 일반대중이 접근할 수 있는 갈래가 아니고, '무(巫)'라는 전문직업인이 아니면 전승에 참여하기가 어렵다. 그런 점에서 무가는 아래에서 논의한 바와 같이 민중적 구비물(口碑物)이기는 해도 나름대로의 한계와 몇 가지의 특질을 지니고 있다.

첫째, 무가는 무속제의에서 가창되는 구비전승물이다. 무가는 제의의 현장에서만 가창된다. 그것은 민요나 설화처럼 때와 장소에 관계없이 구연할 수 있는 것이 아니다. 무가를 가창하면 신이 강림하기 때문에 반드시 제의의 마당에서만 가창된다. 따라서 무가는 제의의 구비전승물이다. 그리고 구비물이기는 해도 민요처럼 창곡으로 전승한다. 무가의 선율은 대개 그 지역의 민요곡을 배경으로 하고 있으며, 서사무가와 같은 장편무가는 4음보격으로 되어 있어서 부르기 쉽고 듣기 좋게 짜여 있다. 특히 서사무가의 내용은 영웅설화와 같으나 설화가 산문전승인 데 비하여 무가는 율문전승이다.

무속제의에서 읊어지는 것으로서 무속의 경전인 무경(巫經)이 있다. 이 것은 주로 귀신을 위협해서 축출하고자 하여 신통의 나열, 신병의 결집, 귀신의 포박 등을 내용으로 하고 있는 기록물이다. 그러므로 신을 즐겁게 해서 노여움을 풀게 함으로써 재앙을 멀리하고 복을 불러들이고자 하여 덕담, 찬신, 신의 유래담 및 축원으로 되어 있는 무가와는 서로 다를 뿐 아니라 문학성에 있어서도 무경은 그 내용이 벽사진경(僻邪進慶)에만 한정되어 있기 때문에 본풀이와 서정적인 민요가 삽입되어 있으나 무가에는 미치지 못한다.

둘째, 무가는 신성성(神聖性)이 있다. 무가는 신을 대상으로 한 무당의 노래이며, 무당이 부르지만 신의 뜻을 노래한 것이다. 설화를 비롯한 민요와 판소리 등의 청자는 모두가 인간이다. 인간이 그것을 듣고 즐거워한다. 그러나 무가에서는 신에게 교술·청배·축원한다. 그러면 신이 그것을 듣고 공수를 내리거나 즐거워한다. 무의(巫儀)에도 관객이 있으나 그들은 직접적인 청자가 아니고 단지 구경꾼일 뿐이다. 그래서 여타의 구비물은 창자(화자)와 청자(구경꾼)의 관계만이 성립하나 무가는 창자(무당)·청자(신)·관객(구경꾼)이라는 관계가 성립한다. 무가는 이렇게 신을 대상으로 하는 신성한 문학이기에 함부로 부를 수 없다는 금기가 있다. 그래서 그것은 세속에 있으나 세속적인 것에서 벗어나 있는 신성한 세계의 문학이다.

셋째, 무가는 주술성(呪術性)이 있다. 그래서 향유자들은 무가를 가창하거나 굿에 참여하면 신령을 움직여 제화초복을 초래한다고 믿는다. 무속은 다른 고급종교보다 주술성이 강한 신앙체계이다. 주술이란 어떤 초자연적인 능력 곧 전이성(轉移性)과 전염성(轉染性)을 갖는 힘이며, 해(害)와 이(利)를 주는 힘, 그리고 이상성(異常性)과 비례하는 불가사의한 힘의 주력(呪力)을 조작하여 소원을 달성하고자 하는 의도와 방법을 말한다. 따라서 주술은 그 자체에 능력이 있다고 믿는 주문이나 의식을 사용하여 행해지는 것이어서 초자연적이고 초월적인 신불(神佛)에게 귀의하고자 하는 종교와는 다르다. 그런 이유로 인하여 종교는 대상에 귀의하고 주술은 대상을 조작한다고 말한다.

무가는 바로 이런 주술성을 지니고 있으므로 굿판에서 부르면 〈해가사〉와 〈원가〉 등에서 볼 수 있는 바와 같이 제의의 대상인 신령을 움직여 소망을 성취할 수 있다고 믿는다. 무가의 주술적 효과가 표면으로 드러나는 것 중에서 가장 두드러진 예가 강신(降神)이다. 무가는 신과 교통할 수 있을 뿐 아니라 그 자체에도 잡귀를 물리칠 수 있는 힘이 있다고 인식되어 있다. 그래서 축귀문(逐鬼文)을 낭송하기만 해도 효과를 거둔다고 믿는다.

그런데 무가는 이렇게 주술성을 지니고 있기에 동시에 문학성이 결여되는 단점도 있다. 주술은 누구나 아는 평범한 언어보다도 의미의 해득이 어려운 신비로운 언어가 더욱 효과적이라고 인식되어 있다. 그래서 주력을 강화하기 위해, 예를 들면 해득하기 어려운 한문과 범어로 이루어진 〈천수경〉과 같은 불교의 경문을 무경에다 삽입하고 있다. 따라서 신비로운 주술적 경문에서는 의미의 예술인 문학의 본성을 찾기가 어렵다.

넷째, 무가는 오락성이 있다. 무가는 주술성과 신성성을 특성으로 지닌 문학이므로 초월적이고 신성하지만 현대의 무의에서는 점차 구경꾼의 존재에 관심을 두는 입장이므로 그들을 즐겁게 해 줄 오락적인 무가가 만들어지고 있다. 특히 신의 강림을 통해서 공수를 주는 강신무의 무가보다는 무의의 집행 그 자체를 업으로 삼는 세습무의 경우에 이 오락성이 강하게 나타난다. 그것은 굿을 '굿놀이'라고 하는 데서도 알 수 있다. 그리고 치병이나 천도굿과 같은 절박한 상황의 무가보다도 재수굿이나 상업경기의 활성화를 위한 정기적 별신굿에서 불려지는 무가가 오락성이 강하다. 무가는 흥미위주의 민간가요 및 성적인 묘사가 삽입되어 있고 또 익살과 재담을 곁들이므로 신성성과 주술성은 상대적으로 약화된다. 반면에 무가의 문학성과 예술성을 높이는 데는 기여한다.

다섯째, 무가는 전승이 제한적이다. 무가는 무당을 천시하는 사회풍조가 있고 또 외경하는 신과의 만남이므로 함부로 배워 부를 수 없다는 금기적 심정이 작용하기 때문에 일반인은 접근하기가 어려운 구비물이다. 그뿐만 아니라 무가는 단편적이고 평이한 내용 및 간결한 구조를 지닌 설화나 민요보다는 분량이 많고 내용도 난삽한 것이 있어서 전승이 어렵다. 따라서 무가는 무의를 직업으로 삼는 무당만이 전승할 수 있고, 판소리처럼 특수한 사제관계를 통해서만 전승된다. 무가의 전승은 강신무의 경우에는 신딸이 신어머니를 통해서 집중적으로 전수받고, 세습무인 경우는 한 집안이 모두 무계(巫系)이기 때문에 집안 어른의 교육으로 이루어진다. 이런 점으로 해서 무가의 전승은 대중적이지 못하고 무당이라는 특수한 직업계층의 전유물이라는 특성을 갖는다. 그럼에도 불구하고 무가는 그 향유층이 역시 민중이라는 점에서 여타의 민속문학과 동일하다.

3. 무가의 문학적 갈래

1) 교술무가(敎述巫歌)

교술무가는 무가의 4가지 갈래에서 중추가 된다. 그것에는 무속제의의 기본적인 목적 곧 신을 강림시켜 신에게 소원을 청배하는 내용, 제의를 베풀게 된 연유, 신의 뜻을 받아 전하는 공수, 신에게 인간의 소원을 전하는 축원 외에도 덕담 등이 포함된다. 또 지신밟기·지두서와 같은 고정된 무가의 유형도 이에 해당한다. 그리고 서사무가나 서정무가에도 교술적인 내용이 들어 있는 경우가 많다.

（1） 청배(請拜)

굿의 제일 처음은 제장(祭場)에 신을 청해 모시는 청신(請神)거리이다.

옛날이라 저가적에	아장지야 설법시절에
송두씨야 말문시절에	신라 오백년 시절에
대관령이 생하시고	아흔아홉 구비가 생하실 적에
어진 국사서낭님네	안전 앞에
천둥마룽에 옥동기와집을	이룩하시어
강릉의 여러 장관님네	여러 고관대작 여러 어른들이
사월이라 보름날에	머리 감고 목욕재계 정히 하야
옛날에는 말을 타고	서낭님을 모셨지마는
세월이 변천되고	이제는 차로 서낭님을
내려 모실 적에	그때 그 시절에는그때
오늘이 각각	여러 군수 영감님이나
이 골 원님이라	켓사옵난데 헤이야
나려야 가셔서	산신당에다
어전육식 자장상불을	피우시고
삼제관이 마련해야	백배사례 분향재배를 올리시고
국사서낭님당에 내려와서	또 제냥을 올리실 적에
축문지어 제문올리고	제문지어서 축문올리시고

위의 사설은 강릉단오굿의 '부정굿' 노래에 나오는 청배이다. 대관령에 있는 서낭당에서 국사서낭을 모시고 강릉으로 내려오는 과정을 기술하고 있다. 대체로 청배의 과정에서는 모시는 신격이 누구인가를 밝히고 또 제장까지 무사히 도착하기 위한 노정(路程)이 자세히 서술되기도 한다. 또 하나의 예로 '손님굿'의 청배를 들어보자.

글잘하는 문신손님	예바르고 돈바른 부인호구
앞바다는 열두바다	이십사강 다달아서
대을배가	돌배는 갈아앉고
버들배는 순풍맞고	활잘쏘는 호반손님
삼세분이 나오신다.	뒷바다도 열두바다
사공불러 배대라하니	없나이다.
무쇠배는 봉빠지고	………………

(2) 제의를 베풀게 된 연유

굿판에서는 무의를 하게 된 연유와 주제자(主祭者) 및 제물의 준비과정
을 신에게 알린다. 제주도 무가 〈초감제〉의 '집안연유닦음'은 이에 해당
한다. 관동지방 '서낭굿'에 나오는 무가의 일부를 예로 들어보자.

① 제주·제일 해설
  강원도라 ○○군에 ○○면에 ○○리에 ○성가에 이 놀이 정성 서낭님 맞
이를 디립네다.
  해녕단은 ○○년 해운에 달이나 월책 ○월달에 날에 성수 ○○날 아침
○시에 이 정성을 디리랴고 이 나라에 음력이면 저 나라에 양력이면 백둥
력을 설흔세척 내어놓고 월천강에 날을 골라 주역선생 시를 멕여 일상생
기 골라내서 ……

② 제물준비
  칠일정성 구일재계를 드릴적에 사문밖에 금줄로 재계 사오방터전에 황토
재계 벽문 앞에 송침재계 방안에는 인물재계 상탕에다 머리를 감고 중탕
에다 목욕을 하고 하탕에다 수족을 시쳐 건조단발 시령배포 험한옷을 벗
어놓고 새라새옷 갈아입어 낮이며는 전통걸어 밤이며는 수이잠에 의논소

에 공논하고 공논소에 의논을 하야 공비공창 이루자고 명산대천 찾아가서
낮이며는 햇나루에 밤이며는 이슬나루 강태공에 조작방에 팔선녀가 들어
앉아 제석님네 본을 받고 신농씨에 법을받아 이십팔수 내구르고 삼이삼천
디리굴러 정백미(精白米) 옥백미(玉白米) 상상미(上上米)를 골라낼제 ……

③ 제물진설
　백설기와 새설기를 검어나 동시루 일을 공빈 감재비 부재비 인절미에 높
은낭개 청실과면 낮은낭개 황실과라 꼬감대추 삼색과일 녹불제사 사과별
법 모셔놓고 ……

(3) 축원(祝願)

축원은 인간의 소원을 신에게 비는 무가이다. 제의의 목적은 바로 이
축원의 성취에 있으므로 무가에 축원이 빠지는 경우는 없다. 모든 무가
는 바로 이 축원으로 귀결된다고 할 수 있다. 축원은 상황에 따라서 내용
이 바뀌고 그것에 따라 대상신도 달라진다. 축원 중 대표적인 것은 '고사
축원'과 '삼신축원'이다. 고사축원에서는 가신(家神)인 성주신에게 농사의
풍작, 자손의 영달, 재운의 도래 등 인간의 보편적 소망을 기원한다. 삼신
축원은 삼신에게 아기의 안산, 젖의 원활, 홍역 등의 질병을 극복하여 주
도록 비는 내용이다. 강릉단오제의 '축원굿'에 나타나는 축원을 살펴보
자.

남산부중아 해동조선국　　　　　명좌좌도 칠십일곽
일혼이가 한도잔이요　　　　　　영든이가 구홉인데
영새는가 칠홉이요　　　　　　　인덕시야 입마련하실 적에
하나님생신은　　　　　　　　　갑자년갑자월갑자일 갑자시에
자시자방을 마련하고　　　　　　땅님의 생일아 생신은가

을축년아 윽축월에 자시자방을   생하실적 그때 그시절부텀아

내려온 내려오신 국사서낭님네   아무쪼록 만장에 나가시자고

축원하오실적에 수천명아   남자도 수만명 부인들도 수만명

아이들도 억수수만명이 올시다   서낭님네 모시고 오일 한 파수를

영처들이고 영문내고 도문내시고   비도발원을 드리는 것은

다름이가 아니올시다   명주군의 강릉시 여러 자손들이

올 적에 풍재 한재 조재 수재며   우환 질병을 소꾸쳐 올립시고요

명록이 진진 복록이 진진할 때   우마육축이 번성하야 대대손손이

안과태평을 비옵신나이다   기도축원을 비옵실적 양주분이

이러 동참 마 하위동심하시어   상대잡아 가시자고 기도축원올립니다

이 축원굿노래는 전반부에 천지의 형성에 뒤이어 국사서낭님이 나오시게 된 것을 설명하고, 후반부에는 사람들의 소망을 기원하고 있다. 소원은 풍재·한재·수재·우환질병을 제거하여 복과 장수를 주고, 우마와 육축이 번성하여 안과태평함을 내려주시기를 바란다는 내용이다.

(4) 공수

공수는 신이나 망자의 혼이 무당에게 강림하여 무당의 입을 통해서 자기의 공덕을 인간에게 이야기하고, 인간이 해야 할 일을 알려주며, 만일 그것을 하지 않았을 때는 어떤 일이 닥칠 것이라는 예언을 해주는 것이다. 굿 가운데서 가장 신성한 부분이 공수이다. 이때는 노래로 가창되기보다는 대화체의 형식으로 구연되는 경우가 대부분이다. 공수로는 서울지역 무가인 열두거리 가운데 가망공수·산마누라공수·말명공수 등이 대표적이나, 서사무가 외에는 무가마다 공수가 삽입되어 있는 경우가 보편적이다. 경기도 화성지역의 무가인 '조상굿'에 나오는 공수를 예로 들

어보자.

오냐―내가 왔다 내가 왔어
살어생전같고 사해영천같이 내가 왔다
오냐―와서 보니 온줄을 아느냐
가보니 오냐 가며는 간줄을 아느냐
오냐 삼사춘 오육춘은 어디 갔으며
옛보던 산천은 어디를 가고 옛보던 물은 어디를 갔느냐
오냐 서럽고 원통하다
우리가 인생에 팔십을 살다 죽어두
예―병든 날과 다 잠든 날 걱정근심 다 빼면
단 사십도 못사는 우리 인생인데
오냐 내가 팔십도 못살고 죽어서
원 많고 한 많아서 너희들한테 내가 이렇게 모두
잠깐 와서 이를 말도 많구 오냐
둘러볼 곳도 많아 왔으니 걱정말아
내 이번에 와서 보니
감돈만 허하시고 맷돈만 허하시어서
내가 못다 먹고 못다 산 명을
자손들한테다 복을 주고 명을 주고
나는 극락세계 연화대로 가지마는
너희는 잘살아라 오냐 부디부디 잘살아라
동기간에 화목하고 집안간에 의좋게 잘살아라 오냐
너희는 머리에 다 백발이 나렸어도
부모 마음에는 세살 먹은애 같다.
물가에 앉혀놓은 것같고
항상에 어둠토록 웃마음이 많으니
부디부디 다 어려운 수전에
두려운 액운 잘 넘기고

부디 잘살아라
나는 간다
극락세계로 나는 간다

2) 서정무가(抒情巫歌)

무가 중에는 오신을 하기 위하거나 신과 인간이 동일성을 회복하는 순간에 불려지는 노래인 강릉단오굿의 '등노래'나 '꽃노래' 그리고 시조나 민요의 노랫가락 곧 〈창부타령〉과 같은 서정성이 짙은 노래가 삽입되어 있는데 이를 서정무가라고 한다. 서정무가는 주로 기다란 서사 본풀이가 끝나거나, 신이 인간에 대한 오해와 갈등을 풀고 소망을 들어주겠다는 공수가 끝난 다음에 등장한다. 본풀이의 가창은 그것을 통해 이미 신이 인간의 소원을 들어줄 수밖에 없는 것으로 믿은 것이고, 또 인간의 소망을 확실히 들어주겠다고 하였으니 이는 신과 인간이 동일성을 회복한 한마당이므로 여기서 흥겨운 타령이나 가락이 불려지게 된다. 민요로도 불려지고 있는 〈창부타령〉이 서울지역의 무가에서 가창된다. 이것은 시조의 차용과는 달리 그 원천적인 출처 곧 민요가 무가에 유입된 것인지 아니면 무가가 민요화한 것인지를 분명히 밝히지 못하고 있다.

시월 네월아 오고 가지를 말아라
장안에 호걸이 늙어만 간다
인생 한번 늙어지면 다시는 젊어지지 못허리라
이때나 안 놀구 언제 노나
얼씨구 좋다 절시구
백설가튼 흰나비는 부모님 양친을 여윘는지
수단장을 곱게 하고 장다리 밭으로 나러들고

얼숭덜숭 호랑나비 금잔디로만 나러든다

황금가튼 꾀꼬리는 황(黃)에 금갑을 떨쳐 입고

양위 청산을 반겨 든다

얼씨구 좋다 절씨구

앞내 버들은 초록장이요 뒷내버들은 누룩장

얼씨구 좋다 절씨구

흐르느니 물결이구려 솟구치느니 고기로다

강릉단오굿에서는 무녀들이 각종의 등을 가지고 놀기 전에 등의 이름
을 문학적으로 지어 부르는 〈등굿노래〉를 부른다.

얼러러 얼러러	상사뒤요
얼렁덜룽아	호랑등으는
만첩의 청산을	어디다 두고
저리 공중	매달렸나
얼숭덜숭아	영등아
구주 섬상강을	어디다가 두고
저리 공중	매달렸나
쪼갈쪼갈아	마늘등아
부잣집 채전밭은	어디다 두고
저리 공중	매달렸나

······ (중략) ······

뚱글뚱글아	수박등아
백모래밭을	어디다 두고
저리 공중	매달렸나
모가지 잘쑥	장구등은
무당화랭이를	어디다 두고
저리 공중	매달렸다

층계층계야　　　　탑등으는
경주 불국사를　　　어디다 두고
이리 공증　　　　　매달렸나

무가의 노랫가락에는 서정적인 시조를 차용하고 있는 것도 나타난다. 서울 열두거리굿 무가인 〈산마누라 노랫가락〉에서 그것을 볼 수 있다.

간밤에 부던바람 만정도화 다지것다.
아헤는 비를들어 쓸으려 하는고나
낙화는 꽃아니랴 쓸어모아

적토마 살지게먹여 두만강에 굽씻겨매고
용천금 드는칼을 연월식에 들게갈아
장부의 입신양명이 이아니 좋을소냐

이외에도 무가의 부분부분에는 서정적인 무가가 많이 있으나 그것은 교술무가나 서사무가의 틀 속에 있어서 서정무가로 취급하기 어려운 것이 많다.

3) 희곡무가(戱曲巫歌)

무가 가운데도 세경놀이·삼공맞이·영감놀이·장님타령·소놀이굿·도리강관원놀이 등 이른바 무당굿놀이 또는 무극(巫劇)이라 불리는 희곡적인 무가가 있다. 이 무가는 연극이 아닌 무속제의에서 전개되고 또 본풀이인 서사무가에서 주로 이루어지는 것이므로 희곡 그 자체는 아니지만 희곡의 형태를 지닌 것이므로 희곡무가로 설정하여 다루는 것이 일반적이다.

먼저 동해안별신굿 중 천왕굿에서 연희되는 〈도리강관원놀이〉의 일부분을 살펴보자. 이 무가는 일명 〈천왕범방고딕굿놀이〉라고 하는 무극인데, 이미 돌아가신 사또와 육방관속들의 넋을 대관령국사서낭을 모시고 달래 주어서 관가의 백가지 일이 여의토록 하기 위한 놀이이다. 내용은 그 옛날 강릉에 신관사또가 도임하여 육방관속의 인사를 받는 모습을 골계적으로 연출하고 있는데 사또는 강관에게, 강관은 관노인 고딕에게 놀림을 당하는 것으로 되어 있어서 민속극의 내용과 유사하다.

사또 : 이 골 도리강관 바삐 현신하렸다.

강관 · 고딕 : 예 이 —

강관 : 가자. 옳게 매가주구 가자. 보릿단 묶으듯이 얼른 묶어가자.

고딕 : 그럽시더.

강관 : 가자. 야야 니는 좌편에 서거라. 내가 우편에 서서 …… 우리가 걸음을 걸어도 공손히 걸어야 한다. 양반이 걸음을 걸어도 똑 콩숨는 걸음으로 ……

강관 · 고딕 : 허야 떵딱 — 떵 딱 — (강관과 고딕이 사또 앞에 선다)

사또 : 도리강관은 절도 안하고 말도 안하는고?

강관 : 예, 작년 겨울에 얼어붙었던 입이 아직 안 녹아 덜 떨어져가 …… 그래 아즉 ……

사또 : 니가 이골 도리강관이가?

강관 : 예, 작년에는 헐관만 했더니 금년엔 어찌하여 좀 늘어져가 마 다부되었는 모양이죠. 그래 도루강관 했심더.

사또 : 도리강관 했다고?

강관 : 예.

이 굿놀이에서는 1인이 모든 역을 다 맡아 하는 것이 아니라 화랭이

박수인 남무(男巫)가 배역을 분담하고 또 설명이 없이 행위로 사건을 전개한다는 점에서 연극적이다. 아래에 예로 든 경기도 무가인 '장님타령'은 무녀 1인이 여러 역을 전담하고 있으나 역시 희곡의 형태를 취하고 있다.

> 만신 : 장님 어디서 왔소?
> 장님 : 황해도 봉산서 왔소.
> 만신 : 무슨 일로 왔소?
> 장님 : 나는 우리집 가풍이 어떻게 나쁘던지 우리 할아버지는 땅군이구, 우리 아버지는 상두꾼이구, 우리 구촌이 한양성내에 있어 과거 할려고 과거차로 올라왔더니, 과거는 과해서 못 하고, 진사는 지내쳐 못 하고 오다가 뺑덕어멈 바둑어멈 노랑어멈 지내쳐 뺑덕어멈 찾으러 왔소. 그러나 당신은 뭘하오?
> 만신 : 굿하지 뭐해.

　이 장님타령과 부분적으로 구조가 유사한 굿거리로 제주도의 '삼공놀이'가 있다. 삼공놀이에서는 수심방이 길을 치워 닦아서 신을 청하면 장님거지로 분장한 소무(小巫) 두 사람이 더듬거리며 장님잔치를 보러 굿판으로 찾아든다. 그러면 사제인 수심방이 두 사람을 맞아서 "두 늙은이가 한 막대길 짚고 어째서 여길 찾아오십디까?" "여기서 석달 열흘간 거지잔치를 한다기에 얻어먹어 볼까해 왔수다." "아하, 잘 왔수다. 들어와 앉읍서." 이런 식으로 해서 맞이한 장님을 대접하고는 옛날 이야기나 하라고 한다. 할 이야기가 없다고 하니, 그러면 살아온 이야기나 하라고 하므로 지나온 과거사를 이야기하는데, 여기서부터 두 맹인은 장구를 치면서 〈삼공본풀이〉를 가창한다〔이 무가의 내용은 아래의 서사무가 (4) 참조〕.

　가창이 끝나면 '전상풀림'으로 들어가는데, 무당은 제주로부터 시작하여 그 가족과 구경꾼들까지 하나씩 장난식으로 때리면서 "요 매는 명(命) 제긴매여, 복 제긴매!" 하며 돌아다닌다. 그러면 매 맞은 사람은 인정(돈)을 낸다. 다음에는 장님이 '전상'의 상징적 표현으로 돗자리를 몸에 감고 방마다 돌아다니며 누워 뒹굴면 부인 역(役)의 소무가 "요게 전상이며, 요게 만상이여!" 하고 욕하며 막대기로 때려 내쫓는다. 그러한 후 전상신을 연희(演戲)한 거지 부부가 같이 집안의 모든 사악한 것을 쫓아내는 것으로 끝이 난다.

이러한 희곡무가의 출현은 굿이 세습무들에 의해 오락성이 강조되고 반면에 신성성과 주술성이 상대적으로 약화되면서 일어난 현상으로 보인다. 그것은 세습무들이 연출하는 거리굿 등에서 이러한 희곡적 양식이 많이 보이는 것으로 미루어 짐작할 수 있다.

4) 서사무가(敍事巫歌)

서사무가는 신이라는 특정한 주인공이 마침내 인간을 위해 제화초복하는 위업을 이룬다는 서사구조를 지닌 무가이다. 따라서 서사무가는 무가 중 가장 문학성이 짙은 일종의 무속신화로 거기에는 신의 근원이나 자연현상 및 사회현상의 기원이 설명되어 있다. 〈바리공주〉는 무조신(巫祖神)이나 사령신(死靈神), 〈당금애기〉는 삼신이 된 근원을 설명한 것이며, 〈창세가〉와 〈천지왕본풀이〉는 우주와 자연의 기원과 질서를 풀이한 것이다. 서사무가는 이렇게 근본을 풀이한다고 해서 '본풀이'라고 한다.

본풀이의 종류는 일반적인 자연현상이나 인문사상을 차지하고 있는 신들의 이야기인 일반본풀이, 부락수호신인 당신(堂神)들의 내력담인 당본풀이, 그리고 집안이나 씨족의 시조신에 관한 이야기인 조상본풀이 등 3가지 유형으로 나누어 볼 수 있다. 무속제의에서 가창되는 서사무가 중

대표적인 본풀이를 몇 개만 들어본다.

(1) 바리공주(오구풀이)

〈바리공주〉는 죽은 자의 영혼을 천도하는 오구굿 계통의 무의에서 불리는 서사무가이다. 이 무가는 바리공주(서울·경기·강원), 버리데기굿·오구물림(호남), 오기풀이·칠공주(함경도), 바리데기(경상도) 등으로 불리는데, 제주도에서는 전승되지 않는다. 이 본풀이의 줄거리는 다음과 같다.

옛날에 한 왕이 있었는데, 그의 부왕이 예언을 무시하고 폐길년(閉吉年)에 결혼시켰기 때문에 딸만 일곱을 낳았다. 화가 난 왕은 일곱 번째로 태어난 아기공주를 바다에 내다버리게 하였다(바리데기는 이렇게 버려졌다고 해서 생긴 명칭이다). 버려진 공주는 거북의 등에 업혀 살아나게 되고, 이를 본 부처가 산신으로 하여금 공주를 기르게 하였다. 15세가 된 공주는 산신을 통해서 자기의 부모를 알게 되어 부모를 찾아 떠난다. 한편 왕과 왕비는 공주를 버린 죄로 몹쓸병에 걸리는데, 무당에게 물으니 바리공주가 가져온 서천서역의 약수가 아니면 고칠 수 없다는 것이다. 그래서 공주를 찾게 되고, 마침 부모를 찾는 공주를 만나 상봉하게 된다. 그때의 부모의 병은 점점 위중하나 여섯 공주 중 누구하나 불사약을 구하고자 하지 않았다. 바리공주는 스스로 그 약을 구하고자 궁을 떠나 신들의 세계로 갔다. 공주는 석가모니·지장보살·아미타불 등을 통해 불사약은 무장신선이 지키고 있는 지옥을 지나야 구할 수 있음을 알았다. 그래서 어렵게 도착하여 신선에게 부탁하니 그는 대가로 자기와 결혼하여 아들 일곱을 낳아 달라는 것이다. 요구대로 한 후 약수를 구해 집에 돌아오니 부모가 이미 죽어 상여로 나가고 있는 중이었다. 상여를 멈추게 하고 시신에다 약수를 뿌리니 부모가 되살아나서 함께 오래도록 잘 살았다. 이런 연유로 해서 바리공주는 무녀가 되어 무조신이 되었고, 남편인 무장신선은 노제(路祭)를 받는 신이 되었으며, 일곱 아들은 불전(佛錢)을 받는 신이 되었다.

이 〈바리공주〉는 자기희생을 통한 효(孝)를 주제로 한 신화이다. 그리고 그 구조는 여타의 본풀이와 마찬가지로 '영웅의 일생' 곧 고귀한 혈통으로 태어났으나—버림을 받고—기적적으로 구조되어—온갖 어려움을 극복하고—탁월한 능력을 발휘하여—마침내 위업을 이룬다는 고전소설의 주인공의 일생과 동궤이다.

(2) 제석(帝釋)본풀이

바리공주와 함께 가장 널리 전승되고 있는 〈제석본풀이〉는 시준굿·제석굿·셍굿·중굿 등으로 부르는 세존굿과 안택굿 등에서 불려진다. 제주도에서는 〈초공본풀이〉, 평안도에서는 〈삼태자풀이〉라는 명칭으로 전승된다. 이 〈제석본풀이〉는 일명 〈당금아기〉로 유명한데, 생산신 또는 인간의 수복(壽福)을 관장하는 신격의 유래담이다. 그 줄거리를 요약하면 다음과 같다.

> 서역국의 석가여래는 도를 닦아 풍운둔갑술을 터득하고 나서 세상 인심을 살피고자 조선국까지 온다. 그리고 요조숙녀로 소문난 명문대가의 딸인 당금아가씨를 찾아온다. 그 집에는 부모와 오빠들이 공사로 다 나가고 아기씨와 두 하녀만 있었다. 스님은 도술로 여러 문을 열고 들어가 시주를 청했다. 당금아기는 스님의 요구대로 쌀을 시주하나 스님은 일부러 터진 바랑으로 받아 쌀을 다 쏟는다. 그리고는 아기씨에게 일일이 주워 담게 하니 날이 저물게 되었다. 그러자 이번에는 하루밤을 묵어 가기를 원한다. 그날밤에 스님은 도술로 당금아가씨에게 잉태시키고는, 앞으로 삼태자(三胎子)를 낳을 것이고, 아이들이 일곱 살이 되면 서천국으로 자기를 찾아오게 하라면서 박씨 세 알을 주고 떠나 버린다. 집에 돌아온 부모는 당금아기가 잉태한 것을 알고는 가문의 수치로 여겨 토굴 속에 가둔다. 십삭만에 아기씨는 세쌍둥이를 낳아 모친의

도움으로 일곱 살까지 기른 후에 함께 서천국으로 석가여래를 찾아가 만나서는 도를 닦는다. 본래 석가는 선관이고 당금아기는 선녀였는데 죄를 지어 그 업으로 인간세에 태어난지라, 한날 한시에 함께 승천한다. 그래서 당금아기는 삼신(産神)으로 받듦을 받고, 세쌍둥이는 불도를 닦은 덕으로 삼불제석님으로 고사(告祀) 정성을 받게 되었다.

이 〈제석본풀이〉는 샤머니즘을 비롯해서 불교와 선교사상이 한데 습합하여 이루어진 신화이다. 그리고 앞의 바리공주와 마찬가지로 천부지모형(天父地母型) 설화로, 특히 주몽신화와 구조가 매우 유사하다.

(3) 군웅(軍雄)본풀이

동해안의 군웅굿에서 가창되는 〈군웅본풀이〉는 조자룡을 주축으로 해서 삼국지에 나오는 여러 장수와 오방신장들을 등장시켜 마을의 안보와 질서를 지켜주도록 기원하는 굿거리라서 신의 근본을 밝히는 서사체로서의 본풀이는 아니다. 그러나 함경도 지역에서 죽은 자의 영혼을 저승으로 천도하는 망묵굿에서 부르는 〈유충열본풀이〉는 아기장수설화의 성공담이며, 제주도 서사무가인 〈군웅본풀이〉는 《고려사》의 〈작재건설화〉를 수용한 것으로 보이는 무가로서 군웅신의 근본을 풀이하고 있다. 후자의 줄거리를 소개하면 다음과 같다.

군웅의 할아범은 천황제석이고, 군웅의 할멈은 지황제석, 군웅 아범은 왕태조 왕장군, 군웅 어멈은 희숙의, 맏아들은 왕건, 둘째는 왕빈, 막내는 왕사랑이다. 군웅의 아방(아버지) 왕장군은 나무를 베어다 팔며 홀아비로 사는데, 하루는 초립동이로 변장한 동해 용왕의 아들이 초청을 하였다. 초청의 이유는 동해 용왕이 서해 용왕과 싸우는데 도와 달라는 것이다. 그래서 왕장군은 용왕국으로 가, 의기양양해 하는 서해 용왕을 쏘아 죽이었다. 그러자 동해용왕이 감사의 보답으로 무엇을 원하느냐고 물었고, 왕장군은 용왕의 아들이 은밀히 알려준 대로 벼룻집을 달라고 하였다. 용왕은 할 수 없이 벼룻집을 내주었는데, 거기에는 용왕의 딸이 들어 있었다. 왕장군이 벼룻집을 갖고 돌아와 사는데, 밤이면 벼룻집에서 선녀같은 미인이 나와서 잠자리를 같이 하고, 의복과 음식을 원하는 대로 만들어 바쳤다. 이렇게 부자가 되어 살면서 아들 삼형제 곧 왕건·왕빈·왕사랑을 낳아 길렀다. 그러던 중에 하루는 용녀가 "나는 인간이 아니므로 이제는 용궁에 가 살아야 하므로 당신들은 군웅을 차지하여 살기 바랍니다"고 말하면서 돌아갔으므로 왕장군과 아들들은 군웅이 되어 인간의 정성을 받게 되었다.

(4) 삼공(三公)본풀이

제주도의 삼공맞이굿 또는 전상놀이에서 가창되는 신화가 〈삼공본풀이〉이다. '삼공'은 '전상' 곧 나쁜 버릇인 도둑질이나 노름과 같은 일에서 빠져나오지 못하도록 집착하게 하는 신이다. 그래서 이 귀신을 맞이하여 논다고 해서 삼공맞이굿 또는 전상놀이라고 한다. 이 놀이의 배경이 되는 본풀이의 구조는 우리 나라의 〈서동요〉와 〈심청전〉 및 서양의 〈리어왕〉 설화를 합해 놓은 것 같은데, 그 줄거리는 다음과 같다.

옛날에 남녀 거지가 우연히 만나 부부가 되어 딸 셋을 낳았으니, 은장아기·놋장아기·가믄장아기가 그들이다. 그런데 부부는 셋째 딸인 가믄장아기를 낳고서 일약 부자가 되었다. 하루는 부부가 세 딸의 효심을 시험하여 보기 위해 누구의 덕에 잘 먹고 사는가를 물었다. 두 딸은 "하느님·지하님·부모님 덕으로 잘 산다"고 하였다. 그러나 셋째 딸은 "하느님·지하님·부모님 덕도 있지만 내 배꼽 밑의 '선그믓' 덕으로 잘 삽니다"고 하였다. 그래서 막내딸은 불효하다고 하여 쫓겨났다. 집을 나온 가믄장은 도중에 마를 캐는 마퉁이〔薯童〕 삼형제를 만나 형제 중 막내와 부부가 되어 함께 마를 캐러 다녔다. 하루는 마를 캐던 구덩이에서 금은덩이가 쏟아져 나와 일시에 거부가 되었다. 한편 막내딸을 쫓아낸 부모는 다시 거지가 되고 장님까지 되니 첫째와 둘째 딸은 부모를 돌아보지 않는다. 이를 안 가믄장은 맹인잔치를 열고 부모를 기다린다. 마침내 찾아온 부모에게 술을 권하면서 자기가 가믄장임을 밝히자 부부가 놀라며 딸을 보려는 순간 눈이 확 뜨이어 세상을 보게 되었다. 그 후부터 부모는 막내딸과 함께 잘 살았지만, 부부가 갖고 있는 전상은 좀처럼 없어지지 않았다.

(5) 천지왕본풀이

일반 본풀이 중에는 천지창조의 과정을 밝힌 개벽신화가 있는데, 대표적인 것이 〈천지왕본풀이〉와 〈창세가〉이다. 우리의 신화 중 문헌신화로 가장 오랜 것은 《삼국유사》의 〈단군신화〉인데, 이 신화에는 천지창조에 관한 내용이 없으므로, 우리나라에는 개벽신화가 없는 것으로 여겨왔다. 그러나 제주도 무가인 〈천지왕본풀이〉와 함경도 무가인 〈창세가〉에는 개벽의 과정이 구체적으로 나타나있다. 대개 굿의 첫 번째 제차에서는 언제·어디서·무엇 때문에 굿을 하여 청신한다는 연유를 신에게 알려야 하는데, 이 언제·어디서를 설명하기 위하여 천지개벽에서 시작하여 현재 굿을 하는 장소와 시간까지의 과정을 무가로 부른다.

제주도 큰굿의 처음 제차는 '초감제'라 하는 청신거리이다. 이 제차에서는 베포도업침 – 날과 국 섬김 – 집안 연유 닦음 – 군문 열림 – 새다림 – 오리정 이라는 6단계의 소제차를 시행하고 있는데, 그 첫 번째 제차에서 천지혼합으로부터 우주개벽, 일월성신의 발생, 국토와 국가의 형성 등 지리적이며 역사적인 사상(事象)의 기원을 차례로 노래한다. 〈천지왕본풀이〉는 이 베포도업침에서 가창되는 무속신화이며, 〈창세가〉는 함흥지역의 무의인 '세인굿'의 서두에서 가창되는 본풀이이다. 두 무가의 내용은 다음과 같다.

① 천지왕본풀이

천지혼합으로 이르옵기는
어떠한 것이 천지혼합입니까.
하늘과 땅이 맞붙은 것이 혼합이오.
혼합한 후에 개벽으로 이르옵기는
어떠한 것이 개벽이오
하늘과 땅이 각각 갈라서 개벽입니다.
천지개벽이 어떻게 되었으리까
하늘로부터 조이슬이 내리고
땅으로부터 물이슬이 솟아나서
음양이 상통한즉
천개(天開)는 자(子)하고 지개는 축하고 인개는 인하니 ……

이렇게 되어 천지인(天地人) 삼재가 열리게 되었다. 천지가 개벽되기 이전의 세계는 혼합 곧 혼돈의 상태였는데 그것이 물(이슬)에 의해서 나뉘게 되었다. 이어서 해와 달의 출현 과정이 풀이되는데, 하늘과 땅이 분리되어 개벽이 되었고 또 인간들도 태어났으나 해와 달이 없어서 암흑의 세계였다는 것이다. 그러다가 광명의 신(神)인 청의동자가 나타났다. 그는 앞뒤 이마에 눈이 각각 두개씩 돋아 있었으므로 옥황의 두 수문장이 내려와서 앞 이마의 눈 둘을 취해서 해 두개를 만들고 뒷 이마의 눈 둘을 취해서는 달 두개를 돋게 한즉, 일광에 사람들이 타 죽고 월광 때문에 얼어서 죽게 되었다.

세상을 바라본즉 밤도 깜깜 낮도 깜깜
인간이 동서남북을 모르고 가림을 못 가린즉
헤음없이 남방궁 일월궁의 아들
청의동자가 솟아났으니

앞이망 뒷이망에 눈이 둘씩 돋았읍네다.
하늘 옥황으로 두 수문장이 내려와
앞이망의 눈 둘을 취하여다가
동의 동방 섭제땅에서 옥황께 축수한즉
하늘에 해가 둘이 돋고
뒷이망의 눈 둘을 취하여다가
서방국 섭제땅에서 옥황께 축수한즉
달 둘이 솟아난즉, 금세상은 밝았으나
햇불에는 인생이 자자죽고
달빛에는 시려 죽어서 인생이 살 수 없는즉……

　이 때에 천지왕이 세상에 강림하여 바지왕을 선택하여 부부가 되었다가 승천하였는데, 바지왕이 임신하여 대별왕과 소별왕을 낳았다. 소·대별왕이 15세가 되어 하늘에 올라가 천지왕을 만나 일광과 월광 때문에 사람들이 죽어간다는 사실을 알렸다. 그러자 천지왕은 무게가 천 근이나 되는 쇠활과 화살을 주면서 해와 달을 하나씩 쏘아버리라고 명하였다. 그래서 하나씩을 쏘아버렸으므로 오늘날처럼 하나가 되었다는 것이다. 그렇게 한 후에 하늘은 천지왕, 땅은 바지왕, 저승은 대별왕, 이승은 소별왕, 옥황은 옥황상제가 각각 차지해서 다스리게 되었으며, 인간세상은 인왕상제, 산은 산신백관, 물은 사해 용왕신이 다스리고, 인간을 태어나게 하는 일은 삼신이 맡아 다스리게 되었다는 것이다.
　한편 이본(異本)에는 음양설의 신화적 이분법 곧 '대립하는 쌍둥이'에 해당하는 소별왕과 대별왕이 이승을 차지하기 위해 경쟁을 벌이는 과정이 전개되어 있다. 그것은 천지왕의 명으로 이승은 대별왕이, 저승은 소별왕이 차지하여 다스리도록 되었으나 소별왕이 이승을 차지하고 싶어서 형인 대별왕과 시합을 벌인다. 소별왕은 두 번이나 대별왕에게 지게 되자 다시 잠자기 내기를 걸었고, 대별왕이 깊이 잠든 사이에 꽃동이를 바꾸어 놓고서 이긴다. 이리하여 인간세상이 간사한 소별왕의 차지가 되었으므로 그로부터 온갖 죄악과 혼란이 난무하게 되었으며, 저승은 대별왕이 다스리므로 공명정대하게 통치된다는 것이다.

　② 창세가(創世歌)
　　한을과따히 생길적에
　　미륵님이 탄생한즉
　　한을과따히서로부터
　　떠러지지안이하소아
　　한을은북개꼭지처럼도도라지고
　　따는네귀에 구리기둥을세우고.
　　그때는해도둘이요, 달도둘이요.
　　달한나띄여서북두칠성남두칠성마련하고
　　해한나띄어서큰별을마련하고
　　잔별은백성의직성별을마련하고
　　큰별은님금과대신별마련하고.
　　미럭님이옷이업서짓겠는대, 감이업서
　　이산저산넘어가는 버덜어가는
　　칙을파내어 ……

　칙으로 옷을 지어 입은 미륵님은 물과 불의 근본을 알기 위해 새앙쥐에게 물어서 차돌과 시우쇠를 쳐 불의 근본을 알아내었고, 소아산에 들어가서 물의 근본을 알아낸다. 그리고 미륵님은 금·은쟁반을 양손에 들고 하늘에 축수하여 금벌레, 은벌레를 다섯 마리씩 받아서 금벌레로 남자를, 은벌레로 여자를 만들어 부부를 맺게 함으로써 사람을 마련한다. 그리하여 미륵님 세월은 태평하였는데, 석가님이 나와서 미륵님 세월을 빼앗으려 하자 미륵님과 석가님은 내기시합을 하기로 한다. 동해 중에서 병에다가 줄을 달고 당기는 첫 번째 내기에서는 석가님의 줄이 끊어져 미륵님이 이긴다.

성천강을 얼게 하는 두 번째 시합에서도 역시 미륵님이 이긴다. 그러나 잠을 자며 모란꽃을 피우는 내기에서는 석가가 미륵님이 먼저 피운 꽃을 몰래 꺾어다가 자기의 무릎 위에 꽂아 놓고 이긴다. 잠에서 깬 미륵님은 이러한 석가의 행위를 알면서도 더 이상 성화를 받기 싫어 석가에게 세월을 내주고 가면서 난세가 될 것을 예언한다. 과연 미륵님의 말과 같이 세상이 어지러워 석가님은 중들을 데리고 산중에 들어가 노루를 잡아 구워 먹었는데, 그 중들이 죽어 바위나 소나무가 되고, 중 둘만이 성인이 되겠다고 고기를 먹지 않았다. 이런 연유로 해서 사람들은 지금도 삼사월이 돌아오면 짙푸른 녹음 속에서 화전(花煎)놀이를 즐긴다.

이상의 천지창조형인 두 본풀이는 그 내용에 있어서 부분적인 차이점은 있으나 전체적으로 상당한 공통점을 지니고 있다. 첫째, 태초에 하늘과 땅은 하나인 채 암흑의 혼돈 상태였다. 둘째, 세상에는 해와 달이 각각 두 개씩이었다. 셋째, 인간세계(이승)를 차지하기 위하여 소별왕은 대별왕에게, 석가는 미륵님에게 속임수까지 쓰며 도전하자 그 성화에 이기지 못하여 후자들이 전자들에게 세상을 물려주고 저승을 다스리기 위해 떠나면서 난세가 올 것을 예언하였다.

(6) 이공(二公)본풀이

제주도 큰굿의 한 제차인 이공맞이에서 불리는 무가인 〈이공본풀이〉는 《월인석보》 제8 상절부(詳節部)에 수록된 〈안락국태자경〉을 수용한 재생설화로서 그 줄거리는 다음과 같다.

김진국의 아들과 원진국의 딸이 결혼하여 살았다. 하루는 옥황상제의 사자가 와서 부르므로 부부는 함께 출발하였다. 도중에 부인이 발병하였으므로 김장자의 집에 종으로 머물게 되었다. 부인은 김장자의 청혼을 거절하고 할락궁이를 낳아 길렀다. 자라면서 할락궁이는 김장자에게 갖은 시련을 당하다가 도망하여 아버지를 찾아 서천으로 가 마침내 만나게 되었다. 한편 김장자는 할락궁이 도망한 것을 알고 원부인을 죽인다. 할락궁이는 서천 꽃밭에서 회생의 꽃을 얻어 그것으로 어머니를 회생시키고 김장자네 식구를 모조리 죽인다. 그리고 서천으로 모자가 함께 돌아가 꽃밭대왕이 된다.

(7) 삼승할망본풀이

제주도 무가인 〈삼승할망본풀이〉의 삼신신화는 대립과 갈등의 구조를 잘 갖춘 서사체이다. 삼신의 자리를 놓고서 명진국 따님아기와 동해 용왕의 따님아기가 서로 다투다가 꽃피우기 등의 시합을 하게 되고, 마침내 시합에서도 이기고 또 진작 옥황상제에게 인가를 받았던 명진국 따님아기가 삼신의 자리를 차지하게 된다는 내용으로 되어 있다. 그리고 이 삼신이 아이들을 천연두로 못쓰게 만드는 대별상에게 앙갚음하기 위해 그의 마누라를 임신시켜 놓고서는 분만을 안시켜 주므로 대별상이 드디어 항복한다는 내용도 들어 있다.

(8) 차사본풀이

〈차사본풀이〉는 강림도령형 무가로 제주도의 '차사영맞이'와 함경도의 '짐가제굿'에서 불린다. 이는 영혼과 영혼을 데리고 온 차사를 위로하기 위한 것이다. 도사 강림이 원님의 명령으로 저승으로 가서 염라대왕을 데리고와 억울하게 죽은 삼형제를 살려내었으므로 그 용감성을 아껴 염라대왕이 강림을 저승차사로 삼는다는 내용으로 되어 있다.

(9) 세민황제본풀이

중국에서 널리 알려진 당나라 태종 이세민의 회생담을 무가화(巫歌化)한 것으로 보이는 제주도 전승의 〈세민황제본풀이〉는 저승세계의 모습을 잘 보여준다. 그 내용은 다음과 같다.

> 인간세상에서 불교를 배척하고 포악하던 이세민이 죽어서 저승에 가자 이를 안 저승사람들이 전생의 원수를 갚고, 착취당한 돈을 보상받겠다고 덤벼들었다. 그러자 저승왕이 세민의 뉘우침을 알고 그에게 이승에서 신을 만들어 파는 매일장상이 저승에다 적선으로 저금하여 놓은 돈을 대신 꿔주고서 환생시킨다. 환생한 황제는 중생구제를 서원하고 팔만대장경을 얻어올 것을 결심한다. 그래서 호인대사를 보내 극락세계에서 대장경을 가져오게 한다. 황제는 대사에게 높은 벼슬을 주고 매일장상에게도 저승에서 진 빚을 갚는다. 그리고 불도에 정진하여 활인적선지도(活人積善之道)를 마련한다.

(10) 성주풀이

가정의 길흉화복을 관장하는 가신(家神) 중 맨 윗자리를 차지하는 가옥신 곧 성주신(성조신 또는 상량신)의 내력을 풀이한 것이 〈성주풀이〉이다. 여기에는 크게 두 유형의 본풀이가 전승하는데 동해안과 서울지역의 〈성주풀이〉가 그것이다. 먼저 전자의 내용을 살펴본다.

> 기자정성 끝에 왕자로 태어난 성주는 자라서 처를 구박하고 동기간에 불화한다는 죄로 무인도인 황토성으로 귀양을 갔다. 부왕의 용서로 돌아온 성조는 아내와 화합하여 5남5녀를 낳았으며, 젊었을 때 심은 솔

씨가 자라서 재목감이 되었으므로 그것을 베어다가 집짓는 법을 마련하고 성주신이 되었다. 그리고 그의 아들 다섯은 5토지신(五土地神)이 되고, 딸 다섯은 5방부인(五方夫人)이 되었다.

다음으로 후자인 서울지역의 〈성주풀이〉는 이렇다.

목수인 황우양은 옥황상제의 명을 받고 천하궁의 무너진 집을 고치기 위해 부인과 작별하였다. 그러자 소진랑이라는 자가 황우양의 아내를 납치하고 동침할 것을 요구하였으나 그 부인은 그것을 거부하고 구메밥을 먹고 있었다. 한편 꿈자리가 뒤숭숭하여 점을 쳐본 황우양은 이러한 사실을 알고, 일을 빨리 마치고 돌아와 소진랑을 물리치고 아내를 구출하여 해로하였다. 뒤에 황우양은 성주신이 되고, 그 부인은 지신이 되었다.

(11) 세경본풀이

〈세경본풀이〉는 지모신(地母神)인 농신의 근본을 밝힌 제주도 무가이다.

옛날에 김진국 대감과 자지국 부인이 살았는데, 자식이 없어 불공을 드리고 딸을 낳았다. 자청해서 낳았다고 해서 자청비라는 이름을 갖게 된 자청비는 보름달처럼 예뻤다. 언젠가 옥황상제의 아들 문도령이 글공부를 하러 아랫녘으로 오다가 자청비를 만나 함께 글공부하러 가게 되었다. 그러나 자청비가 남장을 하였기 때문에 문도령은 3년이 지나도록 그녀가 여자인 줄을 몰랐으나 목욕을 할 때 그녀의 혈흔으로 마침내 알게 되어 결혼을 약속하고는 박씨 한 알과 얼레빗 반쪽을 꺾어서 신표로 주었다. 그런데 하인 정수남이가 그녀에게 음심을 품고 괴롭히는지라 자청비는 정수남이를 죽인다. 그 때문에 집에서 쫓겨난 자청비는 여기저기 떠돌다가 서천꽃밭에서 회생꽃을 얻어 정수남이를 살려내어 돌아온다. 그러나 계집애가 사람을 죽이고 살리는 요망한 짓을 한다고 해서 다시 쫓겨난다. 그 후에 우연히 선녀들을 만나 천상으로 가게

되고 거기서 문도령을 만나 어려운 시련을 통과하고 결혼한다. 그때 천
상에서는 난리가 났으므로 자청비는 서천꽃밭에서 멸망꽃을 얻어와 그
것으로 적군을 물리친 덕분으로 옥황상제에게서 곡식의 씨앗을 얻어
땅으로 내려와 뿌리고 풍년이 들게 하였다. 이리하여 자청비는 농신(農
神)이 되고, 정수남이는 축산신이 되었다.

4. 무경과 독경

1) 무경의 개념과 성격

　무의식은 신과 인간 사이를 중개하는 일체의 행위를 말한다. 그런데
엄격하게는 굿과 독경(讀經)으로 나뉘어진다. 굿은 각 거리마다 신을 불러
들여(請陰), 즐겁게 달래주고(娛神), 더불어 인간의 소원을 기원하는(祝願)
형태로 진행된다. 따라서 사설, 타령, 춤, 놀이 등이 하나로 어우러지는
그야말로 축제의 장이다. 반면 독경은 법사에 의해 폐쇄적 공간에서 해
당 무경만을 송독(誦讀)하는 형태를 취하고 있다. 뿐만 아니라 무구(巫具)
로서 북, 산통(算筒), 신장봉(神將棒)이, 무장(巫裝)으로서 창호지로 접은 신
모(神帽) 내지 갓이나 도포가, 제물로서 떡과 청주(淸酒), 돼지머리 등이
고작이다. 따라서 이렇다 할 청중도 없다.
　무경은 대개 한문어투의 문서로서 전승되며, 신통(神統)의 나열, 신병
(神兵)의 결진(結陣), 역신(疫神)의 착금(捉擒) 등이 주된 내용이다. 무경은
무가와 달리 잡귀·잡신을 위협하는 무서운 주사(呪詞)며, 특히 치병기능
을 담당하는 경문인 〈팔문신장편(八門神將篇)〉이나 〈옥추경(玉樞經)〉 등은
병의 원인이 되는 역신에게 비는 것이 아니라 법사들이 모시고 있는 신
장(神將)을 통해 역신을 물리치는 적극적 축사(逐詞)이다. 이처럼 무경은

무가에서 볼 수 없는 독특한 언어적 표현뿐만 아니라 비언어적 요소들을 많이 차용하여 주술의 효과를 높이고 있다.

> (가) 성주님네가 본시에 어드메 계셨던고 천상옥계군에 계시다가 글 한 자 잘못 찍고 지하땅으로 귀향하실제 성주님으로 사모 쓰고 성주관을 쓰셨네 성주님 아들은 각띠를 띄고 지하땅으로 귀향하고 왕비삼년 돌비삼년 눈비삼년 맞고나서 석삼년으로 살고나더니 ……

> (나) 東方宅神成造神 南方宅神成造神 西方宅神成造神 北方宅神成造神 中央宅神成造神 坎方宅神成造神 …… 構木爲巢成造神 日貪月貪成造神 明堂玉堂成造神

　(가)는 일반무가 〈成造풀이〉며, (나)는 무경 〈성조경(成造經)〉이다. 모두 성조신(成造神)을 청배(請陪) 하는 단계에서 불리어지는 사설이다. 청배 형식은 ①신의 내력을 푸는 본풀이 형식, ②신의 이동을 보여주는 노정기 형식, ③신의 명칭을 거듭 나열하는 신명 나열 형식으로 분류할 수 있다. 그런데 (가)는 ①형식으로서 서사성이, (나)는 ③형식으로서 교술성이 지배적이다. 곧 (가)는 신의 근본을 설명하는 내력담으로서 신의 과거 공업(功業)을 설명하고 치하하는 한편, 본풀이를 통해 신의 행적을 분명하게 증거한다. 시간의 흐름 속에서 주인공이 사건을 이끌어가고 있는 것이다. 그러나 (나)는 신명을 거론하면 신이 강림한다는 무속적 관념에 의해 신의 이름만이 호명되고 있다. 어디서도 서사나 서정의 경우와 같이 인물의 형상화나 효과적인 구성, 세련된 감정을 시도한 흔적이 없다. 그저 평면적으로 이것저것 나열하고 여러 가지로 반복, 부연하는 서술방식이다.

　또한 구연되는 사설 자체가 상이하다. (가)는 누구든지 쉽게 이해할 수 있는 구어체 사설이다. 따라서 구연자는 청중을 인식할 수밖에 없고, 청중의 호응에 따라 말과 창을 언제든지 교체할 수 있다. 전언(傳言)의 대상은 청중으로 집약된다. 무(巫)의 경력이나 청중과의 교섭에 따라 구연되는 사설이 확장·축소 또는 변이될 수 있는 가능성이 다분하다. 반면 (나)는 한문어투다. 더욱이 구연자는 보조동작을 수반하지 않고 동일창으로 일관한다. 전언의 주된 대상은 청배하는 신이다. 사설의 구연은 학습에 의존하며, 따라서 전승 자료나 구연 자료가 거의 일치한다.

> (다) 汝等은 欲死之鬼냐 不欲死之鬼냐 欲死之鬼면 當我하고 不欲死之鬼면 避我하라. 我 本始 逐鬼大將이요 玉皇上帝 首弟子로서 人間救濟 命令 받았으니 …… 刺天하면 天傾하고 刺地하면 地裂하고 刺山하면 山崩하고 刺病하면 則差하고 刺鬼하면 鬼滅하나니.

> (라) 凶鬼煞神 妖鬼煞神 一夜夢中煞神 酒滯肉滯煞神 …… 東西南北 千里 速去 如有不順者 一萬鐵絲 縛煞.

(다)와 (라)는 축사(逐邪)의 역할을 하는 무경이다. (다)는 옥황상제의 위엄을 빈 축귀대장(逐鬼大將)이 역신을 향해 고압적 자세로 위협하고 있으며, (라)는 이른바 '살이 끼었다'는 모든 예를 우선 나열하고, 이 살(煞)을 결박하겠다는 살벌한 내용이다. 일반 무가에서는 인간의 기원―여기서는 치병(治病)―이 오신(娛神)의 과정에서 이루어진다. 가능한 신을 즐겁게 달래주고 위로하여 본래 좌정하고 있던 곳으로 돌려보내야만 축원의 목적이 궁극적으로 실현될 수 있다는 믿음이다. 그러나 무경은 (다)와 (라)처럼 신을 위협하고 멸하는 적극성이 돋보인다.

2) 무경의 기능별 분류

독경은 일반적인 굿과 의례의 형태나 진행 방법 등에서 차이가 드러나고 있다. 특히 송독되는 무경은 유·불·도의 성향이 뚜렷한 일종의 경문으로서 무가와 현저하게 다르다. 그런데 무경 송독의 궁극적 목적을 축사(逐邪)로 인한 기복(祈福)이라고 보았을 때, 그러한 기능을 수행하는 것은 법사 자신이 아니라 무경 자체의 주술적 힘이다. 무경의 사설에 언어의 주술적 본질이 내재되어 있다고 할 수 있다. 무경은 기능에 따라 축사경(逐邪經), 가신봉안경(家神奉安經), 축원문(祝願文)으로 나눌 수 있다.

(1) 축사경(逐邪經)

축사경은 역신(疫神)을 쫓기 위해 독경되는 경문이다. 신의 계보 나열, 역신을 향한 위협, 착금(捉擒), 신장(神將)·신병(神兵)의 결진(結陣) 등이 중심 내용이다.

① 신의 계보 나열
〈사십팔신장청〉, 〈기문신장편〉, 〈불설천지팔양신주경〉 등

> 만법교주 동화교주 대법천사 신공묘제허진군 홍제구천사 허정장천사 정양허진군 해경백진인 …… 충익장원수 동신류원수 활락왕원수 신뢰석원수 감생고원수.
>
> 萬法敎主 東華敎主 大法天師 神功妙濟許眞君 弘濟丘天師 許靜張天

師 旌陽許眞君 海瓊白眞人 …… 忠翊張元帥 洞神劉元帥 豁落王元帥 神
雷石元帥 監生高元帥.

〈사십팔신장청〉 일부다. 전체 경문을 통해 48명의 신장이 나열되는데,
이들 48명의 신장들은 선신(善神)의 성격을 지니며 역신을 축사시킬 청배
의 대상신이다. 신의 계보 나열은 곧 본격적인 축사의례의 시작을 의미
한다.

② 신장 · 신병의 결진
〈팔진도〉, 〈팔문대진경〉 등

　　각 신병은 진을 치고 오행기치를 갖추어 일자로 좌우에 나열하여
…… 천토대왕은 팔억만천 수많은 명관과 모든 장군에게 명하여 오행
진과 진지를 정하여라 한용원수는 삼억만천 모든 명관과 모든 장군에
게 명하여 전쟁터의 진을정하여 모든 살을 잡아 처치하여라.

　　各兵陣 五行旗幟具起 一字左右行列 …… 天土大王 八億萬千 百名官
各諸將軍兵令 五行陣定 總執點定漢用元帥 三億萬千百名官 各諸將兵令
戰場陣定 各有傷殺 總執處置.

〈팔문대진경〉 일부다. 각 신장들로 하여금 역신을 포위하여 진(陣)을
치도록 명령하고 있는데, 전투에 있어서의 병법을 연상시킨다. 신장과 신
병이 결진함으로써 역신을 구축하는 신장들의 역할이 비로소 시작된다.

③ 역신을 향한 위협
〈옥추경〉, 〈대축사〉, 〈용호대축사〉, 〈백화경〉 등

너희들은 죽고자 하는 귀신이냐 죽기 싫은 귀신이냐 죽고 싶은 귀신
이면 나에게 나서고 죽고싶지 않은 귀신이거든 나를 피하여라 나는 본
시 옥황상제의 수제자로서…… 하늘을 찌르면 하늘이 기울어지고 땅을
찌르면 땅이 찢어지고 산을 찌르면 산이 무너지고 나무를 찌르면 나무
가 꺾어지고 물을 찌르면 물이 갈라지고 병을 찌르면 곧 차도가 있고
귀신을 찌르면 귀신이 멸하나니.

汝欲死之鬼 不欲死之鬼 欲死之鬼 當我 不欲死之鬼 避我 我本始 玉
皇上帝 首弟子 …… 刺天天傾 刺地地裂 刺山山崩 刺木木折 刺水水斷
刺病則差 刺鬼鬼滅.

〈대축사〉 일부다. 옥황상제의 위엄을 빈 축귀대장이 역신을 향해 위협
하고 있다. 한편 〈옥추경〉에는 보화천존(普化天尊) 일체의 중생을 구제하
기 위해 큰 서원을 세우고 수도하여 신선의 경지에 이른 인물이다. 도교
에서 모든 생명의 어버이로 추앙하고 있음을 추존하여 무속의 원리를 구
현시키고 있다.

④ 착금
〈박살경〉, 〈해살경〉, 〈철망경〉, 〈옥갑경〉 등

흉악한 귀신 살, 요망한 귀신 살, 밤낮 꿈 속에 나타나는 악몽 살,
술과 고기를 먹고 체하는 살, …… 동서남북 천리를 향해 빨리 물러가
라 만약 따르지 않으면 일만 철사로 살을 결박하리라.

凶鬼煞神 妖鬼煞神 日夜夢中煞神 酒滯肉滯煞神 …… 東西南北 千里
速去 如有不順者 一萬鐵絲 縛煞.

〈해살경〉의 일부다. 이른바 '살이 끼었다'는 모든 예를 우선 나열하고,

이 살을 결박하겠다는 적극적 내용이다. 〈철망경〉과 〈박살경〉에서는 이내 역신이 섬멸된다.

(2) 가신봉안경(家神奉安經)

가신봉안경은 터주, 성주, 제석, 조상 등을 봉안하기 위한 경문으로서 축사경을 독경하기 전후에 이어진다. 청배되는 신들은 각기 일정한 역할과 성격을 지닌 수호신으로서 인간의 보편적 소원을 성취시켜 주는 신격들이다. 〈터주경〉, 〈성조경〉, 〈제석경〉, 〈조상경〉, 〈삼신경〉, 〈북두칠성경〉, 〈명당경〉, 〈안택경〉 등이 여기에 해당하는 경문들이다.

> 오복을 늘려주시는 터주신 자손을 늘려주시는 터주신 안과밖으로 복을 늘려주시는 터주신 돈과 곡식을 늘려주시는 터주신 가축을 번성하게 해주시는 터주신 ……

> 五福增崇安土地神 多子多孫安土地神 內積外積安土地神 裕錢裕穀安土地神 育畜蕃盛安土地神 ……

〈토주경〉 일부다. 터주신들의 성격과 이름이 나열되고 있다. 신의 호명이 곧 청배나 봉안의 기능을 수행한다는 무속적 관념이다. 청배의 실현화 과정이라고 할 수 있다. 신과 인간의 소통이 이루어지게 됨으로써 현실에 닥친 문제가 이내 해결될 것을 확신하게 된다.

(3) 축원문(祝願文)

축원문은 인간 삶에서 요구되는 보편적 기원이 담겨 있는 경문이다.

기복에 대한 목적 실현 방식이 여느 경문류 보다 더욱 구체적이다. 신장축원문(神將祝願文)과 가신축원문(家神祝願文)으로 나눌 수 있다.

① 신장축원문(神將祝願文)

신장축원문은 신장의 본(本)을 풀고, 그 위력을 칭송하며, 신장으로서의 활동을 독려하는 내용으로 구성되어 있다. 그러나 결국은 인간의 기원으로 귀결된다. 흔히 축사경문류와 같이 독경된다. 〈신장축원문〉, 〈역대축원문〉, 〈신명축원문〉, 〈용왕축원문〉 등이 여기에 해당하는 경문들이다.

> 하늘과 땅이 열리고 해와 달이 밝게 빛나며 오행이 서로 생겨나고 왼쪽에서는 청룡이 벽력이요 오른쪽에서는 호랑이가 맹장이라 …… 이 명당으로 강림하시어 모생 모년의 병액과 마귀와 사악한 귀신을 물리치시고 무궁한 복덕을 점지하여 만수무강 발원합니다.

> 天地開暢 日月明朗 五行上生 左靑龍之霹靂 右白虎之猛將 …… 此明堂 降臨 某生某年 病之禱厄 魔鬼邪神 魔鬼鬼神 물리치고 無窮福德 點指 萬壽無疆 發願.

〈신장축원문〉의 서두와 종결부다. 먼저 우주 만물의 생성 과정이 그려지고 있는데, 중요한 것은 후반부에 드러나는 인간의 기원이다. 곧 우주 만물의 생성 과정이나 신장의 본을 풀어내는 것이 결국 인간의 소원을 기원하기 위한 전제에 불과한 것이다.

② 가신축원문(家神祝願文)

가신축원문은 집안의 수호신인 성조, 제석, 삼신, 호구별성, 조상등에게 일가의 안태와 번영을 기원하는 경문류다. 대게 수호신의 본을 풀거나 또는 원(寃)을 풀어내는 내용으로 구성된다. 〈제석풀이〉, 〈삼신풀이〉, 〈성조풀이〉, 〈호구별성풀이〉, 〈해원풀이〉, 〈조상해원〉 등이 여기에 해당하는 경문들이다.

> 대한민국 충청북도 ○○군 ○○면 ○○리로 강림하시어 여기에 사는 ○씨 집안 모든 식구들에게 명과 복을 점지하여 주시고 제석궁에 좌정하여 먹을 돈을 불어주시고 입을 돈도 불어주시어 먹고 남고 쓰고 남을 만큼 점지하여 수십시오.
> 大韓民國忠淸北道 ○○郡 ○○面 ○○里로 도라드러 居住居生 ○氏 온데 家內家中 男女老少들에 命과 福을 點指次로 帝釋宮에 坐定하여 먹을 錢도 불어주고 입을 錢도 불어주고 먹고 남고 쓰고 남게 占義點指하소서.

〈제석풀이〉의 종결부다. 추구하는 바가 현세의 명과 복으로써 축원의 기능이 부각되고 있다. 현세적 삶과 복락에 대한 강한 관심과 지향을 보인다고 할 수 있다. 이것이 축원의 전형이다.

3) 독경의 연행 방식

독경은 양반 차림(갓과 두루마기)의 경무가 북과 징만을 두드리며 점잖게 앉아서 무경을 구송하는 것으로 일관된다. 비록 신의 공수에도 침통해하거나 슬퍼하지 않고 조상신이 내려도 우는 사람이 없고 울리는 무당도 없다. 굿 전체가 그저 담담하고 미지근하다. 따라서 독경을 '앉은굿' 또는 '좌경(坐經)'이라고도 한다. 일반굿이 영신(迎神) − 오신(娛神) − 송신(送神)의 단계로 진행되는 데 반해 앉은굿은 오신의 과정이 없고 대신 축사(逐邪) 과정이 부각된다. 곧 잡귀·잡신을 잘 먹이고 달래어 인간의 소원을 성취하기보다 위협하여 몰아내는 위엄이 돋보인다.

따라서 독경을 '양반굿'이라고도 한다. 그만큼 대부분의 수요가 양반 계층에서 이루어졌다는 것인데, 굿거리 자체도 이와 걸맞게 엄숙하여 청중의 참여가 단절된다. 뿐만 아니라 연행의 주체가 법사 단독이다. 양반 계급의 절대적 권위와 특권의식을 지적할 수 있는데, 특히 '남녀유별' 내지 '남존여비'로 대표되는 유교의 가르침이 우선한다. 곧 기생과는 음주 가무할 수 있어도 굿판에는 갈 수 없었던 양반이 필요에 의해 병굿을 한다해도 오락적 분위기 속에서 노래하고 춤을 추는 여무(女巫)를 상대하기란 어려웠을 것이다. 따라서 엄숙한 분위기 속에서 굿거리를 수행하는 경무를 선호했을 것이고, 한편 법사도 이러한 상황에 호응하여 폐쇄적 굿거리를 진행시켰던 것으로 추론된다. 또한 일반굿에서는 누구나 알아 들을 수 있는 구어체의 무가 사설을 구연한다. 그러나 독경에서는 일관 되게 한문어투의 무경을 송독한다. 일반인들이 이해할 수 없는 한문어투의 사설을 자신들만의 것으로 확보하고자 한 양반계층의 권위의식 발로로 여겨진다.

한편 독경에서는 의식을 수행하기에 앞서 제장 주위를 종이부적으로 두르는데, 팔문팔진(八門八陣)과 금쇄진(金鎖陣)을 장엄하게 형상화한 일종의 부적이다. 흔히 '종이바수기' 또는 '설경(設經)'으로 불려지는 전통예술로서 일반적인 굿에서는 볼 수 없는 독경만의 고유한 특징이다. 따라서 독경을 '설위설경(設位說經)'이라고도 한다. 여기서 설위(設位)는 설위 설진(設位設陣)의 준말로서 제장에 둘러치는 종이부적을 의미한다. 설위(設位)는 그 자체가 이미 축원이며, 신과 신 사이의 질서이며, 신과 인간 사이를 잇는 가교며, 이승의 연을 끊는 담이며, 경우에 따라서는 싸움터의 병영(兵營)이며, 수령(守令)의 동헌(東軒)으로서 도액(渡厄), 병택(病宅), 천도(遷度) 등에서는 반드시 갖추어야 할 필수 무구(巫具)다. 그리고 설경

(說經)은 경문을 송독한다는 의미인데, 독경의 언어적 의미와 크게 다를 바 없다.

독경은 명칭이 다양하듯, 무(巫)의 명칭도 다양하다. 개인적, 지역적인 차이가 있겠으나 흔히 경무(經巫), 경객(經客), 경사(經師), 경문(經文)장이, 복사(福師), 술사(術師), 술객(術客), 행술인(行術人), 법사(法師) 등으로 불리고 있다. 모두 독경(讀經) 및 점복(占卜)과 관계한 명칭들이다. 그런데 오늘날 현장에서는 '법사'의 호칭이 가장 일반적이다. 경을 읽음으로써 초복(招福) 내지 축사(逐邪)하는 행위가 흡사 불승의 염불과 유사한 데서, 그리고 무(巫)를 천대시하는 사회 풍조를 스스로 의식한 데서, 그리고 보다 많은 단골들을 끌어들이기 위한 데서 그 원인이 해명될 듯하다.

5. 무속의 세계관

무속(巫俗)은 엑스타시(忘我·奪我)와 같은 이상심리 상태에서 초자연적인 존재와 직접 접촉하거나 교섭하여 얻은 신령한 힘을 통하여 점복·예언·치병·제의·천도 등을 행하는 무당을 중심으로 하는 제반 주술이나 종교현상과 같은 원시신앙을 말한다. 이를 일러 샤머니즘(shamanism)이라고 한다. 인류문명사에 등장한 모든 종교의 원초적 형태는 유일신이라는 개념이 부재한 다신론과 샤머니즘이다. 현존하는 어떠한 고등종교도 이 샤머니즘적 요소를 완전히 배제할 수는 없다. 그것은 여러 종교의 원초적 형태가 샤머니즘적 충동에 의하여 지배되고 있기 때문이다.

모든 고등종교의 과제는 이러한 샤머니즘적 충동이나 에너지를 어떠한 작위의 양식에 따라 활용하느냐에 따라 종교문화의 양태가 창출된다. 불교의 수용과정에 있어서 이 땅에 원래부터 엄존하고 있던 토착신앙과의 충돌을 경험하면서 융합하고 변이되어 호국불교화까지 되어 왔다. 또 천주교에 있어서도 박해나 순교를 빚었던 전래 초기의 불협화음과는 달리 지금은 조상제사를 인정하는 등 이 땅의 샤머니즘과 만나고 있는 것이다.

한국종교사상에서 그 원류이며 근간은 인류의 원초적 심성의 발로인 샤머니즘으로 보는 것이 기정된 사실이다. 그리고 이 샤머니즘을 기초로 한 전통적인 신앙체계를 대개 무속이라고 부른다. 그런데 무속은 샤머니즘뿐 아니라 인류의 원초적 사고체계인 토테미즘(totemism)과 애니미즘(animism)을 모두 포괄하는 원시신앙을 지칭하는 뜻으로 사용되고 있다.

무속은 특히 애니미즘적 물활론(物活論)의 세계관에 기초를 두고 있다. 애니미즘은 우주를 구성하고 있는 모든 생물을 활물 곧 살아 있는 것으로서 간주한다. 모든 물건은 최소한 활(活)의 가능태이며, 그 물건을 활화(活化)시키는 힘을 총칭하여 신(神)이라 부른다. 힘이 신이라는 의미에서 애니미즘은 곧 다이나미즘(dynamism)이기도 하다.

무속의 세계관에서는 추상적인 신(神)만이 아니라 죽은 조상도 살아 있는 가족의 범위에 들어가는 살아있는 존재가 된다. 곧 집안에는 살아 있는 사람만이 사는 것이 아니라 이미 죽은 조상과 함께 살고 있다. 우리나라의 전통가옥 속에는 어디엔가 반드시 조상이 살고 있는 곳이 있기 때문이다. 사대부집의 버젓한 사당이든, 신주만을 모시든, 아니면 요즈음처럼 사진만을 걸어놓든 간에 조상들은 살아있는 사람으로서의 대접과 숭앙을 받는다. 옛날 사대부집을 출입할 때면 객이나 친지는 사랑채에 오르기 전에 먼저 사당의 신주에게 신고식을 올려야 그 집의 산 사람과 어울릴 수 있었다. 이렇게 삶과 죽음이 하나의 시공연속체로 융합되는 세계는 유기체론적 세계관 곧 애니미즘적 인식론을 전제로 하여 형성된 것이다.

생자(生者)와 사자(死者)의 이러한 공동체적인 관계는 유물론적·기계론적 세계관의 인식체계로서는 설명이 되지 않는다. 그리고 귀신의 등장이야말로 문명의 등장을 의미한다. 귀신인 조상이 있음으로 해서 '나'라고 하는 존재가 있고, 내가 있다는 것은 타존재 곧 자식이나 혈육이라는 역사적 인간관계가 성립되어 존재의 영원성이 보장됨과 동시에 그러한 세대간의 연결로써 문명의 축적이 가능케 되는 것이다.

결국 무속은 성(聖)과 속(俗)의 동일성을 회복하려는 생자(生者)들의 소망이며 행위이다. 인간은 샤먼의 엑스터시를 통해서 죽음의 세계와 왕래할 수 있으며, 조상의 혼과 만나고, 죽음이 삶으로 연장된다. 인류에게 가장 커다란 문제는 바로 죽음이라는 숙명이었다. 그래서 인간은 끊임없이 그 죽음의 공포에서 탈출하고자 시도하였고 또 죽은 후에도 어떻게 살아남을 수 있는가를 모색하여 왔다. 이 죽음으로부터의 탈출과, 생명의 연장에 대한 문제야말로 모든 종교사상의 주제이며 온갖 제의의 목적이다. 한국 무속의 주제와 무속제의의 목적도 이러한 문제를 해결하고자 하는 신앙의식이며 행위이다. 그러므로 무속은 종교의 초기단계에 머무르는 하나의 시간단위인 종교의 원시태가 아니라 종교와 사상의 근본태이다.

무당은 초자연적인 힘의 영매에 의하여 신령이나 조상을 불러내어 살아 있는 인간과 만날 수 있게 하는 무교(巫敎)의 사제이다. 그는 원시공동체에 있어서 정치·사회·제사·치병 등의 주관자로서 굿이나 비손으로 제화초복(除禍招福)하는 역할을 수행하여 왔다. 무당이 주도하는 굿은 초자연력의 주력(呪力)을 통하여 재앙을 막고 소망을 성취하기 위한 무속제의이다. 고대 부족국가들의 제천행사에서 원류를 찾을 수 있는 굿은 지연이나 혈연을 바탕으로 한 인류의 꿈과 소망, 욕망이나 기원 등을 포괄한 주술적이며 모의적인 행동양식으로서 그 발상의 근원은 '진보적 희망' 곧 다수확과 풍요, 생명의 안전, 치병(治病), 혈통의 보존, 사자(死者)의 천도(薦度)와 같은 인간의 행복을 실현하려는 데서부터 출발하였다. 그리고 그것은 목적한 바의 성취 여부는 차치하더라도 신성·통합·정치·축제·예술의 기능을 발휘하여 사회구성원의 뜻을 결합하고 마음을 안정시키는 삶의 중요한 요소로서 존속하여 왔다.

굿의 종류에는 재수굿·안택굿·치병굿 그리고 죽은 사람의 혼을 위로하는 넋굿 등 개인이나 가정 단위의 개인굿 외에도 도당굿·당산굿·별신굿 등의 마을 공동제의인 마을굿이 있고, 거기다가 공동노동·공동생산분배조직·공동연희조직·공동전투조직인 두레에서 연희되는 두레굿도 있다. 그리고 주로 강신무들 사이에서 행해지는 것으로서 입무의례(入巫儀禮)인 내림굿과 무당이 모시고 있는 신을 정기적으로 대접하고 단골들의 재수를 빌어주는 신령굿(진적굿) 등의 무굿이 있다. 여기의 개인굿이나 마을굿은 종교적인 성격이 강한 제의적 의례행위인 반면에 두레굿은 사회경제적 성격을 띠고 있으며 놀이적 성격이 강하다.

굿은 신성물의 헌납, 연희와 놀이로서 우주적 질서 및 초현실의 현실화를 꾀한다. 굿판은 생활의 마당이지마는 신성한 성역으로서 신상(神像)·신대·신기·신길·꽃 등으로 꾸민 피안의 상징이다. 그리고 그것은 공동체 구성원의 소망·꿈과 상상력의 총화 곧 집단무의식의 구체적 형상을 드러낸 것이기도 하다. 민중은 이러한 유토피아 곧 실현할 수 없는 불가능을 현실화하기 위하여 그들에게 있어서는 가장 분명하고도 합리적인 논리로 상정되는 주술법칙이나 음양오행으로써 양식화한 굿을 통해 집단무의식이 그리는 꿈과 소망의 실현에 이바지하여 왔다. 이것은 신과 인간이 동일성을 회복하여 일체성을 이루고자 하는 거리굿에서 잘 드러난다. 거리굿 중 장님타령(장님놀이)의 경우를 살펴보자.

거리굿 전체의 분위기는 봉사의 어릿광대짓에서 나타난다. 봉사는 자신의 딱한 처지를 빈정대며, 신령이 눈병을 치우하여 주리라 기대해서 멀리서 일출월출을 보러 왔다고 말한다. 그는 굿판으로 가는 길에 앞을 못봐 방앗간에서 만난 아낙네에게 욕을 봤다고 하면서 걸죽한 상소리를 섞어서 창을 한다. "네 입이 술잔이나 다를까. 이놈도 맞추고 저놈도 쪽쪽. 갑덕 엄마 젖은 문고리나 다를까. 이놈도 쥐고 저놈도 주물럭. 갑덕엄마의 허리는 절구통이나 다를까. 여러 뭇 사람이 다 안아 본다……" 굿판에서 눈을 고치려는 기대로 봉사는 그 곳의 약수로 눈을 씻는다. 그러는 동안 고수는 거리굿의 전체를 통해 나타난 삶의 놀라움과 환희를 나타내는 후렴구를 가창한다. "감은 눈 감고, 새눈을 떠라. 봉사 눈은 뜨고, 새눈은 깜짝." 그리고 얼마간 익살스럽게 장난을 한 뒤 봉사의 눈은 마침내 떠졌고, 그 보답으로 마을의 봉사들을 모아 그 역병을 쫓아내겠다고 한그리고 나서 꽹과리 울리는 소리와 함께 거리굿은 끝이 난다.

굿에서는 애니미즘에 의해 코스모스적 세계인 죽음과 삶, 어둠과 빛, 조상과 후손 등의 이원론(二元論)이 파괴되고, 샤머니즘의 세계 곧 음(陰)과 양(陽)이 동일성을 회복하는 카오스(chaos)의 세계가 이루어진다. 이 카오스의 세계야말로 조화와 풍요를 희구하고 확신하는 시공(時空)의 자리인 무속의 현장 곧 굿마당이며, 여기서 불리는 노래인 무가를 통해 그 카오스의 세계가 실현되는 것이다.

〈천지왕본풀이〉와 〈창세가〉에서 보았듯이 원초의 세계는 카오스(chaos) 상태였다. 이 세계 이전의 원초적 상태가 혼돈과 흡합의 상태 곧 암흑, 밤, 맞붙은 상황이었다는 것은 우리의 신화뿐만이 아니라 모든 민족의 신화가 거의 동일하다. "음·양이 갈라지지 않고", "잡것에 쌓여 질서가 없으며", "암흑의 큰 덩어리"일 뿐이었던 세계의 원질인 카오스는 새로운 세계의 탄생을 예비하는 모티프를 잉태하고 있으니 곧 '계란'과 '동굴'로 상징되는 이미지들이다. 계란은 생명의 알이요, 동굴은 일상성을 지양한 재생의식인 통과의례와 연관된다. 여기에다 카오스는 '미분화의 얼'로서 상징되기도 한다. 이 미분화된 얼의 세계는 지상과는 구별되는 영원하고도 신성한 세계로서 인간의 지식을 초월한 자연의 세계이다. 이러한 세계로의 회귀성은 곧 한국 무교(巫敎)의 궁극적 지향점이기도 하다.

그리고 카오스가 지닌 상징 이미지 '동굴'은 재생과 부활을 위해 통과해야 하는 예비된 공간이며, 알이나 자궁으로도 상징되는 인간의 영원한 고향이다. 통과의례는 인생의 새로운 고비, 관문, 문턱에서 치러야 하는 새롭게 태어나는 의식이다. 고비와 관문이란 말이 암시하고 있듯이 이 삶의 전환점들은 지금껏 한 인간이 속해 있거나 누리고 있던 상황들이 사라져가고 경험하지 못한 미지의 것들이 들어오는 순간이다. 그것은 분명히 불안에 넘쳐 있으나 기대에 찬 순간으로서, 이 새 상황을 향하는 인간으로 하여금 예비된 상황을 맞아들일 자격을 갖춘 존재가 되게 하는 데에 이 의례의 효능이 있다. 이를 위해서는 새 상황을 위해 이롭지 못한, 묵고 낡은 것을 소멸시키는 절차를 겪는다. 이 절차를 위해 상징적으로 죽음에 드는 과정을 거치거나 오랫동안 그가 속해 있던 집단에서 격리된다. 그러므로 혼돈의 세계로 들어가는 웅녀나 동명왕의 입굴의식처럼 무당의 영계진입(靈界進入)은 생을 위한 죽음의 한 모습이다.

무속의 세계관에 있어서 삶과 죽음은 서로 별개의 것이 아니며, 삶은 항상 죽음을 전제로 하듯이 죽음 또한 삶을 전제로 하고 있다. 심청의 경우도 바로 이 무속의 근원적 원리에 통한다. 그녀는 인류을 성취하는 존재로서 회귀하기 위해 인당수라는 하나의 동굴을 택하였던 것이다. 그러므로 카오스의 동굴로서의 이미지는 부활을 전제로 한, 새로운 광명과 거듭나기를 예비하는 신성한 굿판으로서 음(陰)인 죽음과 양(陽)인 재생이 공존하는 한마당이다. 다신론에 해당하는 무속에는 신들이 많다. 그 많은 신들은 제각기의 직능에 따라 소관 분야만을 관장할 뿐 서로 싸우거나 대립하지 않는 평화공존체재를 형성하고 있다.

  개개의 무속인들은 신들끼리의 횡적 관계보다는 신과 인간과의 관계에 집착하고 있다. 그래서 인간의 대접이 소홀할 때면 재앙을 내려 벌을 준다. 그러나 정성으로 신을 받들면 관계가 원활하여 동티를 거두고 인간의 소원을 들어준다. 상례(喪禮)에서의 사자밥과 짚신을 받은 저승사자들은 죽은자를 곱게 데려가고, 특별히 뇌물성의 인정(돈)을 받은 신은 인간의 수명을 연장하여 주기도 하는 융통성을 발휘한다.

  무속의 공간세계에서 저승세계는 분명히 있는 것으로 되어 있으나 구체적인 거리의 측정이나 그 곳의 모습이 명확히 드러나 있지 않다. 다만 그곳은 지상과의 수직공간에 있지 않고 한없이 가서 만나는 수평공간에 있는 것으로 되어 있다. 귀신들의 세계는 이원성으로 되어 있으니, 곧 죽으면 저승으로 간다는 것과 한을 맺고 죽으면 원혼이 지상을 떠돈다는 것이다. 이때 저승으로 '승천'하는 것은 신(神)이요, 이승을 떠도는 것이 귀(鬼)라고 한다. 그래서 원혼은 오구굿이나 씻김굿으로 천도하여 저승으로 보내주어야 살아있는 사람들이 편안하다는 것이다. 한번 저승에 간 인간영혼은 당태종이나 강림도령처럼 환생은 하지만 윤회전생하지는 않는다. 그러나 지상을 떠도는 원혼은 원한을 갚기 위하여 장화홍련처럼 출현한다. 신계에 머물고 있는 신들은 무당이 청신(請神)하면 강림하여 좌정해서는 제물을 흠향하고 공수를 내리며 축원을 들어준다. 신이 된 임경업·최영·남이·해랑신 및 조상신도 무당에 의해서 강림한다. 무당의 초능력이 아니더라도 조상신은 제사 때 와서 제물을 흠향하고 간다. 그뿐만 아니라 조상신은 뭇 신처럼 자손의 공경 여하에 따라 행·불행을 내린다.

  무속의 시간세계 속에서 신성의 대상이 되는 것은 영원한 존재이며 영원하지 못한 것은 속(俗)된 것이다. 그러므로 카오스에서 분화된 코스모스는 영원성이 없기에 속된 것이 되고, 미분화되어 카오스쪽에 있는 것은 영원한 것으로서 신성한 것이 된다. 자유로워지기를 원하는 인간의 심성은 이 미분성 곧 카오스의 연장으로서 그것은 한국무속 전반과 현대인의 심성으로 이어진다. 다시 말해서 속인 인간의 세계는 일회성이므로 '영원한 것'에 대한 공경과 추구로 나타난다. 사람들은 무한히 존재하는 것일수록 초자연력이 있으므로 그것을 통해 그 능력을 감염받고자 하였다. 그래서 오래된 바위와 나무에 빌고, 거북이를 숭상하는 것이다.

참고자료

김선풍, ≪한국시가의 민속학적 연구≫, 형성출판사, 1981.

김의숙, ≪한국민속제의와 음양오행≫, 집문당, 1993.

김인회, ≪한국무속사상연구≫, 집문당, 1980.

김태곤, ≪한국의 무속신화≫, 집문당, 1985.

______, ≪한국무가집≫(1 · 2 · 3 · 4권), 집문당.

______, ≪한국무속의 연구≫, 집문당, 1981.

서대석, ≪한국무가의 연구≫, 문학사상사, 1980.

손진태, ≪조선신가유편≫, 향토연구사, 동경, 1930.

윤용식 · 최내옥,≪구비문학개론≫, 한국방송통신대학, 1992.

이보형, ≪한국무의식의 음악≫, ≪한국무속의 종합적 고찰≫, 고대민족문화연구
        소, 1982.

이창식, ≪충북의 민속문화≫, 푸른사상사, 2003.

임기중, ≪신라가요와 기술물의 연구≫, 이우출판사, 1981.

장덕순 외, ≪구비문학개설≫, 일조각, 1983.

적송지성 외, ≪조선무속의 연구≫, 1937.

한상수, ≪한국인의 신화≫, 문음사, 1980.

현용준, ≪제주도무속연구≫, 집문당, 1986.

______, ≪무속신화와 문헌신화≫, 집문당, 1992.

______, ≪제주도무속자료사전≫, 신구문화사, 1980.

______, ≪한국민속대관(6)≫, 〈무가〉, 고려대 민족문화연구소.

______, ≪한국민속종합조사보고서(강원편)≫, 2편 2장, 문화공보부, 1977.

제5장 판소리론

1. 판소리의 명칭과 형성

판소리는 조선 후기에 산출된 민중 예술의 하나로, 민중의 삶을 구체적으로 반영시켜 노래한 서민예술이다. 판소리는 판소리라는 명칭 외에도 여러 가지로 불리어 왔다. 곧 잡가, 타령, 본사가(本事歌), 광대소리, 남도소리, 창극조, 가극, 창악, 창조(唱調), 극가(劇歌) 등이 그것이다. 이처럼 다양한 명칭이 있게 된 것은 판소리가 그 성립 초기부터 완벽한 형태로 정립되지 못한 상황에서 미처 고정된 명칭을 갖지 못하였고, 이에 따라 당시나 그 이후의 문헌이나 향유층에 의한 명칭의 통일이 이루어지지 못했기 때문이다. 그러나 현재는 판소리라는 용어가 일률적으로 사용되고 있다.

판소리란 '판'과 '소리'가 합쳐진 합성어다. 이때 '소리'는 노래. 곧 성악을 나타내는 말이라는 점에서 이의가 없으나, '판'이라는 말에 대해서는 의미의 해석에 이론이 많아 이를 어떤 의미로 보느냐에 따라 판소리

용어의 정의를 다르게 생각할 수 있다. 여기에는 대게 세 가지의 서로 다른 해석이 제기되고 있다. 첫째, '노름판', '씨름판', '굿판' 등에서와 같은 의미로 일정한 장소나 무대를 지칭하는 말로 보는 경우로 이 때 판소리는 '일정한 장소에서 불려지는 노래'라는 의미가 된다. 이는 가장 보편적인 해석이다. 둘째는 판을 신나는 판, 이기는 판 등에서처럼 어떤 상황이나 국면을 나타내는 말로 보는 경우로 이 때 판소리는 '특수한 상황을 노래로 엮어 부르는 음악'이라는 뜻이 된다. 셋째는 판을 중국음악의 영향으로 보는 경우다. 곧 판(板)은 중국에서 악조를 의미하는 용어로서 판창(板唱)에서 판소리가 유래하였다고 보는 견해로 여기서 판소리는 '악조를 짜서 노래로 부르는 소리'라는 의미가 된다.

오늘날의 판소리는 19세기 말까지 전라도와 충청도를 중심으로 성행하였으며, 많은 명창들도 이들 지역에서 배출되었다. 판소리의 형성을 정확히 집어낼 만한 문헌은 매우 드물고 지금까지 나온 여러 학설 역시 가설에 지나지 않는다. 판소리를 하는 사람을 일반적으로 '광대'라 하는데 ≪고려사≫에 그 명칭이 보이므로 연원을 신라대의 화랑으로 잡기도 하나 확실하지는 않다. 다만 오늘날과 같은 형태로 형성된 것은 조선 숙종조 이전으로 볼 수 있는데 이미 당시에 판소리 열두 마당이 불렸다는 사실이 이를 방증한다. 판소리의 발생에 관한 이론은 그간 여러 학자들에 의해 언급된 바 있는데 대체로 두 가지로 요약할 수 있다.

> 첫째, 광대소학지회에 배뱅이굿의 1인창 형태가 영향을 미쳐서 이루어졌다는 설(김동욱).
> 둘째, 무당굿에서 불리는 서사무가에서 나왔다는 설(정노식, 이혜구, 강한영, 서대석).

이외에도 가사창이나 독서하는 소리에서 나왔다든가 판소리계 소설이 생긴 후에 이것을 창으로 불렀다든가 중국의 민속예술과 상관성, 춘향전 한문본 선행설 등의 제설이 꾸준히 제기되었다. 그러나 비교적 타당성을 가지고 유력시되는 학설이 무가기원설이다. 판소리가 무가(巫歌)에 연원을 두고 있다는 것을 강한영은 아래와 같이 언급하고, 전라도 세습무격에 의해 나왔을 것으로 보이는 판소리는 시나위에 머무르지 않고 승화되어 독자적인 한국적 소리와 연희형태를 가지게 되었다고 하였다. 그러나 이 견해 역시 아직은 여러 가지 보완해야 될 점이 많은 실정이다.

· 판소리는 시나위조가 그 바탕을 이루고 있다.
· 판소리의 가락(선율)과 장단은 무가의 기본 것과 같다.
· 판소리의 연창(演唱)양식이 무가의 것과 같다.
· 판소리의 발림양식이 무가의 것과 같다.
· 판소리와 무가의 장단 반주는 북으로 한다.
· 판소리와 무가의 반주자는 추임새를 한다.
· 판소리와 무가에 다같이 청중의 참여가 따르고 또 그들의 공연(公演)을
  필요로 한다.

판소리는 처음에 창자들의 대부분이 천민에 속했으며 청자들도 평민 계급이 주류를 이루었음을 볼 때 어느 정도 초기 형성의 면모를 가늠할 수 있다. 그러나 18세기 말에 들어서면서 청중 층의 중요한 변화를 갖게 된다. 그것은 주로 평민층으로 구성되었던 청자들이 양반, 관료, 부호로 넓어지고 승격되었다는 사실이다. 이러한 변화에 따라 이 무렵에는 훌륭한 명창의 경우 일반 재인이나 광대와 다른 대우를 받게 되었다. 19세기 초에 쓰여진 송만재(宋晚載)의 《관우희(觀優戱)》에 "판소리 광대들은 호남에서 가장 많이 나는데 스스로 말하길 우리도 또한 과거보러 왔다 한다."고 하였다. 이른바 판소리 창자가 당시 양반층에게 호평을 얻는 것은

과거에 등과하는 것과 같은 의미를 지녔음을 알 수 있다.

2. 판소리의 전개와 변모

판소리는 민속종합예술이자 구비문학이어서 그 기원과 역사를 증거할 만한 자료가 많지 않다. 따라서 판소리의 형성시기와 그 이후의 역사적 전개과정에 대한 상세한 논의가 매우 어려운 것이 사실이다. 지금까지 이에 대한 학계의 견해가 분분한 채 누구도 명확하고 객관성 있는 학설을 제시하지 못하는 것은 이 때문이다. 여기서는 편의상 그 역사적 전개를 100년 단위로 하여 5기로 나누고, 각 시기마다의 판소리적 상황, 작품과 문헌, 명창과 그 활동을 중심으로 판소리의 전개양상을 살피기로 한다.

1) 형성기(?~17C말)

이 시기에 판소리는 최초로 그 형태가 형성되었을 것으로 믿어진다. 이 같은 사실을 증거할 만한 근거가 없음에도 불구하고 이 시기를 그렇게 보는 것은 다음 시기에 논의될 18세기 중엽의 유진한(柳振漢)의 한문본 〈춘향가〉가 벌써 상당히 충실한 내용을 가지고 있고, 유진한이 양반 문인임에도 민중예술인 판소리를 듣고 작품화할 정도로 어느 정도 보급되었다는 사실에서다. 또 여기에 〈배비장타령〉의 존재가 나타나고 있는바, 이는 당시 판소리의 종목이 춘향가만이 아니었음을 말해주고 있다. 즉 이와 같은 상황에 이르기까지에는 오랫동안의 준비과정이 필요했다고 보아, 이 시기를 판소리의 모태가 이루어진 형성기로 볼 수 있다.

이 시기 판소리는 판소리로서의 완전한 독자성을 지니지 못한 채 민속 연희류 판놀음의 한 형태로 머물렀을 가능성이 크다. 그리고 해학적 내용의 짤막한 전래설화의 창화 단계로, 조잡한 내용의 단순 소박한 것으로 전적으로 민중적 바탕을 지닌 모습이었을 것으로 믿어진다. 그러다가 이 시기 후반에 이르러 어느 정도 독자성을 띠면서 12마당 중 극히 일부의 형성이 비롯되었을 것으로 보여진다. 이때의 창자는 알 수 없다. 다만 초창기 창자로 전설적으로 거명되는 하은담이나 최선달, 또는 그들의 선배가 되는 창자들이었을 추측만 가능할 뿐이다.

2) 발전기(18C)

이 시기 초기에 판소리는 독자적 형태를 갖추게 되고, 12마당이 형성되기 시작하여 말기에는 대체로 거의 완성되었을 것으로 믿어진다. 또 전문적인 명창이 등장하여 후기에 이르면 소위 전기 8명창의 활약이 나타나기 시작하며, 음악적으로도 세련되어 더늠의 형성과 창제(唱制)의 분화가 서서히 이루어졌을 것이다. 이 시기 판소리에 두드러진 사실은 유진한(1711~1791)의 만화본(晚華本) 〈가사춘향가이백구(歌詞春香歌二百句)〉의 출현이다. 그가 전라도 지방의 여행에서 들은 판소리를 한시로 엮은 이 작품은 1754년에 이루어진 것으로 밝혀졌다. 특히 그가 이 작품으로 인하여 양반계층의 비난을 받았다는 사실은 당시 아직도 판소리가 민중층의 범부 안에 있었음을 나타내는 것이어서 주목된다. 또 1750년에 지은 신광수(1712~1755)의 〈제원창선(題遠昌扇)〉과 유만공이 1783년에 지었다는 〈세시풍요(歲時風謠)〉 등 지식층이 판소리를 읊은 한시가 전하여 이 시기의 상황을 알게 한다. 이 시기 초 활약이 추정되는 창자는 하은담·최선달 외에 우춘대를 들 수 있고, 후기에 이르러 권삼득(1771~1841), 황해천,

모흥갑 등 전기 8명창 일부의 초창기 활동이 있었을 것으로 믿어진다.

3) 전성기 (19C)

이 시기는 판소리가 크게 전성하였던 시기였다. 우선 12마당이 모두 연창되었고, 창제의 분화로 동편제·서편제 등 유파의 특성이 완성되었으며, 장단·악조·더늠 등 음악성이 완숙의 단계에 이르게 되었다. 또 판소리의 애호층이 확대되어 특히 양반·유식층의 청중, 후원자, 참여자가 크게 늘어났다. 이에 따라 판소리 내용 자체에도 양반적 요소, 지식층의 의식지향의 첨가에 따르는 변화가 일어나게 되었다. 대원군·고종 등 임금의 판소리 애호, 명창들의 고위 관직 획득, 명성이 높아짐에 따른 소득의 증가와 극진한 대우 등 명창들의 사회적·경제적 지위가 크게 향상되기도 하였다.

이와 같은 판소리의 사회적 확산에 따라 지식층의 판소리 감상시라 할 관극시(觀劇詩)류가 또한 다수 지어져 당시의 판소리 연구에 귀중한 자료가 되고 있다. 송만재(1788~1851)의 〈관우희(觀優戱, 1843년작)〉, 이유원(1814~1888)의 〈관극팔령팔수(觀劇八令八首)〉, 윤달선의 〈광한루악부(廣寒樓樂府, 1852년작)〉, 신위의 〈관극시(觀劇詩, 1826년작)〉, 이건창(1852~1898)의 〈부심청가(賦沈淸歌)〉 등이 그 대표적인 것들이고, 판소리 관계의 중요한 기록을 전하는 정현석의 《교방제보(敎坊諸譜, 1872년작)》, 《갑신완문(甲申完文, 1824년)》, 《정해소지(丁亥所志, 1826년)》가 나온 것도 이 때이며, 조재삼(1801~1834)이 그의 《송남잡지(松南雜識)》에서 판소리에 관한 언급을 남긴 것도 이 시기 초반이었다.

이 시기에 활약한 명창으로는 18세기 후기부터 활약을 시작하여 19세기 초와 중기까지 활동한 권삼득(1771~1841), 송흥록(1800~1864. 추정),

모흥갑, 신만엽, 고수관, 김계(제)철, 염계달, 송광록(이외에 황해천·주덕기가 포함되기도 함) 등 이른바 전기 8명창이 있었고, 19세기 중엽서부터 말엽에 이르는 동안 활동한 박유전(1835~1906 추정), 박만순, 이날치, 김세종, 송우룡, 정춘풍, 김창록, 장자백(김찬업·이창원이 포함되기도 함) 등 소위 후기 8명창이 있었다.

전성기 판소리에서 빼놓을 수 없는 인물이 신재효(1812~1884)의 출현이다. 전북 고창 태생의 중인 출신으로 호를 동리(桐里)라 했던 그는 판소리 이론가·후원자·교육자·개작자로 판소리 발전에 크게 기여하여 오위장(五偉將) 벼슬까지 하였고, 전래의 12마당 중 6마당의 사설을 정리하는 등의 공적을 남겼다. 그의 문하에서 이날치·박만순·김세종·정창업·김창록 등과 진채선·허금파 등의 여류명창을 배출시켰고, 또한 〈치산가〉, 〈호남가〉, 〈광대가〉, 〈오섬가〉, 〈도리화가〉 등의 단가와 가사 등 26편의 작품을 직접 창작하기도 하였다.

이 시기 중엽에 고소설 독자층의 확대에 따라 판소리계 소설이 방각본으로 간행되어(경판 ≪토생전≫이 1848년에 간행됨) 독서물로 바뀌어 가는 계기를 맞기도 하였고, 이 시기 후기에 이르러는 12마당 중의 일부가 퇴화되어 창 자체가 실전되는 위축의 조짐이 나타나기도 하였다.

4) 위축기 (1900~1960년)

이 시기는 전통문화의 순조로운 계승과 발전이 어려웠던 역사적 격변기였고, 문화적 전환기였다. 이로 인하여 판소리 또한 위축과 쇠퇴의 상황에 처했던 시기였다. 우선 판소리 자체에 있어서도 전성기 중반 이후, 지나치게 귀족화·양반화 되는 한편 흥행 위주로 상품화되면서 대중적 기반을 상실해 갔고, 이에 따라 12마당 중 절반에 가까운 판소리가 서서히 퇴화되고 그 창이 실전(失傳)되는 운명을 맞았다. 여기에 개화기 이후 전래된 서양음악·서양연극의 당시 연예계에 대한 영향도 부정적으로 작용하였다. 이와 함께 당시 일제 당국의 전통예술 탄압은 물론 판소리의 창극(唱劇)화, 명창들의 토막판소리 SP판 레코드의 보급 등도 정상적인 판소리의 발전에 장애가 되었던 것이 사실이었다. 즉 김창환·송만갑·이동백 등이 중심이 되었던 협률사(協律社, 1902~1906)와 이를 이은 원각사(1908~1909)에서 주로 공연되었던 창극은 배역을 나누어 분창(分唱)하는 연극적인 형태로, 1인창으로 이루어지는 판소리의 본질을 훼손시키는 것이어서 일시 판소리 보급에는 기여했으나 전통적 판소리의 발전에는 저해 요인이 되었다. 또한 판소리 부분창을 모아 녹음한 SP판의 보급도 그 인기는 대단하였지만, 창자·고수·청중이 일체화되어 이루어지는 판소리의 생동감 있는 현장성의 결여, 완창으로 지속되는 서사적 스토리의 단절이 불가피한 축음기(유성기)의 특성 때문에 같은 결과를 가져올 수밖에 없었다.

이런 가운데에서도 호남지방에서의 판소리 열기는 여전하였고, 1920년 대의 기생조합, 1933년에 창립된 조선성악연구회에서의 판소리 교육과 보급활동이 지속되기도 하였다. 이선유의『오가전집(五歌全集)』이 나온 것은 1933년이었고, 명창 열전 중심의 최초의 판소리 이론서『조선 창극사』가 정노식에 의해 간행된 것은 1940년이었다. 이 시기 명창으로는 김창환·송만갑·이동백·정정렬·유성준·김창룡·박기홍·김채만·이선유·전도성 등을 들 수 있고, 이들 이후의 인물들로는 장판개·김정문·공창식·임방울·이화중선·박록주 등이 활약하였다.

5) 보존·재생기(1960~)

이 시기 초, 6·25 한국전쟁 이후의 혼란이 안정되는 가운데 정치·경제·문화·사회 등 각 방면에 새로운 기운이 일어나면서, 전통문화에 대한 자각과 인식이 또한 새롭게 대두하였다. 이에 따라 판소리도 보존과 재생(再生)이라는 두 축을 바탕으로 일정한 활기를 찾게 되었다. 판소리의 이러한 활기는 대체로 보존적·교육적·연구적·재생 및 창작적·보급적 차원에서 일어났다. 즉 판소리와 창자가 중요무형문화제(1964 춘향가, 1968 심청가, 1970 수궁가, 1971 적벽가, 홍보가) 인간문화재의 지정으로 국가적 인정과 보호, 재정적 도움을 받아 그 보존에 새로운 국면을 맞게 되었고, 각 음악대학의 국악과 개설(1954년 덕성여대, 1959년 서울대), 국악예술학교(1960년) 개교, 국악중학교(1972년)의 개교, 각종 국악단체에서의 판소리 강습의 활성화로 판소리의 교육과 새로운 창자의 양성이 가능하게 되었으며, 국악에 대한 학문적 관심이 제고되면서 판소리 또한 새로운 각광을 받아 연구인의 수가 차츰 늘어가기 시작하였다. 또한 대사습놀이의 활성화, 각종 국악경연대회의 개최나 각 방송·언론기관들의 국악상 제정, 국악발표회 후원과 선전 등도 이 시기 판소리에 대한 국민적 인식과 대중적 보급에 크게 기여하였다.

한편 판소리의 위축기에서 벗어나 이 시기를 판소리의 재생이라는 차원에서 논할 수 있는 것은 그 후반기 시도되었던 실전(失傳) 판소리의 부활과 창작 판소리의 출현 때문이다. 즉 실전 7마당 중 〈변강쇠가〉, 〈배비장타령〉, 〈옹고집타령〉, 〈장끼타령〉, 〈숙영낭자전〉 등 5마당이 박동진에 의하여 불리어졌고, 윤봉길 의사의 의거를 다룬 〈열사가(烈士歌)〉, 성경이나 역사적 사건 등을 판소리화한 창작 판소리의 등장은 전에 없던 일로 판소리사상 특기할 일이었다. 판소리가 마당극이란 변형된 양식으로 변모 흡수되기도 하고, 1984년 판소리학회가 창립되어 공연과 연구에 활기를 띠게 된 것도 이 시기였고, 1993년 판소리 영화 〈서편제〉가 흥행에 성공하여 판소리에 대한 인식과 보급에 새로운 전기를 마련하게 된 것도 그 의미가 크다고 할 수 있다. 또한 창은 물론 사설마저도 실종되어 아쉬움을 남겼던 2마당, 곧 〈무숙이타령(왈자타령)〉과 〈강릉매화타령〉이 1991년 김종철에 의하여 〈게우사〉, 1992년 김헌선에 의하여 〈매화가〉로 각각 발굴 소개된 것은 실로 획기적인 일이었다.

이 시기의 주요 명창은 김연수·김여란·정광수·박동진·박초월·김소희·박봉술·강도근·한승호·정권진·한애순 등이고, 그 다음으로 오정숙·성우향·성창순·조상현·조통달 등이 활약하고 있다.

3. 판소리의 유파 및 특징

판소리는 민간에서 형성된 성악으로 고도의 예술성과 기법을 자랑하는 갈래다. 한 명의 창자가 여러 배역을 소화해 내며 고수와 함께 판을 이끌어 가게 된다. 오직 목소리와 부채만으로 모든 상황을 연출하여 추상적이고 상징적인 방법을 구사하게 되는데 사설의 내용이 장면마다 상황에 맞게 음악적으로 표출되는 것을 '이면(裏面)'이라고 한다. '이면'이란 속에 숨어 있는 측면으로 겉으로 드러나는 것 뒤에 숨어 있는 어떤 것을 말한다. 다시 말해 판소리는 숨어 있는 상징의 세계라든가 은유의 모양을 그린다는 점이다. 광대가 이면을 그릴 대는 자기 마음대로 하는 것이 아니라 판소리의 '바디', 곧 타입의 제약 아래서 그리게 되는데 이에 따라 유파를 형성하게 된다.

판소리의 유파는 지리산 바람처럼 웅건하다는 '동편제 소리' 해남 관머리 바람처럼 부드럽다는 '서편제 소리', 동편제를 주축으로 호령성이 강한 '송만갑 바디'. 시김새(소리의 수식)가 자르르 흐른다는 '정정렬 바디', 동편제 소리를 근간으로 하고 서편제 소리에 살을 붙였다는 '보성소리' 등으로 나누어 볼 수 있다. 또한 판소리 명창들의 출신지를 지역별로 개괄해 보면 소백산 서쪽 남한강 남쪽지역이 대부분이다. 다시 말해 전라도, 충청도, 경기도 남부 지역 출신인데 이 지역은 민요나 무가 선율로 볼 때 시나위 권역에 속한다고 한다. 그러나 같은 시나위선율을 가지고 있다 해도 지역과 출신에 따라 다른 형태로 발전하고 계승한 것이 오늘날 전하는 동편제, 서편제, 중고제 등의 유파다.

동편제(東便制)는 전라도 동부지역을 중심으로 한 명창 송홍록 계보, 서편제(西便制)는 전라도 서부지역을 중심으로 한 명창 박유전 계보, 중고제(中高制)는 경기·충청도 지역을 중심으로 한 명창 염계달, 김성옥이 각각 개척하였다. 지역의 특징으로 볼 때 동편제는 대개 익산, 남원, 운봉 등지의 산악지대에서 주로 활동을 하였고, 서편제는 대개 보성, 광주 등을 중심으로 한 평야지대 지역을 중심으로 발전하였다. 정노식은 동서편제의 성립과정을 ≪조선창극사≫에서 다음과 이야기 하였다.

> 동서의 유래가 여하히 분류된 것이냐 하면 송홍록의 법제(法制)를 표준으로 하여 운봉·구례·순창·흥덕 등지 이쪽을 동편이라 하고, 서는 박유전의 법제를 표준하여 광주·나주·보성 등지 저쪽을 서편이라 하였다. 그 후에는 지역의 표준을 떠나서 소리의 법제만을 표준하여 분파하였다.

또한 판소리 유파간 계승과 수용은 과거로부터 전승된 틀과 현실의 관계에서 나름의 변이형이 만들어졌다. 송만갑이 그의 선대인 송홍록의 동편제 가계를 고수하지 않고 정창업의 서편제 소리에 빠져 만든 '송판 판소리'가 생겨났고, 정재근, 정응민이 박유전의 서편제 소리에 동편제를 받아들여 생겨난 '보성소리'가 만들어졌다. 이는 판소리가 고정된 유기체가 아니라 현실인식을 가진 광대들의 창의력에 의지하고 있음을 사실적으로 보여 주는 사례다.

1) 동편제

동편제는 섬진강을 중심으로 주로 전라도 동쪽인 운봉·구례·순창·흥덕 등지에서 불려지던 창제로 송흥록(宋興祿)을 시조로 한다. 웅건청담하고 온화정중한 창법이 특징인데, 남성적인 우조가 사용되며, 소리의 끝이 뚝 갈라지고 들어올리면서 맺는 경향이 있다. 기교보다는 힘을 위주로 하는 우렁찬 발성을 특징으로 한다. 동편제는 강한영, 정병욱이 말한 바 있듯이 '막자치기 소리'라고 표현할 수 있다. 이것은 창법에서 특별한 기교를 부리지 않고 건조하게 '목으로 우기는' 소리를 말한다. 따라서 비기교성을 보이는데 장단이 빠르고 잔가락이 없이 '대마디 대장단'(잔가락 없이 원박만 치는 장단)이 주축이 된다. 빈틈없이 사설을 채워 나가는 형식으로 한 마루(판소리 음악의 장단을 특징짓는 배분 단위)의 장단으로 소리 한 꼭지를 불러 나가기 때문에 자연히 발림(몸짓)을 할 여유가 적어진다. 그 대신 목으로 우겨대는 정통법을 유지하는 장점이 있다고 할 수 있다. 김명환이 동편제 소리를 비유한 "어부들이 쓰는 그물줄에서 그물코가 큰 그물로 고기를 잡는 것과 같다"는 말로 동편제의 특징이 요약될 수 있을 것이다.

동편제의 시조격인 송흥록은 조선 철종 때(대략 1860년 무렵)까지 생존하였던 인물이다. 전북 운봉 출신으로 19세기 초 판소리의 가사와 창법을 집대성하고, 판소리 진양조를 창시하여 판소리의 중시조(中始祖) 또는 가왕(歌王)이라는 호칭을 갖게 되었다. 송흥록은 우조(羽調)를 위주로 한 웅장한 창법을 즐겼는데 '호풍환우(呼風喚雨) 송흥록'이란 말도 생겨났으며, 이것으로 '호걸제'라는 창법이 생기기도 하였다. 〈적벽가〉에 특히 많이 쓰이는 이 '더늠'(기존 전승에 첨가되는 부분)은 송흥록에 의해 창안되었다고 할 수 있다.

송흥록의 동편제는 박만순(朴萬順)으로 이어졌는데 대원군 집정기간 최고의 명성을 누렸다. 정노식의 ≪조선창극사≫에는 전북 고부에서 성장한 그의 일화가 전하는데 자기 스스로 흥이 나지 않으면 태장을 맞아 가면서도 권세의 위력에 불복하고 기예를 파는 행위를 심히 꺼렸다고 한다. 소리를 봉하여 오라는 대원군의 부름을 받고 가던 중 충청감사 조병식이 판소리를 한번 부르기를 명했으나, 청을 거절하였다가 후에 돌아갈 때 조감사 앞에서 절창을 하여 오히려 보살핌을 받았다고도 한다. 또한 염계달, 송흥록과 같은 시기에 활동한 명창 모홍갑도 유명하다. 모홍갑은 헌종 때 평양감사 김병학의 초청으로 연광정에서 가창하였을 정도로 뛰어난데 성량은 10리 밖에서 들을 만큼 크고 높았다고 한다. 판소리 광대로는 최초로 헌종 13년(1847) 종 2품 동지의 벼슬을 제수 받았다. 송만재의 〈관우희〉에도 등장하는 그의 더늠은 소위 강산제라는 유파로 불리는 〈춘향가〉 중에서 이도령과 춘향이 이별하는 장면에서 '날 데려가오'라는 대목이다. 이 가락을 강산제(江山制)의 전신이라고도 하고 박유전의 강산제와 구별하기 위해 〈동강산제〉라고 말하기도 한다.

2) 서편제

서편제는 섬진강을 중심으로 하여 주로 전라도 서쪽인 광주·나주·해남·보성 등지에서 불려지던 창제로 박유전을 시조로 한다. 애원처절하고 연미부화한 창법이 특징인데, 여성적인 계면조가 주로 사용되며, 소리의 끝이 길게 이어지는 경향이 있다. 기교가 다양하고 정교하며 감칠맛나는 발성을 특징으로 한다. 서편제는 동편제가 선천적인 음량에 의존하는 것과는 달리 후천적 가공과 기교 수식에 의해 소리를 만드는 유파라 하겠다. 따라서 소리가 늘어진 잔가락이 많아지며 발림도 풍부한 것이 특징이다. 소박한 고풍의 동편제에 비해 서편제는 기술적인 면에서 향상되었다고 할 수 있다. 동편제에서는 서편제를 이단으로 몰기도 하나 서편제에서는 동편제의 소리를 "장작패 듯 한다"고 말하는데 김명환의 "서편제 소리는 어부들이 쓰는 그물 중에서 그물코가 작은 그물로 잡았을 때에 굵은 고기 잔 고기를 하나도 빠뜨리지 않고 모든 고기를 다 잡은 것과 같다."는 표현대로 동편제를 "대충대충 거뜬거뜬" 서편제는 "곰상곰상 차근차근"한 인상을 받는다고 한다.

서편제의 창시자인 박유전(朴裕全, 1835~1906)은 전라도 순창에서 태어난 후 보성 강산리에 살았다. 그는 전주 대사습에서 장원하였는데 목청이 매우 고와서 섬세한 창법에 능하였으며, 장기인 〈새타령〉은 언제나 소리 좌석의 특색을 더하였다. 소리에 탄복한 대원군은 "네가 제일강산이다"고 하였고, 무과 급제로 선달을 시켰다. 대원군이 절등한 기예를 탄상하여 그의 고향 강산리를 따서 '강산'이란 호를 내렸을 정도며, '강산제'라는 유파가 정립되었다. 박유전에 의해 운치를 돋우기 위한 '새리치가락'의 장단이 활용되고, 서편제의 여성적 성격이 동편제에 가미됨에 따라 너름새가 풍부해지기도 하였다. 박유전의 창법은 이날치에 의해 계승되었다. 이날치(李捺致, 1820~1892)는 서편제 창시자인 박유전의 법제를 이은 수제자로 동편제 박만순, 김세종과 더불어 활약하였다. 이날치는 동편제 박만순의 창법을 논평할 정도로 자신의 기량도 뛰어났는데 전남 담양에서 태어나 장성에서 살았다. 기예가 뛰어나 발림을 자유롭게 하였고 천부적인 수리성(쉰 듯한 목소리)도 성량이 컸다고 한다. 그래서 춘향가 중 나팔소리를 내면 실물과 방불하였고 인경소리를 '뎅뎅'내면 실제의 종소리와 같았다. 스승의 뒤를 이어 〈새타령〉도 능하였다고 한다.

3) 중고제

중고제(中高制)는 주로 경기·충청지역에서 불려지던 창제로 염계달에 의해 비롯되었다. 단조롭고 소박한 창법이 특징으로 동편제와 서편제의 중간형태로 소리를 낼 때 평평하게 시작하여 중간을 높이고 끝을 다시 낮추어 끊는다. 《조선창극사》에서 "중고제는 비동비서(非東非西)의 그 중간인데 비교적 동에 가까운 것이다"하였다. 또 박헌봉은 《창악대강》에서 "동편 서편도 아닌 한 중간제이다. 성음의 고저가 분명하고 명확히 구분하여 들을 수 있으며, 또 소리를 낼 때에 평평하게 시작하여 중간을 높이고 끝을 다시 낮추어 끊는 것이다."라고 하였다. 중고제는 근본적으로 풍부한 성량을 요하는데 소리의 초두(初頭)를 비교적 낮은 음정에서 시작하여 높은 음정으로 올리고 성량이 한계에 달했을 때 다시 낮추는 기교를 보인다. 근세에는 송만갑이 주로 썼다고 한다.

4) 설렁제

설렁제는 동·서편제 어느 것이나 처음부터 이것으로 부른 경우는 없고 특정 대목에 이르면 부르는 공식이라 하겠다. 따라서 유파라고 보기는 어려운데 이것을 개발한 사람은 권삼득이다. 권삼득은 전북 익산 양반출신의 '비갑이'로 천재적 성악가였다. 그의 문중에서는 파문하기로 결정하고 거적을 씌우고 뭇매질을 하자 마지막으로 판소리 한마당 '유언가'를 부르니 죽음을 면하고 추방당했다는 일화가 있다. 영정조·순조 연간에 활동했던 이른바 8명창 중 가장 선배인 그를 신재효가 평하길 "권생원(權生員) 사인(士仁)씨는 천충절벽 불끈 솟아 만장폭포 월명 꿜꿜…"이라 하였다. 신재효의 평으로 추측할 때 권삼득의 창법은 격렬했던 것으로 보이는데, 이를 '덜렁제' 또는 '설렁제'라 부른 것이다. 일명 '호걸제'라고도 하는데, 그 호기등등함은 '권마성(權馬聲)에서 나왔다고 한다. 권마성은 신분이 높은 사람이 행차할 때 말이나 가마 앞에서 하인들이 가늘고 긴소리로 부르는 일종의 신호소리로 호기있게 들리게 된다. 이것은 〈춘향가〉에서 군노사령이 춘향을 잡으러 나가는 대목과 〈홍보가〉에서 놀부가 제비 후리러 나가는 대목, 〈적벽가〉의 대목에서는 "이 대문은 옛날 8명창 중의 한 사람인 권삼득 선생의 더늠인디…"라고 소개하고 있다.

5) 석화제

석화제는 오늘날 우리가 흔히 듣는 가야금 병창과 같은 인상을 풍기는 법제로 명랑하고 거들거리는 성음이 많다. 이 석화제의 시자를 정확히 밝히기는 어렵지만 정노식은 《조선창극사》 김제철조에 "김제철(金齊哲)은 충청도 출생으로 순·헌·철 3대간 인물이며 송모염고의 후배이고 주덕기(朱德基)와 동배인데, 사계의 대가다. 〈심청가〉를 잘했고 특히 석화제(가야금 병창제와 근사)를 잘 불렀다 한다."라고 언급하고 있다. 또한 《창악대강》에는 "순조─철종 간의 명창인 김계철(金啓喆)에 의하여 비롯되었다 한다. 석화제는 가야금 병창제와 비슷한 것이다."라고 하여 이름이 다른 사람을 들고 있다. 그러나 신재효의 '광대가'에는 "김선달 제철이난 담탕한 산천영기 명랑한 산하영자언운영월 구양수…"라고

하여 가풍이 명랑한 것을 잘 부른 김제철을 칭하고 있다. 그러나 정병욱
은 석화제의 창시자로 신만엽을 의심했는데 김명환의 제보에 따르면 과
거의 명창들이 석화제의 시창자로 신만엽을 꼽았다 한다. ≪조선창극사≫
에서도 전북 여산 출생인 그의 가조가 '연미부경(軟美浮經)'하여 '사풍세
우(斜風細雨)'의 칭호를 당시 사람들이 주었다 한다. 이것으로 미루어 볼
때 그의 창법에서 석화제를 떠올릴 수 있었다고 하겠다.

6) 경드름제

마지막으로 '경드름제'가 있다. ≪창악대강≫에서 "순종—철종 간의
명창의 염계달(廉季達)에 의하여 비롯되었다. 이제는 염계달의 출생지가
경기도 여주이므로 그의 특조를 일러 경도림이라 한다."라고 하여 하나
의 유파로 인정하였다. 염계달은 강한영이 중고제의 시창자로 꼽고 있는
명창으로 경기도 여주 사람이었다. 일설에는 충남 덕산이라고 하는데 8
명창의 대열에 올랐다. 10년을 소리공부하기로 작정하고 충청도 음성으
로 가는 도중 〈장끼전〉 한 권을 주웠는데 "이것은 하늘이 나를 뒤에서
돕는 것이다"며 절에 들어가 졸음이 올 때는 상부에 끈을 달아서 천정에
매고 공부했다 한다. 판소리 명창들이 주로 호남 출신인데 비해 염계달
은 이러한 특이성을 판소리 창에 반영하여 경제(京制) 곧 '경드름제'를 창
안한 것이다. 이것은 서울 근교 사람의 언어생활과 경기 민요의 특징을
섞은 것으로 명랑하고 경쾌하며 화사한 느낌을 주는 창법이다.

4. 판소리의 구성

판소리는 일인다역의 형식으로 이루어지는 예술형태로 볼 수 있으나 소리판의 구성에서 본다면 맞지 않는 이야기다. 하나의 판으로 그 구성을 살핀다면 그것은 먼저 판소리 광대인 '창자'와 '고수' 그리고 '청중'이 있게 된다. 즉 이 세 가지 구성요소가 어우러져야 소리판이 이루어진다. '판소리'라는 말이 "여러 사람이 모인 놀이판에서 여러 가지 내용으로 연창한다"라는 의미가 있기 때문에 자연히 소리하는 연창자가 있어야 하고 다음은 이를 관람하는 청중이 있어 '추임새'가 형성되는 것이다. 연창자가 주연이지만 여기에는 조연자이며 연출가라 할 수 있는 고수가 반드시 있어야 한다.

고수의 장단에 맞추어 훌륭한 광대가 탄생될 수 있을 만큼 중요한 역할이기에 판소리계에서는 '일고수(一鼓手) 이명창(二名唱)'이라는 격언이 전한다. 다시 말해 첫째가 고수라는 말인 셈이다. 제아무리 훌륭하다는 명창도 명고수의 장단 반주가 없으면 그 소리가 살아나지 못한다는 말이다. 그러므로 예전 8명창 중의 한 사람이었던 송홍록은 전속 고수로 자신의 동생 송광록을 대동하였고 후에 명창이 된 주덕기는 모홍갑의 고수였다. 이상과 같은 구성을 이상적이라 하는 것은 고수 없는 명창을 생각할 수 없고 명창 없는 명고수도 생각할 수 없는 것이다.

고수는 판소리 장단의 반주자라는 기능 이외에도 장단을 짚어 줌으로써 연창자와 청중 사이에 효과적인 소리판을 이끈다. 다음은 청중의 추임새를 유도하며 그들의 대역을 하기도 하고 연창자의 대역을 맡기도 한다. 또한 '암명창 수고수'라는 말처럼 마치 남녀가 호흡을 맞추듯 연출을 하고 동시에 지휘를 하는 중요한 기능을 한다. 하나 더 음향효과나 조명을 대신하는 구실도 있다. 그러나 명창과 명고수가 있다 하여도 이를 감상하고 애호해 주는 청중이 없다면 의미가 없다. 판소리의 청중은 단순히 구경만 하고 듣는 입장이 아니라 소리판에 직접 참여하는 양식을 띠고 있는 점이 특색이다. 음악이나 연극에서 구경꾼들이 직접 참여하는 방식은 별로 없는데 반하여 판소리는 하나의 판을 짜는데 관중의 참여가 필요하고 그들이 없는 판소리는 성립될 수 없는 것이다. 판소리 구성의 세 요소는 따라서 창자, 고수, 청중이라 하겠다.

이런 측면에서 판소리 양식의 네 가지 요소를 살펴볼 필요가 있을 것이다. 양식의 네 요소는 연창자가 행하는 '창'(소리), '아니리'와 '너름새'가 있으며 고수와 청중이 맡는 '추임새'가 있다. 창은 판소리의 중심이 되는 음악적 요소다. 창에는 창법과 창조, 유파, 성조, 발성법, 고법 등이 있다. '아니리'는 '안일이', '안이리' 등으로도 표기하는데 어원적으로 '안'은 내용 또는 '이면(裏面)'이란 뜻으로 쓰인다고 한다. '아니리'의 속성은 사설을 소리로 하는 것이 아니라 일정한 장단없이 자유로 부른다는 점이다. 이 '아니리'에도 말로 하는 '말조 아니리'와 소리로 하는 '소리조 아니리'가 있다. 다시 말해 '아니리'는 극적 상황을 대화체로 전달하는 것이며 대화는 장단 안에 처리된다. 실제로 '아니리'는 판소리 극적 상황의 변화나 시간의 경과, 작중 등장인물의 대화, 심리 묘사, 독백 등을 표현하며 연창자에게 휴식의 기회를 부여하고 '너름새'할 기회를 주게 된다.

'너름새'는 일종의 몸짓과 형용 동작을 말한다. 이와 비슷한 말로 '발림'과 '사체'가 있는데 '너름새'는 음악에 수반하는 몸짓이므로 무용적이며, 아울러 본격 무용이 아니므로 극단적인 축약성이 요구된다. 서편제의 창법에서는 이 '너름새'를 동편제보다 중시하는데, 가령 울음을 울 때는 수건을 이용한다든지 먼 길을 쳐다볼 때는 부채로 멀리 보는 흉내를 내는 것 등으로 나타나는 것이다. 이렇게 하여야 청중은 보다 실감있게 상황을 연상할 수 있음은 물론이다. '추임새'는 고수와 청중이 역할을 하게 된다. 소리판에서 빠질 수 없는 '추임새'는 창자와 청자와의 거리감을 해소하고 조화를 이루게 하는데 전체적인 분위기를 조성하는데 긴요하다. 청중은 판소리 중간 중간에 '얼씨구' '좋다' 등으로 광대를 격려하기도 하고 자신들의 흥을 판소리에 싣는 무대효과도 거둘 수 있다. 그러나 '추임새'는 아무 때나 아무렇게 하는 것이 아니기 때문에 오랫동안 판소리를 들어본 사람이라야 제대로 할 수 있는 것이다.

5. 판소리 창법과 장단

1) 판소리 창법

판소리 창법에서 창조(唱調)는 음악적으로 그 특징을 가장 잘 보여준다. 다시 말하여 판소리 사설의 극적인 상황을 잘 표현하려면 어떠한 창조로 그 이면을 그려 나가느냐에 달려 있기 때문이다. 판소리에 쓰이는 창조는 평조(平調), 우조(羽調), 계면조(界面調) 등 세 가지가 있다. 이 세 가지의 창조는 구성음과 선율, 악상, 표현 방식에 따라 달라지는데 판소리 이전의 전통음악에서도 사용되어 왔던 것이다. 이들 창조(唱調)의 특색을 요약하면 다음과 같다.

① 평조 : 판소리의 기본이 되는 악조로서 온화하고 평온한 느낌을 자아내며, 우조와 계면조의 중간적 성격을 지니면서도 우조에 가까운 부드러운 창조이다.

② 우조 : 웅장하고 호방한 남성적인 악조로서 강건하고 장중한 맛을 내기
　　　　때문에 영웅호걸이 다수 등장하는 〈적벽가〉에 주로 쓰인다. 뱃
　　　　속에서 우러나오는 소리로 웅건청원(雄建淸遠)한 봄의 낭낭한
　　　　소리라 일컬어진다.

③ 계면조 : 애련하고 처절한 여성적인 악조로서 화려하고 다양한 기교를
　　　　부리는 것이 특색이다. 목과 입안에서 나오는 소리로 연미부화
　　　　(軟美浮華)한 가을의 소리라 일컬어진다.

　이상의 세 가지 악조는 또한 서로 혼합되거나 세분되어 평우조·진우
조·가곡성우조와 평계면·단계면·진계면으로 나뉘어지기도 하여 창조
의 맛을 낸다. 창법과 관련된 것으로 매우 중요한 것은 광대의 성음(聲音)
인데 고저, 음색, 변화에 따른 분류를 ≪창악대강≫에서 인용하면 다음과
같다.

· 목 성음의 고저에 따른 분류

평　성(平聲) : 보통소리
상　성(上聲) : 윗소리
중상성(中上聲) : 상성의 배음(倍音)
최상성(最上聲) : 중상성의 배음
하　성(下聲) : 아랫소리
중하성(中下聲) : 하성의 배음
최하성(最下聲) : 중하성의 배음

· 음색에 의한 목 성음에 따른 분류

통　성 : 뱃속에서 바로 위로 뽑는 소리
철　성 : 쇠망치와 같이 건강하고 딱딱한 소리
수리성 : 쉰 목소리와 같이 껄껄하게 나오는 소리

세성(살세성) : 아주 가늘게 미약하고도 분명히 나는 소리
항 성 : 목에서 구부러져 나오는 소리
비 성 : 코에서 울리어 나는 소리
발발성 : 떨리며 나오는 변화된 소리
천구성 : 튀어나오는 소리, 즉 천성적인 명창의 성음
귀곡성 : 귀신 울음소리와 같이 사람이 흉내낼 수 없는 신비한 소리
아귀성 : 목청을 좌우로 젖혀가면서 힘차게 내는 소리

· 목 성음의 변화에 따른 분류

생 목 : 소리의 공력이 없어 많이 쓰이지 않는 성음, 즉 목이 트이지 않
    은 성음
속 목 : 목 안에서 내며 불분명하게 목 밖으로 발하지 않는 성음
겉 목 : 피상적으로 싱겁게 쓰는 목소리
푸는목 : 성음을 느긋하게 스스로 푸는 목소리
감는목 : 서서히 몰아들이는 목소리
찍는목 : 소리의 어떤 요점에 맛이 있게 찍어내는 목소리
떼는목 : 소리를 하다가 어느 경우에 맺어서 꼭 잘라 떼는 목소리
마는목 : 느린목소리를 차차 빨리 돌려 차근차근 말아들이는 목소리
미는목 : 소리를 당기다가 다시 놓아 밀어 주는 목소리
방울목 : 궁글궁글 굴려 내는 목소리
떡 목 : 텁텁하고 얼붙어서 별 조화를 내지 못하는 목소리
노랑목 : 너무나 교묘하게 지나쳐 넘치게 쓰는 목소리
마른목 : 아주 깔깔하게 말라 버린 목소리
굳은목 : 소리가 굴곡없이 아주 뻣뻣하게 멋이 없이 나오는 목소리
끊는목 : 예민하고 날카롭게 맺어 끊는 목소리
엮는목 : 사뿐사뿐 아주 멋있게 엮어 내는 목소리
다는목 : 떼지 않고 달아 붙이며 하는 목소리
깎는목 : 소리를 하다가 모가 있게 깎아내는 목소리

녹은목 : 상성은 없고 언제나 하탁성(下濁聲)으로만 내는 목소리

된 목 : 아래로 내려오지 않고 언제나 상성으로만 쓰는 목소리

짜는목 : 평범하게 소리를 하다가 쥐어짜서 맛있게 내는 목소리

파는목 : 아래로 깊이 파서 들어가는 목소리

흘는목 : 소리를 무덕무덕 널어서 흘는 목소리

넓은목 : 아주 넓게 범위를 넓혀 부르는 목소리

둥근목 : 본이 있고 원만하게 내는 목소리

짧은목 : 숨결이 짧아 길게 뽑지 못하는 목소리

긴 목 : 자유로이 숨결을 길게 할 수 있는 목소리

느린목 : 장단 한 배에 맞지 않게 늘어지게 하는 목소리

최는목 : 목소리를 맺어 떼려고 바싹 죄어드는 목소리

너는목 : 소리를 쭉쭉 뻗어 널어놓는 목소리

줍는목 : 차근차근 주워담는 목소리

튀는목 : 소리를 평성으로 하다가 위로 튀어나오는 목소리

뽑스린목 : 평탄하게 나가다가 휘잡아 뽑아올리는 목소리

군 목 : 홍이 날 때 혼자서 맛있게 한 번 구을려 내어보는 목소리

엎는목 : 소리를 바로 하여 나가다가 한 번 엎치어보는 목소리

젖힌목 : 평범한 소리로 하던 것을 옆으로 젖히기도 하고 또는 엎어진
        소리를 바로 잡아 들이키는 목소리

이상과 같은 목소리는 대체로 특색을 가진 경우에 해당하는 것인데, 이런 장식음이 많을수록 표현력이 증대되고 흥미를 더하게 됨은 당연하다. 다만 판소리에서 기피하는 네가지 성음에는 '노랑목', '함성(含聲)', '전성(轉聲)', '비성(鼻聲)'이 있다. '노랑목'의 경우는 남도 민요자락인 육자배기 발성법으로 소리에 긴장감이 없으므로 피하게 되고 '함성'은 입 안에서 우물우물하는 소리여서 분명한 전달이 되지 못한다. '전성'은 '발 발성'을 말하는데 떠는 소리를 말하고 '비성'은 콧소리이므로 꺼리는 소

리에 든다. 판소리의 가장 이상적인 소리로는 '천구성'을 드는데 이것은 '수리성'에 '철성'을 겸한 목소리다. 선천적으로 타고나는 이 소리는 후천 적으로 피나는 노력에 의해서도 '득음'을 할 수 있게 된다.

2) 판소리 장단

판소리와 비슷한 개념을 가진 형태에는 단가, 가야금 병창, 승도창, 거 문고 병창, 창극 등이 있다. 단가는 두루마기에 창의를 입고 갓을 쓴 연 창자가 오른손에는 합죽선, 왼손에는 손수건을 쥐고 돗자리를 깔아 놓은 소리판에서 본격 소리를 하기 전에 단가 몇 종을 중음으로 평우조로 중 모리장단에 맞추어 서정적인 내용을 서서히 부르게 된다. 이렇게 하면 점차 소리판이 무르익게 되는데, 목에 부담을 주지 않을 정도로 부르고 나서는 "이것은 잠깐 단가렸다"하고 창과 아니리를 섞어 가면서 연창하 는데 여러 상황에 따라 다양한 창조와 장단을 구분하여 부르게 되는 것 이다.

가야금 병창은 후대에 파생한 판소리의 한 양식이라 할 수 있다. 소리 하는 사람이 가야금을 타면서 동시에 판소리를 부르므로 병창(倂唱)이라 한다. 이 때에 고수는 장구를 맡게 되는데 이것도 가야금 병창의 특징이 다. 처음부터 판소리 한 마당을 전부 하는 것이 아니라 판소리 중의 어느 한 부분을 떼어서 토막소리로 하게 되는데 본격 판소리라고 보기는 어렵 다.

승도창은 줄로 타면서 부르는 것이고, 창극은 판소리가 일인다역이라 는 특성과 무관하게 구한말 서구 연극의 영향을 수용하여 분창식(分唱式) 의 새로운 극양식을 만들어낸 것이다. 이렇게 다양한 양식으로 변화되는 한 판소리는 다양한 장단을 이용하고 있는데, 장고나 북과 같은 타악기로 일정한 리듬을 계속 쳐서 반복하는 박자이다. 기본적으로 쓰이는 장단에는 '진양', '중모리', '중중모리', '자진모리', '휘모리', '엇모리', '엇중모리' 등이 있다.

- **진양** : '진양'은 판소리에서 가장 느린 장단으로 '진양조'라 부르기도 한다. 3분박(拍)의 매우 느린 6박으로 1각(脚)이 되고 4각이 모여 한 장단을 이룬다. 즉 진양조 장단은 24박이 모여 한 장단을 이룬다. 주로 한가하고 유유하거나 장엄하고 유창하며 서정적인 판소리에 쓰여 〈춘향가〉에서는 '옥중가' '긴 사랑가' '박석티' 〈심청가〉에서는 '범피중류' 〈적벽가〉에서는 '고당상' 등의 대목이다. 이 장단의 구음보(口音譜)는 '덩. 궁. 궁. 궁 딱. 딱, 쿵. 궁.궁. 딱다닥. 딱. 딱, 쿵. 궁. 궁. 궁. 쿵. 탁, 쿵. 궁. 궁. 궁. 궁궁구. 궁. 궁'이다.

- **중모리** : '중모리'는 판소리의 기본 장단으로 2분박으로 보통 빠르기 12박자다. 주로 서술적인 상황, 서정적 대목에서 쓰인다. 〈춘향가〉 중의 '쑥대머리' 〈흥보가〉의 '가난타령'에서 들을 수 있다. 구음보는 '덩. 궁. 딱. 궁. 딱다. 딱딱. 궁. 쿵. 탁. 궁. 궁. 궁'이다.

- **중중모리** : '중중모리'는 3분박자로 중모리 장단보다 조금 빠른 13박자다. 중모리 장단을 조금 빠르게 치는 장단이다. 대개 흥겨운 대목에서도 쓰인다. 〈춘향가〉의 '기산영수', '자진사랑가', '군노사령', 〈심청가〉의 '심봉사 통곡' '아기 어루는' 대목, 〈흥보가〉의 '제비노정기', 〈수궁가〉의 '토끼화상' 등의 대목에 쓰인다. 구음보는 '덩궁딱. 궁딱딱. 궁쿵탁. 궁궁'이다.

- **자진모리** : '자진모리'는 '중중모리'보다 빠른 장단으로 매우 빠른 장단으로 매우 빠른 12박이다. 이 장단은 길게 나열하거나 극적으로 긴박했을 때 흔히 쓰인다. 〈춘향가〉의 '어사출도' 대목과 〈심청가〉의 '심봉사 물에 빠지는 데' 〈적벽가〉의 '조자룡이 활 쏘는 데'에서 들을 수 있다. 구음보는 '덩. 궁. 궁. 탁, 궁. 궁'이

다.

- **휘모리** : '휘모리'는 자진모리 장단보다 더 빠른 4박자의 장단이다. 아주 분주하게 바쁜 대목에서 쓰이는 장단으로 〈춘향가〉의 '신영맞이 끝대목'과 〈홍보가〉의 '홍보 박타는 데' 등에 쓰인다. 구음보는 '덩. 궁. 궁탁. 궁'이다.

- **엇모리** : '엇모리'는 매우 빠른 10박자인데 2박과 3박을 두 단위로 하여 3+2+3+2박의 합혼박자다. 중·도사·범 등의 출현에 주로 쓰인다. 구음보는 '덩-궁, 딱-, 쿵-탁, 궁-'이다.

- **엇중모리** : '엇중모리'는 2분박으로 보통 빠르기의 6박자다. 사연을 아뢰는 대목이나 판소리의 맨 끝 대목을 부를 때 흔히 쓰인다. 〈춘향가〉의 '회동 성참판 영감께서'와 〈수궁가〉의 '이내 근본 들어라'에서 쓰인다. 구음보는 '덩. 궁. 딱. 궁. 탁. 궁'이다.

- **세마치** : '세마치'는 잦은 진양장단이다. 고법과 구음보는 진양장단과 같다. 예전 판소리에서 볼 수 있는 장단으로 진양장단보다 잦게 빠르게 친다.

진양조는 가장 느린 장단으로 화평하고 한가하며 애연하고 비장한 상황에 쓰인다(이도령의 광한루 구경 대목, 심청이 달밤에 부친을 그리워하는 대목 등). 중모리는 보통 속도의 장단으로 판소리 장단의 기본을 이룬다. 태연하고 안정된 분위기에 쓰인다(홍부가의 가난타령, 심청이 선인 따라가는 대목 등). 중중모리는 중모리보다 조금 빠른 장단으로 구성지고 홍겨운 느낌이나 홍분하고 통곡하는 장면을 표현할 때 쓰인다(어사출도 후 춘양모 춤추는 대목 등). 자진모리는 박력 있고 분주하며 명랑한 분위기에 쓰인다. 주로 극적인 장면이나 나열하는 대목의 경우가 많다(놀부 심술 대목, 방자가 나귀 안장 짓는 대목, 암행어사 출두 대목 등). 휘모리는 분주하고 급박하며 흥분된 상황을 나타내는 장단으로 가장 빠른 장단이다(흥부가 박속에서 쌀 퍼내는 대목, 인당수에 폭풍이 휘몰아치는 대목 등). 엇모리는 이색적이고 신비스런 분위기에 쓰이는 장단으로 일정한 박자가 없이 여러 박자가 섞인 경우다(수궁가에서 범 나오는 대목, 흥부가에서 중 나오는 대목 등). 세마치는 잦은 진양장단이다. 고법과 구음보가 진양장단과 같다. 예전 판소리에서 볼 수 있는 장단으로 진양장단보다 잦고 빠르게 친다.

6. 판소리 12마당

하나의 독립된 줄거리로 이루어진 판소리 작품을 '마당'이라 부른다. 원래 판소리에는 12마당이 있다고 하였는데 1843년경에 쓰여진 것으로 알려진 송만재의 〈관우희〉 본사가(本事歌) 대목에는 〈춘향가〉, 〈화용도타령〉, 〈박타령〉, 〈강릉매화타령〉, 〈변강쇠타령〉, 〈왈짜타령〉, 〈심청가〉, 〈배비장타령〉, 〈옹고집타령〉, 〈가짜신선타령〉, 〈토끼타령〉, 〈장끼타령〉 등이 있었다. 판소리 12마당이 언제 확실하게 이루어졌는지는 알 수 없다. 여러 가지 정황으로 17세기 말에서 시작되어 18세기 초에는 어느 정도 형성되었으리라 본다. 물론 일정한 기간을 두고 순차적으로 이루어졌을 것이다. 그러다가 1754년 유진한의 한시에 〈춘향가〉와 〈배비장타령〉의 존재가 최초로 나타나는데, 이 때 12마당이 거의 이루어진 단계가 아니었나 추측된다. 또한 1852년 경에 쓰여진 윤달선(尹達善)의 《광한루악부(廣寒樓樂府)》 서(序)에서도 12강(腔)이 있다 하였고, 정노식의 《조선창극사≫에서도 같은 기록을 하고 있다.

판소리 12마당은 19세기 후반에 들어서면서 신재효에 의해 6마당만이 재작 정리되고, 거의 같은 시대 정현석의 ≪교방제보≫에 또한 6마당에 대한 언급이 나타나고 있어, 이 때쯤 12마당 중 일부가 쇠퇴하지 않아나 추측된다. 그 후 1933년 6마당 중 〈변강쇠타령〉이 탈락된 채 이선유의 ≪오가전집≫이 나왔다. 또한 1940년 정노식의 ≪조선창극사≫에 소개된 12마당에는 〈관우희〉 중의 〈왈짜타령〉 대신에 〈무숙이타령〉, 〈가짜신선타령〉 대신에 〈숙영낭자전〉으로 바뀌었을 뿐, 전체적인 마당 수에는 변동이 없었다.

판소리 12마당 중 지금까지 전래의 창과 사설 그대로 불려지고 있는 것은 〈춘향가〉, 〈심청가〉, 〈흥부가〉, 〈수궁가〉, 〈적벽가〉 등 5섯 마당 뿐이다. 〈변강쇠타령〉은 신채호의 사설로, 〈배비장타령〉, 〈옹고집타령〉, 〈장끼타령〉, 〈가짜신선타령〉은 고소설로 그 내용만 알려져 오다가 박동진에 의해 〈변강쇠타령〉, 〈배비장타령〉, 〈옹고집타령〉, 〈장끼타령〉, 〈가짜신선타령〉은 창화되었다. 또 지금까지 창은 물론 사설내용이 명확하지 않아 추측만 무성하던 〈강릉매화타령〉의 사설인 〈매화가〉와 〈왈자타령〉의 사설인 〈매화가〉와 〈왈자타령〉의 사설인 〈계우사〉가 발굴 소개되어 12마당 사설의 내용을 모두 되찾게 되었고, 이들마저 창으로 불려지면 과거의 12마당이 모두 복원될 수 있을 것이다.

1) 춘향가

〈춘향가〉는 판소리 12마당 중에서도 걸작으로 꼽힌다. 조선조 양반 자제 이몽룡과 퇴기 월매의 딸 춘향이가 만났다가 헤어지고 다시 만나는 과정을 통해 신분적 갈등과 관료사회의 부패를 고발하고 있다. 아울러 당시 민중들의 반항정신을 간접적으로 표출하여 시대를 앞선 사랑과 함께 단연 흥미를 끌 수 있었다. 〈춘향가〉의 소재적 형성은 대체로 열녀설화·암행어사설화·애정설화·신원설화·관탈민녀형설화 등 전래 설화의 복합으로 이루어졌다는 근원설화설과 춘향이 성안의(成安義)라는 실제인물의 딸이라거나, 남원의 추녀전설이 작품화 되었다는 실제인물설, 그리고 중국의 《도화선(桃花扇)》, 《서상기(西廂記)》, 《옥당춘(玉堂春)》 등의 영향을 받았다는 중국문학영향설 등이 논의되어 오고 있다.

〈춘향가〉의 한역본으로는 유진한이 쓴 만화본(晚華本)이 전하는데 영조 30년(1754)에 제작된 것이다. 판소리 창본으로 대표적인 것은 〈열녀춘향수절가〉, 〈별춘향가〉 등의 완판본(完板本)이 있고 신재효의 〈동창, 남창 춘향가〉, 정북평의 〈옥중화〉와 이선유의 〈춘향가〉, 이해조의 〈옥중화〉, 김세종의 〈창본 춘향가〉 송만갑의 〈소리책〉 등이 있다. 과거의 〈춘향가〉 명창과 더늠은 송흥록(옥중가), 송광록(긴사랑가), 박유전(이별가), 김세종(천자풀이), 이날치(춘향자탄가), 장자백(광한루 구경대목), 송만갑(농부가), 임방울(쑥대머리) 등이 유명하다.

2) 심청가

〈심청가〉는 송만재의 〈관우희〉 등에 들어 있는 것으로 보아 〈춘향가〉와 동시대의 것으로 보인다. 〈심청가〉의 이본은 모두 80여종이 전하는데, 이들은 대체로 창본계와 소설본계, 그리고 순수 창본 등으로 나뉜다. 이중 완판계가 창본에 가깝고 경판계는 소설본에 해당한다. 그리고 이들의 선후문제에 따라 심청가의 형성이 '판소리→소설'이냐, '소설→판소리'냐의 문제가 제기되는데, 어떤 것이든 그 앞에 설화의 존재는 필연적이다. 〈심청가〉의 근원설화로는 효녀설화·희생설화·개안설화·관음화

신설화 등을 들 수 있는데, 유교적 교훈에 입각하여 사람을 제물로 쓰는 인신공회(人身供犧) 설화가 중심을 이룬다.

황해도 황주에 사는 심학규라는 맹인의 딸인 심청이 부친의 눈을 뜨게 하기 위해 공양미 삼백 석에 뱃사람에게 팔려가서 인당수에 몸을 던지나 용궁에 구조되고 용왕의 왕후가 되어 개안의 소원을 푸는 행복한 결말로 되어 있다. 내용상 심청의 비장한 효도가 무거운 주제로 등장하면서도 뺑덕어미를 통한 인간의 탐욕과 어리석음을 가벼운 해학으로 보여주는 골계극의 면모도 감추고 있다.

순조 때 박만춘이 〈심청가〉를 윤색했다는 정노식의 기술로 보아 많은 이본이 있었던 것으로 생각된다. 슬픈 대목이 많아 주로 계면조로 불려지는데, 송흥록과 모흥갑의 고수 노릇을 하면서 판소리를 익혔다는 주덕기와 그 아들 주상환이 잘 불렀다고 하고, 박유전 → 정재근 → 정응민 → 정권진으로 이어지는 강산제 〈심청가〉의 전승이 유명하다. 그 외에 이름난 명창은 김제철(심청탄생 대목), 정창업(중타령), 김창록(부녀이별 대목), 전해종(강상연화 대목), 전도성(범피중류), 김채만(삯바느질 대목) 등이 있다.

3) 흥부가(박타령)

〈흥부가〉는 〈수궁가〉와 함께 설화 색채가 농후한 판소리로 〈박타령〉, 〈박흥부가〉라고도 불려지며, 창본, 소설본 등 모두 37종의 이본이 전하고 있다. 동물보은담, 선악형제담, 무한제보담 등 모방담류의 민담이 복합적으로 이루어져 있다. 세계적 설화 유형인 '그릇된 모방'의 내용으로 착한 사람과 악한 사람의 악한 사람의 대립구조를 통해 악한 자가 선한 자를 모방하나 결과는 징벌로 나타난다는 교훈을 준다. 경상도 어름에 사는 탐욕스런 형 놀부와 무능하고 착한 흥부는 제비가 물어다 준 박씨로 부자가 되고 이를 흉내낸 놀부는 재앙을 당하게 된다. 〈흥부가〉의 '놀보 심술타령'은 해학성의 차원까지 악행을 희화시키고 있다. 전남 남원군에서는 경희대 민속학연구소가 실시한 흥부전 발상지 고증용역 결과 남원군 아영면 성리와 동면 성산리 일대가 흥부전 발상지로 밝혀짐에 따라 흥보가를 흥부(興夫)로 통일하기로 1993년 6월 남원군청조정위원회에서 결정하였다.

〈흥부가〉 역시 1810년 이전부터 전하는 작품으로 영정조 때 비갑이(양반출신의 광대) 권삼득의 더늠 '제비 후리는 대목'으로도 유명하다. 판소리 계보로는 동편제의 경우 송만갑 → 박봉래 → 박봉술, 또는 송만갑 → 김정문 → 박녹주 → 김소희의 전승이 확인되고 있고, 명창과 더늠으로 김봉문(박물가), 최상준(놀부발악), 김창환(제비노정기), 송만갑(박타령) 등이 유명하다.

4) 토별가(수궁가)

〈토별가〉는 동물의 세계를 통해 인간의 암투와 무능한 지도자를 우화적으로 표현한 작품이다. 〈토끼타령〉, 〈별주부타령〉, 〈토별가〉 등으로 불리는 수궁가는 창본·소설본 등 이본 60여종이 전하고 있으며, 소설본은 〈별주부전〉, 〈토공전〉, 〈토처사전〉, 〈토별산수록〉, 〈중산망월전〉 등 다양한 명칭으로 되어 있다. 주제는 충과 지략인데 전래 설화를 본뜬 것으로 보인다. 인도에서 들어온 불교담으로 보기도 하는데 용왕이 병이 나서 고칠 길이 없자 토끼 간이 약이 된다 하여 자라를 시켜 잡아오게 한다. 벼슬을 준다고 수궁으로 꾀어 온 토끼는 간을 밖의 세상에 두고 왔다고 용왕을 속이고 다시 살아 나온다. 중세적인 권위와 권력의 허망함, 비현실성을 동물의 세계를 통해 풍자하여 쾌감을 얻음으로써 억압받았던 당시 서민들의 의식을 반영하고 있다. 대표적인 판본은 완판본, 신재효본, 이선유본이 있다.

〈수궁가〉를 부른 창자로 밝혀진 최초의 인물은 송흥록(토끼 배 가르는 대목)과 염계달(토끼 욕설 대목)로 대략 18세기 말에서 19세기 초에 살았던 이들이다. 그 후 19세기 중엽 신재효에 의해 개작 〈토별가〉가 이루어지는데, 그 이전의 명칭은 토끼타령이었다. 동편제, 서편제, 중고제가 모두 있었으나, 이 중 중고제는 단절되었다. 명창과 더늠으로는 위의 송흥록, 염계달 외에 김수영(여우 방해 사설), 백경순(가자가자 어서가자), 김찬업(토끼화상), 신학준(용왕호령 대목), 유성준(토별문답) 등이 유명하다.

5) 적벽가(화용도)

〈적벽가〉는 〈화용도〉, 〈화용도타령〉 등으로 불려지는데, 다른 판소리와 달리 이미 있던 소설을 바탕으로 만든 것이다. 그 모태는 중국소설 ≪삼국지연의≫인데 16세기 이래 우리나라 독자층에 많은 호응을 얻었던 작품이다. 그러나 창작적인 요소도 많이 가미되어 원작과는 다른 모습을 많이 지니고 있다. 이본으로는 창본, 소설본 등 40여 종이 전하고 있으며, 소설본의 경우 〈적벽대전〉, 〈화용도전〉, 〈화용도실기〉 등의 이름으로 된 것들이 있다. 중국의 위·오·촉나라의 삼국시절 위국 승상 조조는 오나라를 처러 적벽강에 배를 띄웠다. 촉나라 공명은 계략을 세워 오나라로 하여금 화공법으로 조조를 공격하게 한다. 조조는 패주하다가 화용도에 매복했던 촉장 관우에게 잡히나 관우는 놓아준다. 이 작품의 주제는 군사들이 강자인 권력자들의 횡포를 비판하는 것인데, 이는 주로 자탄자설, 군사점고, 새타령 등의 대목에서 나타나고 있다.

〈적벽가〉는 남성적 판소리로 주로 우조로 불리는데, 송흥록, 모흥갑, 정춘풍, 박만순 등의 역대 명창들이 모두 불렀고, 이 외의 명창과 더늠은 방만춘(적벽강 불지르는 대목), 주덕기(조자룡 활 쏘는 대목), 이창운(새타령), 박기홍(군사설움타령), 김창룡(삼고초려 대목) 등이 유명하다. 판본으로는 원판 화용도와 신재효본이 있다.

6) 변강쇠타령(가루지기타령)

〈변강쇠타령〉은 〈횡부가(橫負歌)〉, 〈가루지기타령〉 등으로 부르기도 한다. 신재효가 정리한 판소리 6마당 중의 하나로 사설이 남아 있다. 노골화도니 성적표현을 주로 하고 있는데 여러 가지 설화가 보태지고 광대들의 생활과 유랑민의 경험이 투영되어 있는 작품이다. 상부살을 가진 옹녀라는 요염한 여인은 그녀와 가까이 하는 남자마다 모두 변고를 당하므로 살던 마을에서 쫓겨난다. 옹녀가 어느 곳을 가다가 한량 변강쇠를 만나 부부가 된다. 지리산으로 이사하여 살던 변강쇠 부부는 장승을 뽑아서 땔감으로 쓰다가 동티가 나서 변강쇠는 죽고 옹녀를 탐하던 서울 한량들이 죽은 변강쇠의 송장을 치우다가 죽게 된다. 서울 한량 떼득이도 떼송장을 치우다가 굿을 하고 살아나게 된다.

〈변강쇠타령〉에서는 중·초라니·풍각쟁이·마종패·각설이·사당패 등 조선후기 유랑민들의 생활상이 투영된 작품으로 그들의 좌절과 몰락의 비극을 희극적으로 그리고 있고, 민중적 특질을 순수하게 지니고 있다. 12마당 이래 신재효의 개작본 만이 전하고 있고, 19세기 중엽이후 창이 실전된 듯 한데, 1970년대 박동진에 의해 다시 불려졌다. 송흥록·장자백이 잘 불렀다고 전한다.

7) 배비장타령

1754년에 이루어진 만화본 〈춘향가〉(제 81구)에 그 존재가 나타나는 〈배비장타령〉은 12마당 중 기록상으로는 〈춘향가〉와 함께 제일 앞서는 작품이다. 그 후 〈배비장타령〉은 송만재의 〈관우희〉에 들어 있는 것으로 보아 1810년 경에도 불리어졌으며, 1916년 신구서림본 활자본 〈배비장전〉이 간행되고, 이어서 국제문화관본, 세창서관본 등 활자본 소설이 나와 그 내용이 모두 소개되었다. 근엄한 인물이 여색에 넘어가 곤경에 바지고 망신을 당하는 이야기다. 새로 부임하는 제주 목사의 뒤를 따라 제주도에 도임한 배비장이 애랑이라는 여염집 과부의 꼬임에 빠져 그녀의 집에 몰래 갔다가 거짓 남편이 들어오는 소리가 나자 궤에 숨는다. 거짓 남편은 궤를 들고 제주 관아의 뜰에 던지며 바다에 던지는 척하여 궤 속에서 헤엄쳐 나오는 시늉을 하는 배비장을 보고 웃는다는 내용으로 되어 있다.

이 이야기는 ≪태평한화골계전≫의 발치설화(拔齒說話), ≪동야휘집≫의 미궤설화(米櫃說話) 등의 근원설화를 가지고 있다. 주제는 위선적 유가 원리에 대한 풍자와 탐관오리에 대한 민중적 불만의 표출로 보이며, 같은 내용을 지닌 훼절설화소설(毀節說話小說)류로 〈정향전〉, 〈지봉전〉, 〈종옥전〉, 〈오유란전〉, 〈이춘풍전〉, 〈삼선기〉, 〈매화타령〉 등이 있어 이들과 상호 관련이 있다.

8) 옹고집타령

〈옹고집타령〉은 송만재의 〈관우희〉에 실린 이후, 애용이 전하지 않고 창마저 끊어졌다가 1950년 김삼불의 교주본 ≪옹고집전≫이 나오면서 상세한 내용이 알려지게 되었는데, 이 본은 1908년 전사한 박혜옥본과 그 밖에 이명선본을 대본으로 참고하였다고 하니, 작품의 존재는 이미 선행하고 있었던 것으로 볼 수 있다. 현재 전하는 이본으로는 11종이 있으며, 그 명칭도 〈옹생원전〉, 〈옹씨가전〉 등 다양하다.

〈옹고집타령〉은 설화를 배경으로 하고 있다. 인색하고 욕심 많은 옹고집 노인이 겪는 수난으로 구성되어있다. 완전한 내용은 전하지 않으나 1810년대까지는 불렸던 것 같다. 욕심 많은 옹고집이 동냥 온 중들을 모욕하다가 도승의 노여움을 사게 된다. 도승은 허수아비를 만들어 또 하나의 옹고집을 만든다. 가짜 옹고집이 진짜 옹고집의 집에 가서 그의 아내와 살고 진짜를 내쫓는다. 이로 인해 옹고집은 회개하고 다시 돌아와 산다는 것이다. 그 근원설화로는 장자못전설, 쥐설화, 김경쟁주(金慶爭主說話), 이항복의 〈유연전(柳淵傳)〉 등이 꼽히고 있다. 권삼득과 송만갑이 잘 불렀다고 전한다.

9) 장끼타령

〈장끼타령〉은 일명 〈자치가〉라고도 하는데 〈수궁가〉와 같이 동물의 세계를 통해 인간의 세계를 우화적으로 표출한 작품이다. 역시 〈관우희〉에 실린 것으로 보아 1800년대 초까지는 불려지다가 19세기 중반 이후 창이 실전된 것으로 추측된다. 사설 내용은 소설, 가사, 민요, 민담 등으로 전해온다. 소설의 경우 이본 18종이 있으며, 〈장끼전〉, 〈화충전〉, 〈꿩전〉, 〈화충선생전〉, 〈자치가〉, 〈까투리가〉, 〈장끼가〉 등 다양한 명칭이 전하고 있다. 장끼와 까투리가 등장하여 콩 하나를 놓고 영리한 까투리의 말을 듣지 않고 장끼가 먹자 덫에 치이게 된다. 결국은 죽게 되는 장끼를 두고 개가를 하는 까투리를 통해 도덕률보다는 현실성을 강조하고 있다. 남성우월주의를 경고하고 의미가 담겨 있는데 이본에 따라서는 수절하는 까투리가 나오기도 한다. 결국 '열녀불경이부(烈女不更二夫)'라는 당시 사화에 개가 문제를 다시 생각하게 하는 작품이다. 8명창 중 염계달이 특히 잘 불렀다 전하는데 고종 때 한송학의 더늠이라 하여 까투리 해몽 1절이 ≪조선창극사≫에 전한다.

10) 강릉매화타령

〈강릉매화타령〉은 〈관우희〉와 조재삼의 ≪송남잡지≫, 정현석의 ≪교방제보≫에 실려 있는 것으로 보아 1810년대까지 불렸을 것으로 보인다. 정노식의 ≪조선창극사≫(1940년)에 또한 12마당의 하나로 소개되어 그 내용이 전하고, 신재효의 〈오섬가〉에도 그 내용이 전한다. 정현석은 매화타령에 대하여 "기생에게 혹하여 몸가짐을 잃은 이야기이니 이는 음란함을 징계한 것이다"라 하였다. 김헌선은 한국고전문학연구회 제 154차 논문발표회에서 (1992. 10. 24) 〈매화가라〉를 전북 전주시 이영규로부터 발견하고 이를 〈강릉매화전〉으로 확인하였다.

〈강릉매화타령〉의 내용은 〈배비장타령〉과 흡사하다. 강원도 강릉 사또 도임시에 책방으로 골생원이 내려온다. 강릉 명기 매화에게 빠진 골생원이 거짓으로 죽었다는 사또의 말에 속아서 귀신으로 나타난 매화에 의해 옷을 벗게 되고 사또와 하인들 앞에서 망신을 당한다. 마지막에는 세상 사람들에게 주색을 탐하지 말라는 경계의 말을 한다. 근원설화로는 ≪동인시화≫의 〈박신(朴信)〉, ≪실사총담≫의 〈풍류진중일어사(風流陣中一御史)〉, ≪기문≫의 〈혹기위귀(或妓爲鬼)〉 등이 그 소재가 되었을 듯하며, 유사소설로는 〈오유란전〉, 〈종옥전〉 등이 있다.

11) 왈자타령

송만재의 〈관우희〉에는 〈왈자타령〉, 정노식의 ≪조선창극사≫에는 〈무숙이타령〉으로 전해지는 이 판소리는 창과 함께 사설조차 알 수 없던 중, 1991년 그 대본소설인 〈게우사〉가 김종철에 의해 발굴 소개됨으로써 그 전모가 알려지게 되었다. 〈게우사〉의 필사연대는 약 1890년 경으로 보여지기 때문에 그보다 오래인 18세기에 형성이 이루어졌을 것으로 추측되며, 18세기 후반에는 작품화되었으리라 보고 있다. 내용은 대방 왈자로서 방탕하게 살아가던 장안의 갑부 무숙이 약방 기생 의양으로 인해 온갖 시련과 망신을 당하고 결국에는 한 명의 건전한 가족 구성원으로 복귀한다는 이야기다.

작품 속에 주덕기, 김제철, 신만엽 등 명창의 이름과 하은담의 더늠 '옥당소리'와 우춘대의 더늠 '화초타령'을 말하고, 송흥록의 만년의 모습이 묘사되는 등 판소리사의 자료적 가치가 크다. 김성옥의 아들인 김정근이 그 창자로 알려져 있으며, 〈왈자타령〉이 고소설 〈이춘풍전〉에 영향을 준 것으로 파악되고 있다.

12) 숙영낭자타령

송만재의 〈관우희〉에는 〈가짜신선타령〉, 정노식의 ≪조선창극사≫에는 〈숙영낭자전〉이라고 전하는데 역시 창은 실전되었다가 박동진에 의해 고소설 〈숙영낭자전〉의 줄거리를 바탕으로 창화되었다. 전해종이 잘 불렀다고 ≪조선창극사≫에 전하는데 내용은 어리석고 못생긴 사람이 신선이 되려고 금강산에 들어가 한 늙은 선사의 지시로 천세해도와 천일주를 얻어먹고 신선이 되는 줄 알았으나 결국 속았다는 이야기다. 조선조 때 나약하고 현실도피적인 지식인을 풍자한 것이다. 고종 이후에는 〈백상군가〉라는 이름으로도 불리었다고 한다.

❀ 참고문헌

강한영 교주, ≪신재효 판소리사설집≫, 교문사, 1984.

김병국 외, ≪판소리의 바탕과 아름다움≫, 인동, 1986.

민속학회, 〈판소리〉, ≪한국민속학의 이해≫, 문학아카데미, 1994.

박　황, ≪판소리 이백년사≫, 사사연, 1987.

서종문, ≪판소리 사설연구≫, 형설출판사, 1984.

이국자, ≪판소리연구≫, 정음사, 1987.

정병헌, ≪신재효 판소리사설의 연구≫, 평민사, 1986.

정병욱, ≪한국의 판소리≫, 집문당, 1981.

조동일 외, ≪판소리의 이해≫, 창작과 비평사, 1978.

제6장 민속극론 民俗劇論

1. 민속극의 개념

　민속극(民俗劇)의 사전적 정의는 '가면극, 탈춤, 탈놀이 등으로 불리는 민간전승의 연극'이다. 그런데 개념의 범주를 확장할 경우에는, 인형극〔꼭두각시놀음〕이나 농경의례 형태의 제주도 입춘굿놀이, 경기도 양주의 소놀이굿이나 농악대 잡색놀음, 그리고 무속의례 형태의 동해안별신탈놀음굿, 남사당패놀이의 한 종목인 덧뵈기도 민속극의 범주에 포함시킬 수 있다. 한편 ≪구비문학개설≫에서는 민속극을 "민간전승으로서 ① 가장한 배우가 ② 지배적인 행위로 된 사건을 대화와 몸짓으로 표현하는 ③ 다른 무엇에 의존하지 않고 독립적으로 공연될 수 있는 예술"이라고 정의하였다. 그리고 강용권은 "국가나 관 또는 상층에 대한 일반 민중〔백성·농민〕의 공동체에서 역사적 과정을 통하여 형성·전승되어 온 민간의 습속을 내용으로 한 토속적 연극"이라고 정의하였다.

민속극은 민중의식이 강렬하게 표출되고, 보다 신앙적이고, 민중의 소박한 심성과 생활이 적나라하게 투영된 민속예술이라고 할 수 있다. 특히 민속극은 흡인력이 대단히 강한 민속문화의 한 갈래이다. 단순히 눈으로 보고 입으로 전하는 고정체가 아니라, 가면이나 인형으로 가장하고 대화나 몸짓으로 전달하는 표현 방식이 생동감 넘친다. 또한 독립적인 전승마당으로 대중극의 양상을 띠고 있기 때문에 대다수 서민들의 생활과 의식이 예술적으로 투영되어 있다. 민속극을 통해 확인할 수 있는 전통사회나 시대상황이 비록 오늘날의 사회 상황과 다르다고 해도, 그 속에 담겨있는 전형적인 인물에 대한 풍자와 비판, 갈등의 구조는 진정 교훈이 아닐 수 없다.

이러한 연유로 1970년대에 접어서 대학뿐만 아니라 사회 전반에 걸쳐 '전통문화의 계승'이라는 명제 아래 탈춤을 배우고 연구하는 사람들이 폭발적으로 늘어났다. 50~60년대를 풍미했던 빈곤의 질곡으로부터 어느 정도 벗어나, 경제가 성장하면서 정신적인 문화에 대한 향수의 욕구가 소위 탈춤문화에 쏠렸던 것이다. 따라서 탈춤을 모르면 문화인이 아닌 듯한 시선을 받았다. 그래서 대학가에는 탈춤반이, 사회단체에서는 탈춤 강습회가 우후죽순격으로 생겨났다. 때마침 각종 가면극 이론서들이 속출하여 탈춤에 대한 사회적 관심과 학문적 열의에 불을 붙였다.

한국 전통극에 대한 남다른 관심은 서양연극에 몰두해왔던 기존 연극계에도 적잖은 영향을 주었을 뿐만 아니라 젊은 학자들이 대거 민속극을 연구 대상으로 삼는 백화쟁명의 시대를 몰고 왔다. 민속극에 대한 관심은 실로 열정적인 것이었다. 결과 우리의 전통문화에 대한 자연스러운 재해석과 평가가 수반되어 학문적인 진보와 개선을 가져왔다. 이러한 현상은 80년대에 접어서 사회·정치 문제와 직·간접적인 관련을 맺으며 민중시대극으로 새롭게 전환되는 계기가 되었다.

1930년대에 일었던 민족문화운동의 일환으로 우리 민속극에 매진했던 관련 학자와 예인들이 경험하지 못했던 두 방향, 즉 탈춤의 사회적인 환대와 민중극의 전환이라는 상황에서 오늘날의 민속극이 새로운 방향을 찾고 있는 듯하다. 예전의 전통을 고수하느냐, 아니면 시대에 부합하는 민중극으로 전환해야 하느냐는 갈등에 봉착하면서, 민속극의 연구와 행보에 관심이 집중되고 있다. 그러나 학문적 관심은 옛 것을 익혀 새 것을 아는 자세로 일관해야 한다고 믿는다. 전통에 대한 정확한 이해와 해석이 전제되지 않은 섣부른 재창조는 전통문화를 대하는 바른 자세가 아니기 때문이다.

2. 가면극

1) 가면극의 형성과 전승

가면극은 가면[탈]을 쓰고 춤과 대사의 형식으로 극적인 내용을 표출하는 극예술이다. 그리고 가면은 등장인물의 성격이나 동물 또는 신격(神格)의 특징을 잘 포착하여 직접적으로 표현하고 있기 때문에 조형예술품으로서 가치가 매우 높다. 탈은 애초 원시적인 제천의식에서 사용되었을 만큼 오랜 기간동안 주술적인 위력을 발휘했지만, 예능 가면으로 발전하면서 주술력이 사라지게 되었다. 가면은 벽사가면, 수렵가면, 영혼가면, 의술가면, 전쟁가면 등 다양한 종류가 있는데, 가면극에서 사용하는 가면은 대부분 예능적인 기능이 뛰어난 것들이다.

≪고려사≫ 열전 전영보전(全英甫傳)에, "우리 나라 말에 가면을 쓰고 희롱하는 자를 광대라고 한다"는 기록이다. 이를 통해 가면을 쓰고 연희

하는 사람을 고려시대부터 이미 '광대(廣大)'라고 하였음을 확인할 수 있다. 또한 고려속요인 〈쌍화점〉에 등장하는 "죠고맛감 삿기 광대"라는 구절이 있으며, ≪시용향악보≫에 수록되어 있는 〈나례가〉에도 "광대"라는 용어가 등장한다.

한편 가면극의 형성을, 3세기경에 한반도의 문화상을 단편적으로 기록한 ≪삼국지≫ 위지 동이전을 통해 유추하기도 한다. 기록에 의하면, 마한에서는 5월에 씨를 뿌리고 난 후와 10월에 농사를 끝낸 후에, 농사짓는 사람들이 손발을 맞추면서 높이 뛰기도 하고 낮게 뛰기도 하는 춤을 추었다고 한다. 영고라는 명칭을 통해 하늘에 제사를 지내고 신을 맞이하면서 북을 치고 풍악을 울렸던 모습을 엿볼 수 있다. 국중대회(國中大會)로 불리었던 이 행사는 농사가 잘 되게 해달라고 굿을 하면서 노래 부르고 춤을 춘 의식이면서, 국가의 단합을 위한 정치적인 기능도 수행했을 것으로 추정된다. 결국 이러한 제천의식은 풍농을 기원하는 주술·종교적인 행사였고, 여기에서 원시종합예술이 태동하였음을 이해할 수 있다. 그리고 이러한 원시종합예술 행사에서 가면도 사용했을 것으로 보인다.

2) 가면극의 전승 양상

오늘날 전승되고 있는 가면극은 서낭신제계통극과 산대도감계통극으로 대별된다. 서낭신제계통극으로 강릉관노가면극, 하회별신굿놀이, 동해안별신탈놀음굿 등이 전승되고 있으며, 산대도감계통극으로 경기지역의 양주·송파산대놀이, 해서지역의 봉산·강령·은률탈춤, 영남지역의 통영·고성·가산오광대와 수영·동래야류 등이 전승되고 있다. 이들 전승의 분포 양상은 네 영역권으로 나눌 수 있다. (1) 황해도의 해서탈춤권, (2) 경기도의 산대놀이권, (3) 강원·경북의 서낭제 탈놀이권, (4) 경남해안 일대의 야류·오광대놀이권 등이다. 그런데 이밖에 (5) 함경도의 북청 사자놀이가 네 영역권과 관계없이 전승되고 있다.

(1) 서낭신제계통극

① 강릉관노가면극

① - 1 형성과 전승

강릉관노가면극은 '관노(官奴)'들에 의해 연희되던 민속극이다. '관노'라는 용어를 통해 확인할 수 있듯이, 일반 농민들이 아닌 관청의 노복들이 강릉단오제가 열리는 동안에 적극 참여하여 함께 뛰어 놀았다. 관노들이 탈춤에 참여하였다는 것은 일제하 경성제대 교수로 와 있던 추엽융(秋葉隆)이 1928년 강릉에서 답사하여 당시에는 전승이 끊긴 탈놀이를 일본 민속학지 2권 5호에 발표하면서 밝혀졌다.

물론 이전에 강릉에 탈놀이가 전승되었다는 사실을 기록한 글이 전혀 없었던 것은 아니다. 비록 구체적이지는 않지만, 허균의 시선에 비친 당시의 현장이 ≪성소부부고≫에 한문으로 기록되어 전하고 있다. 오늘날 강릉관노가면극의 시원을 밝히는데 소중한 자료가 아닐 수 없다. 특히 신을 위해 잡희가 베풀어졌다는 사실에서 강릉관노가면극의 시원을 밝힐 수 있다. 실제로 ≪고려사≫에 "가면을 쓴 사람이 잡희를 놀았다"는 기록이 있는데, 이를 통해 잡희가 가면극 놀이의 한 종목이었다는 것을 추정할 수 있다. 이러한 추정은 강릉의 ≪임영지≫와 연계할 때 더욱 확실해진다. ≪임영지≫의 전지는 만력 말년(1615년 경)에 간행되었고, 후지는 정조 병오년(1748)에, 속지는 영조 무진년(1786)에 간행되었다.

일제 당시에 일본인 군수였던 농택성이 ≪증수 임영지≫를 간행하였다. 여기서 잡희가 구체적으로 언급되고 있다. 이를 통해 무당들의 풍악과 창우배의 잡희가 분화되었음을 확인할 수 있다. 즉 굿과 탈놀이가 따로 행해졌다는 것이다. 한편 잡희가 창우배들에 의해 이루어졌다고 밝히고 있는데, 여기서 창우배는 가면을 쓰고 노는 사람을 일컫는다. 이들에 의해 음력 5월 단오 무렵에 강릉관노가면극이 행해진 것으로 보인다. 문화재 지정조사 보고서에 의하면 음력 5월 1일 본제가 시작 될 때, 화개를 만들고 이 때부터 연희가 이루어져 4일과 5일에 걸쳐 행해졌다 하였다. 추엽융의 조사에도 5월 1일 본제 때부터 화개를 꾸미고 가면극을 했는데, 화개는 부사청에서 만들었다 한다. 또한 가면극은 4일 날 대성황사 앞에서 놀기 시작하여 5일 날까지 계속되었다고 한다.

그렇다면 강릉관노가면극은 언제쯤 사라졌고 부활되었을까? 조선 중엽 이후 300여 년을 지속했던 것으로 보이는 이 가면극이 심일수(沈一洙)의 문집 ≪돈호유고≫에 보면 융희 3년(1909) 일본인에 의해 폐지된 것으로 나타난다. 융희 3년은 한일합방 전년으로 일본의 내정 간섭이 노골화되고 민족문화를 말살하였던 시기였다. 한편 추엽융은 갑오개혁(1894) 이후에 단절되었다고 했는데, 그가 일본인이었기 때문에 갑오설을 주장한 것인지, 아니면 갑오개혁으로 노비제도가 철폐됨에 따라 자연 소멸된 것인지는 불분명하다.

임동권이 1966년에 조사할 당시 제보자였던 김동하(당시 84세), 차형원(당시 78세)은 각각 "21세와 17세 때에 본 것이 마지막이었던 같다"고 구술한 바 있다. 이로 보면 강릉관노가면극은 1900년 초기에 사라졌다가 1965년 제6회 전국민속예술경연대회에 '강릉성황신제 관노가면희'라는 명칭으로 처음 소개됨으로써 세상에 다시 알려지게 되었다. 이로써 60여 년 간 잠자고 있던 전승 탈놀이가 다시 햇빛을 보게 되었다.

① - 2 등장 인물

㉠ 양반광대

양반광대는 젊은 소매각시를 탐내고 접근하여 성취하지만 결국 풍자의 대상으로 우스꽝스러운 모습을 취하고 있다. 행색을 보면 담뱃대를 들고 부채질을 하는 등 점잖은 편이다. 그러나 무릎까지 내려오는 지나치게 긴 수염이 헛된 권위를 표현하고 있으며, 뾰족한 고깔은 조선시대 하급관리인 나장(羅長)이 쓰는 깔때기 모양의 전건(戰巾)으로 양반이 쓰는 점잖은 모양의 정자관과는 거리가 멀다. 춤사위를 보면 늙고 힘이 없지만 양반의 위세를 보여주려고 애를 쓰고, 시시딱딱이를 만나면 겁이 나서 도망을 가는가 하면 호들갑을 떨거나, 소매각시를 보고 어쩔 줄 몰라 하는 모습에서 심약한 양반의 모습을 춤과 동작으로 드러내고 있다.

㉡ 소매각시

소매각시는 양반광대의 상대역이며 여자주인공이다. 노랑저고리에 분홍색치마를 입고 분칠을 한 탈을 쓰고 노는 모습에 양반광대는 넋을 잃고 만다. 소매각시의 유혹에 넘어간 양반광대는 자신이 가진 재물을 다 주고라도 각시를 자기 소유물로 만들고자 한다. 양반광대의 계속적인 사랑 고백에 소매각시는 응하는 듯하면서 시시딱딱이의 강력한 요구를 들어준다. 늙고 힘없는 양반광대의 첩이 되지만, 힘이 세고 강력한 춤을 추는 시시딱딱이에게 마음이 끌려 시시딱딱이의 유혹에 싫은 척하면서도 함께 춤을 춘다. 양반광대는 소매각시의 이중적인 모습에 크게 분노한다. 그러나 소매각시는 양반광대의 수염으로 목을 감아 죽은 척하여 양반광대를 오히려 더욱 우스꽝스러운 인물로 만든다.

ⓒ 시시딱딱이

시시딱딱이는 우리 나라 다른 가면극에서 볼 수 없는 명칭이다. '시시'
는 "쉬~ 쉬~"라는 뜻으로 잡귀를 쫓아내는 구음이다. 그리고 탈춤을 추
는 사람을 '딱딱이'라고 표현하므로, 시시딱딱이를 '잡귀를 쫓는 인물'로
볼 수 있다. 따라서 시시딱딱이의 가면은 얼굴에 칼자국이 있는 등 매우
무섭게 형상화되어 있다. 뿐만 아니라 시시딱딱이가 칼을 들고 가세치기
춤을 추는 모습은 공포에 가깝다. 고증에 의하면 "단오의 한 여름철에 홍
역에 걸리지 말라고 무서운 탈을 쓰고 놀았다"고 한다. 시시딱딱이는 양
반광대와 대립적인 인물로 소매각시를 놓고 서로 갈등을 드러낸다. 결국
소매각시를 빼앗아 함께 춤을 추고 노는 모습에서 훼방꾼의 역할을 연상
할 수 있다.

ⓔ 장자마리

장자마리는 '장자마름' 즉 장자는 양반을 뜻하므로, '마름이라는 하인'
이라고도 볼 수 있다. 장자마리는 명칭도 특이하지만 모습도 아주 독특
하다. 우리 나라 가면극에서는 볼 수 없는 유일한 인물로 탈 대신에 포대
자루 같은 삼베옷을 전신에 뒤집어쓰고 등장한다. 눈과 입만 보이고 전
체를 가렸으며, 가운데는 배가 불룩하게 나오도록 대나무로 둥글게 테두
리를 하여 넣었다. 이것이 빙빙 돌아가게 되어 있어 배로 밀고 다닌다.
또한 옷의 표면에는 바다에서 나는 말치풀을 매달고 있다. 탈놀이의 처
음에 등장하여 놀이 개시를 하는 장자마리는 뒤뚱거리는 모습과 불룩한
배가 상징화된 인물이라고 할 수 있다. 두 명이 서로 엉키고 뒹굴고 하는
모습에서 동물상징을 엿볼 수 있고 풍요를 추구하는 모의성적인 행위도
보여준다.

① - 3 연희 양상

㉠ 제1과장 : 장자마리 개시

탈놀이 시작과 함께 제일 먼저 포대자루와 같은 포가면을 전신에 쓴 두 명의 장자마리가 연희를 개시한다. 요란하게 먼지를 일으키며 불룩한 배를 내밀면서 놀이마당을 넓히기 위해 빙빙 돌아다니고 관중을 희롱하기도 하고 선 사람을 앉히기도 하며 모의성적인 행위의 춤도 춘다. 옷의 표면에는 말치나 나리 등 해초와 곡식을 매달고 속에는 둥근 대나무를 넣어 배가 불룩하게 나온다. 장자마리는 희극적인 시작을 유도하며 마당을 정리하고 해학적인 춤을 춘다.

㉡ 제2과장 : 양반광대, 소매각시 사랑

양반광대와 소매각시는 장자마리가 마당을 정리한 후 양쪽에서 등장한다. 양반광대는 뾰족한 고깔을 쓰고 긴 수염을 쓰다듬으며 점잖고 위엄 있게 등장하여 소매각시에게 다가가 구애를 한다. 소매각시는 얌전한 탈을 쓰고 노랑저고리 분홍치마를 입고 수줍은 모습으로 춤을 춘다. 양반광대의 구애에 처음엔 거부 하다가 양반광대와 서로 뜻이 맞아 어깨를 끼고 장내를 돌아다니며 사랑을 나눈다.

㉢ 제3과장 : 시시딱딱이 훼방

시시딱딱이는 무서운 형상의 탈을 쓰고 양쪽에서 호방한 칼춤을 추며 뛰어나온다. 양반광대와 소매각시의 사랑에 질투를 하며 훼방을 놓기로 모의하고 때로는 밀고 잡아당기며 훼방하다가 둘의 사이를 갈라놓는다. 시시딱딱이는 무서운 벽사가면을 쓰고 작은칼을 휘두르며 춤을 춘다. 시시딱딱이가 양반광대와 소매각시의 사이를 갈라 한쪽에서는 양반광대를 놀리고 다른 한편에서는 소매각시를 희롱하며 함께 춤추기를 원하나 완강히 거부한다. 결국 소매각시는 시시딱딱이와 억지춤을 추고 이를 본 양반광대는 크게 노하며 애태운다

ⓐ 제4과장 : 소매각시 자살소동

분통해 하던 양반광대는 마침내 시시딱딱이를 밀치고 나와 소매각시를 끌고 온다. 소매각시가 잘못을 빌어도 양반광대가 계속 질책하자 소매각시는 자신의 결백을 증명하기 위해 양반광대의 긴 수염에 목을 맨다. 수염으로 목을 감는 모습은 해학적이며 권위의 상징이었던 수염을 당기어 결백을 시인케 하는 내용은 풍자적이기도 하고 죽음의식을 초월한 희극화된 표현이다.

ⓜ 제5과장 : 양반광대, 소매각시 화해

수염을 목에 감고 자살을 기도하며 결백을 증명하려 했던 소매각시의 의도는 양반광대의 관용과 해학으로 이끌어져 서로 오해가 풀리고 결백함이 증명되므로 놀이는 화해와 공동체의 흥겨운 마당으로 끝을 맺는다. 음악을 담당하던 악사들과 괘대, 구경하는 관중이 함께 어울려 군무를 하며 부락제 의의를 구현한다.

② 하회별신굿놀이

② - 1 형성과 전승

하회별신굿놀이는 경상북도 안동군 풍천면 하회마을에서 12세기 중엽부터 상민들에 의해서 연희되어온 탈놀이이다. 하회별신굿놀이가 언제 처음 시작되었느냐 하는 것은 자료의 부재로 인하여 아직까지 밝혀지지

않아 정확한 연대는 알 수 없다. 다만 이 마을에서 내려오는 향언과 전설로 미루어 고려 중엽의 것이 아니냐 하는 추정만이 가능할 뿐이다. 하회 마을에는 "허씨 터전에 안씨 문전에 류씨 배판"이라는 향언이 전해져 내려온다. 이 말은 마을에 가장 먼저 허씨가 입향하여 터를 잡으니 그 후 안씨가 들어와 집을 짓고 뒤이어 들어온 류씨가 판을 벌였다는 뜻이다. 허씨가 마을에 들어온 것은 고려 초기로 알려져 있으니 마을의 역사를 짐작할 수 있을 것이다. 한편 하회탈의 제작자는 고려 중엽 '허도령'이라는 전설이 있다.

옛날 허도령이라는 청년이 있었다. 그는 꿈에 마을의 수호신으로부터 가면 제작의 계시를 받았다. 그는 목욕 제계하여 집안에 외부의 출입을 막는 금줄을 치고 전심전력으로 가면 제작에 몰두했다. 그 때 허도령을 몹시 사모하는 처녀가 있어서 여러 날을 기다렸으나 허도령을 볼 수가 없자, 하루는 허도령이 무엇을 하는지 그 모습이나 보고자 창에 구멍을 뚫어 엿보고 말았다. 금단의 계율을 어긴 것이다. 입신지경에 들었던 허도령은 그 자리에서 피를 토하며 숨을 거두었다. 그래서 마지막으로 만들던 이매가면은 턱이 없이 남게 되었다. 그 후 마을에서는 허도령의 넋을 위로하기 위하여 서낭당 근처에 단을 지어 해마다 제를 올렸다고 한다.

허도령이 죽은 이후 이 마을에서는 탈춤이 시작되었으며, 또 그를 위로하는 도령당을 지어 매년 제를 올리게 되었다. 허도령을 하회탈의 제작자라 하면 이 가면이 안씨나 류씨 동족층 시대의 것이 아니라는 추정이 가능해 진다. 잃어버린 '별채'탈이 고려시대 송나라의 독우(督郵)제도의 세리(稅吏)였던 '별차'에 주격조사 'ㅣ'가 붙어 '별채'가 되는 것으로 미루어 보아서도 하회탈의 제작연대는 조선시대 이전임을 알 수 있다.

하회별신굿놀이는 가장 고형이면서도 제작 기법이 우수한 나무탈들이 현존하고 있는 점, 별신굿과 탈놀이가 미분화된 형태이어서 탈놀이의 토착적인 기원과 발생 문제를 해결해 줄 수 있는 개연성을 지닌 점, 전승지인 하회가 서애 유성룡을 배출한 풍산 유씨의 씨족부락인 점 등으로 말미암아 학문적인 관심의 대상이 되었으나, 1928년을 마지막으로 별신굿이 중단되었고, 1940년 12월 14일 별신굿의 문맥을 떠나 한 차례 탈놀이가 연희된 사정 때문에 복원 과정에서 초창기 조사 및 보고의 자료적 원형성이 문제되었다.

처음에는 연극자의 부재로 하회별신굿놀이의 중요무형문화재 지정이 고려되지 않았지만 1970년대에 접어들면서 안동시의 뜻 있는 청년들이 하회별신굿놀이의 부활을 위한 모임을 갖고 주로 1959년의 류한상씨 전기 자료(〈하회별신가면무극조사〉 ; 하회동에 거주하고 있던 류한상씨에 의하여 문산주를 위시하여 별신굿 놀이를 구경한 노인들을 상대로 조사하여 종합 서술한 것)에 의거하여 하회별신굿놀이를 복원 공연(1973)하였는데, 이 때의 공연은 다분히 현대 연극적인 성격에 불과했다.

그러다 마침내 김택규, 성병희 두 교수의 조사단에 의해 1928년 마지막 하회별신굿 때 17세 총각으로 각시광대의 역할을 맡아 탈놀이에 참가했던 이창희 옹(1913~1996)의 생존 사실이 알려지면서 하회별신굿놀이의 전모를 소상하게 밝힐 수 있는 획기적인 계기를 마련하게 되고, 거의 원형에 가까운 별신굿놀이로 복원이 가능하게 되었다. 이렇게 재현된 하회별신굿놀이는 1978년 제19회 '전국민속예술경연대회'에 선보이면서 비로소 중요무형문화재 제69호로 지정이 이루어졌다.

② - 2 등장 인물

㉠ 주지

하회별신굿놀이의 둘째 마당에 등장하는 주지탈은 암수 한 쌍으로 탈판의 부정을 정화시키는 역할을 한다. 탈놀이에서 춤을 추다가 암주지가 자빠져 누우면 숫주지가 그 위에 엎드린 채 짓누른다. 마치 성행위를 하는 것 같다. 이것은 풍요와 다산을 기원하는 행동이다. 이 주지에 대하여 사람들은 용이나 사자 꿩이라고도 한다. 이와 같은 주지는 상상의 동물임이 틀림이 없다. 바로 신격화된 상상의 동물로 굿판의 잡귀들을 물리치는 구실을 하는 것이다. 하회탈 중에서 주지탈은 제외되었는데, 주지탈은 얼굴에 쓰는 것이 아니라 손탈이며, 그러한 이유로 그다지 사람들의 관심을 받지 않았기 때문이라 생각된다.

㉡ 양반과 선비

하회탈 중에 양반탈은 가장 우수한 것 중 하나로 손꼽힌다. "냉수 마시고도 이빨 쑤신다"는 양반의 허풍과 여유를 볼 수 있다. 선비와 함께한 여인(부네)을 두고 싸우기도 하고 서로 제가 잘났다고 신분과 학식을 자랑하기도 하지만 결국 이들이 자랑하는 신분과 학식은 순전히 엉터리로 관중들에게 조롱거리가 되고 만다. 이러한 양반과 선비를 통하여 지배계층의 허위의식을 날카롭게 풍자하고 있다.

㉢ 백정

전체적인 얼굴형은 험악하며 얼굴은 대체로 각형으로 분류되는데 우물쭈물하지 않고 해치워 버린다는 성격의 각형의 이미지와 부합된다. 이마가 비뚤어진 것은 성질이 불량하고 잔인한 상이라 하고, 눈꼬리가 위로 치켜 올라가면 통상 살기가 있다고 하는데 이 또한 그의 직업과 어울리는 얼굴상이다. 그러나 놀이에서 괴로워하다 천둥 치는 날 미쳐 버리는 행동으로 보아 어쩌면 늘 죄의식 속에 살고 있음을 표현했을 수도 있다.

㉣ 초랭이

초랭이는 종으로 양반을 곯리는 행동을 하며 영악하고 행동거지가 경망스럽다. 이마가 불거진 얼굴은 윗사람과 의견이 맞지 않아 고생을 할 상이라고 하는데 이는 자기의 상전인 양반을 조롱하는 역할에서 잘 드러난다. 초랭이의 입이 특히 주목할 만한데 입은 완전히 비뚤어져 있고 그 모양도 이중적이다. 이는 초랭이가 처한 현실을 함께 조형해 놓은 것이다. 초랭이는 양반과 선비의 허위와 모순을 곁에서 지켜보고 부조리한 삶의 실상을 너무나도 잘 안다. 따라서 양반의 지시와 명령에 늘 웃음 짓는 표정인 동시에 한편으로는 상전들의 허위의식의 실상을 험악한 말투로 폭로하는 입을 가진 것이다.

㉤ 중

부네가 오줌 누는 장면을 목격하고는 순간적으로 성욕을 느끼거나 여자가 오줌을 눈 자리의 흙을 긁어 움켜쥐고 코에 대어 냄새를 맡고는 여자를 탐한다. 그러다 총각을 살해하고 각시를 채어 가는 역할을 한다. 이는 당시 불교의 타락과 종교의 허구성을 드러내 준다. 그의 눈이 둥근 것은 호색한임을 나타낸다. 눈두덩에 주름이 있으면 자손의 희박하고 친척과도 인연이 없다고 하는데 이는 중의 신분에 걸 맞는 상이다. 중에 대한 다른 해석도 있는데 파계승이 아닌 인간의 본질적인 삶을 추구하는 배역으로 생각하는 것이 그것이다. 한 남성이 여성을 사랑하고 더불어 성을 즐긴다는 것은 민중들의 일상적인 삶이다. 따라서 중이 세속화된다는 것은 인간의 본질적 삶을 표현한 것으로도 볼 수 있는 것이라고 말한다.

ⓗ 할미

오랫동안 가난에 찌들어 살아온 노파로 등장한다. 할미는 베틀에 올라 앉아 신세타령을 한다. 할미의 〈베틀가〉 속에는 시집살이의 고충이 잘 드러난다. 여기서 할미는 자신의 고달픈 생을 노래로 풀어 나가고 있다. 탈놀이 중에서 할미는 영감에게 어제 사다준 청어 열 마리 중 아홉 마리를 자신이 먹었다고 한다. 당시 청어는 귀한 음식으로 주로 양반들의 음식이었다. 그러한 청어를 평민 중에서도 여성이 많이 먹었다는 것은 소외된 인물들의 지배층에 대한 비난과 보상심이 작용한 것이라 할 수 있다. 여기서 할미는 말년에 박복한 상을 가지고 있으며 처량한 신세에도 불구하고 양반과 선비가 싸우는 중간에서 그들을 질책하기도 한다.

ⓢ 각시

양반탈과 함께 가장 많이 알려진 탈이다. 각시의 얼굴 표정은 대체로 무겁고 조용한 분위기이며 눈은 아래로 살포시 내려 깔고 있으며 입은 힘을 주어 꾹 다물고 있는데 이것은 시집살이의 고통을 참고 살아야 한다는 말로, 하회탈이 그것을 잘 보여주고 있는 셈이다. 입에 근육이 서있는 것은 시집살이의 어려움을 속으로 삭이며 살았던 여성들의 삶을 잘 보여준다. 물론 탈놀이 안에서도 대사가 전혀 없다. 눈 역시 아래로 향해 있는 것은 고개를 들고 살 수 없는 각시의 신분을 말해주고 있는 것이다.

ⓞ 부네

일명 '과부탈'이라고 한다. 과부, 기생 또는 양반이나 선비의 첩 등 여러 가지 신분으로 전해져 온다. 부네는 양반과 선비를 유혹하며 중을 타락시키는 배역이기도 하다. 부네는 중이 세속으로 돌아가게 하는 역할을 하는 것이다. 얼굴은 갸름하고 눈썹은 반달 같으며 코는 오똑하고 입은 작아 우리의 전통사회에서 미인의 조건을 갖춘 얼굴이다. 부네라는 이름은 아마도 젊은 여성이 화장했을 때 풍기는 분 냄새에서 오지 않았나 추측해 본다. 부네는 성적 교섭을 활발하게 하는 세대에 속한다. 따라서 탈놀이에서도 여러 남자들을 유혹하고 있으며, 이러한 극중 역할에 걸맞게 탈도 매우 유혹적으로 만들어진 것이다.

ㄖ 이매

선비의 하인으로써 바보 같다. 초랭이는 양반의 하인이지만 이매는 선비의 하인이다. 이매는 한쪽 다리를 절뚝거리며 비틀대고 걷기 때문에 초랭이로부터 조롱을 당하고 얼굴은 웃고 있으며 왠지 모르게 바보처럼 보인다. 전설에 따르면 허도령이 마지막으로 이매탈을 만들다가 이웃집 처녀가 엿보는 바람에 미처 완성하지 못하고 죽어 미완성인 채로 남게 되었다고 전한다. 아무튼 턱이 없어서 항상 웃는 듯 표정을 짓고 있다. 이매탈의 경우 남을 비방하거나 해롭게 하기보다는 주로 당하는 것으로 보아 한편으로는 순진하고 착한 면을 보여주고 있어 양반의 하인인 초랭이와는 다소 다르다는 것을 알 수 있다.

② - 3 연희 양상

하회별신굿놀이의 과장은 조사자에 따라 더러 차이가 있으나, 주지마당, 백정마당, 할미마당, 중마당, 양반·선비마당, 신방마당 등은 공히 일치하고 있다. 기능보유자인 이창희는 강신, 무동마당, 주지마당, 백정마당, 할미마당, 파계승마당, 양반·선비마당, 당제, 혼례마당, 신방마당, 허천거리굿 등 11마당을 원형으로 보았다. 여기서는 1980년에 이두현이 채록한 자료를 근간으로 각 과장별 진행 양상을 살펴보겠다.

ㄱ 대내림(降神)

설달 그믐날 산주는 내림대를 들고, 대메는 광대 두 명이 서낭대를 메고, 그 뒤로 모든 광대가 뒤따르며 마을 뒷산(花山)에 자리잡은 초가로 된 서낭당으로 올라간다. 이 때 광대들은 농악을 울린다. 상당(上堂)인 서낭당에 오르면 서낭대를 당 앞쪽 처마에 기대어 세우고, 당방울이 달린 내림대를 산주가 양손으로 받쳐들고, 당 안으로 들어가 기대어 세우고 대내림 즉 강신(降神)을 빈다. 이 때 광대들은 큰 광대, 각시광대, 선비광대 순으로 일렬로 당 앞에 늘어선다.

산주는 서낭에게 대내림을 빈다. 산주가 내림대를 잡고 정성을 들이노라면 이윽고 대가 흔들리고 당방울이 울린다. 산주는 재배하고 당에서 물러 나와 다시 재배하는데 광대 전원도 이 때 함께 재배한다. 산주는 당방울을 내림대에서 서낭대 꼭대기에 옮겨 달고 앞장서서 하산을 서두른다. 대메는 광대가 서낭대를 메고 앞서면 산주가 뒤따르고 그 뒤로 각시광대가 무동을 타고 따른다. 그 다음은 양반광대와 선비광대 그리고 연령 순으로 모든 광대가 따르고 함께 올라왔던 부정이 없는 마을 노인들 3~4명도 함께 하산한다. 이 때 광대들은 김매구(길군악)를 치고, 각시광대는 긴 명주 수건을 휘날리며 손춤을 춘다. 일행이 동사 앞에 다다르면 이 때가 오후 3시경이 되는데 서낭대를 동사처마에 기대어 세우고, 산주는 그 동안 봉납(奉納)된 옷가지와 천(布)들을 서낭대에 매단다. 이 때 마을 사람들이 모여들면 동사 앞마당에서 농악을 울리며 한바탕 논다.

ㄴ 제1과장 : 무동마당

탈놀이를 시작하려면 먼저 청광대가 마련한 섬(오장치)에서 각자의 탈을 받아쓰고, 탈놀이를 준비하고, 자기 차례가 되지 않은 광대들은 농악을 울린다. 각시광대는 탈을 쓰고, 노랑 저고리와 푸른 치마의 처녀 복색을 하고 무동을 탄다. 꽹과리를 들고 구경꾼 앞을 돌면서 걸립을 한다. 돈을 받을 때에는 무동받이가 약간 무릎을 굽혀 손이 닿게 한다. 걸립에 응하지 않는 사람 앞에 가서는 꽹과리를 두드려 재촉한다. 이렇게 모은 전곡(錢穀)은 모두 별신굿 행사에 쓰고, 남으면 다음 행사를 위해 세워두었다고 한다. 각시광대는 때때로 내려서 구경꾼 앞을 돌면서 걸립 하였는데, 이 걸립은 탈놀이의 전체 마당을 마칠 때까지 수시로 행해졌다. 각시광대는 무동을 타지 않을 때는 업혀 다녔다고 한다.

ⓒ 제2과장 : 주지마당

주지는 곧 사자를 뜻하며 주지놀이는 개장(開場)의 액풀이 마당이다. 놀이마당의 잡귀를 쫓는 의식무에 해당된다. 누런 상포(喪布) 같은 푸대를 머리부터 쓰고, 두 손으로 꿩 털이 꽂힌 주지탈을 든 한 쌍의 암수 주지가 나와 한 바퀴 돌고 마주보고 춤을 춘다. 깡충깡충 뛰면서 싸우는 시늉도 하고 서로 입을 물고 맞붙고 넘어지기도 한다. 이 때 가면의 입을 개폐(開閉)시켜 "딱! 딱!" 하는 소리를 낸다. 이윽고 초랭이가 나와 "후이, 후이" 하고 넘어진 주지를 일으킨다. 한참 놀다가 나중에는 둘 다 쫓고, 한바탕 춤을 추고 퇴장한다. 이 주지춤은 호랑이를 잡아먹는 귀신으로 몸은 용, 머리는 호랑이 모양을 한 '귀신의 춤'이라 하기도 하고, '암·수 주지춤'이라 하기도 하고, '꿩싸움'이라고 하기도 한다. 대가집에 초청되어 놀 때에는 주지가 알곡 가마니나 솥뚜껑이나 옷 등을 물어 당기면, 서낭님이 요구하는 것이라고 믿고 곧 내어주었다고 한다.

ⓓ 제3과장 : 백정마당

백정이 도끼와 칼을 넣은 망태를 메고 나와 한바탕 춤을 춘다. 이 때

멍석을 뒤집어 쓴 형상의 소가 나온다. 백정이 "워~워~" 하고 소 주위를 돌며 소에 덤벼들다 소에 받혀 나가떨어진다. 백정이 도끼를 꺼내 땅을 두세 번 내리치면 소가 쓰러진다. 소를 잡는 시늉을 하는 것이다. 소가 쓰러지면 백정은 이어 칼을 꺼내어 우랑(牛囊)을 끊어 들고, 구경꾼들을 향해 "우랑 사소"라고 외친다. 아무도 산다는 사람이 없자, 더욱 큰 소리로 "소 부랄 사소"라고 외친다. 염통이나 쓸개를 사라고 즉흥적인 재담을 하기도 한다. 구경꾼들은 돈을 건네주고 우랑을 받는 척한다. 이것도 걸립의 하나로 모은 전곡은 별신굿 행사에 쓴다. 백정가면을 전에는 '희광'이라고 불렀으며, 소를 잡는 것이 아니고 사람을 사형하는 시늉을 하고 이어서 낙뢰를 두려워하는 표정을 하였다고도 한다. 지금도 천둥소리에 놀라 허겁지겁 퇴장하는 시늉을 한다.

　㉤ 제4과장 : 할미마당

　쪽박을 허리에 차고 흰 수건을 머리에 쓰고 허리를 들어낸 할미광대가 등장하여 살림을 산다. 베틀에 앉아 베를 짜면서 한평생 고달프게 살아온 신세타령을 〈베틀가〉에 얹어서 부른다. 실제 베틀은 없이 북만 쥐고 베 짜는 시늉을 한다. 할미는 넋두리같이 베틀가를 외우다가 말고 한숨을 쉬고 허공을 바라보고는 혼잣말로 "영감 어제 장 가서 사다준 청어는, 어제 저녁에 영감 한 마리 꾸어주고, 내 아홉 마리 먹고, 오늘 아침에 영감 한 마리 꾸어주고 내 아홉마리 다 먹었잖나"하며, 천천히 일어나서 춤을 추다가 구경꾼들 앞으로 다가가서 쪽박을 들고 걸립한다.

　㉥ 제5과장 : 파계승마당

　부네가 장단에 맞춰 오금춤을 추면서 등장한다. 이어 오줌 눌 자리를 찾다가 사방을 둘러 본 다음 엉거주춤 앉아서 치마를 약간 들고 오줌을

눈다. 이 때 중이 나타나 이 광경을 엿보고 염주를 만지며 "나무아미타불 관세음보살"을 외며 합장한다. 이어서 부네가 오줌 눈 자리에 가서 흙을 긁어모아 양손으로 코 가까이 갖다대고 냄새를 맡으며 "허허허" 하고 하늘을 쳐다보고 웃는다. 중은 손을 털고 부네에게 다가가서 날렵하게 부네를 옆구리에 차고 도망간다. 이 놀이마당은 서로 대사가 전혀 없이 진행된다.

◇ 제6과장 : 양반·선비 마당

양반이 부채를 부치며 정자관(程子冠)을 쓰고 거만한 팔자걸음으로 나오면, 하인인 초랭이가 뒤따르며 까불거린다. 이따금 양반의 뒤통수를 치는 시늉을 한다. 선비가 유건(儒巾)을 쓰고 낭선(郎扇)으로 앞을 가리며 같은 방향으로 등장하면 부네와 하인인 이매가 뒤따른다. 양반과 선비는 서로 멀찌감치 떨어져 서로 초랭이가 두 사람 사이를 왔다 갔다 하다가 양반에게 말한다. 이렇게 양반과 선비는 부네를 사이에 두고 서로 문자를 써가며 지체와 학식에 대한 문답으로 다투다가 결국 양반이나 선비나 서로 망신을 당한다. 그러다가 양반과 선비가 서로 화해를 하고 부네와 초랭이까지 한데 어울려 신이 나게 춤을 추며 논다.

◎ 당제(堂祭)

섣달 그믐부터 동사에서 서낭대를 모시고 합숙한 일행은 15일 아침을 먹고 나서 서낭대를 모시고 서낭당에 올라가 당제를 지낸다. 제수로는 백설기 서너 말, 까지 않은 삼실과와 제주가 놓이고, 참기름에 종이 심지를 박아 불을 켠다. 별신굿을 준비할 때부터 동내에서 육식을 금하게 하는 것을 아울러 생각할 때 서낭당 제수는 소산(素山)임을 알 수 있다. 산주와 유사 외에 부정이 없는 동네 어른들이 제사에 참여한다. 제사는 산주가 주제하는데, 축문은 없고 비념으로만 축원을 올린다. 소지는 산주 혼자서 올리는데 먼저 서낭님소지, 광대소지 다음에 동내 문장소지(門長燒紙)를 비롯하여 각호주소지, 심지어 우마소지까지 올린다. 소지를 올리는 동안 광대들은 탈을 쓰고 탈놀이를 하는데, 음복하고 쉬다가 다시 놀기를 종일토록 한다. 무당들도 한쪽에서 논다. 해질 무렵에 탈놀이를 마친다. 당방울은 풀어 탈과 함께 섬에 달아 청광대가 짊어지고, 서낭대는 옷이나 예단은 풀고서 서낭당의 뒷처마에 얹어 놓은 다음 모두 하산한다. 양반광대, 각시광대, 청광대만 남고 산주와 다른 광대들은 귀가한다.

㉛ 혼례마당

하산하면 이미 날이 어두워지고 마을 입구 밭에 멍석을 깔고, 그 위에 장구 두 개를 나란히 놓고, 그 위에 꽃갓을 하나씩 놓는다. 각시광대는 탈을 쓰고, 신부역으로 서면, 신랑은 청광대가 선다. 모닥불을 피우고, 양반광대는 홀기를 끝까지 다 부르는 것이 아니라 줄여서 간단하게 하는데, 각시가 절을 두 번하고, 신랑이 절 한 번하고 혼례 마당은 끝난다.

㉜ 신방마당

신방마당도 같은 멍석 위에서 진행된다. 배례를 마친 후 청광대가 각시광대 위에 올라타는데, 양반광대가 각시광대보고 "아야, 아야" 소리를 하라고 해서 소리를 하면 끝이 난다. 혼례마당과 신방마당은 17세 처녀인 서낭신을 위로하기 위해 치러지는 것이라고 한다. 풍요의례의 뜻도 있는 비의(秘儀)이다. 신방 마당이 끝나면 각시광대는 탈을 청광대에게 주고, 청광대도 탈을 동사에 봉납하고 귀가한다.

ㅋ 헛천거리굿

신방마당이 끝나면 유사의 책임 하에 마을 입구에서 무당들의 헛천거리굿이 행해진다. 무당 1명, 남무 3명으로 별신굿을 하는 동안 묻어 들어온 잡귀·잡신을 마을에서 몰아내는 굿이다. 별신굿 때가 아니면 마을에서 풍악소리를 내지 못했던 하회 마을은 또 다시 반상(班常)의 차별이 엄격했던 일상생활로 돌아간다.

③ 동해안별신탈놀음굿

③ - 1 형성과 전승

동해안 별신굿에서 연회되는 탈놀이로서 흔히 '탈굿'으로 불리어진다. 동해안 별신굿은 어민들의 풍어와 안전, 부락민의 평안과 장수를 비는 마을의 무속적 축제로서 '골매기당제'라고도 한다. 의례는 세습무들이 주관하며 보통 1~3년에 1번씩, 2박 3일 동안 10여 명의 무당이 진행한다. 굿의 신은 마을을 수호하는 골매기 서낭신이다. 제의를 행하는 시기는 마을마다 다르나 대개 음력 3~5월, 9~10월 사이이다. 굿거리는 보통 16가지 과정으로 진행하는데 잡귀를 몰아내는 부정굿, 천연두의 신을 배송(拜送)하는 손님굿, 군웅장수(軍雄將帥)의 힘을 보여주는 군웅굿, 꽃노래와 뱃노래를 하는 등굿, 풍어와 안전을 비는 뱃머리굿, 옥황상제에게 비는 황제굿, 액을 면하도록 비는 재미굿, 바다에서 죽은 이의 넋을 위로하는 용왕굿, 주민들과 함께 흥겹게 노는 놀이굿, 거리를 헤매는 잡귀를 위로하는 거리굿 등이 있다. 1985년에 중요무형문화재 제82 - 1호로 지정되었으며, 기능보유자는 무악 김석출(金石出), 무창 김유선(金有善), 장구 김용택(金用澤), 제갈태오(諸葛泰伍), 무녀 김영희(金英熙) 등이다.

동해안별신굿에서 연회되는 무극으로는 동해안별신탈놀음굿 이외에

중도둑잡이놀이, 맹이놀이, 원님놀이, 거리굿 등이 있다. 무악(巫樂)과 무가(巫歌)가 세련되고 내용이 풍부하며, 다양한 춤과 익살스러운 재담이 많아 놀이적 특성이 강하다. 그런데 특히 탈굿이 오락성이 강하며, 전통 연극의 모태로서 기원적 연희에 가깝다.

동해안별신탈놀음굿의 기원에 대한 추정은 현전하는 자료의 실정에서 매우 어려운 일이다. 다만 남효온(南孝溫 ; 1454~1492)의 ≪추강냉화≫에 "영동 민속에 매년 3, 4, 5월 중 날을 받아서 무당을 맞이하여 산신에게 제사지내니, 부자는 말바리에 싣고 가난한자는 등에 이고 가서 상에 진설하고 악기를 울리면서 연 삼일을 취하고 배불리 먹은 뒤에 집으로 내려와서 비로소 사람들과 더불어 매매를 한다"는 기록을 별신 행사로 상정할 경우, 탈굿의 역사적인 소급은 어느 정도 가능하다.

동해안별신탈놀음굿은 동해안 별신굿의 기본 거리에 포함되지 않는 것이 원칙이지만, 경우에 따라 동해안 별신굿에서 행해지기도 한다. 예컨대 1993년 단오굿에서도 연희되었으며, 1969~1979년 사이에도 더러 연희되었다고 한다. 고인이 된 신석남 무녀는 "원래 별신굿이든 서낭굿이든 열두 거리인데 열두 원거리하는 중에 시간과 짬을 봐가며 축원굿도 넣을 수가 있고 가뭄굿, 놀음굿, 탈굿도 들어가고 범굿도 들어간다"하였다.

동해안별신탈놀음굿의 대표적인 조사본으로는 1977년에 이두현이 경북 영덕군 병곡면 백성동에서 전승되고 있는 별신굿 탈굿을 조사한 자료가 ≪한국의 가면극≫(1979)에 수록되어 있으며, 1972에 최길성이 경북 영덕군 영덕면 노물동에서 전승되고 있는 별신굿 탈굿을 조사한 자료가 ≪한국무속의 연구≫(1978)에 수록되어 있다. 오늘날은 '동해안별신굿 보존회'를 중심으로 원형이 전승, 보존되고 있다.

③ - 2 등장 인물

㉠ 양반

앞에는 사대부(士大夫), 뒤에는 팔대부(八大夫)라는 글을 쓴 종이관을 머리에 쓰고, 주황색 바지저고리, 황색 도포 등에는 밤뱃대를 꽂고 손에는 부채를 들고 등장한다. 여기서 ‘팔대부’는 사대부의 두 배를 뜻하는 풍자적 표현이다. 이를 통해 권위와 체면만을 중시하는 양반의 위선을 노골적으로 고발하고 있다. 뿐만 아니라 서울애기의 미색에 빠져 가산을 탕진하는 모습을 통해, 그리고 서울애기에게 버림을 받는 모습을 통해 양반은 여지없이 조롱거리가 되고 만다. 결국 ‘양반’이라는 등장인물은 위선을 일삼는 일부 부정적인 양반을 대표하는 인물이라고 할 수 있다.

㉡ 할미

저고리 고름을 풀어헤치고 배를 드러낸 모습으로 등장한다. 오랫동안 세파에 찌든 노파의 모습이다. 또한 아무 데서나 용변을 본다든지, 제관의 성기를 만진다든지, 표출하는 행위나 대사가 매우 거칠다. 가정을 잃은 한 여인의 애환을 역설적으로 표현하고 있다고 할 수 있다. 그리고 ‘양반’의 외도에 대응이라도 하듯 제관과 성행위를 서슴지 않는다. 전통 사회에서 고수해야 했던 유교적 이념을 여지없이 무너뜨리는 행위가 아닐 수 없다. 반면 그토록 원망했던 양반이 기절하자 의원을 불러 성심껏 치료하는 모습에서는 아직도 유교적 이념을 극복하지 못한 한 여인의 한계를 보이고 있다.

㉢ 서울애기

머리에 금빛 수건, 붉은 색 저고리, 녹색 치마, 검은색 쾌자를 걸치고 등장한다. 어리석은 양반을 홀려 가산을 송두리째 가로채는 일종의 기생으로 볼 수 있다. 더욱이 양반의 아들인 싹뿔이와 수작을 부리는 등 목적을 위해서 최소한의 윤리마저 저버리는 요부(妖婦)의 기질을 보이고 있다.

③ - 3 연희 양상

㉠ 말뚝이와 삭뿔이마당

요란한 장단이 끝난 후 무격들이 종이탈을 쓰고 나와 춤을 추다가, 악사만 남기고 잠시 퇴장한다. 삭뿔이와 악사는 서로 말을 주고받다가 30세 노총각인 양반의 장남 말뚝이가 등장하여 아버지를 찾는다 하고 삭뿔이가 "우리 아베 재산 다 갖다 넣고 새긴 서울애기한테 보갚음도 하고 우리 아버지 한번 찾아가 볼까?"라고 한다. 그것보다는 엄마를 찾아야겠다며 사라진다.

㉡ 양반마당

꽹과리, 북소리가 요란하게 울린 다음 양반이 등장한다. 머리에는 관을 쓰고 수염을 그린 종이 가면을 점잖게 쓰고 등장한다. "화란춘성만화방창 때 좋다"며 산천구경 가자고 춤을 추며 돌아다닌다. 60세 정도의 양반은 등장하여 악사와 대화하기를 "수많은 재산을 다 팔아 서울애기한테 없애고 이 골 저 골 검은 구름에 백로같이 난객이 되었다"고 한다. 그래도 좋다며 춤을 출 때 서울애기가 한 쪽 편에서 등장하여 춤으로 유혹한다. 양반이 오라고 손짓을 하나 여전히 춤만 추고 본 척도 않자 돈을 손에 쥐고 서울애기를 오라고 유혹하여 어울려 춤을 춘다. 이때 말뚝이와 삭뿔이가 훼방을 하나 양반과 서울애기는 함께 자리를 하여 술상을 내오고 서로 술을 권하며 시조를 읊기도 한다. 잠시 후 할미가 요란하게 등장한다.

㉢ 할미마당

할미가 영감을 찾아나서는 장면부터 시작된다. 보기에 흉한 가면을 쓴 할미는 허리가 굽어 지팡이를 짚고 나온다. 바구니를 머리에 이고 장내를 돌며 "세상 내 말좀 들어보소. 서울애기한테 우리 영감이 암소 수소 송아지까지 다 갖다 바쳤다"고 하소연을 한다. 한참 외치다가 지쳐서 넘어지고 다시 일어나 치마를 걷고 오줌을 누기도 하고 신세를 한탄한다. 이때 오른 팔만 있는 셋째 아들 어둥이를 만나 말뚝이, 삭뿔이와 영감을 찾아 나선다. 주막집에 있다고 말뚝이가 제보를 하니 할미는 화가 치밀어 "당장 죽겠다"며 호들갑을 떤다. "영감을 삼십 년 동안 잃고 청춘과부로 내내 늙었는데 영감이 서울애기와 놀아난다"고 외친다. 아들의 인도로 서울애기와 안방에서 술 마시고 있는 영감을 문구멍을 뚫고 들여다본다. 이때 바가지를 들고 구멍을 뚫어 문구멍이라고 본다. 할미는 그 광경을 보고는 달려들어 양반을 대뜸 껴안는다. 양반이 계속 떠밀고 할미에게 가까이 가려하지 않자 할미는 서울애기를 붙들고 때린다. 할미와 서울애기가 손바닥으로 때리며 싸우자 양반은 이를 말리다가 졸도하여 뒤로 넘어진다.

㉣ 군무마당

놀란 할미가 "영감님 이래서 안 되겠다"며 의원을 부른다. 의원이 자신의 침이 명침이라며 놓으나 별 기색이 없다. "집안의 선조대왕이 발동하여 그렇다"며 재편 잘하는 봉사를 붙들어다 잡신을 쫓으라 한다. 말뚝이가 데려온 봉사가 북을 두드리며 경을 외나 신통치 않고 "저 등 너머

박수무당 불러다가 안정시키면 일어날 것이다"고 한다. 박수무당이 요란하게 악기를 울린 다음 등장하여 "가정불화 끝에 졸도하여 우연 득병 하였다"며 굿을 하고 잡신을 쫓는 흉내를 하니 양반이 천천히 움직이며 일어난다. 주위에 있던 사람들이 모두 기뻐 굿거리장단에 맞추어 춤을 춘 후에 퇴장한다.

(2) 산대도감계통극

① 해서탈춤

황해도 일원에 전승되어 오는 탈놀이를 흔히 '해서 탈춤'이라고 한다. 오늘날 봉산탈춤(중요무형문화재 제17호), 은율탈춤(중요무형문화재 제61호), 강령탈춤(중요무형문화재 제34호) 등이 전승되고 있다. 5일장이 서는 거의 모든 장터에서 1년에 한 번씩 탈놀이를 초청해 놀았는데, 춤사위에 있어서 대륙적인 맛과 남성적 율동을 느낄 수 있다. 탈은 점토로 모양을 빚은 다음 그 위에 종이를 여러 겹 붙여 만드는데, 놀이가 끝나면 탈을 모두 불살라 버리고 다음 해에 다시 만들어 사용했다. 해서탈춤계의 탈들은 대개 원색 계열인 오방색(五方色 ; 청·적·황·백·흑)을 많이 사용한다.

① - 1 봉산탈춤

봉산탈춤은 산대도감극 계통의 해서형 탈춤에 속한다. 이북 지방의 큰 명절인 단오날 밤에 주로 놀았던 세시풍속의 하나로서, 5일장이 섰던 거의 모든 장터에서 1년에 한번씩 행해졌던 놀이다. 그 대상은 주로 농민과 장터의 상인들이었지만, 관아의 축일이나 중국 사신 영접 때 특별히 놀기도 하였다. 황해도 지방에서는 탈놀이를 하면 그 해 마을에 재앙이 없고 풍년이 든다고 믿어왔다. 특히 놀이 절차에서 상좌춤과 사자춤은 벽사의 기능을 하며, 마지막 절차에서는 가면을 불사르는 의식이 있었다. 놀이 내용은 벽사의식무와 굿, 파계승에 대한 풍자, 양반에 대한 조롱과 모욕, 처첩간의 대립과 갈등, 서민 생활의 애환 등을 그 주제로 하고 있다. 봉산탈춤은 피리·젓대·해금·북·장구 등으로 구성된 삼현육각으로 연주하는 염불·타령·굿거리곡에 맞추어 춤이 주가 되고 몸짓과 동작·재담과 노래가 따른다. 대사는 어느 가면극보다도 한시 구절의 인용이 많고, 취발이와 말뚝이의 대사가 그중 흥미 있다. 다른 탈춤에 비하여 춤사위가 활발하며, 경쾌하게 휘 뿌리는 장삼 소매와 한삼의 움직임이 화려하게 펼쳐진다

① - 2 강령탈춤

강령탈춤은 산대도감극 계통의 해서형 탈춤에 속한다. 이는 황해도 일대에서 놀아오던 탈춤의 하나로 해서탈춤을 대표하는 놀이라 볼 수 있으며 그 대사와 춤, 가면, 의상 그리고 장단 등에 있어 해서지방의 특징을 잘 나타내고 있다. 특히 봉산탈춤과 함께 황해도 탈춤의 쌍벽을 이루는 존재라 할 수 있다. 두 지방의 놀이는 과장의 순서나 등장인물에 약간의 차이가 있으나 근본적으로는 큰 차이가 없다. 그러나 봉산탈춤이 화려하고 거칠다면 강령탈춤은 보다 아담하며 부드러운 점이 특색이다. 또한 봉산탈춤이 민중의 오락적 요소가 강하다고 한다면 강령탈춤은 신앙적 내지 종교적 의의가 크다고 할 수 있다. 강령탈춤은 다른 황해도 탈춤과 마찬가지로 5월 단오에 놀았던 세시풍속의 하나이다. 그 주제는 벽사의식, 파계승에 대한 풍자, 양반 계급에 대한 모욕, 일부다처제의 갈등과 서민생활상 등이다. 춤은 느린 사위로, 장삼 소매를 고개 너머로 휘두르는

장삼춤이 주가 된다. 장단은 주로 도드리, 타령, 자진굿거리가 쓰이지만 소리의 사설이 30여 가지나 되고 소리마다 장단이 특이하다.

① - 3 은율탈춤

은율탈춤은 산대도감극 계통의 해서형 탈춤에 속한다. 황해도 서쪽 평야지대 끝에 자리잡은 은율 장터에서 놀아졌던 이 탈춤은, 지방 이속들에 의하여 세습되어온 봉산탈춤에 비하여 반능반예인들에 의하여 전승되어 왔다. 놀이 시기는 다른 황해도 탈춤의 경우와 마찬가지로 단오절에 2~3일 계속해서 놀았고, 그밖에 4월 초파일이나 7월 백중놀이로도 놀았던 세시풍속의 하나이다. 놀이 형식에 있어서는 다른 황해도 탈춤과 마찬가지이나, 춤사위는 봉산탈춤과 비슷하다. 놀이 과장의 순서나 그 내용에 있어서는 대체로 강령탈춤에 가깝다. 반농반예인들에 의하여 놀아진 만큼 대사는 한문 구절의 인용보다는 우리말의 묘미를 구사한 구어체가 많고, 다른 탈춤에 비해 호색적인 표현이 아주 노골적이다. 더구나 양반을 모욕하는 대목이 강조되어 양반과 상놈간의 대립이 더욱 날카롭게 묘사된다. 또 다른 모든 탈춤에서의 노승은 시종 무언의 몸짓을 통하여 내용을 전달하지만 은율의 경우는 타령과 진언을 소리내어 외는 점이 특징적이다.

② 경기산대놀이

산대놀이는 고려시대부터 조선시대까지 성행하던 가면극의 하나로서 '산대극(山臺劇)·산대희(山臺戲)·산대도감극(山臺都監劇)'이라고도 한다. 고대 중국의 나례(儺禮)에서 비롯되어 고려 초엽에 전해진 듯하며, 섣달 그믐에 궁중에서 행하다가 고려 예종 때부터 연극적 요소가 가미되어

'산대잡극(山臺雜劇)'이라고 불렸다. 조선시대에는 처음에 궁중연극으로 세종 때 산대도감(山臺都監)을 두고 관장하였으며, 차차 민간에도 전파되어 동네의 가설무대에서 상연되면서 평민극으로 변하였다. 인조 이후로는 민간극으로만 계승되었다. 경기산대놀이는 경기도 일대에 전승되는 산대놀이로서 양주별산대놀이와 송파산대놀이가 전승되고 있다.

② - 1 양주별산대놀이

양주별산대놀이는 서울 중심의 경기지방에서 연희되어 오던 산대도감극 계통의 한 분파로, 중부지방을 대표하는 놀이다. 1964년에 중요무형문화재 2호로 지정되었다. 원래 산대놀이는 중국 사신의 영접이나 궁중 행사에서 놀았던 것인데, 오늘날 산대놀이라고 하면 양주별산대를 가리킬 만큼 대표적인 것으로 남아있다. 녹번, 아현, 사직골 등지의 본산대를 본받아 만들어진 이 놀이는 4월 초파일, 5월 단오, 8월 추석 등의 명절 외에 가뭄 때의 기우제 같은 행사에서 놀기도 하였다. 놀이 내용은 파계승, 몰락한 양반, 무당, 사당, 하인 및 기타 서민의 등장을 통하여 현실 폭로와 풍자, 호색, 해학 등을 보여주어 당시 특권 계급의 형식적인 도덕을 비판하는 것이다. 대사는 주로 평범한 일상 대화조로, 그 중 옴중과 취발이의 대사는 양주별산대놀이의 백미로 관중의 홍미를 끌었다. 삼현육각의 반주에 맞추어 타령·염불·굿거리 곡이 사용되고, 춤은 형식미와 전아한 맛이 있다. 상좌, 연잎과 눈끔재기, 왜장녀, 애사당, 소무, 노장, 원숭이, 해산모, 포도부장, 미얄할미 역은 대사가 없고 춤과 몸짓 및 동작으로만 연기한다.

② - 2 송파산대놀이

송파산대놀이는 송파지역에서 전승되던 탈놀이로, 양주별산대놀이와 함께 중부형 산대도감극(山臺都監劇) 계통의 한 분파이다. 1973년 중요무형문화재 49호로 지정되었다. 송파진(현 잠실대교 근처)은 서울근교 오대 한강 나루터 중의 하나로 수운으로는 강원도까지 배가 내왕하였고 육운으로는 마행상들이 전국을 돌았던 상역지였다. 조선후기에는 전국에서 가장 큰 열 다섯 향시 중의 하나로 손꼽히는 상업적 부촌이었기 때문에, 송파산대놀이의 경제적 여건이 갖추어져 있었다. 공연 시기는 정월 대보름, 단오, 추석 등의 명절에 세시놀이로서 행해졌는데 특히 단오 명절에는 각 지방에 보양을 띄워 각 공연자들을 초청하여 1주일씩 탈놀음을 하였다 하며, 또한 상역지였기 때문에 장이 덜 되어도 상인들이 추렴하여 줄걸고(줄다리기), 씨름 붙이고, 산대놀이를 벌이면서 장이 열리게 했다고 한다. 공연 형태는 다른 탈놀음 같이 춤이 주가 되고 재담과 창과 동작이 곁들여지고 반주 음악은 3현6각에 염불 12박, 타령, 굿거리장단이 주가 되며, 춤사위는 염불, 건드렁춤, 타령, 깨끼리춤(깨끼춤), 굿거리 건드렁춤의 유형으로 나누며 40여종의 춤사위로 세분화되어 있어 한국 민속무용의 춤사위로 대변할만 하다. 특히 양주별산대놀이에서 이미 잊혀진 해산어멈, 신할미, 무당, 신장수 가면 등이 남아 있고 맡은 배역도 따로 있으며 비교적 고형을 보존한 면이 보인다.

③ 경남 오광대와 야류

오광대는 다섯 광대와 놀이, 또는 다섯 마당으로 이루어진 놀이라는 뜻으로, 동서남북과 중앙의 다섯 방위를 나타내는 다섯 광대가 나와 잡귀를 물리치고 마을의 안녕을 빌어준다. 낙동강을 분계로 서쪽지역에 분포되어 있으며, 현재 연희본에 채록된 것은 진주, 마산, 통영, 고성, 가산 등이지만 무형문화재로 지정된 것은 통영(중요무형문화재 제6호), 고성

(중요무형문화재 제7호), 가산(중요무형문화재 제73호)의 것이다. 오광대 놀이는 경남 낙동강 상류 초계 밤마리에서 비롯된 탈놀이의 한 분파로 산대놀이 계통의 영남형으로 보기도 하는데, 산대놀이와는 달리 파계승에 대한 조롱장면이 가벼운 반면 양반관료층에 대한 저항의 도가 철저하며 처첩관계 폭로를 통한 봉건적 가족제도에 대한 불만이 다른 민속극에서보다 두드러진다.

야류는 안놀음, 사랑놀음, 판놀음에 대칭되는 넓은 들판에서 노는 놀이로 우리말로 '들놀음'이며, 극소수의 양반계층이 '야류(野遊)'로 불렀다. 야류는 낙동강 동쪽지역(경상좌도)인 수영, 동래, 부산진 등지에 분포되었던 것으로 약 100여 년을 전후하여 경상우도에서 들어왔다는 설이 있으나 오히려 그 이전에도 이 지역의 토착연희로서의 들놀음이 존재하였다고 보는 것이 타당할 것이다. 들판이나 시장의 넓은 공터에서 벌어지는 들놀음은 탈놀이뿐만 아니라 규모가 크고 화려한 길놀이가 먼저 행해지고 탈놀이가 끝난 뒤에는 '대동줄다리기'로 이어지는 비교적 판이 넓은 놀이이다. 그러나 1960년대 이후 들놀음의 특징으로 내세울만한 길놀이가 도외시되고 탈놀이 부분만이 전승의 대상이 되어 변질을 초래했다. 동래(중요무형문화재 제18호)와 수영(중요무형문화재 제43호)의 것이 오늘날까지 전승되고 있다.

③ - 1 통영오광대

통영오광대는 경남 통영지방에 전승되어 온 탈놀이로 '창원오광대'를 본떠 만든 것으로 추정되는데, 조선 중엽 특권층에 대한 상민들의 반발이 풍자가면극으로 나타난 것이다. 놀이꾼들은 정월 2일부터 14일까지 집집마다 돌아다니며 잡귀를 쫓아주는 지신밟기를 해주고 이 때 얻은 지원금으로 탈놀이를 준비했다. 제5과장 '포수탈'은 악귀를 내쫓고 벽사진경을 비는 사자춤의 의식무적인 성격이 오락적인 놀이로 변모한 것으로 보인다. 또한 마당과 마당 사이는 막 같은 것을 써서 구분하는 것이 아니고 잇따라 가면과 의상이 바뀐 출연자가 등장하면 다음 마당이 시작하는데, 통상 한 마당이 끝나면 등장인물이 모두 어울려 군무를 춘다. 탈은 나무와 종이로 만들고 놀이가 끝나면 소각제를 지내 모두 태워버렸다. 모두 23종 48개의 탈이 사용된다.

③ - 2 고성오광대

고성오광대는 경남 고성지방에 전승되어 온 탈놀이로 초계 밤마리, 창원(마산), 통영, 고성의 순으로 전파되었다고 전해진다. 다른 오광대와 내용이 같으나 의식무와 축사연상의 사자무가 없어 신앙적 의의는 없고 오락 위주의 장터놀이로 놀아왔다. 주로 음력 정월 보름날에 놀았으나 봄꽃이 필 때나 단풍이 들 때도 놀았다고 한다. 예전에는 나무탈이었다고 하나 한일합방 당시 나라를 잃은 슬픔에 탈을 강(바다)에 띄워 보냈다는 이야기가 있는데, 그 이후부터는 종이로 탈을 만들어 사용하고 있다. 모두 20개의 탈이 사용된다.

③ - 3 가산오광대

가산오광대는 진주에서 30리쯤 떨어진 해변가의 작은 마을인 가산(사천군 축동면 가산리)이 전승지로 약 3백년의 전통을 가진 것으로 전해지고 있으며, 형태나 내용으로 보아 '진주오광대'와 같은 분파로 추정된다. 가산은 조선말까지 조창(배로 실어 나르는 곡식을 쌓아두는 곳)이 있어 상업 거래가 많고 사람들이 많이 모이는 도시였다. 그래서 가산오광대를 '조창오광대'라고 부르기도 했다. 놀이는 정월 초하룻밤 천룡제를 지내고 지신밟기를 한 다음 대보름에 연희되는데, 초저녁에 공연을 알리는 의미로 '조창오광대'의 깃발을 앞세우고 마을을 한바퀴 돌았다. 고성오광대보다 200~300년쯤 전부터 놀아졌다고 전하며, 양반에 대한 증오심과 일부 다처제의 갈등으로 인해 빚어지는 서민들의 애환을 익살과 웃음으로 표현하였다. 모두 34개의 탈이 사용된다.

③ - 4 수영야류

수영야류는 부산 수영동에서 전승되는 탈놀이로 음력 정월 대보름에 산신제와 함께 거행되던 민속극이다. 탈놀이 이외에도 길놀이, 줄다리기 등 규모가 크고 다양한 행사가 함께 벌어졌는데, 공연하기에 앞서 야류계가 주동이 되어 집집마다 방문하여 액을 막아주는 지신밟기를 해준다. 이 때 거두어들인 곡식으로 탈놀이의 경비를 마련하는데, 일부 놀이꾼은 지신밟기에 참여하지 않고 부정 타지 않은 정갈한 장소에서 탈을 제작하였다. 한편 공연 전날 밤에는 각자 연습한 연기를 원로에게 심사 받고 배역을 확정 받는 '시박'을 가졌다. 탈은 바가지로 제작하는데 사자와 담보는 커다란 광주리를 사용하였다. 모두 12개의 탈을 사용하며 탈놀이가 끝난 후에는 모두 태워 버렸다. 특히 놀이 과장 속의 사자춤은 벽사연상의 신앙적 의의를 지니고 있다.

③ - 5 동래야류

동래야류는 19세기 후반에 '수영야류'에서 파생된 것이라 전하며, 정월 대보름 동래시장 앞 네거리에서 수백 개의 제등을 달고 간단한 야외무를 시설하기도 하여 연행되었다. 동래의 패문을 중심으로 동부, 서부간의 줄다리기를 하고, 이긴 쪽이 축하행사로 탈놀이를 하였다고 전한다. 수영야류처럼 가장행렬을 하였고, 장작불을 지펴 놓은 탈판에 도착하면 고을 사람들이 얼굴에 먹으로 환칠을 하거나 종이탈을 함께 쓰고 어울려 춤을 추며 흥을 돋웠다. 춤을 추다가 밤이 으슥해지고 부녀자들이 귀가하면 그때서야 탈놀이를 놀았다고 한다. 놀이판에서 연희자들이 부르는 노래는 대부분이 조선시대의 무가와 상두꾼 소리 등이다. 춤은 덧보기춤이 주가 된다. 탈의 재료는 바가지이지만 개나 토끼의 털을 얼굴 전체에 붙여 놓은 탈도 있다. 탈들은 각 과장에 등장하는 인물의 성격을 반영하며 크기와 색깔이 다양하다. 특히 말뚝이의 비중이 큰데, 코나 눈, 귀가 비정상적으로 커다랗게 강조되어 있다. 특히 양반들 가면의 하반부가 움직이게 한 것은 하회탈과 같다. 모두 13개의 탈이 사용된다.

(3) 북청사자놀음

① 북청사자놀음의 형성과 전승

북청사자놀음은 함경남도 북청군(北靑郡)에서 정월 대보름에 행해지던 사자탈놀이이다. 중요무형문화재 제15호로 지정되어 보존되고 있다. 함경도 일대에서 함남의 북청, 함주, 정평, 영흥, 홍원, 함북의 경성, 명천, 무산, 종성, 경원 등지에서 사자놀이가 전승되었다고 한다. 특히 북청읍의 사자계(獅子契), 가회면의 학계(學契), 양천면의 영락계(英樂契) 등의 사자놀음이 유명했는데, 이 중 북청의 사자놀음이 함경도의 사자놀음을 대표한다.

사자놀음의 기원을 당장 설명하기는 어렵지만, ≪향악잡영(鄕樂雜詠)≫에 수록된 최지원의 산예〔狻猊〕 및 백거이(白居易)의 ≪신악부(新樂府)≫를 통해 볼 때, 서역에서 중국으로 유입된 뒤 다시 신라에 유입된 것으로 추정할 수 있다. 또한 우륵의 12곡 중에 〈사자기(獅子伎)〉가 전하고 있다. 한편 일본의 악서(樂書)인 ≪신서고악도(信西古樂圖)≫에 두 발로 선 사자의 모습을 그린 '시라기고마(新羅—)'가 있다. 앞채사람이 뒤채사람 어깨에 올라 탄 모습을 형상화한 것이다. 이로 미루어, 사자놀음의 기법이 이미 신라시대에 고착화되었으며, 이 기법이 일본으로 유입되었음을 추정할 수 있다.

오늘날은 한국전쟁을 전후하여 월남한 연희자들에 의해 전승되고 있다. 1944년 통계에 의하면 당시 북청군민 28만 4천여 명 중 14만 정도가 월남했으며, 속초에는 3~400가구 정도가 모여 살았다고 한다. 1956년 전국민속경연대회에 처음 선보인 후 강원도 속초에서는 북청동향친목계원 36명이 1957년 정월대보름날 북청도청을 건립기금 마련으로 걸립을 하고 사자놀음을 하였다. 문화재로 지정될 1967년 당시에는 애원성·마당놀이·사자춤 순서로 놀았으나, 이후 길놀이·마당놀이·애원성·사자춤·칼춤·무동춤·꼽새춤·사자춤·재담·넋두리춤으로 변형되었으며, 순서는 현장의 상황에 따라 바꿀 수 있다. 그러나 애원성이 먼저이고, 사자춤이 뒤이며, 중간에 잡다한 춤들이 끼이는 것은 변함이 없다.

《속초의 향토민속》(장정룡)에 수록된 전승실태를 살펴보면, 1957년 당시 속초에서 북청사자놀음을 하였던 사람은 김수석(사자, 현재 기능보유자), 이종욱(양반), 양계건(꼭쇠), 박씨(사당춤), 장남우(의원), 김봉수(승무), 김원사(총각), 마유득(곱추), 김효환(도깨비), 이종호(중국인), 변무성(퉁소), 박진환(퉁소), 이재섭(퉁소), 김하륜(퉁소), 마방섭(북), 이종준(징), 신겸(장구)과 길잡이 놀이패 수십 명이었다.

② 북청사자놀음의 연희 양상

북청사자놀음의 연희는 먼저 퉁소와 북에 의한 반주와 애원성에 맞춰 '애원성춤'을 춘다. 이어 '마당돌이'로서 하인 꼭쇠가 양반을 끌고 나오며, 뒤에 악사가 따른다. 양반이 사당과 무동(舞童), 꼽새 등을 불러들여 한바탕 논 다음에 사자를 불러들인다. '사자춤'에서는 상좌중이 함께 춘다. 사자가 여러 재주를 부리다가 기진하여 쓰러진다. 양반은 대사를 불러 〈반야심경(般若心經)〉을 독경하게 하지만 효과가 없고, 의원이 침을 놓자 일어난다. 꼽쇠가 사자에게 토끼를 먹이니, 기운이 나서 굿거리 장단에 맞춰 춤을 춘다. 양반이 기뻐서 사자 한 마리를 더 불러 춤추게 하고, 사당춤과 상좌의 승무가 어울린다. 사자 퇴장 후 사람들이 〈신고산타령〉 등을 부르면서 군무를 추고 끝낸다. 김수석(기능보유자, 1991년 당시 85세), 김하륜(북청도청회장, 1991년 당시 76세)으로부터 1991년 7월 16일 조사한 내용을 정리하면 다음과 같다.

Ⓑ 시기 : 정월대보름 전후 2~3일 간

Ⓒ 장소 : 도청마당(가가호호 방문후)

Ⓓ 등장인물 : 악사, 양반, 꼽쇠, 애원성춤 2명, 거사춤 2명, 사당춤 2명, 칼춤 2명, 무동춤 4명, 꼽새춤 2명

Ⓔ 가면 : 양반, 꼽쇠, 사자탈(모두 종이탈)

Ⓕ 악기 : 퉁소 3~4개, 꽹과리, 장고, 북, 징

Ⓖ 소요시간 : 40~50분(전체), 사자춤 5~10분 정도

Ⓗ 연희내용 : 벽사진경

Ⓘ 연희마당 : 아홉굿거리 열두마당, 아홉굿거리에는 입장곡, 애원성곡, 에구 내 딸 봉섬이, 연풍대, 칼춤, 사자춤 초장, 중장, 말장, 자유곡이다.

열두마당은 양반 꼭쇠의 해학마당 정리, 애원성노래, 사당춤, 무동춤, 꼽새춤, 칼춤, 사자춤 초장, 중장, 말장, 승무, 풍자, 군무이다. 북청사자놀음 확장판(1979년 9월 3일)에는 2마당 9거리로 되어 있는데 애원성마당과 사자놀이마당, 해학, 애원성, 사당춤, 칼춤, 무동춤, 꼽새춤, 사자춤과 승무, 풍자, 군무(넋두리춤)으로 되어 있다.

㉣ 사자탈 크기 : 1958년 속초에서 처음 만든 사자탈은 현재 보관되어 있는데 사자 전면 가로 70센티, 세로 62센티, 이마에서 눈썹까지 15센티, 눈썹 길이 20센티, 한쪽 눈의 길이 14센티, 코 길이 22센티, 입 길이 21센티, 입 높이 3센티다. 원래는 피나무로 깎고 색칠을 했으나 이것은 종이로 얼굴을 만들고 사자털은 폐그물에 여러 색을 칠하여 만들었다.

북청사자놀음은 사자춤뿐만 아니라 여러 가지 놀이꾼이 나와 저마다 춤을 춘다. 춤의 종류는 사자춤 · 애원성춤 · 사당춤 · 승무춤 · 꼽추춤 · 무동춤 · 넋두리춤 · 칼춤 따위며, 반주음악에 사용되는 악기는 퉁소 · 장구 · 소고 · 북 · 꽹가리 · 징이다. 퉁소는 2개를 쓰나 많이 쓸 때 6개까지 쓴다. 해서(海西)나 경기지방의 탈놀이가 삼현육각(三絃六角)의 반주로 되어 있고, 영남지방 탈놀음이 매구풍장(농악)으로 되어 있는데 비해 북청사자놀음만이 퉁소풍장으로 되어 있는 것은 매우 특이하다. 반주음악의 장단은 대개 춤곡에 따라 3분박 좀 느린 4박자나 좀 빠른 4박자로 서양악보로는 8분의 12박자로 적을 수 있는데 굿거리장단에 맞는다.

북청사자놀음은 갈등과 풍자보다는 춤과 묘기가 위주가 된다. 따라서 이 놀음을 민속놀이로 보기도 한다. 민속극 중에 사자춤이 들어 있는 것은 봉산, 강령, 은율, 통영, 수영탈춤 등이나, 이들 사자춤은 간단하여 보통 두 사람이 맡으며, 앉아서 머리와 꼬리를 흔들며 몸을 긁기도 하고, 장단에 따라 춤추기도 한다. 통영이나 수영사자는 장단에 맞춰 담보와 싸우다 담보를 잡아먹는 시늉을 한다. 북청사자는 머리 쪽에 한 사람, 뒤쪽에 한 사람, 보통 두 사람이 추는데, 세 사람 이상이 들어가는 수도 있다. 앞채사람이 뒤채사람의 어깨에 올라타 높이 솟기도 하고, 앞채사람이 먹이인 토끼(전에는 아이였다고 한다.)를 어르다가 잡아먹는 과정을 연기하기도 한다. 다른 사자 춤사위보다 힘찬 것이 특징이다

3. 인형극(꼭두각시놀음)

1) 꼭두각시놀음의 형성과 전승

꼭두각시놀음은 남사당패의 여러 놀이 중에 '덜미'라 부르는 인형극놀이다. 우리에게는 꼭두각시놀음 이외에도 몇몇 인형극의 시초적 형태를 찾을 수 있는 망석중놀이〔忘釋僧劇〕, 장난감인형놀이〔玩具人形劇〕, 각시놀음 등이 있었으나 엄밀한 의미의 인형극이라고 보기는 어렵다. 그러나 세계적으로 인형극 기원이 일반 연극과 같이 종교적, 유희적인 기원에서 출발하여 그들 나름의 자생적 인형극이나 인형극의 모체(母體)가 될 수 있는 토착적인 놀이를 가지고 있었음은 각국의 인형극을 살필 때 파악할 수 있다.

동양에 있어서는 ≪열자(列子)≫에 나오는 괴뢰(傀儡)라는 기록이 가장 오래된 것으로 말하며 당(唐)의 은안절(殷安節)이 찬(撰)했다고 하는 ≪악부잡록(樂府雜錄)≫에 목우인(木偶人)이 나오기도 하지만 인형극으로 보기는 어렵다. 우리의 ≪고려사≫에 보면 팔관회 때에 여러 가지의 우인(偶人)을 만들었다는 기록이 있으며, 원의 마단림(馬端臨)이 찬한 ≪문헌통고(文獻通考)≫에서 우인이희(偶人以戱)가 고려국에 있었다는 것과 ≪지봉유설(芝峰類說)≫에 괴뢰목우희(傀儡木偶戱)가 고려역유지(高麗亦有之)라 하였

음을 보아도 한국에서 인형극은 고려시대에 보인다.

물론 고려시대 이전에 인형극이 존재하였는지는 의문을 가질 수 있는데 여러 곳의 기록을 모아 보면 인형극 발생의 기원을 살필 수 있으리라 본다. 고구려속(高句麗俗)에는 ≪대동운부군옥(大東韻府群玉)≫에 보이는 바와 같이 각목작부인상(刻木作婦人像)이 있어 신상으로 모시고 있었으며, ≪삼국사기≫에 나타난 바와 같이 목우사자(木偶獅子)를 만들어 우산국(于山國)을 정복하였던 것이다. ≪성호사설≫에서도 산예라는 사자무(獅子舞) 계통의 기원을 살필 수 있는데 ≪증보문헌비고≫나 ≪해동역사≫의 기록에는 악곡괴뢰(樂曲傀儡)가 나타난다.

이러한 형태의 괴뢰(傀儡)나 목우희(木偶戲)가 발전하면서 고려시대에 놀이화하였을 것으로 미루어 한국의 인형극 기원은 문헌상으로 고려 때부터 존재하였다고 함이 타당하리라 본다. 그러므로 우리의 인형극은 고려시대 이전 삼국시대 때에 이미 자생적 인형극을 갖추고 있었으며 여기에 서역이나 타 지역에서 유입된 인형극을 흡수하여 독창적인 형태의 인형극을 만들었을 것으로 여겨진다. 18세기 중엽 이후에는 세속화된 인형극으로 유랑연예인 집단이었던 남사당패로 옮겨져서 정착한 것으로 볼 수 있다.

조선 후기 사회가 변화되면서 남사당패 활동의 전성기를 맞았다. 수십 명씩 무리를 지어 전국의 장터를 돌면서 놀이판을 벌였는데 놀이 중 덜미는 이들만이 연행한 고유의 놀이였다. 꼭두각시놀음은 남사당에 의해 공연되면서 신랄한 풍자를 담은 공격적인 연극으로 변하였는데 양반이 몰락하고 신흥 상인계층이 대두하게 된 조선 후기 사회의 변화와 밀접한 관련이 있다. 그 후 말기부터 쇠퇴하여 일제강점기에는 자취를 감추었다가 1960년 복원되어 현재는 중요 무형문화재 3호로 지정되어 사단법인 '민속극회 남사당'에 의해 전승되고 있다.

2) 꼭두각시놀음의 연출 방식

(1) 상연 시간

꼭두각시놀음은 대체로 1시간 정도로 끝마치는데, 다소간 신축성이 있다. 이것은 조종사의 그때 그때의 형편에 따라 연희 시간을 길게도 하고 짧게도 하는데, 내용 줄거리에는 별로 변함이 없다. 짧은 시간에 빨리 연출을 마치려 할 때에는 몇 막을 줄이기도 하고, 또 내용 재담을 대강대강 말하여 줄이기도 한다. 그리고 길게 할 때에는 우스갯소리와 잔소리를 다소 집어넣기도 하지만, 음악 반주에 따라 추는 춤을 오래 추게 하거나 소리를 오래하여 시간을 늘이기도 한다. 이것은 그때 형편도 형편이지만 조종사의 장기, 즉 재담보다도 소리를 잘 한다든지, 또는 소리보다는 재담을 잘 한다든지에 따라 다소 차이가 있다.

(2) 무대

꼭두각시놀음은 종래 주로 각 농촌 부락으로 돌아다니면서 하였으므로 그 장소는 대체로 시골 동네 타작마당, 또는 시골 장터에 가설(假設)한다. 무대는 넓은 장소 한 부분의 귀퉁이에 길고 굵은 기둥 4개를 1개씩 세우고, 포장(布帳)으로 막을 삥 둘러친다. 무대는 비교적 높게 되어 있으며, 인형 조종사는 그 포장 막 속에 들어가서 인형을 조종한다. 극을 연출할 때는 4~5명의 인형 조종사가 포장으로 가린 막 속에 숨어서 그 막 위쪽에 각기 맡은 인형을 등장시킨다. 그런 다음 끄나풀을 잡아당기어 인형을 조종하면서 서로 대화하고 춤을 추며 노래를 부른다. 대화(재담)

중 몇몇 등장인물은 죽관(竹管)을 통한 가성(假聲)을 내어 마치 각 인형이 제각기 발음하는 것 같이 특이한 효과를 낸다. 무대는 높게 되어 있으므로 관객들은 고개를 들어 쳐다보면서 구경을 하게 된다.

(3) 악기·악곡·춤사위

꼭두각시놀음에 사용되는 악기는 풍물(농악)에서 쓰이는 꽹과리·북·징·장고·날나리 등이 동원된다. 꼭두각시놀음이 진행되면 잽이(악사)들은 무대 앞에 앉아서 인형이 등장하여 소리와 춤을 출 때에 음악을 연주하며 또 무대를 보며 인형과 대화를 한다. 반주음악은 염불·타령·굿거리 등이 사용되며 가창으로 서곡에 해당되는 소리인 "떼이루 떼이루 떠어라 따 ……"로 시작하여 박첨지 구음 무곡인 "나이니 나이니 나이니나 ……"가 쓰이며 보괄 타령(打슈), 회심가, 매사냥 소리, 상여소리, 장타령, 절 짓는 소리, 잡가, 염불, 시조 등이 상황에 맞게 불린다. 인형의 춤에 쓰이는 장단은 굿거리가 주인데 인형 양 손 동작을 올렸다 내리며 상반신을 흔드는 춤사위가 사용된다. 이는 풍물놀이에서 상체만 움직이는 무동춤과 비슷하다.

(4) 인형·소도구

꼭두각시놀음의 인형은 주로 상체만을 내놓고 움직이고 있는데 구조면에서 보면 현사괴뢰, 주선괴뢰, 장두괴뢰 등을 사용하고 있다. 실을 늘여서 조종하는 방법과 의상을 입힌 인형을 손으로 조종하는 방법, 인형의 머리에 둘째 손가락을 넣어서 조종하는 방법 등이 사용된다. 인형의 재료는 몸통·팔·머리 등을 오동나무나 버드나무를 이용한다. 얼굴은 바가지나 나무를 이용하며 두꺼운 나무껍질이나 종이로 콧등을 나타내며 개털이나 토끼털로 수염, 머리털을 만든다. 색칠은 아교단청으로 얼굴색과 이목구비를 표현한다. 인형들의 크기는 대체로 30㎝에서 1m 정도인데 약간의 차이는 있다. 예를 들면 제작자의 의도에 따라서 박첨지는 크게 만들고 홍동지는 그보다 조금 작게, 피조리는 여성이므로 작게 만드는 식이나 배역의 성격과 무대면에서 인형이 노는 공간의 크기에 맞추는 것이 상례이다.

(5) 인형 조종

남사당패에 의하면 꼭두각시놀음의 주조종자인 '대잡이'가 1인 있으며 이를 보좌하는 '대잡이 손〔補〕'이 2인 정도가 되는데 인형의 조종자인 대잡이에 못지 않게 중요한 역할을 하는 사람이 '산받이'라는 받는 소리꾼이 있다. 산받이는 실제 인형의 조종자는 아니나 모든 인형과 대화를 하는 중요한 인물인데 판소리의 고수와 유사한 역할로 전체 인형극의 연출에 관여한다. '대잡이'라 하는 것은 정확한 의미는 아닐지 모르나 꼭두각시의 대〔杖〕를 잡는 사람의 의미를 갖고 있고, 산받이는 인형과 대화하는 받이꾼을 말하는 것으로 이 산받이는 악사를 겸한다. 포장막 안에는 직접 인형을 조종하는 '대잡이'를 비롯하여, 좌우에 대잡이 손과 밖에는 이들과 대화하는 '산받이', 악사들이 인형극인 꼭두각시놀음을 구성하게 된다.

3) 꼭두각시놀음의 등장 인물

꼭두각시놀음의 등장 인물은 인물과 동물을 합해 상당수에 이르는데,

채록본에 따라 약간씩 차이가 난다. 가장 먼저 채록된 전광식·박영하 구술본은 김재철 ≪조선연극사≫(1993)에 실려 있다. 여기에는 박첨지 구장(區長), 홍동지(그의 조카), 소박첨지(小朴僉知 ; 그의 아우), 소무당(小巫堂 ; 그의 질녀), 최영로(그의 사돈), 표생원(表生員), 해남양반 꼭두각시(그의 처), 돌모리집(그의 첩), 상좌, 잡탈중, 동방삭, 평양감사, 관속(官屬), 강계 포수(江界砲手), 촌(村)사람 (새면의 악사) 기타 이심이, 개, 꿩, 매 등이 있다.

최상수 채록, 노득필 구술본은 ≪한국인형극의 연구≫(1961)에 실려 있다. 여기에는 박첨지, 꼭두각시(박첨지의 본처) 돌머리집(박첨지의 첩), 작은 박첨지(박첨지의 아우), 소무당(小巫堂 ; 박첨지의 조카딸) 2인, 홍동지(박첨지의 조카), 상좌(중) 4인, 뒷절 먹중, 평안감사관속, 포수, 마을사람(삼현의 악사) 기타 이심이, 매, 꿩, 상여, 명정, 만사, 절로 되어 있다.

심우성 채록, 대잡이 남형우, 산받이 양도일 구술본은 ≪남사당패연구≫(1974)에 실려 있다. 여기에는 인형이 박첨지(노인, 주역이며 극진행상 해설자를 겸함), 꼭두각시(박첨지의 본마누라, 추부), 홍동지(박첨지의 조카, 발가벗은 힘꾼), 덜머리집(박첨지의 첩, 작부출신), 피조리(박첨지의 조카딸) 2인, 상좌 파계한 암자의 승려 2인, 홍백가(붉고 흰 양면의 얼굴을 가진 남자), 표생원(해남 관머리에 사는 시골양반), 영노(무엇이나 먹겠다는 걸신들린 요괴, 일명 탈쇠〔倭人〕로 표현됨), 묵대사(득도한 고승), 귀팔이(뜯기다 못하여 귀까지 나풀대는 백성의 하나), 평안감사(권력의 상징으로 내세운 탐관), 작은 박첨지(박첨지의 동생), 박첨지 손자(저능아) 3인, 상주(평안감사의 아들), 동방석이 삼천갑자를 살았다는 동박삭, 잡탈(마을사람, 남자) 3인, 상두꾼(평안감사의 상여를 멘 사람) 등이다. 한편 동물은 이시미(뱀도 용도 아닌 상상적 동물), 매(평안감사 매사냥 장면에 나옴), 꿩, 청노새(곡식을 축내러 중국서 온 해로운 새)가 나오며 기타 절

〔組立式 法堂〕, 부처, 상여, 명정, 만사, 요령, 영기 2개, 부채 등이 있다.

이상의 채록본에 등장하는 인물은 종류의 차이가 있으나 대체적으로 주요 인물의 구성에는 차이점이 없다. 특히 중요 인물로서 박첨지, 홍동지, 꼭두각시가 부각된다. 박첨지는 등장 인물이면서 해설자의 구실을 적절히 해냄으로써 극의 진행을 원활하게 하는 중요한 인물이다. 허풍이 많고 경박스럽고 비속하고 부도덕하며 신명이 많은 익살스러운 노인으로 조선 후기 동요하기 시작한 지배층의 위상을 총괄하여 지배층에 대한 우회적인 비판과 풍자의 의미를 내포한다. 홍동지는 극의 전개 과정에서 상황이 위태로워 강력한 대응이 필요할 때 등장하는 인물로 지배층의 허위와 무능을 폭로함으로 저항세력의 성격을 지닌다. 이는 당시 싹트기 시작한 민중의식의 발로를 상징적으로 보여준다. 꼭두각시는 전통적인 봉건사회와 가부장적인 가족 구조에서 억압받는 여인의 전형으로 사회적 불평등을 강요당했던 여성들의 모습으로 볼 수 있다.

4) 꼭두각시놀음의 연희 양상

꼭두각시놀음은 조종자에 의해 시간 조절이 가능하기 때문에 장시간 연출할 수도 있고 단시간에 끝낼 수도 있다. 그러나 내용상에는 큰 차이가 없다. 채록본은 김재철 채록본, 최상수 채록본, 박헌봉 채록본, 남운룡 구술본, 이두현 채록본, 심우성 채록본 등 여섯 가지가 있다. 대개 7~10막으로 나뉘어진다. 여기서는 심우성 채록본을 중심으로 연희 양상을 살펴보겠다.

(1) 박첨지 마당

① 박첨지 유람거리

박첨지가 팔도강산을 유람하던 중 꼭두패 놀이패에 끼어 들어 구경한 이야기와 유람가 등을 부른다.

② 피조리 거리

박첨지의 딸과 며느리가 뒷절 상좌 중과 놀아나다가 갑자기 나타난 홍동지에 쫓겨 나간다. 홍동지도 뒤따라 퇴장, 박첨지 다시 나와 딸과 며느리가 잘 놀던가를 산받이에게 묻자 홍동지가 나타나 쫓겨 들어갔다고 하자 괘씸한 놈이라며 혼내주고 나온다.

③ 꼭두각시 거리

박첨지가 큰 마누라 꼭두각시의 행방을 묻고 노래를 부르자 꼭두각시가 나타나자 보관타령(영감타령)을 부른다. 박첨지가 덜머리집(작은 마누라)을 소개시키자 싸움이 난다. 하는 수 없이 살림을 나눠주는데, 덜머리집에게만 후하게 주자 꼭두각시는 금강산으로 중이 되러 간다며 퇴장한다.

④ 이시미 거리

박첨지가 나와서 중국에서 날아온 청노새가 우리 곳은 풍년들고 저희 곳은 흉년들어 양식을 축내러 왔다고 알리면 이시미가 나타나 청노새 · 박첨지 손자 · 피조리 · 작은 박첨지 · 꼭두각시 · 홍백가 · 영노 · 표생원 ·

동박삭이·묵대사 등의 순서로 나오는 족족 먹는다. 이시미에게 박첨지가 물리자 이때 홍동지의 등장으로 박첨지는 살아나고 홍동지는 이시미를 팔아 옷 좀 마련해 입어야겠다며 퇴장한다.

(2) 평안감사 마당

① 매사냥 거리

박첨지가 나와 평안감사의 출동을 알리고 큰일 났다고 하면 평안감사는 박첨지에게 치도(治道)의 잘못을 꾸짖고 매사냥할 몰이꾼을 대라 하자 홍동지를 부른다. 꿩을 잡은 평안감사는 박첨지에게 꿩을 팔아오라며 떠나면 모두 퇴장한다.

② 상여 거리

매사냥을 하고 돌아가던 평안감사가 황주 동설령에서 낮잠을 자다가 개미에게 불알 땡금줄을 물려 죽어버려 상여가 온다고 박첨지가 알리고 대성통곡을 한다. 상주인 평안감사의 아들이 박첨지에게 길이 험하여 상두꾼들이 모두 다리를 다쳤으니 상두꾼을 대라 하자 홍동지가 벌거벗고 나와 상주에게 모욕을 주고 상여를 메고 나간다.

③ 절 짓고 허는 거리

박첨지가 나와 명당에 절을 짓겠다고 알리고 들어가면 상좌중 둘이 나와 법당을 짓고는 그것을 완전히 헐어 버리고 들어간다. 박첨지가 나와 끝까지 구경해 주어 고맙다고 절을 하고 퇴장한다.

5) 꼭두각시놀음의 주제 양상

(1) 파계승에 대한 풍자와 비판

'피조리 거리'는 타락한 중에 대한 풍자와 비판이 드러나는 대목이다. 두 명의 중이 등장하여 소무(피조리) 둘을 희롱하자 홍동지가 나타나서 중들을 내쫓는 대목에서 이 점이 나타난다. 그런데 가면극의 경우처럼 신랄한 풍자는 이루어지지 않는다. 그리고 마지막 거리에서 절을 지었다는 내용은 중에 대한 비판과 모순이 된다. 그러나 꼭두각시놀음의 각 거리가 독립된 내용을 갖는다는 점에서, 절을 짓는다는 것은 그 동안 진행되어온 극적 긴장을 해소하면서 화해를 도모하고자 하는 취지로 설정된 거리로 해석할 수 있다.

(2) 일부다처제의 모순 고발

'꼭두각시 거리'는 남편의 박대와 첩과의 싸움으로 쫓겨나는 꼭두각시의 가련한 신세를 보여주고 있다. 이는 인권에 대한 사회적 모순을 비판하면서 동시에 서민들의 생활을 솔직하게 반영한 것이라 하겠다. 다만 특이한 점은 꼭두각시놀음에서 첩의 행동이 본처에게 달려드는 등 매우 저돌적으로 나타나고 있다는 것이다. 가면극의 영감·할미과장에서 할미가 영감 또는 첩의 횡포로 결국 죽음을 맞이하는 내용과 이 꼭두각시거리가 서로 대응된다. 긍정적 인물이 비극적인 죽음을 맞이하게 함으로써 이들 인물에 대한 연민의 감정과 함께 부정적 인물에 대해 분노의 감정을 갖게 함으로써 극적 긴장감을 조성한다고 말할 수 있다.

(3) 지배계층의 횡포 고발

'이시미 거리'에서 이시미와 홍동지가 대결하게 된다. 여기서 이시미라는 동물은 그 정체가 명확하지 않으나 광폭한 동물이다. 그는 아무 것이나 닥치는 대로 잡아먹는데, 당하는 쪽은 피지배층의 사람들이다. 이렇게 볼 때 이시미는 절대권력을 휘두르는 권력자의 표상으로 볼 수 있다. 이에 맞서는 홍동지는 평범한 민중이다. 홍동지가 이시미와의 대결을 통하여 통쾌한 승리를 거둔다는 것은 지배계층의 몰락을 의미하면서, 동시에 민중계층의 미래지향적 희망을 상징하는 것이라 하겠다.

4. 남사당패놀음

1) 남사당패놀음의 형성과 전승

남사당은 '男寺堂 · 男社堂 · 男寺堂 · 南寺堂' 등의 한자어로 표기되고 있다. 그리고 남사당패는 '男寺堂牌'라는 한자어로 표기되고 있다. 곧 남자들에 의해 이루어진 일군의 예인집단을 지칭하는 것이다. 남사당의 어원은 확실히 상고할 수 없으나, '女社堂 · 社堂 · 舍堂 · 舍正 · 舍黨'이란 명칭이 조선 중기 이후의 문헌에서 산견되는 것으로 미루어, 이와 구분하기 위한 방편으로 남사당이라는 용어가 생겨난 것이 아닌가 여겨진다. 남사당패의 형성을 설명하기 위해서는 우선 남사당패와 유사한 성격의 패거리인 사당패 및 걸립패를 정확하게 구분해야 한다. 전적(典籍)이나 일반적인 인식이 사당패 및 걸립패와 남사당패를 같은 것으로 혼동하고 있기 때문이다.

사당패를 흔히 '여사당'이라고 지칭하는 데서 알 수 있듯이, 사당패의 주요 구성원은 여성이었다. 이 패거리는 남성들의 주석(酒席)에 초청되어 가무희(歌舞戱)로 흥을 돋우고 매음을 하기도 하였다. 개개의 '사당'은 '거사(居士)'라는 남성들과 짝을 맺었다. '거사'는 '사당'과 실질적인 부부 관계를 맺고 '사당'의 뒷바라지 역할을 수행하였다. '사당'의 생활에 필요한 일체를 보조하는 대신 '사당'이 벌어들이는 화대인 해의채(解衣債)를 관리하였다. 사당패 조직의 통솔자는 '모갑(某甲)'으로서, 각지에 '사당'과 '거사'를 한 조씩 보내어 가무를 주선하는 역할을 담당하였다. 그 대가로 '거사'로부터 '사당'의 해의채 일부를 받았다. 말하자면 '모갑'이나 '거사'나 '사당'에 의지하여 사는 기둥서방이라고 볼 수 있다.

걸립패는 흔히 '비나리패·걸립패(乞粒牌)·건립패(建立牌)' 등으로 불리어지던 유랑집단이다. 걸립패는 통솔자인 '화주'를 중심으로 비나리(고사꾼 ; 승려 내지 승려 출신), 보살, 잽이(풍물잽이), 산이(버나 전문 연희자), 탁발(걸립한 곡식을 지고 다니는 남성) 등 15명 내외로 한 패거리를 이루었다. 걸립패는 전국을 돌며 관련을 맺고 있는 사찰의 신표(문서)를 우선 제시하고, 집걷이(터굿, 성주굿, 조왕굿, 샘굿 등)할 것을 청하여 허락이 떨어지면, 처음 풍물놀이로 시작하여 몇 가지 기예를 보여주고 집걷이를 하였다. 특히 성주굿을 할 때 굿상에 올려지는 금품이나 곡식 등을 수입으로 생계를 유지하였다.

한편 남사당패는 통솔자인 '꼭두쇠'를 중심으로 여섯 가지 종목을 특화하여 일정한 처소 없이 유랑하는 남성 집단이다. 이들은 정해진 보수가 없더라도 숙식과 얼마간의 노자가 생기면 어느 곳이든 찾아 나섰다. '꼭두쇠'로부터 '가열'이라는 초입자에 이르기까지 모두 재능을 보유한 남성 집단으로 구성되어 있기 때문에 민속연희상 종합적이고 전문적인 놀이집단이었다는 점에 의의가 있다. 남사당패놀음에는 탈놀이인 '덧뵈기'와 꼭두각시놀음인 '덜미', 대접 돌리기인 '버나', 땅재주인 '살판', 줄타기인 '어름' 등 기예적(技藝的)인 것을 포함하여 여기에 '풍물'까지 갖추고 있었다.

그런데 남사당패의 말기에는 '여사당'와 '남사당'이 혼성이 되어 '어름산이' 등을 여자가 하였던 경우가 있었다. 엄격히 말하면 '사당패'와 '남사당패'에 의한 놀음이 언제부터 시작된 것인지는 정확한 기원이나 형성, 변천과정 등이 규명되어야 알게 되겠으나, 이들 유랑하는 놀이집단의 형성은 자생적이었을 것으로 추정할 때 신라나 고려시대를 거치면서 이와 유사한 집단이나 놀이형태가 유전(遺傳)하였을 것으로 추정된다.

남사당패의 기원이나 변천을 밝힐 수 있는 자료가 현재로서는 전무한 실정이다. 따라서 남사당패놀음과 유사한 성격의 자료를 근거로 유추할 수밖에 없다. ≪해동역사≫나 ≪고려사≫, ≪지봉유설≫, ≪허백당시집≫ 등에 남사당놀음과 유사한 것으로 보이는 내용이 있다. 그러나 광대에 대한 언급이 있을 뿐, 남사당패의 놀이에 대해서는 구체적인 내용을 밝힐 수 없는 형편이다. 남사당패에 의한 놀이가 복합성을 띠고 있다는 점에 있어서 시사성이 있는바, 이들이 반농반예의 비직업인이 아닌 전문직인 놀이패로서 기존의 각종 기예를 종합하였을 것으로 보인다.

2) 남사당패놀음의 연희 양상

(1) 풍물

풍물은 오늘날 농악(農樂)으로 불리는 형태의 놀이를 말한다. 흥겹고 힘찬 중부 이북의 웃다리가락을 주로 사용하였다. 거칠며 힘있는 가락을 주축으로, '진풀이', '무동(새미)', '벅구놀이', '채상(열두발상모)', '선소리' 등과 산타령, 새타령, 모찌는 소리, 논재는 소리 등의 연희적 요소까지 갖추고 있었다.

풍물은 '길놀이'와 '판놀이'로 구분할 수 있다. '길놀이'는 마을 어귀의 길에서 구경꾼을 모으기 위해 간단하게 행하는 예행적 풍물이다. 길군악을 주축으로 '벅구놀이'나 '새미놀이'를 가미하며, 더러 집집을 돌며 '돌림벅구'와 '마당씻이'를 하기도 한다. '판놀이'는 '길놀이'를 마친 패거리가 준비된 판에 도착하여 행하는 본격적인 풍물이다. '길놀이' 행렬이 놀이판에서 원을 그리며 자리를 만드는 동안, 기다리고 있던 풍물패가 '채상', '진풀이', '무동', '타령' 등을 한다.

(2) 버나 (대접 돌리기)

'버나'는 쳇바퀴나 대접, 대야 등을 40cm 가량의 앵두나무 가지에 대접이나 담뱃대, 칼, 자새를 연이어 돌리는 묘기를 말한다. 묘기를 선보이는 '버나잽이'와 이를 상대하여 받는 소리꾼인 '매호씨(어리광대)'가 서로 재담을 주고받는다. 악기는 꽹과리·징·북·장고·날라리 등이 사용된다. 놀이의 소요 시간은 대략 30분 내외이다.

‘버나’의 순서와 종목은 대체로 다음과 같다. 처음은 ‘던질사위’와 ‘때릴사위’로 대접을 위로 돌리며 던지고 때린다. 그리고 다리 사이로 막대기를 넣고 돌리는 ‘다리사위’와 ‘무지개사위’, 자새나 칼, 바늘을 이용한 ‘자새버나 · 칼버나 · 바늘버나’를 행한다. 이어 담뱃대를 이용한 ‘정봉산성’, 몸의 뒤로 팔을 돌려서 돌리는 ‘단발령 넘는 사위’, 담뱃대 두 개를 동시에 돌리는 ‘삼동’ 등이 펼쳐지는 가운데 ‘버나잽이’와 ‘매호씨’가 〈산염불〉을 부른다. 그리고 〈산염불〉을 부르는 동안에 구경꾼으로부터 돈을 거두어 대야에 담기도 한다. 마지막으로 ‘버나잽이’는 “네 요놈의 대접을 돌려볼 작정인데 잘 돌리면 밥이 나올 것이구 못 돌리면 탕국 먹는 판이렷다”며 대접을 돌리고, 때릴 사위, 던질 사위, 낙화 사위, 대꼬바리 등으로 돌리는 ‘꼬바리’ 및 물쭈리로 돌리는 물쭈리 사위를 계속한다.

(3) 살판 (땅재주)

‘살판’은 지예(地藝) 또는 장기(場技)로 불리는 땅재주를 말한다. ‘살판’이란 은어는 “잘하면 살판이요 못하면 죽을 판”이란 말에서 나왔다고 하고, ‘죽기 아니면 살기’라는 식의 어려운 재주라고 해서 “살판이냐 죽을 판이냐”에서 나왔다고도 한다. ‘산판쇠’라 하는 땅재주꾼과 어릿광대인 ‘매호씨’가 재담을 주고받으며, ‘잽이(악사)’의 장단에 맞추어서 정해진 순서대로 땅에서 재주를 부린다.

‘살판’의 기본 종류는 12가지가 있다. 그러나 이들을 조합하여 더욱 다양한 형태의 기예를 선보였다. ‘살판’의 소요 시간은 30분 내외이다. 칠채 가락이 한참 계속되다가 덩덕궁이 장단으로 바뀌며, ‘살판쇠’가 등장하여 ‘매호씨’와 문답 형식으로 이야기를 전개한다. ‘살판’이 끝나면 다시 칠채 가락으로 바뀌며, 앞곤두 · 뒷곤두 · 쑤세미트리 등을 순서 없이 하다가

‘살판쇠’와 ‘매호씨’의 퇴장으로 판을 거둔다.

(4) 어름 (줄타기)

‘어름’은 줄타기를 말한다. 무대는 허공이며 창과 춤, 재담으로 진행된다. ‘고긍(高絚), 무긍(無絚), 주색(走索), 승기(繩技), 희승(戲繩)’ 등의 한자로 흔히 쓰이며, 이익의 《성호사설》에는 이를 ‘도색희(蹈索戲)’라고 하였다. ‘어름’의 연희는 줄꾼인 ‘어름산이’와 어릿광대인 ‘매호씨’가 서로 재담을 주고받으며 진행된다. 대개 17가지의 재주를 보유하고 있다.

잽이들이 〈염불타령〉을 하면 장삼에 고깔을 쓴 ‘어름산이’가 등장하여 ‘중놀이’를 시작한다. 〈중타령〉을 한다며 강원도 금강산에서 내려온 중의 모습을 해학적으로 표현한다. “저 중의 거동 보소 광채는 쭉 퍼지고, 저 중에 잇속 보소 당사실로 엮은 듯이, 저 중에 두 눈은 소상강 물결 같고, 저 중에 두 눈썹은 왼 얼굴을 뒤덮은 듯, 저 중에 양 귀는 왼 어깨 축 처지고, 염불하며 내려온다. 저 중에 거동 보소 광채는 처절 철, 목탁은 또드락 똑딱 바라져서 중상인가 가사매어 중상인가 고깔을 써서 중사이런가” 하며 줄 위를 거닐다가 줄의 한가운데 앉으며 재담을 한다.

재담을 한 후 ‘어름산이’는 남장여인이 되어 ‘매호씨’와 재담을 계속 주고받으며 염불장단, 타령장단, 굿거리장단, 길군악 장단에 맞추어 줄을 탄다. 재담 및 타령이 한데 어우러지는 17가지의 줄타기는 창과 재담으로 자아내는 해학과 ‘어름산이’의 풍자적인 동작에 의해 한껏 재미를 더한다.

(5) 덧뵈기 (탈놀음)

 '덧뵈기'는 탈놀이를 말한다. 나례도감이나 산대도감에서 관장한 탈놀음이거나 특정지역의 지방색을 띤 연희가 아니었고. 전국을 떠돌아다니면서 자발적으로 이루어졌으므로 내용이나 형태면에서 해서지방 탈춤이나 오광대·야유(野遊) 등의 모습을 여러 면에서 받아 들였다. 그러나 이들의 본거지가 중부지역이었던 관계로 다분히 산대무극(山臺舞劇)의 성격을 띠었으며 사당패들의 연희에 산대극이 있었음이 나타난다. '덧뵈기'의 특징은 지역성을 띤 여느 탈놀음과 달리 행사성의 제약에서 벗어나 사회극(社會劇)으로서 서민들과 밀접하였다는 점과 관청이나 산대도감 등의 기관에 예속되지 않고 남사당 놀음의 종목으로서 유랑하는 놀이패에 의해서 이루어졌다는 점이다.

 '덧뵈기'에 쓰이는 악기는 모두 타악기로 꽹과리·징·북·장고의 사물인데 날라리, 덩덕궁이, 칠채가락이 사용된다. 춤사위는 나비춤, 닭이똥사위, 피조리춤, 무동춤, 옴중춤, 취발이춤 등으로 중부지방 산대도감 계통극의 춤사위 성격이 두드러진다. 닭이 똥 사위는 몸을 감고 풀면서 매기는 것인데 양팔의 율동이 크게 나타난다. 피조리춤은 여성의 춤사위로 하체는 움직이지 않고 상체와 양팔만 너울대는 것이다.

(6) 덜미 (꼭두각시놀음)

 '덜미'라는 꼭두각시놀음을 말한다. 유랑연예인들에 의해 전승되어 유일하게 남아 있는 전통적인 민속인형극인 덜미는 일명 '박첨지놀음' 또는 '홍동지놀음'으로 더욱 알려져 있다. 여기서 '꼭두각시·홍동지·박첨지'라는 명칭은 모두 인형극 속에 등장하는 인물에서 유래되었는데, 박첨지(朴僉知)는 백발노인의 인형으로 박은 바가지 인형을 지칭하거나 인형의 인격화를 위해 박씨 성에 첨지(僉知)를 붙인 것으로 보인다. 홍동지는 전신이 적색의 나체인형으로 홍은 홍(紅)이나, 홍씨(洪氏) 성(姓)을 뜻하며 동지(同知)라는 관직명을 붙여 인격화하였다. 한편 꼭두각시는 괴뢰(傀儡)를 뜻하는 꼭두에 각시가 붙은 것으로 박첨지의 본마누라이며 적갈색 바탕에 거무스름한 점이 있는 추부(醜婦)이다.

우리의 인형극은 무대나 연출방식, 인형조종법 등에 있어서 중국의 것과 유사하며 일본의 문악(文樂)과는 차이가 난다. 덜미의 연출은 포장을 사방으로 가리고 전면이 무대면이 되는데 '대잡이'가 주조종자로서 중심이며 양옆에 '대잡이보'가 있다. 포 장밖 무대 옆에는 받는 소리꾼인 '산받이'가 인형과 대화를 하고 그 옆에는 꽹과리·징·북·장고·날나리 등 '잽이'가 반주음악을 한다. 인형 조종은 포장 안에서 인형을 손에 쥐고 하는데, 인형의 상반신만 포장 위에 올라와 관중에게 보이게 된다. 인형은 팔·머리·입을 움직이게 하며 실로 조종하며 손가락을 끼워서 움직이게 한다. 인형 이외에 이시미가 등장하는데 몸 속에 조종자의 손을 넣어 움직이며 꿩·매는 철사에 매달아 당기면서 움직인다. 상여를 메거나 절을 짓기도 하는데 이는 부분품을 가지고 나와서 조립하도록 한다.

참고문헌

강용권, ≪야류·오광대≫, 형설출판사, 1977.

──, ≪한국 민속극 연구≫, 제일문화사, 1997.

김준기, ≪들놀음의 연희 양상과 민속연희의 현대화≫, 다솜출판사, 2003.

박전열, ≪봉산탈춤≫, 화산문화, 2001.

박진태, ≪한국 민속극 연구≫, 새문사, 1998.

──, ≪전환기의 탈놀이 접근법≫, 민속원, 2004.

서연호, ≪산대탈놀이≫, 열화당, 1988.

──, ≪야류·오광대탈놀이≫, 열화당, 1989.

──, ≪꼭두각시놀음의 역사와 원리≫, 연극과 인간, 2001.

──, ≪한국 가면극 연구≫, 월인, 2002.

윤광봉, ≪유랑예인과 꼭두각시놀음≫, 밀알, 1994.

이두현, ≪한국가면극≫, 문화재관리국, 1969.

──, ≪한국가면극≫, 서울대학교출판부, 1994.

이병옥, ≪송파산대놀이연구≫, 집문당, 1982.

이상일, ≪한국인의 굿과 놀이≫, 문음사, 1981.

임재해, ≪꼭두각시놀음의 이해≫, 홍성사, 1981.

장정룡, ≪강릉관노가면극연구≫, 집문당, 1989.

──, ≪속초의 향토민속≫, 속초문화원, 1992.

전경욱, ≪민속극≫, 한샘, 1993.

──, ≪한국가면극≫, 열화당, 1998.

채희완, ≪탈춤의 사상≫, 현암사, 1984.

최상수, ≪산대·성황신제가면극 연구≫, 성문각, 1985.

허용호, ≪전통 연행 예술과 인형 오브제≫, 민속원, 2003.

제7장 구비단문론口碑短文論

1. 속담

1) 속담의 개념과 발생

속담(俗談)은 풍자·비판·교훈 등을 간직한 짧은 구절이나 언어전승을 말한다. 이언(俚言), 속언(俗言), 상언(常言), 상담(常談)이라고도 한다. 속담을 어의대로 해석하면, '민중 사이에서 전해 내려오는 옛말'이 된다. 즉 '속(俗)'이란 '민속'이니 '습속'이니 하는 용례에서 알 수 있듯이 민중의 일상생활 공간을 의미한다. 속담에서 '속'은 이러한 일상생활 공간에서 얻어진 삶의 지혜나 예지가 응축된 것이라는 의미를 내포하고 있다. 그리고 '담(談)'은 이야기이되 비교적 짤막한 이야기로서 비유적 표현을 담고 있는 점이 특징이다. 이렇게 볼 때, 속담이란 민중의 일상생활 공간에서 체득된 삶의 지혜나 예지가 비유적으로 서술된 비교적 짤막한 길이의 이야기로서 교훈적 의미를 전달하기 위한 혹은 풍자의 효과를 나타내기 위한 관용적 표현물이라고 할 수 있다.

속담은 민중의 지혜를 담은 그릇으로 겉으로 드러난 지식과 안으로 드러난 지식을 동시에 지니고 있어서 듣는 사람을 긴장시키고 깨우쳐 준다. 우리 나라에서 '속담'이란 용어가 처음으로 등장하는 자료는 ≪어우야담(於于野談)≫ 및 ≪동문유해(同文類解)≫이다. 그러나 속담의 이칭은 훨씬 오래 전부터 사용되었다. 예컨대 ≪삼국유사(三國遺事)≫ '욱면비념불사승(郁面婢念佛四昇)' 조항에 이언(俚言)으로서 "내 일 바빠 한댁〔大家〕 방아 서두른다"라는 표현이 있으며, 조선 초기의 ≪박통사언해(朴通事諺解)≫에는 상언(常言)이라는 용어가 사용되고 있다. 이를 통해 삼국시대부터 이미 상당수의 속담이 일반화되어 전승되고 있었음을 짐작할 수 있다.

그런데 어떤 표현이 하나의 속담으로 발생하기 위해서는 여러 단계를 거쳐야 한다. 우선 속담은 한 개인의 비유의 발언에서 비롯한다. 그것은 처음부터 마음 속에 품고 있던 기발한 착상에서 나올 수도 있고, 그저 우연히 어구가 새로운 사례에 다시 적용될 때에 그것을 이해한 언중이 그 묘사의 적절함에 경이와 쾌감을 느껴 크게 공감을 얻지 못하는 한 그 어구는 속담으로 정착되지 못한다. 또한 공감이 되었다 하여도 그 어구는 아직 좀더 다듬어져야 할 여지가 있을 뿐 아니라, 계속해서 다시 인용이 될 만큼 사회적 보편성을 그 의미 내용이 갖추고 있어야 한다. 그래서 그것이 처음 사용되었을 때보다는 더 다듬어지면서 공감을 느끼는 언어 대중에 의해 거듭하여 인용되었을 때, 그것은 속담의 자격을 갖추고 언어 사회에 정착한다. 이 과정을 요약하면 다음의 다섯 단계를 얻게 된다.

① 특수 사례의 발생
② 그 사례의 묘사
③ 그 묘사의 다듬어짐
④ 언어 대중의 공감과 재인용

⑤ 어구의 고정화와 전파

이 다섯 단계를 통하여 확인할 수 있는 사항은 속담이 애초에 개인적·구어적·특수적인 것으로부터 출발하지만 나중에는 사회적·문어적(文語的)·일반적인 것으로 귀결됨으로써 그 언어사회의 진면목을 드러내는 얼굴이 된다는 사실이다.

2) 속담의 형태

속담은 간결하면서도 압축적인 표현으로 어떤 상황 혹은 사태의 본질을 날카롭게 포착해내는데, 이는 오랜 세월 동안 전승되어 오는 과정에서 갈고 다듬어진 결과이다. 속담이 지니고 있는 외형구조의 특징은 압운·균제형(均齊型)·간결 등 운율적 조화와 함께 중문이나 복문 형태의 속담에 많이 보이는 통사적 조화를 들 수 있다.

- 꿩 먹고 알 먹고.
- 신첨지 신꼴을 보겠다.
- 바람 부는 대로 물결 치는 대로.

다음으로 들 수 있는 특징은 일정한 율격적 기교로 되어 있는 속담이 많다는 점이다. "공든 탑이 / 무너지랴"나 "가는 말이 / 고와야 // 오는 말도 / 곱다" 등에서 볼 수 있는 바와 같이 2음보 혹은 4음보의 속담이 많다. 전통시가의 기본적인 율격과 마찬가지로 4음절 길이(4모라)를 1음보로 하는 2음보 및 그 갑절인 4음보가 보통이다. 이러한 외형구조와 함께 속담은 대구, 점층, 인과, 대조, 비교 등의 방식을 통해 말하고자 하는 바

를 더욱 선명하고 효과적으로 강조한다. 각각에 해당하는 예를 제시해
보면 다음과 같다.

> · 대구 : 내 말은 남이 하고 남 말은 내가 한다.
>   고기는 씹어야 맛이요 말은 해야 맛이다.
> · 점층 : 불난 데 풀무질하기. 빚 주고 뺨 맞기.
> · 인과 : 도둑 맞으면 어미 품도 들춰본다.
>   말 한마디로 천냥 빚을 갚는다.
> · 대조 : 잘되면 제 탓 못되면 조상 탓.
> · 비교 : 먼 데 단 냉이보다 가까운 데 쓴 냉이.
>   먼 데 있는 사촌보다 가까이 있는 이웃이 낫다.

이렇듯 속담에는 외형구조상 몇 가지 규칙적인 특징을 보여주고 있다.
이러한 특징은 오랜 세월 동안 전승되는 과정에서 정제된 결과로서 기억
을 용이하게 하고 간결하면서도 생동감 있는 표현이 되도록 하는 데 매
우 효과적인 역할을 수행한다.

속담은 단문으로 된 경우와 복문으로 된 경우가 있으며, 문장의 성격
에 있어서는 구체적인 표현을 통해 비유적으로 의미를 드러내는 문장과
주제의미를 직접적으로 드러내는 문장으로 나누어 볼 수 있다. 주제의미
를 직접적으로 드러낸 부분을 의미항이라 하고, 주제의미가 직접 드러나
지 않고 개별적, 구체적 표현으로 되어 있어 비유적 속성을 지닌 부분을
비유항이라 한다면, 속담은 비유항과 의미항으로 구성되어 있다.

예컨대 "고기는 씹어야 맛이고 말은 해야 맛이다"는 속담에서 '고기는
씹어야 맛이고'는 말을 해야 한다는 주제의미를 드러내기 위해 비유적으
로 표현된 비유항이고, '말은 해야 맛이다'는 자체로 주제의미를 드러내
고 있는 의미항이다. 이렇게 속담을 구성하고 있는 문장의 성격을 의미
항과 비유항으로 나누었을 때, 다음과 같이 다섯 가지 형태를 설정할 수

있다.

첫째, 의미항 단독으로 이루어진 경우이다. 속담 그 자체가 주제의미를 드러내고 있는 경우이다. 속담은 대부분 비유적 표현으로 되어 있기 때문에 이 유형이 차지하는 비중은 그렇게 크지 않다. “고생 끝에 낙이 있다·가난이 죄다·가진 놈이 더 무섭다” 등의 예가 해당한다.

둘째, 의미항과 의미항이 결합된 경우이다. 의미항이 중첩되어 있는 경우로, 두 문장이 각각 직접적으로 주제의미를 드러내고 있는 속담이 여기에 해당된다. 의미항 단독으로 이루어지는 경우와 마찬가지로 이 유형이 차지하는 비중도 그렇게 크지 않다. “죄는 지은 대로, 도는 닦은 대로·계집자랑 반 미치기, 자식자랑 온 마치기” 등의 예가 해당한다.

셋째, 비유항과 의미항이 결합된 경우이다. 비유항이 먼저 나오고 이어서 의미항이 나온다. 비유항은 의미항의 주제를 명확하게 드러내는 데 일조하는 기능을 수행한다. 비유항과 의미항이 대조를 이루면서 주제의미를 효과적으로 나타내는 경우와, 비유항과 의미항이 대구의 방식으로 호응하면서 주제의미를 강조하는 경우가 있다. “가루는 칠수록 줄고 말은 할수록 는다·열길 물속은 알아도 한길 사람 속은 모른다·고기는 씹어야 맛이고 말은 해야 맛이다” 등의 예가 해당한다.

넷째, 비유항 단독으로 이루어진 경우이다. 비유적 표현이 한 문장으로 되어 있는 경우이다. “천릿길도 한 걸음부터·아니 땐 굴뚝에 연기 날까” 등의 예가 해당한다.

다섯째, 비유항과 비유항이 결합된 경우이다. 비유적 표현이 중첩되어 이루어진 속담을 말한다. 중첩된 비유항은 같은 의미를 반복한 셈이어서 결국 주제를 점층적으로 강조하는 효과를 자아낸다. “낮말은 새가 듣고 밤말은 쥐가 듣는다·초록은 동색이요 가재는 게편이다” 등의 예가 해당한다.

3) 속담의 세계관

속담은 삶의 과정에서 겪은 갖가지 체험을 통하여 민족적 삶에 대한 사유 체계와 태도를 읽을 수 있고, 나아가 생활상과 관습 그리고 신앙까지 파악할 수 있다. 예컨대 우리 나라의 속담 중 "금강산도 식후경"과 같은 의미인 일본의 속담 "전쟁도 배가 불러야 한다"에서 보편성과 더불어 두 나라의 민족성의 차이점 또한 엿볼 수 있다. 이렇듯 인사(人事)의 도리와 이치들은 민족성과 결부되거나, 당시의 사회상이나 환경에 빗대어 표현되기 때문에 특정민족의 문화를 이해하는데 안성맞춤이다.

(1) 남성의 우월성

가부장제적 사회에서 배태된 남성의 우월성을 엿볼 수 있다. 가령 여성은 똑똑해도 안 되며, 생김새가 못 나도 안 되며, 성격이 모가 나도 안 된다. 또한 여성은 변덕스럽고, 수다스러운 믿지 못할 존재이기 때문에 가정이나 사회에 전면으로 등장해서도 안 된다. 이렇게 속담에서 여성은 매우 부정적인 존재로 그려지고 있다.

- 암탉이 울면 집안 망한다.
- 소더러 한 말은 안 나도 처더러 한 말은 난다.
- 여자는 제 고을 장날을 몰라야 팔자가 좋다.
- 여자팔자는 뒤웅박팔자다.
- 계집은 문지방을 넘으며 열두 가지 생각을 한다.
- 여자와 명태는 맞아야 부드러워진다.

(2) 공동체의식

　　혈연이나 이웃을 소중하게 여기는 공동체의식을 엿볼 수 있다. 농경사회에서 배태된 한국적 문화의 한 단면이 반영된 결과라고 할 수 있다. 즉 혈연과 지연을 중심으로 형성한 긴밀한 사회구조 및 언어나 풍습 등의 문화가 범사회적 규범 내지 정신적 기초로서 정착되면서, 가족 중심의 연대의식과 지역 주민간의 상호 의존성을 반영한 속담이 형성된 것이다.

- 피는 물보다 진하다.
- 팔이 안으로 굽는다.
- 똥도 촌수 있다.
- 먼 일가보다 가까운 이웃이 낫다.
- 팔백 금으로 집을 사고 천금으로 이웃을 산다.
- 자주 보면 정 든다.
- 까마귀라도 내 땅 까마귀면 반갑다.

(3) 체면과 격식

　　체면이나 격식을 중시하는 유교문화의 한 단면을 엿볼 수 있다. 특히 양반들의 경우, 어떠한 상황에서도 권위나 위엄을 잃지 않으려는 경향이 강했는데, 이러한 특성이 속담 속에 노골적으로 투영되어 있다. 뿐만 아니라 이러한 체면이나 격식을 비유적인 표현으로 풍자하는 속담이 있다.

- 양반은 물에 빠져도 개헤엄은 안 친다.
- 냉수 먹고 이빨 쑤신다.
- 매를 맞아도 은가락지 낀 손에 맞는 것이 좋다.
- 양반은 죽어도 겻불은 안 쬔다.

- 대신댁 송아지 백정 무서운 줄 모른다.
- 비단옷 입고 밤길 걷기.
- 도포 입고 논 썰기.

(4) 현실적 이익

현실적이며 실제적인 사고를 존중하고 또 현실의 이익을 소중하게 여기는 모습을 엿볼 수 있다. 속담이 민중들의 생활상 및 그들의 의식을 대변하고 있다는 점에서, 당시 지배층으로부터 온갖 수탈을 감내하며 살아가야 했던 민중들이 현실적 이익에 민감할 수밖에 없었던 역사 이면의 삶을 속담을 통해 짐작할 수 있다.

- 공짜는 양잿물도 마다 아니한다.
- 금강산도 식후경.
- 내일의 천자보다 오늘의 재상.
- 동성동본 아주머니 술도 싸야 사 먹는다.
- 내 돈 서 푼이 남의 돈 칠 푼보다 낫다.
- 똥 누러 갈 적 다르고 올 적 다르다.

(5) 언어의 주술성

언어에 주술력이 내재되어 있다는 전통적 믿음을 엿볼 수 있다. 가령 한 마디의 말에 의해 손해와 이득이 결정되며, 말은 할수록 늘어나기 때문에 항상 아껴야 한다. 이렇게 언어의 주술성과 관련한 속담은 언어 예절을 근간으로 이루어져 있다.

- 가는 말이 고와야 오는 말이 곱다.

- 말 한 마디로 천냥 빚을 갚는다.
- 아 다르고 어 다르다.
- 낮말은 새가 듣고 밤말은 쥐가 듣는다.
- 가루는 칠수록 고와지고 말은 할수록 거칠어진다.
- 말 많은 집은 장맛도 쓰다.
- 길이 아니거든 가지 말고 말이 아니거든 듣지 말라.
- 거짓말도 잘하면 올벼 논 닷 마지기보다 낫다.

(6) 건전한 생활 태도

근면이나 협동 또는 인내하는 건전한 생활 태도를 엿볼 수 있다. 가령 일찍 일어나 날아야만 새를 잡을 수 있고, 백짓장도 맞들어야 힘을 덜 수 있다. 농경의 삶을 영위해야 했던 민중들이 최선의 삶을 위해 선택할 수밖에 없었던 근면이나 협동 또는 인내가 속담을 통해 여실히 드러나고 있다.

- 거미도 줄을 쳐야 벌레를 잡는다.
- 여름에 하루 놀면 겨울에 열흘 굶는다.
- 티끌 모아 태산.
- 소 같이 벌어서 쥐 같이 먹어라.
- 참을 인자 셋이면 살인도 피한다.
- 두 손뼉이 마주 쳐야 소리가 난다.
- 백짓장도 맞들면 낫다.
- 일찍 나는 새가 벌레 잡는다.

(7) 낙관주의적 미래관

희망을 버리지 않는 낙관적인 미래관을 엿볼 수 있다. 그런데 '희망을

버리지 않는다'는 것은 역설적으로 현실의 상황이 절망적이라는 것을 암
시한다. 절망이 배가되면 배가 될수록 희망이 배가되기 때문이다.

· 산 사람 입에 거미줄 치랴.
· 쥐구멍에도 볕들 날 있다.
· 달걀도 굴러 가다가 서는 모가 있다.
· 오르지 못할 나무는 쳐다보지도 말아라.

2. 수수께끼

1) 수수께끼의 개념과 발생

수수께끼는 어떤 사물에 대하여 바로 말하지 않고 빗대어서 말하여 그
사물의 뜻이나 이름을 알아맞히는 일종의 놀이이다. '수수적기(강원도 강
릉)', '식끼저름(경상도 동래)', '숭키잽기(전북 남원)' 등 지역에 따라 명칭
이 다르다. 이외 '수수재끼 · 수수잡기 · 수수작기 · 말지러미 · 말잡기 · 식
기지름 · 수께질검 · 수리치기 · 옛수제끼기 · 준추새끼잡기 · 야바구 · 지
지적굼 · 수리짓기 · 수리적금 · 깍퉁이 · 껑퉁이' 등으로 다양하게 불리어
진다. 한자로는 유사(庾辭) 또는 미어(謎語)로 표기한다.
수수께끼의 어원에 관한 견해로서는 '수소(황소) + 걷기(목숨을 걸고
싸우다)'에서부터 유래했다는 민간어원설과 '헤아릴 시(猜) + 글 시(詩) +
격조 격(格) 곧 글자로 헤아려 아는 격담이라는 시시격(猜詩格)에서 나온
말이라는 김동진의 한자어유래설이 있으나 설득력을 얻지 못하고 있다.
한편 이재선은 《박통사언해(朴通事諺解)》에서 확인되는 '슈지엣말'이라
는 용례를 통해 수수께끼의 어원을 설명하고 있다. '슈지(접두어) + 겻구

기(접미어 ; 경연의 뜻)'에서 수수께끼가 형성되었다는 것이다. 그리고 김선풍은 이재선의 어원적 접근을 바탕으로, '술수(述數 ; 언어의 술수꾼) + 꺾기(설문자의 물음을 꺾는 행위) → 수수꺼끼 → 수수께끼'라는 도식으로 수수께끼의 어원을 밝히고 있다. 그러나 어디까지나 학설일 뿐, 수수께끼에 대한 어원은 아직 밝혀지지 않았다.

수수께끼의 역사는 다른 구비문학 장르에 못지 않게 장구한 것으로 생각된다. 구전 수수께끼는 그만 두고라도 현존 문헌에 기록된 어떤 자료들은 서력기원을 훨씬 상회할 수 있는 증거를 보여주고 있다. 가령 대표적인 것으로 구약성서를 들 수 있는데, 그 중에는 '삼손의 수수께끼'를 비롯한 여러 자료들이 포함되어 있다. 유명한 희랍신화의 '스핑크스와 오디푸스'의 수수께끼, 곧 "처음에는 네 발로 걷고, 다음에는 두 발로 걷고, 마지막으로는 세 발로 걷는 것이 무엇이냐?"와 같은 것도 매우 오래된 수수께끼 중의 하나이다.

한편 수수께끼가 수록되어 있는 우리 나라 현존 최고의 문헌은 ≪삼국유사≫라 할 수 있다. 이 책의 권1 사금갑조(射琴匣條)에 "열어보면 두 사람이 죽고, 열어 보지 않으면 한 사람이 죽는다"라는 까마귀의 봉서가 지닌 수수께끼를 일관(日官)이 풀어서 임금을 살린 이야기라든지, 같은 책의 태종 춘추공(太宗 春秋公) 기사에 소정방이 신라에 보낸 의미 불명의 그림을 원효가 반절(反切)로 풀이한 이야기가 그 대표적인 예이다. 이러한 단편들에서 당시 자료의 전모는 알 수 없을지라도 이 장르의 역사적 유구함이 입증된다.

수수께끼는 여타의 민속문학 장르와 마찬가지로 그것이 생성된 시대적 조건을 반영하면서 생성, 전승, 소멸되는 과정을 거친다. 농업과 관련된 것, 불교와 관련이 있는 것, 교육과 관련된 것, 한자를 이용한 파자놀이 등은 전통사회의 특징을 잘 보여준다.

- 붉은 주머니에 금돈이 들어있는 것은? (고추)
- 먼 산 보고 절하는 것은? (방아)
- 푸른 기둥에 흰 방울 꽂힌 것은? (파)
- 북쪽에서 바람이 부는데 서산대사가 걸어가고 있다. 머리카락이 어느 쪽으로 날리는가? (서산대사는 머리카락이 없다)
- 두들겨 맞는 것이 일인 것은? (다듬잇돌)
- 여자가 건방지게 갓을 쓴 글자는? (安)

2) 수수께끼의 특징

수수께끼는 주로 은유를 써서 대상을 정의하는 언어 표현이다. 삶 자체가 미지를 동경하며 무한히 동경하는 현상이기에 인간은 그런 세계를 찾아보는 데서 쾌감을 맛보려는 언어적 유희를 즐긴다. 이 유희가 수수께끼이다. 이는 기억하기가 아주 간단하고 전달과 보급이 쉬울 뿐 아니라 개인 창작의 것이 아니고 심리적 및 기능적 필요에서 생겨난 인간적 언술의 근원 형태라고 할 수 있다. 수수께끼의 특징으로는 다음의 네 가지를 들 수 있다.

첫째, 구연(口演)에 있어 화자와 청자 쌍방이 참여한다는 점이다. 수수께끼의 구성은 설문이나 응답으로 이루어진다. 둘째, 묘사가 극히 단순하다는 점이다. 묘사의 단순성은 다만 수수께끼에만 국한되는 성질이 아니겠지만 구비문학 장르 중에서도 가장 단순한 형태를 띠는 것은 속담과 수수께끼라고 할 수 있다. 셋째, 은유적 표현이라는 점이다. 수수께끼는 어떤 사물에 대하여 직선적으로 표현하지 않는다. 즉 수사법상에서 말하는 은유인 셈이다. 수수께끼의 정답을 알 듯 말 듯 하면서도 쉽사리 알 수 없는 것이 바로 은유적인 표현 때문이다. 마지막으로 고의적인 오도성(誤導性)을 띠고 있다는 점이다. 수수께끼는 어떤 사물의 의미를 감추어서 그 결과, 청자의 지적 상상력을 촉진시키기 위하여 의도적으로 애매한 용어들을 차용한다. 암시가 될만한 점은 슬쩍 피하여 듣는 사람으로 하여금 자칫하면 관심을 다른 곳으로 돌릴 수 있도록 하는 것이다.

수수께끼는 즐거움과 심심파적을 위해 이루어지는 놀이이다. 따라서 놀이가 갖는 오락적 기능이 우선 수수께끼가 갖는 일차적 기능이라고 할 수 있다. 수수께끼는 어른과 아동 사이에서 또는 아동들끼리 서로의 지적 능력을 개발하고 시행하기 위해 제시되기도 한다. 수수께끼의 주제가 우주와 자연, 인간과 동·식물, 의식주 생활과 관련된 사물의 전반에 걸쳐 있다는 점에서 우선 수수께끼를 통해 이루어질 수 있는 지식 습득의 측면이 설명될 수 있다. 나아가 수수께끼 특유의 은유적 표현과 해호(解號)의 구조를 통해서 인간의 상상력과 지력이 개발되고 심화될 수 있는 여지가 크다. 말하자면 놀이를 통한 학습인 셈이다.

이런 속에서 사고능력이 훈련되고 창의력을 기르게 된다. 일반적으로 수수께끼는 전승자가 부녀자와 아동들이며 그들이 시간적 공백을 메우고 흥미를 돋우는데 형식이 짧아서 습득이 용이하므로 애용되는 것은 당연하다. 대체로 형식이 짧다는 것은 속담과 비슷하다.

3) 수수께끼의 유형

수수께끼는 화자와 청자가 참여하여 묻고 답하는 놀이이므로, 이 장르의 형식은 당연히 문항과 답항의 이원적 결합으로 이루어진다. 문항과 답항은 수수께끼를 구성하는 두 개의 직접적 성분으로서 문항은 명제 또는 정의항에, 답항은 피정의항에 해당된다.

문항은 단문형과 혼문형이 있다. 단문형은 "깎을수록 커지는 것은"과 같이 주어와 서술어의 단일한 결합으로 구성된 것이고, 혼문형은 둘 이상의 문장으로 문항이 구성된 것을 말한다. 답항은 한 단어로 된 것이 대부분이지만 때로 파자풀이, 스무고개 등 어구나 문장으로도 나타난다.

수수께끼의 표현에서 중심이 되는 것은 문항이므로 그 분류는 마땅히 문항을 기초로 이루어져야 한다. 그러나 수수께끼는 문항이나 답항이 전혀 별개의 것으로 독자적으로 존재하는 것이 아니므로, 답항을 전혀 고려하지 않고 문항에 의해서만 분류를 시도하는 것은 무의미한 일이며 때로는 불가능하기조차 하다. 양자간의 관계를 유기적으로 고려하되 답론의 실상에 따라 수수께끼를 분류해야 한다.

(1) 시늉과 모방형

사물의 두드러진 특징이나 외형, 동작, 성질 등을 묘사하여 대상을 정의하는 것으로, 수수께끼의 본질을 가장 잘 보여주고 있다. 묘사의 방식으로는 주로 은유가 사용된다. 경우에 따라서는 중의, 대조, 열거, 점층의 수사법이 사용되기도 한다.

- 날개 없이 날아가는 것은? (연기)
- 물 속의 버들잎은? (물고기)
- 먹어도 먹어도 배부르지 않는 것은? (나이)

(2) 소리 연상형

동음이의어를 이용한 것과 생략이 있다.

- 못 사오게 했더니 사온 것은? (못)
- 사람 죽은 고을은 어디인가? (곡성 ; 谷城 / 哭聲)
- 감은 감인데 못 먹는 감은? (영감)
- 간에 짝은? (뒷간에 볼기짝)

(3) 말놀이형

한자문화권의 배경에서 발전한 독특한 형태로서 이른바 '파자 수수께끼'라 부르는 것이다. 한자를 주제로 한 수수께끼라는 점에서 향유층에 일정한 제한이 있을 것으로 보이나, 민간에서 구비전승 되고 있는 형식이나 언술의 특징은 여타 수수께끼와 다르지 않다. 글자의 외형을 묘사한 것이 대부분이고 음의 상사를 이용한 말장난도 더러 나타난다.

- 나무들이 씨름하는 글자는? (林)
- 계집이 갓쓴 글자는? (安)
- 거듭 폭행하는 글자는? (且 ; 또 차)
- 집안에서 야단난 글자는? (妻 ; 아내 처)

(4) 지혜 겨루기형

시늉이나 소리에 관한 수수께끼가 비교적 은유적인 데 비해 이것은 비은유적이라는 점이 특징이다. 문항이 '무엇'에 관한 것이 아니라 '왜', '어떻게', '누구'에 관한 것이 대부분이기 때문에 응답에는 왜 그러한지에 대한 논리적 근거나 이유가 포함되어야 하는 경우가 대부분이다.

- 곱추는 어떻게 자니? (눈감고 자지)

- 나폴레옹은 알프스 산정을 넘으면서 왜 새빨간 혁대를 했나? (바지가 내려오지 않도록 하려고)
- 제 장인하고 매부의 장인이 둘 다 물에 빠진다면 누구를 먼저 건질 것인가? (매부의 장인)

4) 오늘날의 수수께끼

시대가 바뀌면 새로운 세태를 반영하는 수수께끼가 생성되기 마련이어서 전시대에는 없던 사물이 수수께끼의 소재로 활용되는 현상을 확인할 수 있다. "아래층에서는 음악공부 위층에서는 산수공부를 하는 것은?"에 대한 답은 '괘종시계'이다. 이러한 류의 수수께끼는 근대가 시작되면서 생겨난 것으로, 괘종시계라는 사물의 속성을 이해하는 방편으로서도 의의가 있다고 할 수 있다. 근대 이후에 새롭게 생성된 수수께끼의 사례를 들어보면 다음과 같다.

- 사람이 아니라 소가 타는 차는? (소나타)
- 오르면 오를수록 나쁜 것은? (물가)
- 고개 숙이고 눈물 흘리는 것은? (수도꼭지)
- 세상에서 가장 재수 없는 사람은? (소화제 먹고 체한 사람)
- 목으로 먹고 배로 내는 것은 (우체통)
- 가장 긴 영어 단어는? (smiles—s와 s사이가 1mile이니까)
- 펩시맨이 끌고 다니는 개는? (병따개)
- 펭귄이 신고 다니는 신발은? (빙신)

한편 전통적으로 내려오는 이야기를 패러디하여 수수께끼화하는 경우도 있다. '산신령과 나무꾼'의 이야기가 그 대표적인 예이다. 연못에 도끼를 빠뜨린 나무꾼이 낙담하고 있을 때, 산신령이 나타나 금도끼와 은도끼 그리고 쇠도끼를 차례로 보여주면서 나무꾼에게 자신의 도끼냐고 묻는다. 이에 나무꾼이 정직하게 대답하자, 모든 도끼를 나무꾼에게 주었다는 것이 원래의 이야기이다. 그런데 문답방식만을 차용한 채 패러디한 새로운 수수께끼형 이야기가 파생되는데, 등장인물이나 잃어버린 물건은 가변적으로 설정된다. 다음의 예는 모방담의 구조를 취하면서 탐욕스러움에 대해 조롱하고 있다.

> 콩쥐가 연못에 브래지어를 빠뜨리고 울고 있었다. 산신령이 나타나 금으로 된 것을 보여주었다. 콩쥐는 자기 것이 아니라고 하였다. 은으로 된 것을 보여주어도 마찬가지로 대답하였다. 낡은 것을 보여주자 자기 것이라 하였다. 산신령은 콩쥐에게 세 개를 다 주었다. 이 사실을 안 팥쥐는 브래지어를 여러 개 묶어 연못에 빠뜨렸다. 산신령이 금으로 된 것을 보여주었다. 팥쥐는 아니라고 하였다. 은으로 된 것을 보여주어도 아니라고 하였다. 산신령이 마침내 여러 개가 묶인 것을 가지고 나와 보여주자 팥쥐가 자기 것이라 하였다. 이때 산신령이 뭐라고 말했는가? (네 젖은 개젖이냐?)

그런데 요즘 전승되는 수수께끼 가운데 일종의 넌센스나 말장난에 가까운 농담성 수수께끼가 많아지고 있다는 점에서 이전과는 다른 양상을 띠고 있다. 가령, "들어갈 때는 뻣뻣하다가 나올 때는 흐물흐물한 것은?"이라는 수수께끼가 있다. 다소 야릇한 상상을 떠올리게 하지만, 답은 전혀 엉뚱한 데 있다. '껌'이 답이다. "매월 말일만 되면 찢어지는 아픔에 시달리는 여자는?" 답은 '캘린더 걸'이다. 사실은 기대와 어긋난 답이 마련되어 있지만, 본래 이런 종류의 수수께끼는 애초 기대한 대로의 상상을 불러일으키는 데 목적이 있으면, 오히려 답이 기대와 어긋남으로 해서 재미 효과는 더욱 증폭되는 것이다. "발도 눈도 없는데 세상 구경 다 하는 것은?"과 같은 수수께끼의 경우, '바람'이라고 해도 답이 된다. 그렇지만 자본의 위력이 더해 가는 시대 분위기에 따라 '돈'이 더 설득력 있는 답이 될 수 있다. 돈만 있으며 못하는 것이 없다는 인식이 기저에 깔려 있기 때문이다.

'참새 씨리즈'를 비롯하여 이른바 '—씨리즈' 유형에 속하는 이야기도 설문과 응답의 구조로 되어 있기 때문에 수수께끼의 범주에 넣을 수 있다. 단답형으로 되어 있는 대부분의 수수께끼에 비해 '—씨리즈' 유형은 비교적 긴 이야기가 동반되어 있다는 점에서 '설화형 수수께끼'라 부를 수 있다. 1960년대 무렵부터 시작되어 1980년대 후반 무렵까지 활발하게 생성되고 전승된 '참새 씨리즈·드라큐라 씨리즈·개구리 씨리즈·식인종 씨리즈' 등은 강자와 약자의 대결에서 약자가 지혜를 이용하여 강자를 골탕먹인다는 설화적 구조와 맞닿아 있다. 이들 이야기는 강자와 약자의 대결이라는 보편적 대립구조에 머무르지 않고 불의한 방식으로 권력을 장악하거나 남용하는 권력자와 나약하지만 세상에 대해 냉소적인 소시민 사이의 현실적 대립을 구체적으로 형상화하고 있다.

> · 드라큐라가 어떤 사람의 피를 빨아먹으려고 했는데, 그 사람이 뭐라고 했나?
> (내 그럴 줄 알고 목에 때 안 닦았지.)
> (내 그럴 줄 알고 십자가를 가져왔지.)
>
> · 그러자 드라큐라가 뭐라고 했나?
> (내 그럴 줄 알고 빨대를 가져왔지.)
> (내 그럴 줄 알고 교회에 다니기 시작했지.)

1990년대에 들어와서는 세계자본주의 질서 속으로 급격하게 편입되면서 공동선을 추구하는 대신 개인의 행복을 추구하는 것이 최고의 선이

되고, 현실변혁의 좌표를 어떻게 설정해야 하는가에 대해 근본적으로 고민하지 않으면 안될 시점에 이르렀다. '덩달이 씨리즈'나 '사오정 씨리즈'는 이러한 시대적 분위기 속에서 생성, 유통되고 있는 것이다. 이들 이야기에서는 최소한의 상상력도 용납되지 않는다. 언어의 심층의미에 대해서는 고민할 필요가 없다. 오로지 문면에 나타난 현상만이 중요할 따름이다.

> · 학교에서 선생님이 "백제, 신라, 고구려"를 이용하여 작문하라고 하셨다. 덩달이는 어떻게 썼을까?
>   (고기를 잡아온 할아버지에게 할머니께서 이렇게 말씀하셨다. 영감, 배째실려고그려?)

 "백제, 신라, 고구려"가 "배째실려고그려"로 읽히는 이러한 세태에서 상상력이 고갈되어 나타난 말장난의 극치를 확인할 수 있다. 상대가 한 말을 제대로 알아듣지 못하는 사오정은 객관적 사실과 관계없이 모든 것을 자기식으로 이해하는 인간형이라는 점에서 개인주의 내지는 자기중심적 인간의 극단적 모습을 보여주고 있다. 이러한 이야기에 언어 소통 자체가 단절된 고립된 인간관계가 역설적으로 반영된 것으로 이해할 수 있는 측면이 없는 것은 아니다. 그렇지만 본질적으로는 갈수록 심각하게 고민하는 것을 꺼리고 개인이 설정해 놓은 울타리에 머물며 타인과의 소통을 거부하는 세태가 반영된 결과라고 볼 수 있다.

3. 속신어

 속신은 인간생활의 시작과 더불어 발생하여 온, 기초적이며 광범위한 생활문화의 한 양식이다. 그것은 종교나 신앙보다는 소극적이고 또 체계적이지 못한 양식이지만 그것이 미치고 있는 범위는 훨씬 광범위하다. 속신을 현대인의 안목으로 볼 때 비과학적이고 비합리적이라고 생각되기 쉬운 요소를 지니고 있는 것이 많다. 그러나 어떤 것은 합리적이고 과학적인 근거를 가지고 있다는 데에 그 중요성이 있다.

이 속신의 종류에는 금기·주술·예조·점복 등이 있다. 이들은 상호 간에 밀접한 관련을 지니고 있어서 구별이 쉽지 않으나 대체로 점복과 주술은 재앙에 대처하기 위한 적극적 기술, 예조와 금기는 소극적 지식으로 볼 수 있다. 그리고 예조와 점복은 미래를 예지하고 대처하는 지식과 기술이고, 금기·주술은 불행의 결과를 예방, 처리하는 지식과 기술이다. 또 예조는 점복의 기초가 되고, 금기는 주술의 사전 조치에 해당한다. 그리고 여기에 풍수지리와 민간의료를 포함시킨다. 풍수는 미래의 번영과 행복을 예비하려는 적극적 기술이요, 민간의료는 현재의 질병을 퇴치하려는 적극적인 기술이다. 이들 둘은 상당히 합리적인 지식을 바탕으로 하여 이루어진 민속이다.

1) 예조·금기·점복·주술

(1) 예조

예조는 앞으로 다가올 일을 징조로써 예견하는 것이다. 점복이 미래사에 대해 적극성을 띤 것이라면 예조는 소극성을 띤 것으로서 민간인 누구나가 상식의 선에서 해득할 수 있는 지식으로서, 예를 들면 다음과 같은 것들이 있다.

- 까치가 짖으면 반가운 손님이 온다.
- 까마귀가 짖으면 불길한 일이 있다.
- 밤에 거미가 내리면 근심이 생긴다.
- 돼지꿈을 꾸면 복이나 돈이 들어온다.
- 소꿈을 꾸면 조상이 현몽한 것으로 집안에 우환이 온다.
- 거울을 깨면 부부간에 금슬이 나빠진다.

(2) 금기

금기는 신성한 것에 대한 부담감, 또는 꺼리는 것에 대한 경계심으로 인해 사람의 행동을 제한하는 것이다. 신성공간인 제의 장소에 사람들의 출입을 금지시키기 위해 황토를 놓고 금줄을 치며, "밥 먹고 금방 누우면 소가 된다", "해가 진 후 전곡을 내보내면 복이 나가 가난해진다", 또는 4층을 '死層'으로 생각하여서 4층이라는 이름을 없애는 것 등이 다 금기의 예이다. 이러한 일반적인 금기 외에도 어민, 광부, 심메마니 등 특수집단의 속신이 있다. 이들에 대한 금기사항을 살펴본다.

① 어부의 금기

근대화의 물결은 어촌에도 밀어닥쳐서 많은 의식의 변화가 왔지만 아직도 전래의 속신과 금기사항을 고수하고 있는 사람들이 어민이다. 험한 바다를 생계의 터전으로 삼고 있는 탓으로 초자연의 힘에 의지하려는 의식이 강하기 때문이다. 어부들은 초자연의 힘 곧 용왕이나 해랑신의 은덕으로 해사의 안전과 풍어를 얻고자 해마다 1~2회씩 서낭제사를 드리고 3~5년마다 막대한 비용을 들여 풍어굿을 벌인다. 그뿐만 아니라 첫

출어에 나설 때는 용왕께 뱃고사를 드리고서야 출어를 한다. 그러므로 그들은 부정탈 만한 속사(俗事)를 절대적으로 꺼린다. 다음의 9가지는 그들의 대표적 금기사항이다.

첫째, 출어할 때는 인사를 하지 않는다. 인사를 하면 살아서 돌아오지 못하는 것으로 알고 있기 때문에 출어하는 남편이나 자식이 가족에게 인사하지 않으며 가족도 아무 말 없이 보낸다. 또 떠날 때도 뒤를 돌아보지 않는다. 뒤돌아보지 않는 것은 곧 다시 온다는 표시이기 때문에 인사할 필요가 없고, 처자식이나 부모를 돌아볼 필요도 없다는 것이다.

둘째, 출어 때에 쥐가 배에서 내리면 출어하지 않는다. 쥐는 심한 파도나 지진 등을 예지하는 감각이 있기에 쥐의 행위를 예조로 생각하기 때문이다.

셋째, 출어시에 여자가 앞을 지나면 그날 조업을 포기한다. 또 어선에 여자를 승선시키지 않는다. 그러나 요즘은 선원의 부족 현상으로 이 금기가 서서히 무너지고 있는 것이 현실이다. 여성을 태우면 부정탄다거나 재수가 없다고 해서 꺼린다.

넷째, 한 배에 부자가 함께 승선하지 않는다. 특히 명태연승어선(낚싯배)에는 부자가 절대로 함께 승선하지 않는다. 전자의 이유는 조난을 당하면 부자가 함께 변을 당하기 때문이고, 후자는 낚시줄을 잡아 당길 때 호흡이 잘 맞지 않으면 고기를 놓치게 되므로 부자간의 정의가 손상되는 것을 막기 위함이다. 요즈음은 어선의 성능이나 어구가 좋아서 부자가 함께 승선하는 경우가 간혹 있으나 일반적으로 함께 승선하지 않는 것이 불문률처럼 되어 있다.

다섯째, 시신을 보면 부정탄다. 그래서 출어할 날을 받아 놓으면 이웃집에 초상이 나도 문상을 가지 않고 상여 운구도 사람을 사서 대신 보낸다. 부득이 초상례에 참여하게 되었을 때는 승선이나 조업을 포기한다.

여섯째, 조업 중에 쇠붙이를 바다에 버려서는 안 된다. 이는 배의 침몰을 뜻하는 것이기 때문이다. 이에 대해서는 옛날 제철공업이 발달하지 못한 시절에 쇠가 선구 제조에 없어서는 안될 재료였으므로 소중히 보관하라는 뜻으로 보는 견해도 있다.

일곱째, 조업 중이나 항해 중에 시신를 보았을 때는 정중히 모신다. 승선 전에 시신를 보는 것은 부정타는 것으로 믿지만 이 경우에는 아무리 바빠도 시신를 인양해서 선내에 정중히 모셨다가 제사를 지낸 다음 장례를 치러준다. 그래야 후환이 없고 풍어의 기쁨을 누릴 수 있다고 믿는다. 특히 어로작업이 시원치 않은 어선은 시신의 발견이 곧 풍어와 직결된다는 의식 때문에 정성을 다 해야 하는 것으로 생각하고 있다.

여덟째, 배를 건조하여 첫출어 때에는 부부행위를 금하고, 머리와 손톱을 깎지 않으며, 털이 많이 난 짐승날에 바다로 나간다.

② 심메마니의 금기

바다가 험하듯이 산도 위험하다. 맹수나 해충의 피해를 입을 수도 있고 험난한 산에서 실족할 수도 있다. 그래서 어부들이 뱃길의 무사 운행을 용왕님에게 기구하듯이 심메마니들은 산신에게 산행의 안전을 기원한다. 또 뱃사람들이 풍어를 기원하듯이 산삼채취인들은 산신님에게 영초인 산삼을 점지해 주시도록 정성을 들여 제사를 드리고, 금기를 지킨다.

심메마니들이 산에 들려면 택일을 한다. 일단 택일이 되면 갖가지의 금기를 지키는데 만일 어겼을 때는 다음날로 다시 택일하고 금기를 지킨다. 그들은 입산 전에 닭·개고기를 먹거나 살생치 않으며, 죽은 것도 보아서는 안되고, 부부간의 방사도 삼간다. 부정을 다 가렸으면 입산하는데, 입산시에도 어민들처럼 다녀오겠다는 인사를 하지 않는다. 입산 후에

화전민촌에서 숙박을 하고 떠날 때도 인사를 하지 않으며, 주인도 아무 말 않는다. 이들의 신언(愼言) 습속은 산중생활 내내 지켜야 하는 금기이다.

③ 광부의 금기

바다 못지 않게 위험스러운 곳이 탄광이다. 더구나 최근에 들어서는 대부분의 탄광이 지하 수백 미터의 심층부로 파 들어가고 있기 때문에 외국에 비해 10배 가까운 재해율(생산율 1백만t당 사망 10.2명)을 보이고 있는 것이 현재의 실정이다. 경동탄광의 경우는 10억여 원을 들여 첨단 장비로 '광산보안중앙집중감시시스템'을 설치하여 연평균 7명 정도의 사상자를 낸 갱내의 안전사고를 방지하고는 있다. 그렇더라도 붕락사고와 같은 돌발사고가 언제 발생할지 모르는 환경에서 작업하기 때문에 재해가 많이 둔화되기는 하였으나 여전히 두려움이 있으므로 속신을 믿고 금기를 지키고 있다. 아울러 광부들은 공동작업을 하므로 아래에 보는 바 같이 공동체의 일원으로서 지켜야 할 금기도 가지고 있다.

첫째, 휘파람 부는 것을 삼가한다. 휘파람소리는 귀신을 부르는 소리라는 것이다. 예전에는 갱도 내에서 휘파람을 불면 따귀감이었다. 휘파람소리는 갱도가 함몰할 때 나는 소리와 유사해서 재수가 없기 때문이라고 한다.

둘째, 꿈 얘기를 하지 않는다. 그리고 불길한 꿈을 꾸면 출근을 하지 않고 삼간다.

셋째, 개고기를 먹지 않는다. 전통적으로 개고기를 부정시하거나 재수가 없다고 보기 때문이다. 그러나 지금은 70%가 먹는다고 한다. 잘 먹고 건강해야 일을 잘 할 수 있다는 것이다.

넷째, 출근시 여자가 앞을 가로질러 가면 출근하지 않는다. 그래서 출발시간을 전후하여 1시간 내외에는 부인들이 수돗가나 밖에 나오지 않는다. 그래서 개중에는 "오라이! 오라이!"하고 교통순경이 차를 통과시키는 것처럼 손짓으로 여자들을 건너게 해주는데 이쪽에서 건너주는 경우와 여자쪽에서 가로지르는 것은 다르다는 것이다. 모르고 가로지른 부인이 절을 하며 사과할 때는 예외가 있으나 대부분이 대뜸 "네 서방놈은 어디 댕기는지는 몰라도…" 식으로 욕을 한다.

다섯째, 부부싸움 후에도 가급적 갱내에 들어가지 않는다. 기분이 나빠가지고 입갱(入坑)하면 사고가 나기 때문이다.

여섯째, 까마귀가 지나가거나 우는 것을 꺼린다. 산에 와서 울면 누가 죽는다는 흉조로 생각한다. 호랑이 이야기를 하는 것을 꺼리며 호랑이가 지나다녔으면 고사를 지낸다.

일곱째, 갱내에서는 뛰거나 큰 소리를 내지 않는다. 부산을 떨면 그 진동으로 갱이 무너지지 않을까 하는 심리에서 생긴 금기로 보인다.

여덟째, 갱내에서 담배는 절대 금물이다. 모르고 담배꽁초를 가지고 있어도 형사 문제가 될 수 있다. 이것은 갱내의 가연성 가스가 담배불로 인해 폭발하기 때문에 생겨난 수칙이다.

광산에서는 광부들의 사기를 진작시키기 위해 갱구를 새로 파기 시작할 때는 고사를 지내고, 갱구가 다 되면 제사를 지내며, 기공식을 할 때는 독축을 하면서 제대로 제사를 지낸다. 그리고 회사에 따라 재앙을 막기 위해 교회를 세우기도 하며 산제당이나 절을 지어서 사기앙양, 위령 안치 등을 하고 있다.

(3) 점복(占卜)

≪동국세시기≫에 "춘천 풍속에 차전(車戰)이 있다. 외바퀴수레를 동리

별로 편을 나누어 앞으로 밀고 나와 서로 싸움으로써 그해의 일을 점친다. 쫓기는 편이 흉하다. 가평의 풍속도 그러하다"고 한 기록에서 볼 수 있는 것처럼 인간은 점복의 결과로 얻어진 미래사를 믿으면서 그렇게 된다고 생각한다.

점복의 종류는 신점(神占)·작괘점(作卦占)·꿈점(夢占)·천기점(天氣占)·새점(鳥占) 등으로 구분된다. 신점에는 신이 내린 무당점이나 만신·명두·동자 등의 영점(靈占)이 있다. 작괘점에는 책력이나 주역의 괘로 인간의 운수를 풀어나가는 것으로 육효점(六爻占)·사주점(四柱占)·오행점(五行占)·산통점(算占)·윷점(柶占)·작명(作名) 등이 있으며, 이는 대개 한문을 아는 남자점장이(박수)들이 담당한다. 천기점에는 정월 보름 밤 달이 뜰 때 달빛을 보고 농사를 예견하거나, 석양의 노을빛을 보고 기상을 예견하는 것 등이 있다. 동짓날 밤, 방죽의 얼음이 갈린 방향을 보고 그 해의 농사를 점치는 용갈이점도 천기점에 속한다. 새점은 새장 속에 있는 새가 밖으로 나와 점괘(占卦)를 쓴 것을 물어 빼면 그 점괘로 운수를 알아보는 것이다.

(4) 주술

주술(magic)은 주력(呪力)에 의해 어떤 목적을 달성하기 위한 능력이나 지력이다. 곧 주술(magic)은 어떤 초자연적인 능력, 곧 전이성과 전염성을 갖는 힘이며, 불가사의한 힘인 주술을 조작하여 소원을 달성하고자 하는 지식이나 기술을 말한다.

주술은 그 자체에 공덕이 있다고 믿어지는 주문이나 의식을 사용하여 행해지기 때문에 초자연적이고 초월적인 신불(神佛)에게 귀의하고자 한 종교와는 다르다. 그래서 종교는 대상에 귀의하고 주술은 대상을 조작한다고 말한다. 인류의 문화 속에서 주술과 종교를 확연히 구별한다는 것은 어려운 일이다. 문화인류학자인 프레이져 등은 사회의 진화과정에 있어서 주술에서 종교가 발전하였다고 말하고, 알리에 등은 주술은 종교에서 퇴화하였다고 말하나 주술적인 요소는 종교적인 것과 얽혀 있어서 최근에 와서 주술은 곧 종교적이라고 주장한다.

프레이져(J.G.Frazer)는 원시사회에는 두 가지 원칙에 바탕을 둔 주술이 있다고 하였다. 그 하나가 유사법칙(law of similarity)에 근거를 둔 모방주술 (imative magic)이나 동종주술(homeopathic magic)이며, 다른 하나는 접촉법칙(law of contact)에 기초한 감염주술(contagious magic)이고, 이 둘을 포괄하는 개념으로서 유감주술(sympathetic magic)을 들었다.

전자는 "유사는 유사를 낳는다." 혹은 "결과는 그것의 원인을 닮는다."는 유사법칙에 의한 것으로서, 어떤 사람의 모습을 본뜬 인형에 핀을 꽂으면 그가 상처를 입게 된다는 것과 같이 단지 어떤 것을 모방함으로써 유사한 결과를 얻으려는 주술이다. 그리고 후자는 "한번 서로 접촉한 것은 그 접촉이 떨어진 후에도 여전히 서로 계속 작용한다"는 접촉법칙에 의거한 것으로서, 사람의 머리카락·손톱·옷조각 등과 같은 것은 비록 떨어져 있더라도 본인에게 영향을 끼친다고 믿는 것이다.

주술의 종류에는 위의 유감주술 외에도 부적·주가(呪歌)·주무(呪舞)·주문·금기·헌공·공희 등의 주술 방식을 이용한 방어주술과 대항주술이 있다. 그리고 이들 주술이 사용되어 형성된 제의형은 목적을 성취하고자 하는 의도에 따라 화해형·대항형·유도형으로 나타난다. 부적은 초능력을 지닌 것으로 믿는 물건 곧 뼈·뿔·돌·인형과 같은 것이나 마력이 있다는 부호나 글귀를 적은 종이 등을 몸이나 소유물에 지니거나 붙여서 생명을 보호하고 재앙으로부터 벗어나고자 하는 것이다. 주가(呪歌)는 대상이 되는 신령을 찬송하거나 위협하는 노래를 부름으로써 소원을 이루려는 것이니, 신을 찬미하는 찬송가나 굿에서 가창되는 무가 그리고 〈구지가〉나 〈해가〉, 〈척석가〉와 같은 위협형의 가요가 여기에 속한다.

주무(呪舞)는 주가와 함께 원시종합예술체인 굿에서부터 출발하여 오늘의 '해방춤'에 이르기까지 공동체의 집단무의식을 반영하는 제의의 상관물로써 존속하여 오고 있다. 주문은 주력을 지닌 말이나 글월을 외움으로써 몸을 보호하고 악을 퇴치하려는 것이니 부락무고·질병제거·재액소멸·안과태평·오곡풍양을 공통적 내용으로 하는 동제의 축문과 같은 제문이 여기에 해당한다. 금기는 신성과 만나기 위한 필수적인 행동양식이다. 헌공은 제물이나 정성을 바치는 것이고, 더 나아가 생명을 희생하여 바치는 것이 공희이다.

여기서 헌공이나 공희를 베풀고 주가와 주무로써 신을 즐겁게 하며 동시에 신을 찬양하고 또한 바라는 바를 아뢰는 주문으로서의 축문을 낭송하는 것은 공순과 신인(神人) 감응으로써 신과의 화해를 통하여 목적을 이루려는 것이므로 화해형 제의이며, 악귀와 화해하는 것이 아니라 부적을 붙이거나 위협하는 행위 그리고 기우제에서 용소에 돌던지기·성역에 시체묻기·개피바르기·불지르기·욕하기·물막기 등의 대항주술로서 목적을 성취하고자 한 것은 대항형이다. 그리고 유감주술이나 음양오행을 기반으로 하거나 천인감응에 의하여 목적한 바를 성취하여 내려는 제의는 유도형 제의라고 할 수 있겠다.

민간층에서 방법·방술·술법이라는 말로 사용되는 주술에는 유감주술과 대항주술이 있다. 유감주술은 유사한 행위를 통하여 본래의 행동양상을 유도하여 내려는 것이다. 기우제 때 비를 유도하기 위해 여자들을 개천에 모으고 키로 물을 까붙게 하는 것은 비가 내리는 듯한 유사 행위를 통하여 비를 얻고자 함이다. 대항주술은 어떤 대상에게 대항함으로써

소망을 얻어내려는 것이다. 전염병이 유행할 때 개를 잡아 그 피를 벽에
뿌려 병귀의 침입을 방지한다든가, 동지에 팥죽을 쑤어 문이나 벽에 뿌
림으로써 잡귀의 침입을 막고자 한 것이 거기에 해당한다. 또 재해가 발
생하였을 때 무당을 불러 굿을 한다든가, 굿을 할 때 신칼로써 잡귀를 치
는 시늉을 하여 물러가도록 하는 의식 및 삼잡기·막잡기·양밥 등이 여
기에 포함된다. 그리고 기우제 때 제사를 지내도 비가 오지 않으면 물을
관장하는 용이 있는 곳으로 믿은 용소에다 투석을 한다든가, 바위에 개
피를 묻혀서 부정타게 함으로써 용이 할 수 없이 비를 내리도록 하는 것
등이 대항주술이다.

참고문헌

김선풍, ≪속담 이야기≫, 바로북닷컴, 2001.

김성배, ≪한국 수수께끼 사전≫, 집문당, 1988.

송재선, ≪한국 속담 대사전≫, 고려대 민족문화연구원, 2001.

임동권, ≪속담사전≫, 민속원 2002.

최래옥, 〈수수께끼〉, ≪한국민속 대관≫ 6권, 고려대 민족문화연구소, 1982.

최창렬, ≪우리 속담 연구≫, 일지사, 1999.

황경자, ≪속담의 의미와 기능≫, 태학사, 2002.

제8장 구비문학 현지조사와 활용론

1. 구비문학 현지조사의 필요성과 의의

구비전승은 말로 된 민속을 총칭한다. 구비문학은 말로 된 것이며 동시에 탈문헌적 성격을 지니는데, 민중의 생활사에서 구전자료로 주로 존재한다. 구비전승은 구비문학을 포괄하는 개념이다. 구비문학의 구전자료를 학문적으로 수행하기 위해서는 현지조사(field work)가 반드시 이루어져야 한다. 연구자는 현지조사를 해야만 구비문학을 만날 수 있고, 구비문학의 현장에 대한 실상을 경험해야 올바른 이론을 체계화할 수 있다. 현지조사에 충실하지 않은 구비문학 연구는 그 자료의 실상에 깊이 접근할 수 없다. 따라서 구비전승을 포함한 구비문학은 현지조사를 바탕으로 한 자료의 현장연구여야 값진 것을 기대할 수 있다.

그런데 구비문학의 자료 보고서가 이미 문자로 정착되어 있는 것도 있다. 자료보고서를 토대로 구비문학을 연구하는 것도 가능한 일이지만, 구

비전승을 구비문학적으로 다룬다는 점에서 현지조사를 위주로 기존 보고
서를 참조하여 이론을 이끌어내는 것이 구비문학의 학문적 본질에 보다
접근할 수 있다. 더구나 현지 자료 보고서나 민족지(民族誌)가 우선되어야
탄탄한 연구를 할 수 있으므로 현지조사는 보고서다운 보고서의 작성을
위해서나 연구의 깊은 천착을 위해서도 반드시 강조해야 할 영역이다.
구비문학 연구는 정확하고 풍부한 자료수집을 근거로 삼아야 체계적인
성과를 기대할 수 있다.

구비문학 연구는 현장조사를 통한 자료수집에 1차적으로 성과를 기대
할 수 있고, 자료수집은 심화된 연구와 연결되어 2차적으로 성과를 얻을
수 있다. 구비문학의 경우 현장조사의 경험이 축적되지 않은 채 자료만
열거하고 해설한다면 깊은 연구에 이르지 못한다. 보다 중요한 것은 현
지조사를 통한 체계적인 자료수집은 구비문학의 학문적 성격상 강조되는
충실한 보고서 작성에도 있지만, 연구의 심화를 위해서도 반드시 강조되
어야 할 시도라고 생각한다. 기록문학 또는 구비문학 자료가 이미 기록
화되어 있는 경우에는 당장 연구 자료로 활용하지 않아도 무방하다. 그
런데 구비문학의 자료는 현장에서 존재하는 양상을 구체적으로 보고하지
않는다면 생동감있는 연구를 기대할 수 없을 뿐더러 자료의 실상에 부합
하는 연구의 길을 모색할 수 없다. 구비문학 특성상 연행되는 것이고 유
동적인 것이기에 급속도로 달라지고 소멸되는 현실을 감안한다면 좀더
좋은 제보자들을 만나 현자에서 채록하는 일이 무엇보다 시급하다.

다행하게도 구비문학의 조사는 대학의 연구소나 학과 차원에서 또 정
부의 지원 차원에서 그나마 간헐적으로 이루어져 왔다. 개별 연구자마다
특정 지역을 중심으로 꾸준히 진행되어 왔다. 문학에 대한 구비문학적
연구라는 입장에서 기록문학의 방법을 혁신하고 보다 우리 문학의 실정
에 맞는 이론을 개발하고 문학의 영역을 확장하는 의미에서 구비문학의

조사는 국문학에서 설득을 얻어왔다. 또 민속학의 영역 가운데 구비전승의 체계적 정리라는 입장에서 관련학문의 성격을 띤 연구자가 적극적으로 조사에 나섰다. 이러한 다각도의 현지조사 결과로 구비문학에 대한 보고서들이 어느 정도 축적되었고, 이를 연구하는 논저들이 최근에 부쩍 늘어났다. 그러나 다른 분야보다 연구 인원이 늘어나지 않고, 늘어날 수 있는 제도 개편이 따라주지 않고 있다. 더구나 현지조사 자체가 이루어지는데 들어가는 경비·시간·정열이 문헌자료의 조사나 활용에 비하여 몇 갑절이 되고, 점차 산업사회의 도시화 현상 때문에 조사에 한계를 느끼는 경우도 나타나고 있다. 그럼에도 불구하고 구비문학의 조사연구에는 구비문학의 바탕과 민중의 생활사를 탐구하고자 하는 경우에 그 가치가 강조된다.

구비문학의 현지조사에 대한 요구는 구비문학의 여러 갈래를 체계적으로 연구하는 데 필요할 뿐만 아니라, 구비문학이 민중의 생활에서 차지하는 의의, 구비전승으로서 문화적 변화, 문학의 창조적 수용 등에 대하여 현장 중심의 논의를 전개하는 데 있다. 기록문학의 보조자료를 탐색하고 문헌자료로만 다룰 때에 이론적 한계를 극복하고자 현지조사의 방법이 동원되지만, 좀더 절실한 현지조사의 의의는 구비문학의 공동작으로서의 특징이나 집단적인 표현방식을 총체적으로 이해할 수 있는 근거를 마련해 주는 데 있다. 구비문학의 현지조사야말로 기록문학 또는 창작문학과는 달리 말로 된 작품만 대상으로 제한하지 않고, 그를 둘러싼 전승과 연행의 양상과 기능 그리고 형성과정과 수용과정까지 포괄적으로 살피는 데 필수적인 작업이기 때문이다.

끝으로 구비문학의 현지조사에 대한 응용단계를 말하면, 일반 문학연구에서 널리 통용하여 보여준 이론들 중 구조주의적 연구나 수법에 대한 심도 있는 탐구를 통해 제기된 문제들을 수렴할 수 있다고 믿는다. 곧 구비문학의 현지조사를 통하여 자료의 본질, 기능, 구조, 의미 등에 대해 구조주의 관점에서 선명하게 드러낼 수 있고, 수용미학으로서 자료를 독자나 청중이 효과적으로 수용하는 과정을 면밀히 검토할 수 있으며, 문학사회학의 입장에서 자료가 사회문화조직과 관련되는 측면을 입체적으로 파악할 수 있다. 실제로 이들 이론의 기본적 발상에는 구비문학의 현지조사에 대한 중요성과 맞닿아 있고, 이들 연구가 구비문학에 깊은 관심을 표방하는 것도 이런 맥락에서 이해되고 있다. 결국 현지조사의 문학이론에 대한 기여는 문학의 표현론, 반영론, 효용론 등을 두루 시험하여 현장론적(現場論的) 방법의 길을 열어 준 계기가 된 것이다.

2. 구비문학 현지조사의 종류와 그 요령

구비문학의 현지조사는 민속학의 입장에서 구비전승 중에서 문학에 관한 자료를 모으는 것이라고 하였다. 그 방법은 누가, 어디서, 언제, 무엇을, 어떻게, 왜 조사하는가에 의하여 구체적으로 나누어 살필 수 있다. 흔히 알려진 방법은 산발적 조사, 개괄적 조사, 집약적 조사 셋으로 나누어진다. 산발적 조사는 우연히 제보자를 만나서 하거나 호사가의 취미에 따라서 임의로 하는 현장조사이다. 개괄적 조사는 넓은 지역을 총괄적으로 정리하는 현장조사이다. 집약적 조사는 특정한 곳이나 개별 종목에 대하여 가설을 세워놓고 전문적으로 하는 현장조사이다. 구비문학의 연구를 심화시키기 위해 산발적 조사는 가능하면 자제하고, 개괄적 조사와 집약적 조사를 구비문학의 연구방법론과 연결하여 더욱 세련시킬 필요가 있다. 특히 집약적 조사는 구비문학의 현장성(現場性)을 앞세워 연구 성과와 직접 연결되므로 기대 이상의 업적을 내고 있는 것이다.

1) 산발적(散發的) 조사방법

산발적 조사는 취미삼아 하는 일로 비전문가도 구비문학에 호기심을 가지고 하는 것이다. 이는 일정한 계획과 목적없이 자료가 보이면 조사를 하는 것을 말한다. 연구자도 노인들이 모여있는 곳에 가서 그들을 통해 자료를 모을 수 있다. 이를테면 이농현상이나 도시의 여건상 도시 변두리 놀이터나 경로당·양로원·정거장에서 제보자를 통해 수집하는 것이다. 또 기차나 버스로 여행할 때 여행객에게 이야기를 나누면서 조사하는 경우나, 직장인이나 학생들한테서 뜻밖에 좋은 정보위주의 자료를 얻는 경우도 있다.

조사 결과는 정리나 보고 되지 않는 사례가 흔하고, 정리되고 보고 된다고 해도 단편적인 자료를 제공하거나 수필이나 잡문을 쓰는 소재로 활용하는 데 그치고 체계적인 보고로서 연결될 수 없다. 그만큼 자료의 신빙성이 문제가 되고, 만약 전문가가 취미 아닌 전문적인 조사에 대한 정보 탐색으로서의 가치를 가지는 경우에는 소중하다. 초기의 구비문학에 대한 자료수집이 이 방법에 의하여 긴 시간 되풀이되다 보니 방대한 자료집을 낸 사례도 있다.

구비문학을 처음 하는 학도는 대체로 산발적인 조사에 의존하는 것이 예사이다. 실제로 구비문학의 첫 단계 조사에는 학계전체로서나 개인으로서나 산발적인 조사인 것이 기존 자료집에서 흔히 찾아 볼 수 있다. 산발적 조사를 통해 이룬 자료보고서나 연구서는 초창기 미답 영역을 개척한 데에는 그 의의가 있으나, 구비문학의 본격적 연구에는 적지 않은 한계를 드러내고 있다. 무엇보다 일정한 계획이나 목적이 뚜렷하지 않고 진행되었기 때문에 자료 자체가 소홀하게 표기되어 정리되었고, 항목마다 작위적인 요소가 발견된다. 이제는 산발적 조사가 정보를 얻는 수준에 머물고, 설상 그런 기회가 주어진다고 해도 무엇이 학계에 기여할 것인지를 분명히 하고 작업이 이루어져야 한다.

2) 개괄적(槪括的) 조사방법

개괄적인 조사는 광범위한 지역에 걸쳐 구비문학의 존재양상을 파악하고, 가능한 한 유형을 폭넓게 찾아보고, 되도록이면 많은 자료를 얻기 위해서 필요한 것이다. 이는 일정한 계획에 따라서 체계적인 조사를 하므로 반드시 공동작업으로 이루어져야 성과를 얻을 수 있다. 특정한 문제에 대한 깊이 있는 연구와는 거리가 멀고 큰 단위의 영역을 설정하여 대규모 사업으로 이루어질 때 바람직한 조사방법이라고 할 수 있다.

개괄적인 조사의 구체적인 것에는 설문지를 이용한 조사, 전문가의 지도에 따른 여러 구성원의 공동 조사, 여러 영역의 전문가 위주의 조사단 조사 등이 있다. 설문지 중심의 개괄적인 조사는 현지의 비전문가에게 의뢰해서 하는 것인데, 자료의 분포를 확인하는 방법으로는 좋다. 전문가와 비전문가가 한데 어울려 하는 공동 조사는 많은 자료를 짧은 시일에 확인할 수 있다는 데 바람직한 것이다. 전문가로 이루어진 조사단 조사는 학술적 가치를 드러내는 데에는 가장 바람직한 것이다.

설문지를 이용한 간접조사는 현지조사를 원활하게 활용할 수 있는 기초자료를 확보하는 것이고, 전영역을 일괄하여 자료를 확인하는 데 도움이 되는 것이다. 설문지를 이용해서 얻을 수 있는 성과는 자료의 유무, 전승여부, 제보자의 인식 정도 등에 관한 정보이다. 본격적인 자료 확보는 기대할 수 없고 다만 그 지역의 자료에 대한 실상은 확인되므로 집약적 조사의 계획을 수립할 수 있다. 구비문학의 객관적 조사를 위한 설문지는 일반적으로 다음과 같이 제시된다. 설문지는 조사자의 의도에 따라 항목이 달라질 수 있겠으나, 일반적으로 제작시 유의할 점은 비전문인에게 보내므로 누구나 이해할 수 있는 용어나 어휘를 구사하여 구체적으로 표현되도록 하여야 한다.

〈조사 자료표〉 설문지

우편번호　□□□-□□□　시 구 읍 리 마을 도 시(군) 면 동

(행정 표시상 둘 이상의 자연마을이 있으면, 그 중 가장 큰 마을만 대상으로 한다.)

	성　　명	연　　령	성　　별	직　　업
작성자				
제보자(1)				
제보자(2)				
제보자(3)				
제보자(4)				

(유의사항 : 구비문학 자료를 잘 알 만한 제보자에게 물어서 설문지를 작성한다. 해당되는 것에 ○만 하면 된다.)

1. 마을이 생긴 시기는?

   (가) 400년 이전 (나) 200년 이전 (다) 100년 이전 (라) 100년 이내

2. 가장 많은 성씨가 전체 가구수에게 차지하는 비중은?

   (가) 70% 이상   (나) 50% 이상   (다) 30% 이상   (라) 30% 미만

3. 전에는 어떤 마을이 있었다고 하는가?

(가) 민촌   (나) 반촌   (다) 역촌   (라) 어느 쪽도 아니다

4. 장수(아기장수)에 관한 다음과 같은 전설이 마을에 전하는가?

　　(가) 예부터 거인 장수가 살았다고 하며 장수 발자국이 바위에 남아있는 흔
　　　　적이 있다.

　　(나) 어딘가 장군수가 있어서 그걸 찾아 먹으면 장수가 된다고 알려져 있다.

　　(다) 아기장수가 태어났으나 역적이 될까 염려해서 죽였다고 전해지고 있다.

　　(라) 산에 혈을 질렀기 때문에 장수가 태어나지 않는다.

5. 인물에 관한 다음과 같은 전설이 마을에 전하는가?

　　(가) 어버이를 극진히 섬긴 효자가 있었다.

　　(나) 지아비를 극진히 섬긴 열녀가 있었다.

　　(다) 도술을 부릴 줄 아는 인물이 있었다.

　　(라) 사방 돌아다니면서 익살스러운 짓만 하는 인물이 있었다.

6. 농사에 관련되는 다음 민요 중 어느 것을 가장 널리 불렀던가?

　　(가) 모내기노래   (나) 논매기노래

　　(다) 보리타작노래   (라) 밭갈기노래

7. 다음과 같은 민요 중에서 어떤 것이 이 마을에서 불려졌는가?

　　(가) 집터 다지는 노래   (나) 말뚝 박는 노래

　　(다) 나무 베는 노래   (라) 산에 가서 나무하면서 부르는 노래

8. 부녀자들이 주로 부르는 노래에는 어떤 것이 있었는가?

　　(가) 삼삼기노래   (나) 양태나 망건을 만들면서 부르는 노래

　　(다) 맷돌을 돌리거나 방아를 찧으면서 부르는 노래

　　(라) 여러 사람이 모여서 강강수월래나 놋다리 또는 이와 비슷한 놀이를 하면서
　　　　부르는 노래

9. 이 마을에서 고기잡이를 하면서 부르는 노래에는 어떤 것이 있었는가?

　　(가) 노젓는 노래   (나) 고기떼 후리는 노래

　　(다) 그물 당기는 노래   (라) 배를 끌어내리는 노래

전문가와 비전문가로 이루어진 개괄적 조사는 전문가인 교수가 계획과 지도를 하고, 비전문가로서 이쪽 방면에 관심이 있는 학생들에게 현지조사를 훈련시키면서 많은 자료를 정리하는 방식이다. 조사계획의 치밀함과 그 실천만 이루어지면 기대 이상의 탄탄한 보고서를 작성할 수 있다. 전문가나 학교 간의 상호협력이 이루어지고, 연차적 조사가 일정한 지역을 중심으로 확대해 나가면 구비문학 모든 갈래에 대하여 고른 조사를 할 수 있다. 지금까지 대학의 학술답사나 학과 문학답사라는 이름아래 이루어진 것이 그 좋은 예이다.

다음으로 전문가로 이루어진 조사단의 개괄적 조사는 가장 바람직한 것이다. 갈래별 전문가가 고루 참가할 경우에 가장 실제적인 전문 보고서가 작성될 수 있고, 자료의 경중까지 파악할 수 있는 조사이기 때문에 질 높은 조사가 이루어질 수 있다. 그러나 구성원간의 주장이 달라 자료가 산발적으로 조사될 수도 있어 사전에 치밀한 계획과 인화를 고려한 준비 방안이 강구되어야 한다. 일정한 기간을 정해놓고 순차적으로 이룰 수 있는 데다 상호 비판적인 입장에서 객관적인 학술조사가 이루어진다는 장점도 지니고 있다.

3) 집약적(集約的) 조사방법

집약적인 조사는 특정지역의 특정자료에 대하여 철저하게 조사해서 연구의 심화를 꾀하기 위해 가장 필요한 것이고, 개인적인 작업으로서 가장 전문적인 현장작업이라고 말할 수 있다. 이는 구비문학의 실상에 가장 부응하는 것이다. 가설을 세워놓고 그 문제 해결을 실증적으로 분석하여 창의적인 방법에 의거해서 조사를 완수하는 데 필요하다. 연구하고자 하는 목적이 분명하므로 특정 자료를 깊이 있게 드러낼 수 있고, 연구 영역을 심화시키는 데 직접 필요한 자료를 확보할 수 있다. 구비문학의 새로운 연구는 대개 이 집약적 조사를 통해서 얻어진 결과이다.

집약적 조사는 특정지역의 구비문학 갈래를 깊이 있게 분석하기 위한 것이다. 구비문학의 전승자나 연행자 중에서 특정한 사람의 경우를 집중적으로 살필 수 있는 것이다. 또 구비문학의 어느 특정 갈래를 심도있게 체계화시킬 수 있고 기왕의 연구에 대한 문제점을 재검토하여 이를 극복하기 위해 바람직한 작업이다. 이들 조사방법은 이론을 도출하기 위한 예비적 단계이므로 반드시 조사자료의 기술에도 세련성을 더해야 한다.

구비문학의 자료에 대하여 개략적인 내용만 보고하는 경우와 원문을 다각도로 보고하는 경우 등을 나누어 생각할 수 있다. 조사자가 집약적인 조사를 진행할 때 연구 방향이나 그 대상에 따라 이 셋의 기본 방식이 선택된다. 조사자는 원문 위주로 보고하는 것이 가장 적절하다. 그럴 때만이 자료의 신빙성이나 이후의 자료 이용자가 수월하게 볼 수 있다. 더구나 원문만 중요한 것이 아니라 원문을 둘러싼 여러 가지 요소들을 고루 기술해야 한다. 이들을 잡다하게 열거할 것이 아니라 일정한 원칙이 있어야 한다. 자료에 대한 인위적 조건과 자연적 조건 어느 것 위주로 진행되었는가, 제보자의 자료 전승 방식이 어떻게 이루어졌는가 등을 기술해야 한다. 요컨대 구비문학은 연행의 현장, 민속사회의 현장에서 이해해야 하고 이러한 속성에서 이론이 제시되어야 한다. 그러기 위해서 현장 중심으로 이루어지는 집약적인 조사자료는 창의적인 이론을 창출할 수 있는 근거가 되며, 그런 자료는 살아있는 유기적 전승물의 총체인 것이다.

이러한 가치를 지닌 집약적인 조사를 거쳐서 이루어진 연구야말로 구비문학의 독자성과 보편성을 드러낼 수 있다. 이러한 작업이 전제되지 않으면 구비문학 자료는 늘상 기록문학의 보조자료라는 인식에서 벗어날 수 없고, 구비문학이 현장에서 생성되고 수용되는 사회적 반영물로서 언어예술임을 확인할 길이 열리지 않는다. 구비문학의 본질은 살아서 움직이며 계속 생성되고 민중의 주체적 삶에 대한 성향을 표현하는 것임을 현장 중심으로 다각도로 조사했을 때 보다 더 설득력 있게 말할 수 있다.

구비문학은 누구나 자생적인 측면이 강하다고 한다면, 구비문학의 실상을 온전히 파악해야 한다는 것이 그 대응책이다. 연구자는 그 실상을 정확하게 파악하기 위하여 현장 중심의 집약적 조사를 바탕으로 구비문학의 이론을 수용하기보다 연구자가 현장에서 자료와 부딪치면서 체계적인 방법을 가다듬어 가는 것이 구비문학 연구의 설정에 적합할 듯하다.

실제로 이러한 성과는 구비문학 보고서이면서 직접 연구물로 나타나기 때문에 기대 이상의 업적을 내고 있다. 그러므로 집약적인 조사가 지니는 구비문학 연구에서의 의의는 현장에서 나타나는 자료와 제기되는 논의까지 아울러 보고서를 작성할 수 있고, 그것은 곧장 연구물로 이행될 수 있다는 데 있다.

〈집약적 조사〉 녹음테이프 기재 방식〉

T앞, 조사지역 주소
조사자 성명
제보자 성명(성별, 나이) 조사항목 내용
조사날짜
T뒤, 위와 동일한 방식으로 기재함
다만, 기재할 내용이 많을 경우 제보자 별로 행을 구분함.

3. 구비문학 갈래별 조사방법과 유의점

1) 설화 조사

설화 조사의 가장 좋은 방법은 우선 구연내용과 상황을 재연할 수 있어야 한다. 구연자의 재현을 염두에 두면 조사자는 이야기와 그를 둘러싼 요소들에 대하여 구체적으로 확실하게 채록하고 친근한 대화가 소중하다는 것을 깨닫게 된다. 설화의 종류에 한계를 짓거나 이야기꾼의 대상에 시비를 건다거나 이야기의 조사방식에 편파성을 가져서는 안된다. 설화의 각편(各篇)마다 독자성을 부여하고 개방적인 자세가 중요하다.

설화에 대한 채록 근거를 두루 기입하여야 한다. 가능하면 육하원칙에 따라 설화의 수용방식이나 제보자의 이력서를 작성하는 것이 효과적이다. 관련 근거는 사진, 녹음, 기록 등을 적절히 활용하고, 방임채록과 유도채록을 이야기판에서 알맞게 응용하여 채록을 수행해야 한다. 특히 사전에 준비된 질문지를 중심으로 유도채록을 할 경우에는 이야기꾼이나 주변 제보자들과 자연스럽게 어울리면서 질문지 메모와 녹음이 이루어질 수 있도록 해야 한다. 미리 준비해간 기존 자료를 알려주면서 목적하는 내용에 대하여 기억을 유도할 필요가 있다.

설화조사는 설화조사의 가치를 인식하는 데서 시작해야 한다. 이야기는 여느 갈래와 달리 누구나 할 수 있으나 이야기하는 방식이나 이야기꾼의 가치관에 따라 자료의 실상이 사뭇 다르게 나타난다. 사건 중심이므로 줄거리는 대체로 비슷하다고 해도 화자의 이야기는 화자만의 이야기인 것이다. 줄거리를 간단히 이야기하는 것은 별로 가치가 없다. 이야기는 이야기하는 구연 자체가 절대적이다. 조사자는 기억력이 탁월하고 언변이 좋은 그 지역의 토박이 제보자를 찾도록 애써야 한다. 그래야만 이야기 자체의 실상을 살필 수 있고 이야기 현장이 생동감있게 포착될 수 있다. 총기있는 이야기꾼을 만나면 진지한 자세로 이 자리 이 순간이 아니면 이 이야기를 들을 수 없다는 생각에서 철저히 이야기 보따리를 파헤쳐야 한다. 이야기로서 구비문학의 소중함에 대한 자부심이 있어야 이처럼 적극적으로 이야기를 듣고 이야기꾼을 만나 조사하는 보람을 지닐 수 있다.

신화(myth)와 관련된 이야기는 제보자의 이력 속에서 그 이야기의 출처나 전달해 준 과정을 반드시 확인해야 한다. 총기있는 이야기꾼인 경우에는 조사자가 신화 한두 개를 들려주고 이와 유사한 이야기를 알고 있으면 이야기해 줄 것을 유도하는 것이 바람직하다. 다만 성씨나 마을 시조신화(始祖神話)인 경우에는 선인의 이름이나 행적을 임의로 말하지 않도록 해야 한다. 지역이나 개인에 따라 그 반응이 달라 제보자들의 비위를 건드리는 경우가 발생하므로 주의해야 한다.

전설(legend)과 관련된 이야기는 증시물(證示物)이 있다면 위치를 확인하고 사진을 찍어 두는 것이 좋다. 지명 전설인 경우 급속도로 지형지물이 바뀌는데 이를 대비하여 증시물의 크기나 특징을 기록해 두면 그 자체가 전설의 생명을 유지하는 것이다. 풍수전설인 경우 풍수지리나 점복에 대한 기록을 알아야 하고, 인물 전설인 경우 사실기록물의 선입관을 가지고 임해서는 안 된다.

민담(folktale)과 관련된 이야기는 사건의 전개 과정에서 청중이 어떤 대목에서 웃음이나 이상한 반응을 하면 그 자체도 관찰해 두어야 한다. 구술이 잘못되었을 때 주변 청중이 어떻게 조정하는지를 확인하고 착오가 생기는 대목은 다시 짚고 넘어가도록 해야 한다. 신문이나, 방송을 통해 수용된 이야기는 적당히 제한하고, 엉뚱한 달변가의 화제도 조절해야 한다.

　조사자가 특정지역의 특정 화소(話素)를 지닌 설화를 집약적으로 조사하려면 사전준비가 치밀하게 이루어져야 한다. 예컨대 조동일의 ≪인물전설의 의미와 기능≫(1979)은 경북 동해안 영해 일대를 중심으로 이 지역 인물에 관한 전설을 조사하고 연구한 성과물이다. 먼저 조사자는 이야기꾼에 따라 전설이 어떻게 다른가를 조사하고, 다음 연구자의 입장에서 전설의 유형구조와 그와 형식적인 조건에 따라서 가변적일 수 있는 원리를 탐색하고 있다. 조사자는 조사에서 전설의 제보자들에게 기대하는 바를 적절하게 이끌어내고 있어 설화조사의 전범으로 삼을 만하다. 이처럼 연구자의 경험을 통해 새로운 이론을 제시한 김의숙의 ≪한국민속제의와 음양오행≫(1993)도 주목할 만하다.

　　2) 민요 조사

　민요조사는 광범위한 지역을 대상으로 분포파악을 할 수 있으나 지역별 수집이 현명하다. 특정지역별 수집도 고을 단위의 수집에서 마을 단위의 수집으로 지역을 더욱 축소하고, 특히 그 마을의 총기있는 노래꾼으로 집중하는 것이 좋다. 제보자로서 노래꾼을 만나면 구연, 사설, 기능, 창곡 등을 고려하여 그것들을 총체적으로 기술하도록 애써야 한다. 특정 종목의 민요나 한 소리꾼에 관한 집중적인 조사를 해서 노래의 이력서를 작성하는 데까지 나아가야 한다.

　민요 조사자는 기본적으로 몇 가지 민요를 알고 있어야 한다. 전문적인 음악인의 수준이 아니더라도 창곡의 지역별 특징을 이해하고 있어야 한다. 민요의 유입과정이나 전승과정을 알기 위해 그 지역의 창곡을 파악해야 한다. 지역에 따라 많이 불리는 노래와 그렇지 않은 경우를 변별

해야 한다. 강원도에서는 〈정선아라리〉나 〈회다지소리〉 및 〈메나리〉를 널리 부르지만 다른 지역에서는 많이 부르지 않고 친숙하지도 않다. 사설 위주의 조사라 해도 창곡이나 가창구조를 염두해 두면 그 지역 민요의 실상에 보다 더 접근한 자료를 확보할 수 있다.

조사자가 노래현장에서 주의할 것은 소리꾼과 친숙하도록 애써야 하는데, 후렴구가 있는 노래를 따라 부르는 것도 한 방법이 된다. 노래판에서 나온 제보자 누구나 즐겁고 자연스럽게 노래를 부를 수 있도록 분위기를 조성해야 한다. 쉬는 틈에 불렀던 노래를 다시 틀어주는 방법도 계속 구연하는 데 도움이 된다. 이때 들어보고 녹음상태나 모르는 대목은 다시 부탁하여 보충 녹음을 하고 설명도 기록한다. 제보자들의 가창 모습을 사진도 찍고 사전 질문지도 작성한다. 민요의 존재양상은 기능과 맞물려 있으므로 본디 불려지던 현장과 그때 행위를 재현해 둘 필요가 있다. 곧 최근의 민요 부르기는 일이나 의식, 세시놀이 등과 관련없이 이루어질 수 있으나 전통사회의 민요에 대한 실상과는 거리가 있다. 민요를 둘러싼 여러 요소들을 유기적으로 기술하는 것도 중요하지만, 민요가 본디 존재하던 모습을 온전히 재구하여 조사하는 일도 소중하다.

노동요를 조사할 경우에는 비록 놀이판이라 해도 소리꾼이 일의 흉내를 낼 수 있도록 유도하고, 실제로 일터를 재현하여 노동현장에 부합되는 사설을 수집해야 한다. 의식요도 의식의 현장은 아니지만 의식의 행위나 분위기를 조성하여 실감나게 구연하도록 유도할 필요가 있다. 유희요는 더욱 과거 민요사회에서의 놀이를 확인하면서 채록하도록 해야 한다. 흔히 말하는 비기능요인 가창유희요처럼 모든 민요를 조사하고 관찰하여 연구를 진행한다면 민요의 본질에서 이탈된 성과물이 나올 수밖에 없다. 이러한 민요조사의 유의 사항을 극복하면서 특정종목의 민요를 조사하고, 기존 보고서까지 활용한 연구서로서는 류종목의 ≪한국민간의식요 연구≫(1990)를 들 수 있다. 이 책은 개괄조사인 한국정신문화연구원 간행의 ≪한국구비문학 대계≫와 연구자의 집약적 조사자료가 만나 효율적으로 엮어진 대표작이다. 세시의식요인 〈무안지신밟기노래〉, 〈선변걸궁노래〉, 〈백암걸립노래〉 등은 조사자가 제보자를 만나 질문하거나 실연(實演)을 시켜 확인한 인공적 조건에서 얻어진 자료이고, 장례의식요인 〈상동상여소리〉는 자연적 조건인 장례 의식에서 조사한 것이다. 연구자는 특정종목의 민요를 기능에다 초점을 맞추어 개괄적 자료와 집약적 자료를 상호연결시켜 의식요의 형식상, 내용상 특성을 고찰하고 있다. 이런 작업의 실례를 통해 조사자는 자료의 효율적인 이용과 개인의 노력여하에 따라 기왕의 한계를 극복할 수 있음을 재확인시켜 주고 있다. 이러한 성과에는 ≪강원의 민요≫Ⅰ, Ⅱ 등 최근 조사 연구서들도 해당한다. 결국 민요조사의 최선은 조사자나 연구자가 민요의 실상에 맞는 이론을 현장에서 개발하고, 현장조사에서 그것의 구체적 모습이 실현되도록 문제의식을 가져야 할 것이다.

3) 무가 조사

무가를 조사하는 일은 무가의 예술성에 대한 의의를 밝히는 것으로서 무가 자체를 체계화하는 무속의 한 영역으로 다룰 수도 있으나, 문학적 성격과 의의를 드러내는 목적 아래 작업이 이루어지는 것이 바람직하다. 실제 조사에서는 무가를 중심에 두고 그를 둘러싼 요소들을 문제삼아 진행되어야 한다. 무가조사 보고서는 대체로 무속연구의 일부로 이루어진 듯하여 자료 보고서나 연구서 어느 쪽도 선명하다고 할 수 없다.

조사자는 굿과 무당의 내력을 알아야 한다. 굿의 성격에 대하여 사전지식이 필요하고, 무당에 대하여 출신지역을 비롯하여 자세한 이력서를 아는 것도 중요하다. 실제로 거행되는 굿에 가서 자연 조건적 자료 채록을 할 수 있고, 굿을 하지 않는 평상시 무당을 만나 자료 채록을 할 수 있다. 전자가 후자보다 자료적 가치가 더 있을 수 있으나 양쪽을 동시에 해보는 것도 좋다. 굿이 거행되는 현장에서 조사는 비디오나 사진기, 녹음기를 동원하여 자료가 분명하게 채록될 수 있도록 한다. 굿을 관찰하지 않고는 말로 굿을 설명하기 어렵고, 더욱이 무가를 이해하기 어렵다. 따라서 조사자는 사전 준비를 철저히 하고, 무당을 다시 한 번 만나 조사된 자료를 확인할 필요도 있다.

굿은 장시간 거행하고, 무가 역시 오랫동안 구연하므로 녹음기나 비디오 상태가 양호해야 한다. 장시간의 집중이 필요하기 때문에 사전 준비에 차질이 없도록 하고 체력 관리를 잘 조절해야 한다. 고수나 보조자와 친숙할 필요가 있고, 무당의 구연에 방해가 되는 행동은 삼가야 한다. 비디오를 찍을 경우에는 상관없지만 녹음기를 이용할 때에는 무당의 동작을 잘 관찰하여 기록해 두어야 보고서 작성에 도움이 된다.

무가는 주술성(呪術性)과 예술성의 양면적 성격을 지니고 있다. 주술에는 일정한 언행을 하면 일정한 결과가 이루어진다는 것이 작용한다. 이 과정의 검정을 애써 확인할 필요가 없고 그럴 이유도 없다. 다만 무가의 주술적 기능을 예술적 표현과 연결하여 조사할 필요가 있는데, 무가로서 독특한 성격인 창곡이나 율격 그리고 수사와 구성에 대하여 둘을 의식하면서 설명하여야 한다. 무가에 대하여 구비문학의 입장에서 거론하는 경우 예술적 무가에 관심을 갖게 되고, 그것의 특정 종목에 대한 집약적인 조사를 할 필요가 있다. 무가가 주술적 존재에서 예술적 존재로 역사적 변화를 겪어 왔다는 점에서 더욱 그러하다. 무가는 지난 시기 문화의 잔존으로 다룬다고 말할 수 없으며, 끊임없이 생성과 수용이 진행되고 있는 데 대해서도 깊은 관심을 가지면서 조사에 임해야 할 것이다. 무가의 조사가 60년대 아니 20~30년대 충실한 작업으로 이루어졌으면 좋았으리라는 사실은 여느 분야와 마찬가지이다. 그렇지만 무가는 여느 가래와 마찬가지로 누가 특별히 애쓰지 않아도 그 자체의 생리와 사장 때문에 과도기적 변모를 겪고 있을 뿐만 아니라 과거와 또 다른 모습으로 재현되고 연행되고 있다. 아직도 현장 중심으로 특정 무가에 국한하여 집약적 조사와 연구를 동시에 진행할 수 있다.

이러한 무가 조사의 학문적 성격을 살린 업적으로 박경신의 〈무가의 작시원리에 대한 현장론적 연구〉(1991)를 들 수 있다. 이 논문은 연구자가 직접 조사한 〈안성무가〉와 이 자료보다 9년 전에 조사된 ≪한국구비문학대계≫무가를 대상으로 무가의 작시원리(作詩原理)를 고찰한 것이다. 무가의 집약적 조사를 통해 동일 제보자를 중심으로―현장조사를 통해 얻어진 경험으로―무가의 문학적 실상을 다각도로 접근한 것이다. 무가가 언어예술로서 존재한다면 무가 조사의 목적이 어디에 있고 무엇을 연구해야 하는지 극명하게 답해 준 글이다. 이는 무가를 살아 있는 민속시 혹은 구비시로 보고 생명력의 원천을 해명하려는 것이고, 앞으로 구비문학으로서 무가조사는 이런 관점에서 좀더 적극적으로 조사방법에 의해 역동적으로 이루어져야 할 것이다.

4) 판소리 조사

구비문학 중에는 판소리가 가장 변화와 다양성이 두드러지는 것이다. 판소리 조사는 누구나 하기에는 어렵고 제한이 많다. 조사자는 사전에 철저한 예비조사를 하며 소리꾼인 제보자와 유대관계를 유지해야 한다. 광대인 소리꾼의 앞가슴에 무선 마이크를 달아 녹음기를 조작하면서 녹음하여야 수월하다. 미리 양해를 구해야 하고 소리꾼과 따로 면담도 가져야 한다. 이런 점들은 무간 가면극 대본 조사에서도 거의 동일하게 적용된다.

소리꾼과 사전 면담을 통해 구연할 판소리 대목을 확인하고, 기존 사설집을 참고하여 비교하면서 조사할 수 있다. 독특한 방언투나 한문식의 문자표현, 고사성어를 제대로 정리할 수 없으므로 조사자는 미리 판소리의 판이나 테이프, 기존 사설집을 익혀 두면 좋다. 특히 소리의 장단이나 소리의 가창 방법을 터득해 자료에 대해 익숙해질 필요가 있다. 소리꾼과 고수의 관계도 잘 파악하고 굿의 연행처럼 광대의 판소리 연행 과정을 철저히 관찰하여 중요한 대목은 동작이나 표정을 기록해야 한다. 소리꾼의 이력서를 확연히 알 필요가 있는데, 소리꾼의 유파, 스승과 제자 관계, 생활방식 등에 대하여 될 수 있으면 상세히 기록하는 것이 좋다. 나중에 자료에 대한 의문점이나 해석상의 한계를 극복할 수 있는 계기가 된다.

김흥규의 〈판소리에 있어서의 비장〉(≪판소리 지평≫, 1990)과 정하영의 〈흥부전의 문학적 본질과 의미〉(≪판소리 연구≫, 1992)는 판소리에 대한 문학적 해석을 위하여 자료 조사나 그것을 검토하는 방법을 새롭게 제시하였다는 점에서 뜻있는 글이다. 이 글들은 비록 현장 상황이 선명하지 않으나 조사자면서 연구자가 제시한 문제에 대하여 실제 판소리 창(唱)의 녹음자료와 기왕에 소개된 자료집을 토대로 판소리의 문학성을 해명하려고 한 점에서 우리에게 판소리 대본 조사에 대한 의문을 부분적으로 풀어 준 것이다. 이런 점을 감안하면 판소리나 무가와 같은 구비문학의 조사방법은 특정한 등록 상표처럼 고정되어 나타나는 것이 아니고 오히려 그 자료의 실상에 걸맞는 인식과 그것을 실천할 수 있는 논리 확보에 있음을 거듭 확인시켜 주는 셈이다.

5) 민속극 대본 조사

민속극 대본은 탈춤, 인형극, 발탈 등의 연희과정에 쓰이는 구비희곡이라고 할 수 있다. 절에서 연행된 그림자극 대본도 있었겠으나 조사자료가 없다. 탈춤대본은 조선후기 이후의 자료가 주종을 이루고 인형극이나 발탈 대본은 전문 놀이꾼들에 의해 전승된 자료이다. 이 가운데 가장 풍부한 탈춤 대본은 전국 분포를 보여 주고 있으며 일찍 지역 중심의 집약적 조사가 이루어진 실정이다. 그런데 민속극 대본의 구비학적 연구를 위해 현재 연행되는 현장에서 조사가 필수적으로 따라야 한다.

민속극 조사에서 유의할 점은 우선 판소리와 무가처럼 원거리에서 녹음할 준비를 갖추어야 한다. 망원경도 준비하고 비디오도 찍으면 입체적으로 놀이 현장을 되풀이하여 검정할 수 있어 좋다. 연극학이나 희곡에 대한 기초지식이 반드시 있어야 하고, 탈춤의 춤사위와 그 무대 및 관중 반응에 대한 여러 문제도 기재해야 한다. 탈이 가려져 놀이꾼의 대사 발음이 불분명하기 때문에, 공연 후 놀이꾼과 개별면담을 통해 대본에 대한 재조사도 필요하다. 기존의 대본과 연행되고 있는 대본과 차이도 확인할 필요가 있다. 민속극의 대본을 순차적으로 정리하되, 놀이꾼과 춤사위와 옷, 탈과의 관계도 함께 정리한다.

탈춤이 새롭게 연행되면 그 자체의 조사를 통해 탈춤을 새로운 예술 연행물로 계승되는 데서 생기는 문제를 근거있게 다룰 수 있는 기반을 갖추어야 한다. 이른바 마당극 운동의 일환으로 일어나고 있는 탈춤의 재현이나 변형도 적극적으로 집약조사를 하여 구비문학의 이론으로 감당할 수 있는 측면을 제시한다. 탈춤 연구의 초기에 전통탈춤 자료를 모으고 유래를 밝히고 내용을 분석하던 작업을 달라진 탈춤의 현주소에 대해서도 적용하고, 탈춤의 계승에서 오는 문제점을 깊이 있게 다룰 수 있는 새로운 방법을 개발해야 한다. 그럴 때만이 구비문학으로서 탈춤의 존재와 의의를 밝히고 나아가 계승에 대한 올바른 대답은 마련되는 것이다.

탈춤 대본의 조사와 연구를 병행하면서 기왕의 문제점은 현장 고증을 통해 극복하고 현장의 문제점은 기왕의 조사 보고서를 통해 지적한 장정룡의 《강릉관노가면극 연구》와 서연호의 《산대 탈놀이》(1997), 《황해도 탈놀이》, 《오광대 탈놀이》, 《야유》, 《서당굿 탈놀이》(1991)는 주목할 만하다. 이 책들은 탈춤의 연구사에서 획기적인 총집의 의미도 있지만 현장감을 살리면서 전문학자로서 연구자가 집약적 조사를 통해 충실한 보고서 이상의 의미를 제시했다는데 의의가 크다. 조사자가 탈춤에 대한 애착을 적극적으로 가진 것에도 있지만 보다 근본적인 것은 탈춤 대본을 중심으로 무엇을 확인하고 어떻게 조사작업에 임해야 되는가를 여러 각도에서 조정하여 보여 주는 데 있다. 탈춤과 같은 구비문학 연구는 창의적인 논리가 확보되지 않으면 서구학계의 업적에 뒤따라가기 바쁜 것인데, 이 같은 조사작업을 통해 탈춤의 현장에서 조사자 스스로 문제점을 해결하여 탈춤의 조사나 연구에 대한 대안을 강구하고 있다는 점이다.

6) 속담과 수수께끼 및 속신어 조사

속담과 수수께끼, 속신어는 구비전승 중에서 가장 단순한 것이고, 일상생활을 해나가면서 자연스럽게 수용하는 구비단문류(口碑短文類)에 속한다. 속담은 옛말로 의도하는 뜻이 대개 비유로 이루어져 있고, 숨어 있는 뜻에서 어떤 교훈을 전달하는 짧은 어구나 문장이다. 수수께끼는 화자와 청자 간에 말놀이를 하면서 숨은 뜻을 찾는 것인데, 대상을 예리하게 관찰하고 흥미롭게 표현하는 방식이다. 따라서 이들 조사는 민중의 생활사에서 손쉽게 이루어질 수 있고, 여느 갈래가 전승의 위축이 왔다고 해도 속담이나 수수께끼는 시대에 부응되도록 새롭게 창작되고 있어 다채롭게 확인할 수 있다.

속담은 일상생활에서 적시적소에 알맞게 또는 우연히 표출하기 때문에 늘 기재할 태세를 갖추어야 하고, 그 현장에서 기재하지 못했으면 다시 화자에게 확인하여 적어둘 필요가 있다. 기존 속담집을 참조하고 작품을 읽을 때 속담이 나오면 용례를 자료 카드에 기록해 두는 것도 좋다. 속담이 나오면 여느 언어 전승과 결합된 사례, 예컨대 관용어, 세속어, 민속어도 확인하고 그와 같은 유형에 담긴 이야기 설명도 끈질기게 탐구하여 정리해 둔다. 무엇보다 속담의 유래설화를 조사해 둘 필요가 있다. 방언과 지역적 풍속과 관련된 속담도 현장 위주로 기재하고, 직장인이나 학생들의 제보를 활용하여 특정 지역이나 특정 계층의 속담도 개괄적으로 조사할 필요가 있다. 속담의 적절한 구사가 사회생활에서 이루어지는 교육적인 구실도 폭넓게 찾아보고, 그러한 비유의 묘미가 일어나는 현장은 구체적으로 기술할 가치가 있다.

수수께끼는 시간을 갖고 조사를 해야 하고, 수수께끼가 자연스럽게 이루어질 수 있는 놀이공간을 확보하는 일이 중요하다. 조사자가 풍부한 자료를 가지고 있으면서 제보자들을 구연하도록 유도할 필요가 있다. 표현방식이 흥미를 자아낼 수 있게 구연을 연습해 두어야 하고, 일단 제보자들이 수수께끼를 구연하면 풀어가는 말놀이의 분위기나 대답하는 사람의 표정을 관찰하고 그 구연 상황을 정리하기도 한다. 특히 현대판 수수께끼의 구연은 그 내용 조사와 함께 반드시 묻는 사람의 의도와 그에 대하여 듣는 사람의 공감하는 정도도 기재해야 하는 것이다. 요컨대 수수께끼의 주고 받기에서 해답에만 매달릴 것이 아니라 묻는 방식과 호기심을 유발하는 과정에서 숨겨져 있는 재치는 물론 상징성까지 확인해야 한다. 그 자체의 놀이에는 풍자적인 요소가 있고, 집단적인 은유에 담긴 언어전승의 참뜻을 찾아내는 조사이어야 한다.

이러한 속담과 수수께끼에 대한 조사의 한계를 극복하고 구비문학의 본격적 갈래도 다룬 첫 번째 업적은 김선풍의 〈속담에 나타난 민족성〉(1976)인데, 여기서 속담의 의미와 성격이 부분적으로 검토되었다. 이어서 최근 고재환의 ≪제주도 속담 연구≫(1993)와 최래옥의 〈한국 수수께끼의 구조와 의미〉 ≪구비문학≫ 4집(1980)은 본격적인 문학론으로 다루어진 것이다. 전자는 제주도라는 지역을 국한하여 기존 자료와 현장조사를 바탕으로 제주도만의 언어 전승상 특징을 고찰하였다. 후자는 기존 자료와 산발적인 조사 경험을 통해 구비문학으로서 수수께끼의 예술적 가치를 드러내도록 시도한 것이다. 그러나 아직까지 속담과 수수께끼는 자료집과 연구자의 관심에 비하여 심화된 구비문학론이 제시되지 않고, 이는 오로지 조사자나 연구자의 학문적 인식이 현장에서 예리하게 실현되지 않았다는 것과도 맞물려 있다.

4. 구비문학 현지조사의 실제

1) 조사에 필요한 존재

조사여행은 조사목적의 범위에 따라 상응하는 비용과 시간과 노력이 드는 일이다. 이를 효과적으로 수행하기 위해 사전에 치밀하고 구체적인 준비가 필요하다. 현지인들에게 방해가 되는 일은 최소한으로 줄이지 않으면 안된다. 조사자는 아직 현장에 가보지 않아도 관련된 것들을 모두 확인하고 떠나야 한다.

실제 조사에 임하기 위해서는 조사지역을 선정해야 하는 것은 당연한 데, 선정되면 먼저 그곳의 지도를 구한다. 오천분지 일의 지도가 적당하고, 그것을 관찰하면 몇 가지 현상을 알 수 있다. 그곳이 평지 마을인가 산지 마을인가 또는 강을 끼고 있는가 지도의 지명은 무엇을 의미하는가 등을 통해 현지 사정을 예측할 수 있다. 주변의 특별한 문화재나 특수 생산물 그리고 자연 경관이 지도를 통해 내구성해 놓고 출발하면 좋다.

현재 조사지에 대한 기록은 조사내용을 확인해 두고, 그 지방의 도지(道誌)를 포함하여 향토지를 정리하고, 관련 기행문 등의 글이 발표되었으면 참조할 필요가 있다. 그 지방의 문화나 역사를 잘 알고 있는 사람에 대한 정보도 기록한다. 조사지에 있을 법한 문제점을 찾아내는 노력이 있어야 하고, 조사 목적에 관련된 특별한 사실도 모아둘 필요가 있는 것이다. 이런 사실들이 기억으로 불충분하면 반드시 메모해 가지고 가야 한다.

역사가 오래되고 산업화가 덜된 마을이 일단 정해지더라도, 그 마을의 어느 부분에 중점을 둘 것인가 하는 것은 조사 목적에 따라 저절로 달라진다. 농업노동요를 조사하기 위해 논농사 위주로 할 것인가 아니면 밭농사 위주로 할 것인가를 결정해야 하고, 그럴 경우 적당한 제보자를 만날 수 있는가도 예외 없이 확인해야 한다. 특히 과거 반촌인 경우에는 전통적인 서민 취향의 노래를 꺼려서 하지 않기 때문에 자료를 수집하기란 지극히 어렵다. 이런 점도 감안해야 한다.

떠나기 전에 조사장비를 철저히 준비해야 한다. 그렇다고 불필요하게 많이 가져갈 필요가 없다. 우선 기동성이 떨어지지 않도록 유효적절한 장비물을 갖춘다. 가장 필수적인 조사장비는 녹음기, 녹음테이프, 건전지 그리고 카메라인 것이다. 집중적인 조사에는 2대 이상 준비하면 좋다. 녹음기는 휴대용이어야 하고, 카메라(디카 포함)는 야간이나 실내에서도 편안하게 찍을 수 있는 것이어야 한다. 사진은 제보자의 구연 모습이나 자료의 증시물이 있으면 담을 수 있는 또 다른 자료이다.

　노트, 카드, 필기구, 지도 및 기타 현지에 관한 자료 등을 미리 준비하여 활용하는데 어려움이 없도록 한다. 특히 집중적인 조사에서 목표로 하는 자료를 제보자에게 예시하기 위해 필요한 녹음테이프나 기록된 자료를 준비한다. 조사에 직접 필요하지 않지만 생활하는데 필요한 손전등, 의복, 양초, 약품, 식품 등을 준비한다. 간소한 복장과 널리 알려진 사례품도 준비하는 게 좋다. 끝으로 협조 요청서나 신분증명서도 잊지 않고 가져가야 한다. 명함도 가져가면 좋다.

　그렇지만 현지조사는 자료 확보에 있으므로 무엇보다 녹음기나 비디오 카메라를 잘 활용할 줄 알아야 한다. 녹음기는 제보자가 당황하지 않고 제보할 수 있도록 자연스럽게 두고, 녹음 상태를 고려하여 적절히 마이크를 이용해야 한다. 녹음테이프를 갈아 낄 때에는 신속하게 해야 한다. 녹음을 하면서 녹음테이프에 부착된 종이와 안에 혼선이 일어나지 않도록 한다. 녹음테이프에는 마을별 또는 종목별로 일련번호를 붙이고, 조사 카드로 보충 기록한다. 한 곳에서 조사를 마치고 다른 마을로 옮기더라도 녹음되지 않은 뒷부분의 테이프를 계속 사용할 필요가 없다. 자료 정리하는데 효과적인 방법은 테이프마다 독자성을 부여하는 일이다.

2) 조사항목과 조사실제

　조사해야 할 항목 설정은 조사자의 목적과 조사 성격에 따라서 어느 정도 조정되는 것이다. 현지 사정에 따라 부분적으로 조사자의 융통성이 요구되고, 제보자의 제보능력이나 사정에 의해 수정될 수 있다. 그러나 대체로 구비문학의 조사항목은 다음과 같은 사항이 빠지지 않고, 보고서에 반영되도록 한다.

① 조사한 마을의 개관, 조사하게 된 경위, 조사일정, 기타 참고사항
② 제보자의 성명, 연령, 성별, 교육정도, 직업, 사회적 지위, 기타 참고사항
③ 자료 구연의 상황과 방식, 본래의 구연 방식과 조사시의 구연 방식의 차이, 기타 참고사항
④ 자료의 본문 및 이에 대한 주석 또는 설명, 기타 참고사항

위 네 가지 사항에 대하여 조사자가 조사에 임할 때 좀더 유념하여 자세한 내용과 관련 사실들을 제시하면 다음과 같다. 다만 이를 녹음테이프에 담을 경우 테이프 표면의 종이에 항목별로 기록 표시해 두어야 한다. 영상테이프인 경우도 마찬가지다.

(가) 마을에 관한 조사
· 마을의 우편번호, 행정구역상의 위치
· 조사자, 조사일정
· 마을을 선정한 이유
· 마을의 유래, 역사, 변천
· 마을 자연환경, 경관, 산업, 지체
· 마을의 교통, 종교, 교육, 기타 사회 문화적 특성
· 조사한 자료 목록

(나) 제보자에 관한 조사
· 이름, 연령, 성별
· 교육 정도, 사회적 위치, 지체
· 직업 및 거주 경력
· 외모, 성격, 말씨, 기억력, 사진
· 만나서 자료를 제공하게 된 경위, 조사일정

- 구비문학의 자료를 제공하게 된 경위와 시기
- 구비문학에 대한 태도, 견해
- 제공한 자료목록

(다) 구연에 관한 조사
- 구연시간, 장소
- 청중 구성 및 청중의 반응
- 구연의 자세, 동작, 억양, 사진
- 구연 유도과정의 애로 사항
- 자료의 내력, 원래의 기능, 원래의 구연 상황
- 조사시의 기능
- 구연한 내용에 관한 구연자의 논평이나 의견
- 구연한 내용에 대한 청중의 논평이나 의견

(라) 자료에 관한 조사
- 자료의 명칭, 특히 현장의 제보자나 청중이 말하는 명칭
- 자료의 본문
- 자료의 본문에 대한 주석 또는 설명

조사한 것은 녹음테이프에 수록되는데, 이는 누가 보아도 손쉽게 볼 수 있도록 한다. 여기서 (라)자료에 관한 조사에 대한 예를 제시해 본다. 〈실례1〉과 〈실례2〉는 테이프 내용이 자연스럽게 조사 보고서에 반영된 모습이다. 이 두 실례는 기록 방식이 같으나 전자는 본문을 먼저 기록하였고, 후자는 내용 본문을 나중에 기록하였다.

〈실례1〉 《江原口碑文學全集》 1, 翰林大, pp. 70~71

두장사의 힘내기 시합

이게 붙었다는 거지 인제. 이게 붙어서 물이 얼루 내려갔나 하면 저쪽 저 골짜기로 도루 나왔다는 얘기야. 그래서 인제 그 용하구 싸웠다는 게 아니구, 어떤 장사가 인제

“니가 먼저 서울을 갔다오느냐 내가 먼저 이산을 끊느냐. ”

그 내기를 했다는 거지.

그래가지구 서울을 그 때 개는 걸어가는, 나막신이라고 있지. 나막
신, 왜? 나무때기로 판 거, 그것을 신고 서울을 갔다오고, 또 한 사람
은, 인제 장사는 여기서 이것을 끊고, 그런데 그 사람이 막 도취되자
이것두 마주 끊어서 물이 흘러내렸다는 거야.

＊이창연, 남, 55.

＊서면 팔봉1리, 1987. 7. 7., 송동찬 김숙영 엄병화 유재선 조사

＊T. 2−11−1

〈실례2〉 ≪韓國口碑文學大系≫ 2−1, 정문연, p. 395

〔강릉시 민요 58〕 T. 강릉 29 앞

노암도 성덕광순노인회관, 1979. 8. 8., 김선풍 조사.

선소리 : 손대규, 남. 65.

뒷소리 : 전개작, 남. 70

덜구소리

＊한국인은 무던히도 음악을 조아했던 민족이다. 즐거울 때나 슬플
때나 사랑할 때나 헤어질 때나 일을 할 때나 어느 경우를 막론하고 노
래와 더불어 살았다.

우리 인간이 죽으면 가는 곳은 북망산이다. 망자(亡子)를 위하는 길
도 노래를 불러 줘야 그 의미가 살아나는 것으로 보았다.

상여를 등에 메고 집에서 출발할 때와, 장지(葬地)로 향하는 도중에
서의 선율과 장지에서 회 다질 때와 그 노래 곡조부터가 다양하다. 상
여 소리를 녹음할 때는 약간 조심을 해야 했다. 나이먹은 노인들은 하
기도 듣기도 꺼려하기 때문이다.＊

〔선 소 리〕 아~어~덜구야~에

〔받는소리〕 아~어~덜구야~

　　　　　　　대대손손이 잘 되고

　　　　　　　언제나두룩~해달라고

　　　　　　　오오호~에헤~산신님전에 비나이다.

〔받는소리〕 아~어~이~덜구야~어

〔선 소 리〕 산지조존은 곤륜산이오~

　　　　　　　에~수지조존은 황하수라

〔받는소리〕 아~어~이~덜~구야~어

〔선 소 리〕 어~곤륜산 낭맥이 두만강건너서서

　　　　　　　어어어 에~에~에~함경도 백두산을 이루어놓고

5. 구비문학 활용론

　순수한 의미에서 민족문화와 지역문화의 대표적인 유산인 구비문학에 대하여 사회적 이해와 관심이 환기되어야 한다. 구비문학의 창조적인 인자는 기록문학이 지니지 못한 공유적 적층성과 공감대의 생명력에 있다. 구비문학의 새로운 인식은 문화콘텐츠 단계에까지 진전되어야 한다. 구비문학에 대한 창조적 인식은 현대시의 수용이나 무형문화재의 지정에 국한해서는 안 된다. 지역민이 과거의 그것처럼 생생하게 원형을 전승시킬 수는 없으나 구비문학의 향토성과 현재성을 지킨다는 신념 속에서 여전히 계승된다는 자체가 중요하다. 구비문학을 포함하여 전통문화의 재창조야말로 21세기 웰빙 문화시대에 문화의 질을 높이고 더불어 살아가는 삶의 질을 한 차원 높이는 데 활용 가능성이 대단히 크다.

　전통사회에서 한국의 구비문학 유산은 매우 풍부하다. 구비문학이 풍부하다는 것은 그만큼 한국민족의 삶의 역사가 오래 축적되었다는 점과 농촌이나 어촌 등 일차 생산 활동에 종사하는 공동체적 삶의 현장이 폭 넓다는 의미가 될 것이다. 우리나라의 구비문학은 민족문학으로서의 성격과 아울러 기층민의 문학으로서의 성격을 가진다. 구비문학을 통해 민족문학의 정체성을 확인할 수 있다. 구비문학은 지식층의 문학이 아니다. 조선조까지는 국가의 공용문자로 한자를 사용하였다. 한문문학이 지식계층의 문학이라면 구비문학은 한자를 배우지 못한 다수 사람의 문학이다. 한자로부터 소외된 대다수의 국민들은 농업이나 어업 등 일차적 생산노동에 종사하면서 구비문학으로 그들의 문학적 욕구를 대신하였다. 설화와 민요, 구비단문 안에는 먹고 입고 사는 일상적 삶을 중시하는 요소가 두루 나타난다. 이러한 구비문학의 정체성을 오늘날 문화체계 속에 살려 내야 된다.

설화는 다수 사람의 생각을 전한다. 신화의 주인공은 마무리에 신격화된다. 전설의 주인공은 비극적이나 물적 증거를 통해 진실드러내기를 강조한다. 민담의 주인공은 흔히 게으르면서 밥을 많이 먹는다고 부모에게 쫓겨나는 인물이다. 그러나 그는 우연히 행운을 만나 돈도 벌고 아름다운 여인과 결혼도 해 집으로 돌아온다. 〈게으른 아들의 새끼 서발〉, 〈내복에 살기〉, 〈구복여행〉 등의 유형이 여기에 해당하는데 이러한 이야기의 주제는 치부와 결혼으로 압축된다. 부는 삶의 질을 높이는 물질적 수단이며, 결혼은 자손을 두어 생명을 이어 간다는 점에서 삶의 양을 넓히는 방식이다. 민담을 향유한 계층의 이상은 좋은 집에서 잘 먹고 잘 입고 대대로 오래 사는 삶을 선택한 것이었다고 할 수 있다. 설화의 행복한 결말이라는 주제는 문화콘텐츠의 스토리텔링화의 적용해야 한다.

농사는 먹을거리를 생산하는 일이다. 〈모심기노래〉나 〈논매기노래〉처럼 일하는 일터에서 불리는 노동요에서는 일의 보람과 재미가 함께 나타나고, 장례 과정에 불리는 〈상여소리〉에서도 맛있는 음식을 먹지 못하고

비단옷을 입지 못한 한을 노래하고 있음을 본다. 부녀 층에서 길쌈을 하면서 불렀다는 〈시집살이노래〉는 며느리가 시부모나 시누이 등에게 시달리면서 힘들게 사는 삶을 노래하고 있다. 또한 대부분 민요 각편이 신세, 음식, 의복, 주거 등을 제재로 하고 있다. 민요의 건강한 미학은 민요콘텐츠로 재창출해야 한다.

그러나 판소리나 가면극 또는 무당의 굿놀이와 같은 전문 연예인에 의해 전승되는 구비문학에서는 먹고 입고 사는 일상적 삶보다도 기득권 세력의 횡포에 대한 비판과 풍자가 많이 드러난다. 현실의 행위를 뒤집어 보려고 한다. 체면치레에 힘쓰는 양반의 점잖은 행세를 비웃고, 실제 생활에 별로 도움이 되지 못하는 양반들의 지식을 조롱하기도 한다. 동해안의 〈거리굿〉에서는 사대부들이 가장 중시하는 관례라는 의식을 희화적으로 연행하고, 사대부들의 출세 관문인 과거제도 역시 민중적 시각에서 웃음을 촉발시켜 풍자하고 있다. 탈춤의 양반과장에서는 말뚝이라는 하인에 의해 양반 삼형제가 놀림을 당한다. 관중은 말뚝이가 하는 양반의 욕을 모두 알고 있으나 양반은 모르고 있다는 점에서 관중과 놀이꾼이 한편이 되어 양반계층을 농락하는 모습을 볼 수 있다. 무가, 판소리, 민속극 등의 전문적 구비문학은 현대 공연예술로 콘텐츠화해야 한다.

구비문학에는 현세 중심적 사고가 두드러지게 나타난다. 구비문학의 담당층은 대체로 무속신앙과 친숙한 사람들이다. 무속은 내세보다 현세의 복된 삶을 추구하는 신앙으로서, 특히 오늘날의 무속신앙은 가족의 안녕과 번영을 기원하는 기복신앙적 성격이 강하다. 구비문학에는 현세에 좋은 집에서 넉넉하게 살려는 욕구가 강하게 나타나 있다. 현세적 삶을 중시하는 사고는 삶의 현실이 그만큼 힘들고 고통스러웠기에 형성된 것으로 해석할 수 있다. 굶주리고 헐벗으면서 그만큼 강렬하게 풍족한 생활과 인격적 대우를 갈망했다고 본다. 배부르게 먹고 편히 살 수 있는 삶을 위해 온갖 정성을 기울였다고 본다. 그만큼 신명나게 살고자 하였다. 이처럼 아름다운 인정은 현대 예술 속에 수용되어야 한다.

이런 측면과 달리 현실에서의 고통을 도피하는 수단으로 도선적 신비주의에 빠져 들기도 했다. 한국설화에서 큰 비중을 차지하는 명풍설화나 명복설화 그리고 이인담의 작품 대부분은 비현실적인 도선적 신비주의로 채색되어 있다. 한 국가의 흥망 여부가 풍수론에 따른 도읍지의 선정에 달려 있다든지, 한 가정의 번영과 쇠락이 집터를 어떻게 잡느냐로 결정된다는 내용의 이야기에서 그러한 측면을 엿볼 수 있다. 고려 국조의 이야기들을 비롯해서 조선조 건국설화, 명당설화, 그리고 도선, 박상의, 남사고 등 수많은 명풍설화에서도 역시 이러한 흔적을 찾을 수 있다.

판소리 작품에서도 도선적 신비주의와 구비문학적 제의는 큰 비중을 차지하고 있다. 〈심청가〉에서 인당수에 빠지기 이전까지 심청의 삶은 매우 현실적으로 형상화되어 있다. 그러나 인당수에 빠진 이후 중국의 왕후가 되어 심봉사와 재회하기까지의 과정은 비현실적인 도선적 신비주의로 채색되었음을 볼 수 있다. 심청의 용궁에서의 생활은 물론이고 왕후가 되는 과정 역시 심청의 용궁에서의 생활은 물론이고 왕후가 되는 과정 역시 심청의 인간적 노력은 배제된 채 옥황상제나 용왕 등 도교적 신들의 의지로 결정되고 있는 것이다. 〈흥부가〉에서도 흥부의 가난한 삶의 모습은 현실성을 가지나 흥부가 가난을 극복하고 부자가 되는 과정은 비현실적인 신비주의의 산물이다. 흥부는 자신의 능력으로 가난을 해결하지 못하고 제비왕의 도움을 받아 부자가 된다. 고대부터 내려오는 제의의 신화적 기반에서 나온 초월적 존재에 의존하는 민중의 사유체계를 찾을 수 있다.

대체로 고통스러운 현실의 묘사는 현실에서의 서민의 삶의 모습을 영상화하고 있고, 부귀하고 영달하는 과정은 신의 힘에 의존한 비현실적 성격을 보여 준다. 그러나 산은 누구나 도와주는 것이 아니고 고통 속에서도 착한 마음을 잃지 않는 인물만을 도와준다. 하늘의 뜻에 살려는 다수 사람들의 소박한 삶의 자세를 엿볼 수 있다. 어려운 여건 속에서도 착한 심성을 잃지 않고 견디기만 한다면 어느 날엔가는 반드시 행복한 삶이 도래한다는 낙천적이고 기다리는 민간사고를 볼 수 있다. 이러한 세계는 인간을 존중하고 신뢰하는 사고이며, 심은 대로 거두고 노력한 만큼 수확하는 농경을 주로 하는 민중의 지혜가 비유를 통해 드러난다. 수수께끼의 언어유희에는 민중의 즐거움과 슬기가 말 재치를 통해 강조된다. 속신어의 길조와 금기는 문학적 관련과 현실적 사유가 공유된 흔적이다. 결국 이웃과 더불어 살아가려는 선민의식의 소산이다. 구비문학에는 농경사회의 상상력과 그러한 발상에서 나온 형상적 세계가 일관되게 나타난다. 이와같은 구비문학적 전통과 상상력은 문화산업으로 승화되어야 한다.

구비문학의 미래는 기왕의 연구성과를 계속 진전시키며 학문의 대중화에도 힘써야 한다. 흔히 구비문학의 날, 구비문학박물관, 구비문학촌, 구비문학극, 구비문학관광, 구비문학축제, 구비문학체험학교 등의 구비문학현상이 구비문학 또는 구비문학학이라는 빌미로 우리 가까이 있지만, 학문적 검증과 철학적 사고의 체계에서 설정되지는 못했다. 따라서 이러한 현상을 좀더 깊이 있는 학문의 장으로 끌어와야 한다. 구비문학의 새로운 길은 도시구비문학, 불교구비문학, 놀이구비문학 등 하위분야에서도 재검토가 있어야 하고, 구비문학학의 틀과 응용과학의 틀을 결합하여 구비문학자료의 활용에 대해 과학적으로 대응해야 한다. 구비문학 콘텐츠 개발론이 필요하다.

구비문학의 최신 응용학은 문화콘텐츠 차원에서 논의해야 할 것이다. 구비문학공학 또는 문화공학적 구비문학학은 구비문학학 고유의 방법과는 거리가 있을지 모르나 문화전쟁시대에 문화의 정체성(正體性) 찾기에 방법론적 대안이 될 수 있다. 문화콘텐츠는 문화이론을 전제로 하여 실제 생활에서 이루어지는 문화담론의 실천학이라고 할 수 있다. 다시 말해 실증주의적 방법을 중심에 놓고, 구비문학자료의 원형을 확인하고 이를 삶의 현장까지 적용하여 응용하는 방식이다.

한가지 예로 구비문학박물관을 건립하는 추세를 보면 여느 박물관 짓기처럼 설계나 건축, 활용 등에 더 관심을 둔다. 그러나 정작 중요한 구비문학자료의 다양한 볼거리 만들기는 애초에 발상조차 하지 않는 실정이다. 현재의 감각으로 구비문학박물관의 새로운 모습을 기대하기란 어려울 듯싶다. 천덕꾸러기 신세가 되지 않기 위하여 보다 구비문학학적 안목이 필요하며, 구비문학자료의 구비문학사적 문화층위를 전달할 모형 개발도 구비문학공학의 차원에서 이루어져야 한다. 예컨대 아리랑박물관은 구비문학적 감각과 전통적 사유체계가 상생되어야 온전히 구축할 수 있다.

구비문학의 연구방법이 구비문학의 이치나 현상 안에서 개척되었듯이, 구비문학의 새로운 현장 만들기는 기왕의 연구성과를 바탕으로 하여 주변 응용학과 접목되어 상보적으로 완성되는 과학의 입장에서 이르러야 된다. 구비문학학의 학문적 가치도 이런 시각에서 문화유산의 주도적 창조에 기여할 때 소중한 것이다. 실제 삶에 뿌리를 둔 현실인식과 역사의식의 역량을 발휘하고 이를 통해 구비문학을 가까이 하는 이들에게 공감을 자아내야 방법론으로 또는 실천론으로 박수를 받을 것이다. 구비문학의 현실을 정확하게 재창조할 경우에 구비문학학의 문화적 담론과 응용학을 새롭게 해석할 수 있다.

구비문학현장이 응용되었을 때 활용성보다 골동품화되는 사례가 많은데, 대개는 문화콘텐츠의 입장에서 실천적 작업과 연결되어야 값지다. 구비문학의 실천적 대안과 대중화 방안이 없으면 '죽은' 인문과학 또는 사회과학이라는 소리를 면하지 못하게 된다. 구비문학적 시도는 모험론이 아니라 국학 또는 전통문화학의 독창론이나 공감론이라 해야 가능성이 많다. 더불어 이러한 방향은 새천년 시대에 문화과학의 중요성과도 직접적인 관련이 있다. 이제 구비문학학의 대중화 길을 진지하게 모색할 때가 된 것이다. 구비문학문화산업론 곧 구비문학공학의 확장이 절실하고 관련 전공분야에서 적극적인 체계화 작업이 프로그램화되어야 한다.

　이러한 측면에서 앞으로의 구비문학은 일종의 인문 공학(工學)으로 취급되어야 할 것이며, 더 나아가 전통문화콘텐츠로 확대할 수 있다. 구비문학이란 그것이 속한 문화권에서 잠재적인 유전자와 같은 권위를 지님으로써 무한한 문화공학적 가능성을 안고 있을 때 비로소 구비문학공학이라는 이름으로 가치가 있다. 다시 말해 일정한 문화권에 전승되어 온 구비문학은 나름대로 그 지역의 자연적, 역사적, 사회적 조건에 의해 형성되고, 적응해 온 것이기 때문에 예술공학적 차원에서 접근할 수 있다.

　구비문학은 민중의 삶 속에서 자연발생적으로 생성·구전되어 온 기층문화다. 구비문학전승 자료에서 가장 우리다운 것을 찾고 그것을 통해 시민권을 확보하려는 문화공학적 사고 곧 구비문학콘텐츠 개발작업이야말로 세계적 문화주의로 정면 승부하여 살아남을 수 있는 대안이다. 그 중심의 시각은 문화 읽기의 현장론과 같은 방법론이 전제되어야 하고, 구체적인 실천방안은 문화공학의 방법으로 해결되어야 한다. 조선후기 실사구시학파처럼 법고창신의 인식이 요구된다. 문화전쟁에 있어서 한민족의 국제적 무기는 구비문학의 정신주의 인자를 탐색하고 실천하는 것이다. 이는 구비문학을 구비문학답게 탐색하는 길이라는 시각인데 보다 역동적으로 수용되어야 한다. 구비문학의 디지털콘텐츠화는 자료의 문화산업으로 가는 길을 의미하며 상업성과 대중성을 추구한다는 것이다.

　구비문학이 박물관의 인프라로, 문화상품의 마인드로 전환한 경우는 구비문학의 정체성을 드러내기 위한 이벤트로 자리잡은 사례라고 볼 수 있다. 구비문학은 지역적 관심 속에서 새로운 문화재형으로 변화한 것이다. 구비문학은 그것이 속한 문화권에 있어서 삶의 문화적 유전자와 같은 권위를 지닌 전통문화다. 지역구비문학의 성격은 민족문화의 정체성으로 보여주는 '과거유산' 이상의 의미가 있다. 구비문학콘텐츠는 문화의 생성과 창조의 변용 질료로 자리하고 그 인식 여하에 따라 부존자원으로서의 가치가 새롭게 확인된다.

지역화와 세계화, 보존과 창조의 양면성은 구비문학을 포함하여 전통문화 전반에 걸쳐 문제점을 노출시키고 있으나, 변화하는 시대의 흐름으로 보아 새로운 관점을 요구하는 것이다. 구비문학의 정보화는 단순히 자료제공이 아니라 '우리식 문화' 창출의 열린 창고 구실을 해야 한다. 순수한 의미에서 민족문화와 지역문화의 본디 구비문학유산의 현상에 대하여 사회적 이해와 관심이 환기되어야 한다. 구비문학전승에는 민족모순, 환경문제, 문화의 지역화 문제, 지역 이기주의 모순 등에 대하여 해결의 실마리를 제공할 수 있다. 아울러 문화공학 곧 문화콘텐츠 개발의 방안이 있어야 한다. 정부정책 또는 교육교과 차원에서 이에 대한 발상의 전환이 기대된다. 구비문학의 새로운 인식은 문화공학의 콘텐츠 전문화 단계에까지 진전되어야 한다. 구비문학에 대한 창조적 인식은 현대디자인의 수용이나 무형문화재의 지정에 국한에서는 부족하고 그 자체가 독자적인 문화패러다임으로 창출되어야 한다. 전통사회처럼 생생하게 원형을 전승시킬 수 없으나 문화의 전통성을 지킨다는 신념 속에서 여전히 계승된다는 자체도 중요하다. 구비문학의 재창조야말로 21세기 문화시대에 문화의 질을 높이고 더불어 살아가는 삶의 질을 한 차원 높이는 데 활용 가능성이 대단히 높다. 구비문학 연구를 21세기형 문화 흐름으로 경쟁력을 강화해야 한다. 예술문화론의 입장에서 지역문화 네트워크 작업이 요구된다. 이를 추진하는 관련회사는 물론 구비문학정보센터가 지정되어야 한다.

구비문학의 창조적 작업은 새롭게 인식되어야 한다. 구비문학에 대한 탐구는 단순히 과거 기층민의 전승물이기 때문에 관심을 가져야 한다는 비전문적 취향이 아니라 지금 여기에 걸맞게 응용과학적 차원에서 접근해야 올바른 일이다. 구비문학의 문화산업이라는 이름으로 원형의 보존과 정리 못지않게 새로운 길로 나아가야 할 것이다. 일정한 문화권에서 전승되어온 구비문학은 나름대로 한 지역의 자연적, 역사적, 사회적 조건에 의해 형성되어 적응해 온 것이기 때문에 특정 지역문화의 정체성 확보에 구비문학공학은 보다 나은 지역문화 창출의 새로운 대안이라고 보아야 한다. 구비문학이 구비문학다움을 잃어 간 데는 전파와 전승의 수단이 변화된 사실에서 찾고 '변하는' 측면을 지역문화의 재창조로도 연계하는 작업이 필요하다. 구비문학에 대한 조사와 연구는 책 만들기에 머물 것이 아니라 지역문화의 지적 자원이라는 차원에서 디지털화를 통해 디지털콘텐츠 작업과 멀티미디어콘텐츠 작업이 추진되어야 한다. 구비문학의 자원화 방안은 영상세대를 겨냥한 인문미학의 콘텐츠 만들기에 두어야 한다.

구비문학콘텐츠 개발은 민족문화의 정체성 기반과 현대인의 문화욕구 위에서 이루어져야 한다. 이를 개발하는 주도세력은 중앙 중심의 특정 집단이 아닌 수요자 중심의 오랜 경험이 있는 문화지킴이어야 한다. 오히려 구비문학에 내재된 향유층의 인정과 맛 그리고 보이지 않은 것을 활용해야 한다. 인성을 고려하지 않은 콘텐츠 상품은 또 다른 역기능을 낳을 것이다. 구비문학의 전통적 인간화는 아무리 첨단 디지털화하더라도 지속적으로 진행해야 한다. 이를 영상세대에게 가르치는 구비문학 교육제도의 보강이 절실하다. 구비문학콘텐츠 지도사 제도가 마련되어야 한다.

구비문학콘텐츠의 이론적 모델

첫째, 구비문학콘텐츠는 한국적인 것 찾기 곧, 개별성의 심화에 노력해야 한다. 문학지도, 문학인물, 문학박물관, 문학공원, 문학축제, 문학이벤트, 문학과 인접학문 만나기 등인데 새로운 문화서비스 패러다임을 만들어야 한다.

둘째, 구비문학콘텐츠는 인문학으로서 보편성을 위한 응용하고 방안으로 정체성 문제를 집중적으로 탐구해야 한다. 문학작품 번역, 책수출, 전자매체의 홍보, 드라마와 애니메이션 대본짜기, 창작의 세계화, 글쓰기의 전환 등에 대한 심도 있는 마인드와 인프라를 구축해야 한다.

셋째, 구비문학콘텐츠는 문화산업으로서 밴처사업의 실천방안에 관심을 모아야 한다. 편집의 전파·영상화, 캐릭터 문제, 시뮬레이션 등 대중화 작업은 물론, 연극·영화 접속 등에 대한 배려와 투자가 요구된다.

넷째, 21세기 문화전쟁 시대의 구비문학콘텐츠 문제는 복합적 관계 속에서 논의되어야 한다. 언어인식의 가속화, 국문학의 상품화, 관광과 레저 산업의 글쓰기, 문화정보의 끈, 민족공동체 연대 공연 등을 연구해야 한다.

다섯째, 국학도로서 문화운동과 문화상품 수출시대를 주도할 수 있는 길이 모색되어야 한다. 구비문학 원형에 대한 가치발견은 차별화된 문화상품을 개발하는 방향으로 추진되어야 한다. 세계에 가서 우리 문화를 소개할 수 있는 대학, 인재, 교육기획 등의 여건 마련하는데 힘을 모아야 하고 실천하는 작업이 따라야 한다.

구비문학콘텐츠학은 문화유산을 다변화 시대에 부응시켜 가는 방법이고 정신문화의 고부가가치 교육산업기술이다. 한국적인 것에 대한 자부심과 무차별 활용이 문화공학의 길은 아니다. 한국적인 것을 세계인—보편적인 문화 향수지—에게 주체적으로 대응하는 전략이고 웰빙시대의 취향에 부응하는 고차원적인 실천작업인 것이다. 이는 구비문학의 당면 과제이고 현실성 있는 새로운 영역이기도 하다.